ロラン・バルト著作集 8

断章としての身体

1971 - 1974

吉村和明訳

みすず書房

ŒUVRES COMPLÈTES

by

Roland Barthes

First published by Éditions du Seuil, Paris 1994, 1995, 2002
Roland BARTHES: *Œuvres Complètes*, Tome III

Roland BARTHES: *Œuvres Complètes*, Tome IV

目次

1974

第八巻について

一九六〇年代のロラン・バルトは新批評の論客であり、記号学的分析の第一人者であった。そうした活動の集大成をしめすかのように、彼は七〇年二月に『S/Z』を刊行して、テクスト理論による作品分析をあざやかに繰り広げたのだった。ところがその一か月後には、理論や作品分析ではなく「ロマネスクへの入り口」[1]である『記号の国』を出版し、彼の「知的風景がいちじるしく変化」[2]したことを告げたのである。

その翌年に出された『サド、フーリエ、ロヨラ』の「序文」は、『記号の国』でかいま見せたロマネスクの手法を明言し実践するものであった。「わたし」をもちいて語り、「伝記素」や「テクストの快楽」といった言葉を登場させ、「作者の回帰」を主張したのである。そして七三年の『テクストの快楽』では、「快楽/悦楽」や「身体」の概念、独自の断章形式をみごとに開花させたのだった。

七三年二月に『テクストの快楽』を出版したあと、その年の夏からバルトは自分自身について断章形式で語る『彼自身によるロラン・バルト』を書きはじめた。執筆は七四年の九月まで続いた。この自伝的な作品が刊行されるのは一九七五年であるが、内容としては「作者の回帰」を主張した七一〜七四年の時期に属する作品だと言えるだろう。

『彼自身によるロラン・バルト』の冒頭で、彼は自分の書くものを二種類に分類している。ひとつは憤りや恐れや反論などから生まれた反作用的な「テクストI」であり、もうひとつは快楽から生まれた能動的な「テクストⅡ」である。[3] 一九七一～七四年の時期とはまさしく、彼が六〇年代に実践していた「テクストⅠ」から七〇年代の「テクストⅡ」へと舵を切ってロマネスクの道を邁進していたときだった。その知的変貌の時期に彼が書き話したことが、この第八巻に収められているのである。

一九七一年に発表された論考や対談のなかでもっとも注目すべきなのは、「返答」であろう。これはバルトが自分の半生や著作について真摯に語った長大なインタビューであり、その伝記的な細部はきわめて興味ぶかい。彼が自分の生涯について詳細に語るのははじめてであり、それは一九六〇年代に主張していた「作者の死」から七〇年代の「作者の回帰」へと、すなわち批評から「ロマネスク」へと、彼が一歩を踏み出したことを告げていた。実際に、インタビューのなかで彼は、自分は「批評家ではなくロマネスクの書き手」だと述べているし、序文では「いかなる伝記も小説だ」と断言して、このインタビューがロマネスクなものであることを強調したのである。

半生を物語るインタビューとは、「わたし」をもちいて「わたし」について語ることである。六〇年代には「わたし」を拒否していたバルトにそれができたのは、日本滞在によって俳句を知ったからであった。俳句のなかの「わたし」とは、軽やかな「わたし」、主体ではない「わたし」であり、そのような「わたし」を用いて語りたいとバルトは考えるようになったのである。その「わたし」から、やがて「身体」という概念が形づくられることになる。

また、俳句という短い文学形式は、彼に断章形式について考えさせるきっかけにもなった。その考察から彼は独自の断章形式をあみだし、みずからのエクリチュールとして定めるのである。「わたし」や断章形式は、一九七一年の『サド、フーリエ、ロヨラ』において慎ましく試みられたあと、七三年の『テクストの快楽』で大胆に繰り広げられることになる。

一九七三年に発表された論考のなかで、『テクストの快楽』に寄りそっているように見えるテクストがふたつある。「エクリチュールについての変奏」と「テクスト（の理論）」である。

「エクリチュールについての変奏」は、手の動きや身ぶりとしてのエクリチュールを学術的に述べた長大な論文であるが、バルト独自の断章形式をじゅうぶんに試みる場にもなっている。論文は四部構成で、各部は一〇〜一八の断章からなる。それぞれの断章にはタイトルがつけられ、そのタイトルのアルファベット順に断章が並べられている。これは『テクストの快楽』とまったくおなじ手法であり、その後に書かれる『彼自身によるロラン・バルト』や『恋愛のディスクール』でも踏襲される。

「テクスト（の理論）」は、『ユニヴェルサリス百科事典』の一項目として書かれた論考であり、それまでバルトがしばしば述べてきたこと（テクストとは何か、テクストと作品の区別、テクスト理論の意義、など）について詳述されている。それと同時に、『テクストの快楽』のなかでやや唐突に用いられた諸概念の解説にもなっている。「意味形成性」、「フェノ－テクストとジェノ－テクスト」、「間テクスト性」といった難解にみえる概念がわかりやすく説明されているのである。

このように「エクリチュールについての変奏」と「テクスト（の理論）」は、バルトが感性のおもむくままに書いた『テクストの快楽』を、かたわらから理論的にささえる役目を担っているといえる。

一九七四年における重要なできごとは、四月から五月にかけての中国旅行であった。当時のバルトは『彼自身によるロラン・バルト』を執筆中だったこともあり、三週間もの旅行にあまり乗り気ではなかったが、『テル・ケル』誌の仲間たちへの友情ゆえに同行することになった。六〇年代後半に日本で知った幸福感をふたたび味わいたいという気持ちもあったのだろう。日本滞在のときのように新しい「エクリチュールの勇気」[4]を得ることができるのではないかという期待もあったのだろう。だが期待はすぐに裏切られた。到着後一週間にして、バルトは旅行メモに「(日本とくらべて) この国では、わがエクリチュールは挫折した」[5]と書かざるをえなかったのである。

とはいえ、帰国後には旅行報告をしなければならなかった。称賛できない国を批判することなく語るにはどうすればよいのか。迷ったすえに、エッセー「では、中国は?」を『ル・モンド』紙に発表する。彼は、失望の経験に肯定的な価値をあたえる言葉を発見し、それを「正確」に語るためのエクリチュールに思いいたったのである。「正確」とは音楽用語であり、規定の音(真実)ではなく「精神の演出」[6]にしたがって演奏する(書く)ことであり、それを彼はこの「では、中国は?」で試みたのだった。結局、中国旅行もまた、日本滞在とは違った意味で、新しいエクリチュールをバルトにあたえたと言えるだろう。

これらの目を引く論考やインタビューのほかに、つつましいけれど魅力的なテクストもこの第八巻には収められている。たとえば「ジャン・リスタへの手紙」。ごく短い書簡であるが、バルトにとってのデリダの存在の意味が簡潔かつ誠実に語られた美しいテクストである。また、「文学はどこへ/あるいはどこかへ行くのか?」は、いつもとは雰囲気の異なる対談となっている。概してバルトのインタビューや対談は、質問を受けてそれに答える形式をとるのであるが、この対談はモーリス・ナドーとバルトが対等に話し合うというかたちになっている。これはナドーが三〇年来の友人であることから、バルトがいつもの対談のような警戒心をもつことなく率直に語りえたからであろう。文学をめぐってさまざまなことをともに乗り越えてきた二人が、今や文学の未来について議論する、という生き生きとした雰囲気が伝わってくる対談である。

一九七三年八月六日に、バルトはこう書いた。「この八月六日、田舎で。光り輝く一日の朝だ。太陽、暑さ、花々、沈黙、静けさ、光の輝き。何もつきまとってこない。欲望も攻撃も。仕事だけがここにある。わたしの前に。一種の普遍的な存在のように。すべてが充実している」[7]。この断章によって、彼は『彼自身によるロラン・バルト』の本を書きはじめたのだった。一九七〇年代前半のバルトは、このような幸福感をもって、批評の道を離れ、ロマネスクの道を進みたいと願っていたのである。

〔石川美子〕

1 Roland Barthes, "Sur *S/Z* et *l'Empire des signes*", *Le grain de la voix - Entretiens 1962-1980*, Seuil, 1981, p. 83. 邦訳は、「『S／Z』と『記号の国』について」（みすず書房より刊行予定の『声のきめ』所収）。

2 「インタビュー」、『ロラン・バルト著作集』第六巻（塚本昌則訳）、二一二ページ。

3 『彼自身によるロラン・バルト』（佐藤信夫訳）、四七ページ。

4 Barthes, "Plaisir / écriture / lecture", *Le grain de la voix*, p. 151.

5 バルト『中国旅行ノート』、桑田光平訳、ちくま学芸文庫、二〇一一年、八二ページ。

6 音楽における「正確さ」とは、よりよい和音をつくるためにミとラの音を規定の音より低めに出すことを言う。バルトは批評のエクリチュールについて語った際に、「正確な、精神の演出」というマラルメの言葉（『骰子一擲』序文より）を引用して「正確な」について説明している（『批評と真実』、保苅瑞穂訳、一〇八ページ）。

7 『彼自身によるロラン・バルト』、二八六ページ。

	ロラン・バルト	『ロラン・バルト著作集』	単行本（みすず書房刊）
1915	十一月一二日、シェルブールで誕生		
1916	父の死。バイヨンヌへ		
	叔母にピアノを習う		
1924	母とパリへ転居		
1927	弟誕生		
1933		「初めてのテクスト」【第八巻】	
1934	結核発病。ピレネー山中で療養		
1935	パリにもどる。ソルボンヌの古典文学に登録		
1936	古代演劇グループを創設		
1939	ビアリッツとパリで高校教員となる		
1940	シャルル・パンゼラに声楽を習う		
1941	結核再発		
		【第一巻】	
1942	サン＝ティレールのサナトリウムで療養	「文化と悲劇」	
	サナトリウムの学生雑誌に執筆	「アンドレ・ジッドとその『日記』についてのノート」	
1944		「『異邦人』の文体に関する考察」	
1946	パリにもどる		
1947	『コンバ』紙に執筆	「文法の責任」	
1948	ブカレストで図書館員		
1949	アレクサンドリアで大学講師		

1950	以後はパリに住む。外務省に勤務	「不条理の文学に続くもの」	
1951		「ミシュレ、〈歴史〉そして〈死〉」	
1952	CNRS研究員（語彙論）		
1953	『テアトル・ポピュレール』誌の創刊に協力	「古代悲劇の力」	『零度のエクリチュール』
1954	ブレヒト演劇との出会い	「今日の民衆演劇」	『ミシュレ』
		【第二巻】	
1955	カミュとの論争	「『ペスト』疫病の年代記か孤独の小説か」	
	CNRS研究員（社会学）	「なぜブレヒトか？」	
1956	ソシュールを読む	「民衆演劇の希望」	
	『アルギュマン』誌の創刊に協力		
1957		「衣服の歴史と社会学」	
		「スタンダール『ローマ散歩』『チェンチ一族』への序文」	
		【第三巻】『現代社会の神話』	
		【第四巻】	
1958		「ロジェ・プランションの立場」	
1959		「ニューヨーク、ビュッフェ、高さ」	
1960	高等研究院（研究主任）	「『バルコン』」	
1961	『コミュニカシオン』誌の創刊に協力	「ビジュアルな情報」	
1962	高等研究院（指導教授）		
1963		「スターの人気調査は？」	『ラシーヌ論』
1964		「『記号学的研究』特集号の巻頭言」	『エッフェル塔』

1964		【第五巻】『批評をめぐる試み』	
		【第六巻】	
1965	ソルボンヌの教授と新旧批評論争	「大衆文化と高級文化」	『記号学の原理』
1966	最初の日本滞在（五月—六月）	「アラン・ジラール『日記論』」	『批評と真実』
1967	日本に再滞在（三月—四月、十二月—一月）	「シャネルとクレージュ対決」	『モードの体系』
1968		「言語学と文学」	
1969	モロッコのラバト大学で講義（九月—翌夏）	「日本—生活術、記号の技術」	
1970	高等研究院でのセミナー再開	「男性、女性、中性」	『旧修辞学』
		「意味の問題性」	『S／Z』
		【第七巻】『記号の国』	
		【第八巻】	
1971	水彩画をはじめる	「返答」（半生を語る）	『物語の構造分析』
			『サド、フーリエ、ロヨラ』
1972		「イギリスのポスター」	『新＝批評的エッセー』
1973		「エクリチュールについての変奏」	『テクストの快楽』
		「多元論的思考の解放のために」	
1974	中国旅行（四月—五月）	「では、中国は？」	
		「文学はどこへ／あるいはどこかへ行くのか？」	
		【第九巻】	
1975		「バルトの三乗」（自著の書評）	『彼自身によるロラン・バルト』

1976	コレージュ・ド・フランスで「文学の記号学」講座を担当（開講講義は翌年一月）	「〈フィクション〉でない言説は存在しない」 「演劇としての楽譜」 「オール・イクセプト・ユー」（ソール・スタインバーグ論） 『味覚の生理学』
1977	スリジー＝ラ＝サルでバルト・シンポジウム 母の死（十月二五日）	「D・ブディネの写真について」 「テンポの問題」 「Hのための断章」（ギベールへの手紙） 『恋愛のディスクール・断章』
1978	現代音楽研究週間に参加 「小説の準備」の講義を開始（十二月）	【第十巻】 「音楽分析と知的作業」 「シューベルトについて」 『文学の記号学』
1979		「クロニック」（十五回連載の時評） 「固まる」（小説を書く技法） 『作家ソレルス』
1980	二月二五日、交通事故に遭う 三月二六日死す	「親愛なるアントニオーニ……」 「子供時代の読書」 「新たな生」（遺稿） 『明るい部屋』
1981		『声のきめ』
1982		『第三の意味』『美術論集』
1984		『言語のざわめき』『テクストの出口』
1985		『記号学の冒険』
1987		『偶景』

1971

1　アルトー：エクリチュール／フィギュール

アルトーをどう語ったらいいだろうか？　この問いはアルトー固有のものであるだけではなく（どんな著者であっても、この問いは固有のものでありうるだろう）、一回生起的（この言葉の学術臭はとりあえずどうでもよい）である。つまりアルトーについて語ることの不可能性はほぼ唯一無二ので、アルトーは文献学でいうハパックス、テクスト全体でたった一度しか出会うことのないある形態もしくは誤謬なのである。この特殊性は「天才」ゆえのものでも過剰ゆえのものでもない。言葉で説明できないなどということはまったくなく、きわめて理にかなったやりかたでこう言いあらわすことが可能だ、すなわちアルトーは言説の破壊のなかで書いている。この実践はある複雑な時間性を前提にしている。言説は、みずからの破壊が読まれうるようにするためには、破壊がすでになされていてはならないし（その場合は、ページは空白になってしまうだろう）、ただたんに破壊されうるものとしてみずからを呈示することもありえない（そうすれば、それはまた一種の言説になってしまうだけだろう）。論理的スキャンダルと言うべきか、言説は激烈な身ぶりでたえず自分自身に向き直り、おのれの糞便に食らいつくサドの登場人物がそうするように、自分自身を貪り食わねばならないのである。たしかにエクリチュールの豚のような不潔さ[1]にたいして、果てることなく投げつけられるアルトーの呪詛は、呪詛の言説そのものによってたえず回収されてしまう可能性がある。これはあらゆる暴力につきものの危険である。暴力ほどもろいものはなく、コードがつねに待ち伏せていて、いまのところいつでも意味が勝利を収めている（だからこそ、言説――西洋的な、キリスト教的な――の破壊にかんして、ひとは戦略的に、暴力的な言説よりも狡智にたけた言説を、アルトーよりもブレヒトを、好むことができる）。

このようなあやうい均衡の崩れ（エクリチュールの歴史的疎外の端的な表現）にたいして、テクストを文学的制度から解放するのは読者の役目である。読者、つまり、アルトーが強いるコミュニケーション（このコミュニケーションこそが、修辞的構造と同じぐらいアルトーのテクストを定義づけている）のなかに捕らえられた、引き裂かれ、複数化したあのもろい主体のことだ。ベルナール・ラマルシュ＝ヴァデル[2]は、われわれにとってそんな読者である、彼は自分の読む行為を書いたのである。こんなふうに表現したからといって、それがある種の批評的あるいは分析的言説を指し示すことにはならない。彼は文字通りの意味では観念やテーマや形式の調査目録を作らず、アルトーについてのわれわれの知識を深めもせず、アルトーを文化的な存在にもしなかった（そしてそうしたことを避けるためには、ある種の勇気、ある種の信頼、あるいはある種の無垢が彼には必要だった、彼はみずからのテクストが大学の研究者向けに書かれることを承諾したのだから）。その主たる素材（学校修辞学でいうその「主題」）は彼自身のエクリチュールということになるが、にもかかわらず、アルトー「についての」多くの論述よりも、アルトーが息づいていることがそこには感じられる。この成功は以下のことに由来している、つまりラマルシュ＝ヴァデルのエクリチュールは、幾度かにわたる（いくつかの水準での）引用からなっているのである。

アルトーのテクストそのもの（その歴史的な、文献学的な、編集済みのテクスト）がたえずラマルシュ＝ヴァデルのテクストの厚みのなかにとらえられる。それはいわば栄養を含んだ泡で、それが第二のテクストの大いなる光のなかで破裂するのだ。アルトーは、このテクストの刻印、その引用への強い嗜好、そのエクリチュールのエネルギーのなかで繰り返しコピーされる（現在流通している用語でいえば、産出物としてでなく産出として）。アルトーはばらばらにされ、断片化されて、あちこちに分散する、こうしてある種の逆説的回帰を通して、科学性を旨とする言説がアルトーについて寄せ集められうるかもしれない、どんな学術的、文献学的、歴史的知よりも優れたアルトーにかんする知が完遂するのだ。突き詰めれば、次のように言うことができるだろう、アルトーを、もっぱらその分割され、散種された、ヘラクレイトス[3]的なかたちでのみ知るひとは、幸いなるかな（「エクリチュールの豚のような不潔さ」とはたぶんその切れ目のない連続にほかならず、つまり旧修辞学が文体の至高の価値とし、フローベールが、きわめて幸運なことに、一度として成し遂げることができなかったあの弁舌の流れ *flumen orationis* のことなのである[4]）。

ラマルシュ＝ヴァデルはアルトーを別のやりかたでも引用している。すなわち、彼を模倣するのではなく、せいぜいその身体の動きと呼べるであろうものを取りこむだけにとどめるのである。じじつエクリチュールとは（もしそれがたんなるエクリヴァンス[5]の外で完遂されるのであれば）、自己愛的なフェティシスムによって、そして集団的なヒステリーによって再－産出された自分自身の身体であり、これをラマルシュ＝ヴァデルはおそらくフィギュールと呼んでいる。ラマルシュ＝ヴァデルはアルトーの書く身体の呼吸のなかに身を置く。そのパロディ化などけっしてせず、ここでもその分析においてではなく、みずからの実践において、その異様な興奮のすべて、すなわちその官能、明晰、驚きそして亀裂、さらにより一般的に言えば、その新しい価値（もっともそれはところどころでおずおずと探し求められているにすぎないが）をふたたび見いだす。つまりエクリチュール＝観念、書かれた観念ということであって、それが現にもつ機能とは、哲学的であろうと文学的であろうと、先行するテクストを分散させること、そして芸術と思考のあいだの、言表されたものと言表する形式のあいだの、対立をかき乱すことなのである。

第三の水準においてラマルシュ＝ヴァデルが舞台に載せているのは、アルトーだけではない（彼が書いたものおよびその人となりにおいて）、それはエクリチュールのすべてである。エクリチュールはじじつさまざまな文体的「特徴」によってではなく、言いがかり、思いつき、譲歩あるいは反復として配置された、さまざまな拒否によってできている。エクリチュールとは、一言でいえば、以前からの文化との関連で決定づけられる一種の戦略的空間であり、太古からの父性的な言語の傾斜に沿ったある急激な滑降である。この点においてもまた、ラマルシュ＝ヴァデルはまさしくアルトーに通じている。彼のテクストはひとつの切断ではあるのだが、にもかかわらずそれは去勢の身ぶりから自分を引き離しえている。これから読まれるテクストにはある深い味わいがある（忘れないようにしよう、味わいとは組み合わせの形象《フィギュール》そのもので、そこから由来する快楽は観念論的なものではない）。

結局のところ、アルトーをどう語ったらいいか？という問いに、ラマルシュ＝ヴァデルはこう答えているのだ、アルトーを語ることはしない、アルトー「について」書くことさえしない、しかしアルトーとともに語ればいいのだと。こうして超越論的な批評（ある著者のテクストに、それを「理解する」ある言説をつけ加える）に、ひとつの随伴的なエクリチュール、テクスト間のある往き来がとって代わる。そしてそれは著者（ここではアルトー、ラマルシュ＝ヴァデル）を、〔個別的な〕身体によって始められるとはいえ、大衆がそれを続けることになるひとつの身ぶり、ただそれだけのものにするのである（あるいはすることになるだろう）。

R・Bによって一九七一年六月二一日の日付が入れられているテクストで、

アントナン・アルトーについての
ベルナール・ラマルシュ＝ヴァデルのある本の序文に使われるはずだった。
著者はその本の出版をあきらめた（このテクストは、
『ルナ＝パーク』七号、一九八一年三月、に掲載された）。

1　「すべて書かれたもの〔エクリチュール〕は豚のように不潔だ」（アントナン・アルトー「神経の秤」）を踏まえる（『神経の秤、冥府の臍』粟津則雄・清水徹編訳、現代思潮社、一九七一年、一三一ページ参照。「神経の秤」の翻訳は清水徹）。

2　ベルナール・ラマルシュ＝ヴァデルはフランスの作家、写真家、収集家（一九四九―二〇〇〇）。ジャコメッティ、クロソウスキーなどについての著作がある。

3　ヘラクレイトス（紀元前五四〇年頃―紀元前四八〇年頃？）は、ギリシアの哲学者。その主著『自然について』はまとまったかたちでは存在せず、百あまりの断片が伝えられているのみである。「ヘラクレイトス的」というバルトの言い方はおそらくこれを踏まえたものであろう。

4　「フローベールと文」の次のくだり参照、「かちとることが問題となるのは流動性であり、パロールの流れの最適なリズムであり、《連続性》であり、ひとことで言えば、古典的修辞学者たちがすでに要求したあの弁舌の流れ *flumen orationis* なのである」（『新＝批評的エッセー』花輪光訳、みすず書房、一九七七年、九九ページ）。

5　「エクリヴァンス écrivance」はバルトの造語で、「言表行為」の問題を自分に問うことなく情報伝達的に書く「他動詞的な」身ぶりをいい、言表行為のなかに自己を主体として位置づけて書く「自動詞的な」身ぶりである「エクリチュール」と対立する。本巻所収「文学はどこへ／あるいはどこかへ行くのか？」の三四四ページ以降を参照。

2　序文

われわれの目の前に現代社会《モデルニテ》の小百科事典を作りあげるために、サヴィニャック[1]にはいくつかのイメージがあるだけでいい、それ以上は必要ない。技術革新のとりこになったフランス、マスコミュニケーション（新聞雑誌、ラジオ、テレビ）、工場、田園、住居、食べ物、車、公害、市町村選挙、フランスで社会学概論の材料や、種々さまざまな会話の主題となりうることのすべてがここにはある。存在するかぎりもっともありきたりでもっとも謎めいたものたちのなかで世界に自分を開くこのやりかた、社会的言語《ランガージュ》が対象とするごくふつうの事物についておのれの言説を分節化していくさいの配慮、そしてその喜びと呼べるであろうもの、独創的な言葉《パロール》の鋭さをそこに加えるさいのその手腕、そうしたすべてがサヴィニャックをひとりのモラリストにしている、他人に説教を垂れる誰かではなく、みずからの時代の風俗習慣について論考する誰かという意味において。

このモラル（あるいは風俗習慣についての言説）はきわめて明解だ、なぜならサヴィニャックが使うのは、イメージの日常言語と呼びうるであろうものに属する単純明解な語彙だからだ、メガネは実業家、葉巻は資本家、星の模様のオペラハットはアメリカ【図1】、目や鼻への刺激は化学、腕組みは権力、など。こうした理解の単純さがニュアンスを排除することはなく、そのニュアンスのなかにこそ、サヴィニャックならではの魅力が現れてくる。官僚のメガネは、新聞読者のメガネとまったく同じでは

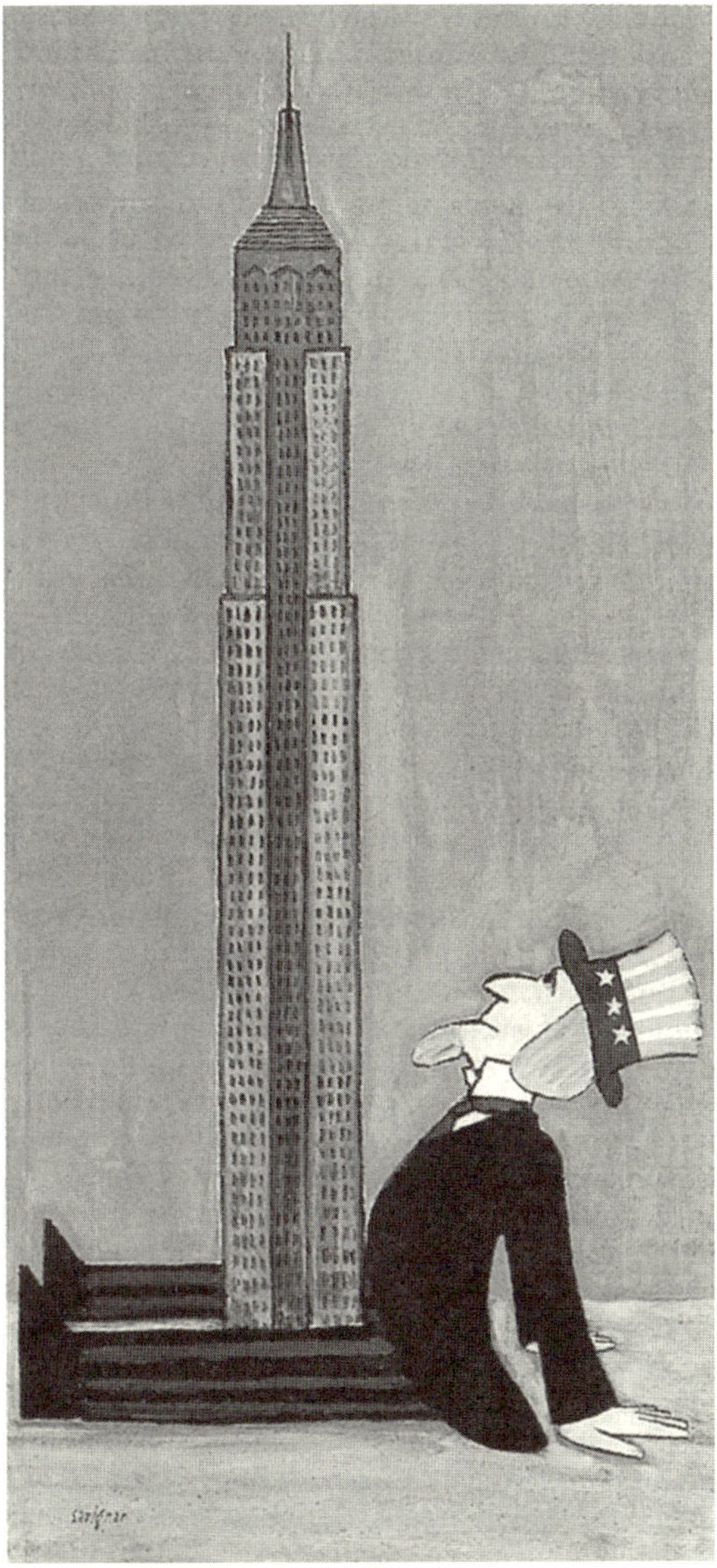

1

ない。パワーのある車の腕組みは両義的だ。それはアスリートの腕であるが、同時に中年女の腕でもある。このうえなく単純な語彙のなかにこうしてある種の意味の追加がなされるが、もしこれがなかったら芸術は姿を消し、コミュニケーションがあるだけになってしまうだろう。

サヴィニャックの言説（イメージによって書くある種の方法）はポエティックだ（ポエティックというこの言葉から漠然とした観念はすべて取り除いて、これが古代ギリシャ・ローマ時代にもっていた完全に操作的意味をあたえなければならない）。[2] サヴィニャックは形態を置き換え、事物でも人間でも、通常は別のものである個体同士を繋ぎ合わせる。形象による言語活動の原動力は変身である。あるときは人間が事物に姿を変え（都市住民が工場の煙突になる）【図2】、あるときは事物が人間に姿を変える（選挙用ポスター掲示板が市長になり変わっている）。だがこうした変身においてサヴィニャックの興味を惹くのは結果ではない、移行そのものだ。彼が定着しているのはいわば定着不可能なものであり、怪物がその元来の起源（木製のポスター掲示板）と変わり果てた未来の姿（工場の煙突）を同時に読みうるかたちで現前させるまさにその瞬間なのである。サヴィニャックは同一性を創造するというよりは、同一化——この言葉の能動的な意味で——の瞬間を不意打ちする。牝牛が粉ミルクの箱に「とって代わられる」のではない、同時に牝牛であり、箱であり、粉である第三の個体が出現するのだ。【図3】こうしてわれわれは目の前で意味が生成する場面に立ち会うという喜びを体感する。記号を作りだす仕事の結果を消費するというよりは、その仕事に身をもって加わるのだ。【図4】サヴィニャックの芸術はこうして直近の未来の芸術である。フランスは押しボタンの使用者に、官僚はノール[3]の肘掛け椅子に【図6】、人間の脳はフォワグラの缶詰に【図7】、新聞読者は新聞そのものに【図8】、唇はマイクに姿を変えようとしている。そしてサヴィニャックが彼の数々の変身の原動力とする、同時に現在であり未来でもあるこの微妙な時制（イギリス人はこれを現在進行形と呼ぶ）こそまさしく、技術的「発展」のとりこに

2

3

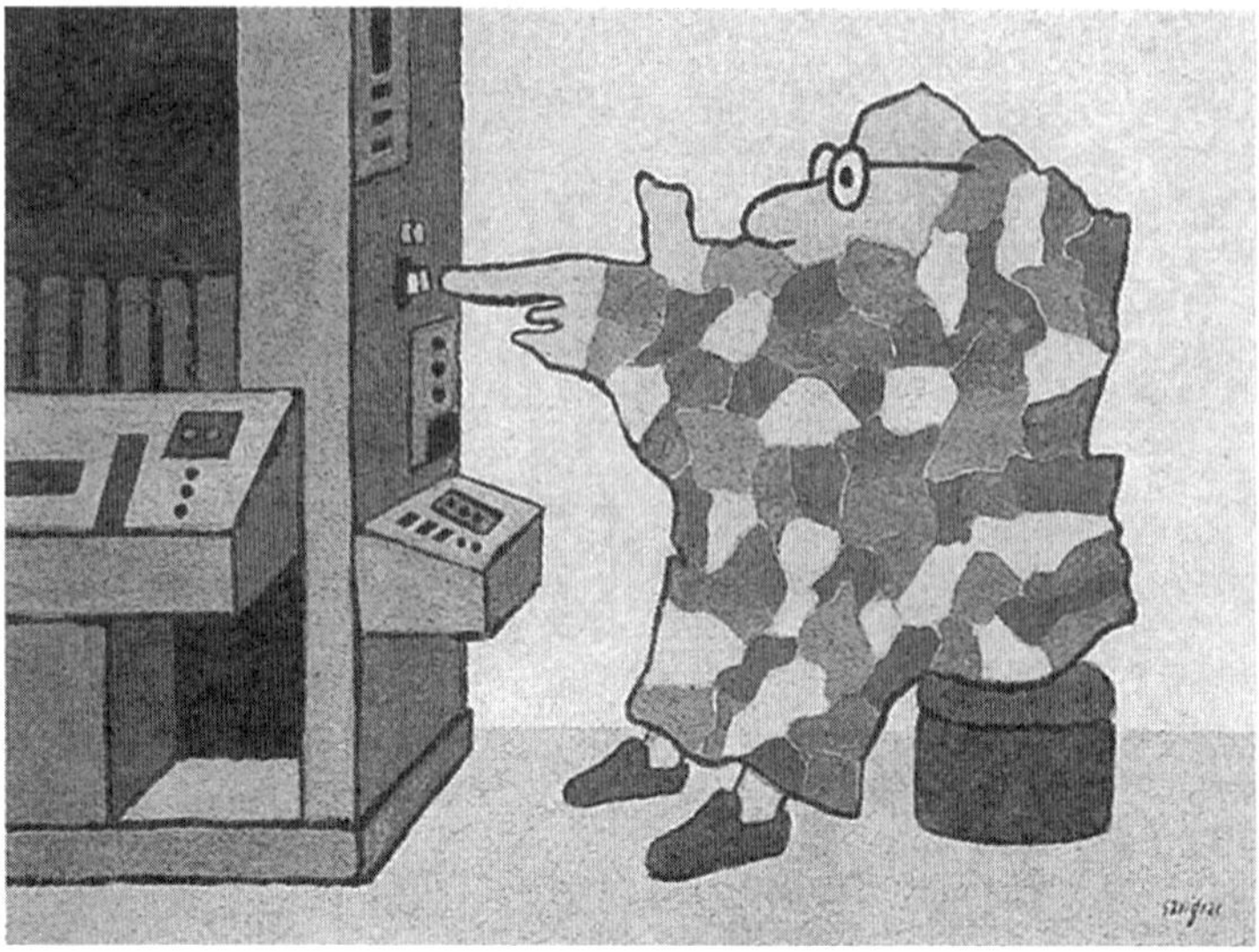

4

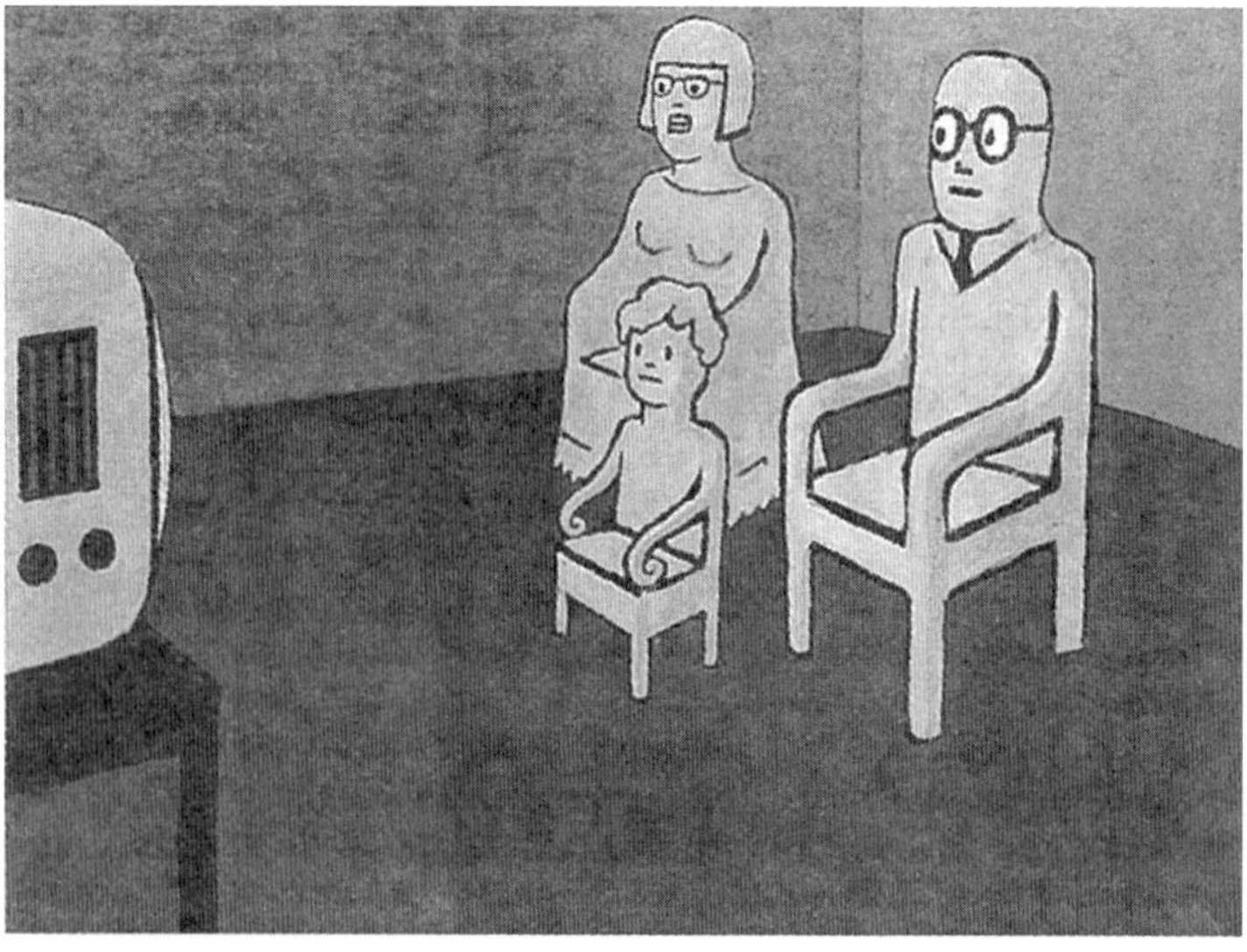

5

6

なっているわれらがフランスの時制なのだ。フランスは機械になろうとしている最中である、そしてこの「最中」こそが、フランスの現在の歴史にも、サヴィニャックが考案した文法にも同時に見いだされるのである。

このきわめて率直な芸術はいくつかの微妙な特質をもち、それが彼のメッセージの明晰さと正確さを複雑なものにする。まずサヴィニャックのデッサンにはほとんどいつもどこかに人を惹きつける部分があって、それは彼の署名のようなものになっている。人間的な要素がエピソードそのもののなかにあることはけっしてない、というのも人間の追放こそがまさにその主題なのだから。だがそれは、なにげなく風変わりで、「我を忘れて」さえいる（あるひとについて、夢想やほほえみのなかで我を忘れているというような意味で）なんらかのディテールのなかに、こっそり立ち戻ってくる。たとえば、坐っているというよりはむしろ尻餅をついている赤ん坊＝建物【図9】とか、むしった葉っぱのような新聞読者の髪の毛やその頬の赤ん坊のようなピンク色とか、不意を突かれていたり、ほろりとさせられていたり、不器用だったりする身体特有の身の傾け方で、血を流す仲間のうえにわずかにかがみこむロボットとかがそうだ。さらにまた牝牛＝機械の誘惑的な目つきや気をそそる唇もそうだ。この芸術は単刀直入ではあってもきつくなりすぎることはない。どこかにかならず温和さの署名がある。これは慇懃な（この言葉はかつてきわめて強い意味をもっていた）芸術なのだ。

もっとも巧妙な突飛さ——まさしくサヴィニャックの操作の原理《ポエティック》を基礎づける突飛さ——は、しかしながらある「方法」にではなく、まさしくある種の記号の転倒というべきものに由来する。通常隠喩はある表現の本来の意味を退け、その代わりに比喩的な意味をすげ替える。死ぬほど悲しい、とわたしが言うとしても、意味しているのは、悲しみがわたしから生理学的な意味で生命を奪うということではまったくない。とはいえ詩人シラノ・ド・ベルジュラックは、最後まで平然と運ばれて行く物語《フィクション》のなかで、刑罰として悲しみのあまり死にいたるほど悲しい音楽を聴かせられる死罪人を想像して楽しんでいた。[4] 同様にしてサヴィニャックはいくつかのよくある隠喩を字義通りに描くことによって驚くべき効果を産みだす。テレビ画面を前に、われわれは肘かけ椅子にねじで留められたようになる？ サヴィニャックはこの表現を文字通りにとる。ある家族の面々が、目を大きく見開きながら、椅子に姿を変えている。【図5】 肘かけ椅子の脚と腕（濫喩[5]という名でよく知られた文彩）もまた人間の脚と腕（字義通りの意味）になっている。サヴィニャックはしばしばこの種の修辞的置き換えをおこなうが、彼の想像力は、イメージをその指示対象から引き離すこと（これはシュルレアリストたちのモットーだった）からははるかに遠い、それどころか彼はイメージを字義そのものに連れ戻すのだ。そして彼はまさにこの過度な還元のなかに、シラノとまったく同じように、操作の原理《ポエティック》を発見するのである。

さらにいえば（最後の曖昧さだ）、サヴィニャックがわれわれの現代性についてする描写が批評的であるとしても、ひとはその批評の由来について完全に確信することはけっしてない（そしてそれは幸いなことだ）。機械化の危険を感じとり、人間にかんしてその技術的妄執のもたらす結果を恐れているのは、サヴィニャック本人なのだろうか？ そうかもしれない、しかしながら現今の批評がわれわれに示唆するのは、創造者の視点は、何世紀にもわたって信じられて来たほどには有効に機能しないということだ。作品はそれを産みだした人間のところにとどまりはせず、作者の意図は作品産出の経緯も、したがってその意味も汲み尽くすことはない。わたしはサヴィニャックのヒューマニズムを、彼の信念の（彼の「哲学」の）表現そのものとして読むことができる、しかしもっと曖昧に、ある共同的なファンタスムの投影として読むこともできる。そのような投影を作りだす者はそうしたファンタスムを称賛しているのかもしれないし、その嘘を暴こうとしているのかもしれない、どちらか決め

7

8

9

ることはできない。

サヴィニャックはヒューマニスト的イデオロギーの断片を産出するが、それは、もしこう言ってよければ、ある「形象化」、あるいはお望みならある「脚色」が浮き漂っているというにすぎず、自分の政治的決断にしたがってそれを繋ぎとめるのは、読者それぞれの役目である。機械文明にたいする強い批判は、退行的なテーマでもありうるし（過去の諸価値の破壊にアクセントを置くのであれば）、進歩的なテーマでもありうる（技術＝資本主義的社会における生産関係の非人間性を告発するのであれば）。サヴィニャックのアイロニーはまさに浮き漂っていて、矛盾をいとわず、あるときには「黒い〔黒人の〕脅威」にも、別のときにはアメリカのビジネスマンにも適用される。というのも、サヴィニャックの描く人間（それが人間＝サヴィニャックであるかどうかはどうでもいい）は、自分自身の世界のさまざまな矛盾のなかで格闘しているからである。この人間はそうした矛盾のすべてを感じとっている。ところで、決定的な解決策のないこの多元的な状況こそが、まさに芸術家を形成するのである。彼は矛盾の限界にまで突き進むことができない人間だ、というのも芸術はその構造そのものからして、決定的なかたちである選択を表明することを、芸術家にけっして許さないからだ（読者がつねに最後の言葉をそこにつけ加えるのだ）。操作《ポエティック》の原理が産出するのはさまざまな関係からなるある種の装置のようなものだが、その装置は数限りない出口をそなえていて、それゆえ、サヴィニャックがそうしているように、同時に快楽と不安をもたらすのである。

サヴィニャック『ポスター禁止』[6]（デルピール、一九七一年）への序文
（『グラフィス』誌、一九七四年一―三月号に再録）

1 サヴィニャック（レイモン・サヴィニャック）は、現代フランスを代表するポスター作家のひとり（一九〇七―二〇〇二）。独特の簡略化された形態と鮮烈な色使いのポスターで、世界中に親しまれた。

2 フランス語で「ポエティック poétique」は「詩的な」の意味だが、そのギリシア語源にまで遡れば（poiêtikos）、「（ものを）生産する、創造する力をもつ」という意味になる。

3 ノール Knoll は、アメリカの家具メーカー、一九三八年創業。

4 シラノ・ド・ベルジュラック（一六一九―一六五五）は、フランスのユートピア文学作家。この逸話は『太陽の諸国諸帝国』の「鳥たちの話」に出てくる「悲しい死の刑」のことである。「陰気な音楽家たち〔鳥たち〕は、そこへ着くと、罪人の周りに群がり、彼の耳を通して、その魂を実に陰鬱で悲劇的な歌で一杯にする。すると悲しみの苦汁がその身体器官の調和を乱し、その心の臓を締め付け、見る見るうちに衰弱して胸を詰まらせて死んでしまうのです」（赤木昭三訳、『ユートピア旅行記叢書』1所収、岩波書店、一九九六年、二一六ページ）。

5 濫喩（転化表現）catachrèse、他に適当な言い方がないために比喩的表現を使わざるを得ない場合を指す。「肘かけ椅子の脚 les pieds du fauteuil」がまさにそれだが、ほかには「椅子に馬乗りになる être à cheval sur une chaise」など。

6 一九七一年、商業ポスターの注文が来ないことに業を煮やしたサヴィニャックは、現代社会についての彼のヴィジョンを表す二四枚の風刺的タブローを制作し、「ポスター禁止 Défense d'afficher」というタイトルのもとでそれらを展示した。そのうちの八枚を版画に刷り、二葉の大きな紙に二四すべてのタブローの複製をまとめたものといっしょに出版したのが『ポスター禁止』という冊子で、バルトのテクストはその冊子に付けられた序文である。Cf. Anne-Claude Lelieur, Raymond Bachollet, *Savignac affichiste*, Bibliothèque Forney, 2001, p. 61.

3　個人言語の概念、最初の問いかけ、最初の探求

教育報告

本年度の前期（一九七一年二月二五日まで）は、もっぱら研究指導教授〔バルト自身〕による講義がおこなわれた（ゼミには、研修生、資格をもつ学生、第三課程学生そして自由聴講生が参加できた）。ある新しい研究に関連する最初の問いかけがなされ、この研究は今後も続けられるはずだが、その研究対象は以下のように言いあらわすことができよう。一般的性格をもつ国語（たとえばフランス語）にはいくつかの下位コードが存在し（文体、エクリチュール、共同的言説）、そのそれぞれがある所有権の対象として専有される。言語活動の所有権（専有）を研究の対象としたいと望んだのだが、それは修辞学的な観点（ある単語、ある言説の「所有権」、シニフィアンの指示対象への適合性）からではなく、社会学的そして／あるいは精神分析的観点（あるグループが自分の言語活動についてもつ管理権、社会的主体のみずからの言葉《パロール》にたいする関係）からであった。

今年試みた――そして導入の枠を越えることはなかった――予備的考察で目指したのは、将来の研究を導いていくのにふさわしい概念（もしくは用語）をしかるべく位置づけることだった。

1．個人言語《イディオレクト》の概念は最初は言語学で、ついで文学で提起された（文学においてこの概念は、まずはある作家の「文体」を個別化することを可能にする）。しかしながら、作品の署名（著作権の法律）

の歴史的あるいはイデオロギー的文脈を想起するならば、すぐさま、文体（個人言語）の概念を、作者によって作品に添えられた形式的徴として弁証法的観点から把握することに導かれる。じじつ文学的言語活動は、つねに言語活動の模倣〔ミメーシス〕のなかに捕らえられる。言語活動は言語活動を模写する。文学的あるいは芸術的模写〔コピー〕のさまざまな形式の検討、あるいはお望みなら〈贋作〉（誇示された引用、派生的作品、パスティシュ、パロディ、剽窃、贋作）の類型学は、個人言語の概念（出発点として初めに取りあげられた）を超えて、一見どれほど個別的であろうとあらゆるエクリチュールのなかに、ある社会方言《ソシオレクト》すなわちあるグループの言語活動の断片を見ることに導いていく。

2. こうして、社会方言という概念へのアプローチが試みられた。社会方言は文学で表象されることはあったにせよ（バルザック、プルースト）、あくまでフォークロア的にというにすぎなかった。この概念の拡大は、社会科学が階級の分化にかかわる諸問題をますます多く明るみに出すかぎりにおいて、ある期待に応えるようにみえる。ところが現状では社会言語学はこの期待によく応えていない。社会言語学は疎外された人間よりもソシウス〔個人のなかの社会的要素〕により多く関心を注いでしまっている。社会言語学あるいは言語の歴史が満足のいくものでないのは（ここで、フランス革命期の語彙に関する、興味深いけれども結局のところ期待はずれのF・ブリュノ[1]の研究が思いだされる）、学者の無能力ゆえではなく、そのなかで科学が発達していくことを強いられている社会の疎外そのものによる。じじつ社会方言学というものを創始するためには、政治的価値評価という基盤的な行為が、すなわちあれやこれの共同的な言語活動を、諸制度との――ということは結局、言葉のもっとも広い意味での権力との――関連において位置づけることが、どうしても必要であるように思われる。それゆえ（やむをえず新語を使用しつつ）アンクラティックな社会方言（権力の内部に位置づけられる）

とアクラティックな社会方言（権力の外に位置づけられる）を区別することを企てた。[2]「権力」の概念は、言語活動と関連づけられるなかでは、この言葉の限定された政治的な意味で理解されてはならない。アンクラティックな社会方言は、ドクサ、[3]〈国家〉の支持を得て流通している意見、検閲、道徳、伝統文化が支配するところならどこにでもある（したがってこれは、マス・コミュニケーションという手段を通じてこうした言語活動を受容することを余儀なくされている、疎外された階級の言語活動でもありうる）。いっぽうアクラティックな社会方言は混ざりもののない言語活動ではない。それは、現在の政治的言語活動に見られるように、自動機械化の犠牲となることもありうる。対立はむしろ、公然たる、ラディカルな、テロリスト的な言語活動（アクラティックな社会方言）と、混乱した、散漫な、自発的と称する、息苦しい、抑圧的な言語活動（アンクラティックな社会方言）のあいだのものである。

この講義に結論を出すことは望まなかった、というのもこの講義は将来の研究のための導入たらんとしたものだったからである。講義のあいだに提起された主要な問題（模写からドクサ的な言語活動の息苦しさまで）が取り扱われているある作品を最後に注釈するほうが好ましく思われた、フローベールの『ブヴァールとペキュッシェ』である。

II．ゼミのもうひとつの部分では（こちらではゼミへの参加は、研修生、資格をもつ学生および第三課程学生に限られた）、通常どおり、口頭発表および研究についての議論がおこなわれた。これらの口頭発表をおこなったのは研究論文を準備中の学生たち、当校専任講師ジェラール・ジュネット氏で、ジュネット氏はプルーストにおける〈反復的な物語《レシ》〉についてゼミを二回おこなった。さらにCNRS研究員レーモン・ベルール氏が来て、ブロンテ家の子供たちの『初期作品』について研究発表をおこなった。学生の発表は主として文学テクストを対象とするものであった。フローベールと段落の問題（ミシェル・サンドラス）、自伝的説話の構造（アラン・フィンケルクロート）、ヴィリエ・ド・リラダンの三つの短編についての個別的分析（マルティーヌ・コタン）、アンドレ・ジッドのプレシオジテ（ベルナール・ランドリオー）、ランボーのある詩作品の音声的分析（ジャン＝ルイ・バシュリエ）、フローベールの初期作品における文学的コードとエクリチュールの関係（ジャン＝ピエール・ベルグニウー）、批評にたいするフランシス・ポンジュの立場（ジェラール・ファラス）、ジュール・ヴェルヌの作品におけるサイエンスとフィクションの関係（ベルナール・クレミュー）、ディドロ『運命論者ジャック』の言表の構造（マルク・ビュッファ）、学校制度におけるドーデの短編のイデオロギー的機能（B・アブラアム）。映画についての発表がひとつあった（ティエリー・クンゼル、フリッツ・ラング『M』のある断片の分析）。

専任講師であるジェラール・ジュネット氏とクリスチャン・メッツ氏は、学生を導き、学生を引き受け、研究を助け、研究報告会を主催して、研究指導のための活動に緊密に協力した。研究指導教授も同様である。

学会、講演、学術使節

R・バルト氏、研究指導教授、ジュネーヴ大学文学部における代理教授としての講義（一九七一年一月および二月）。G・ジュネット氏、専任講師、ジョンズ・ホプキンス大学（USA）における講義。C・メッツ氏、専任講師（a）マス・コミュニケーションについてのシンポジウム（ミラノ、一九七〇年一〇月）。（b）ボルドー教育文献地方センターが組織したシンポジウム（一九七一年三月）。（c）視聴覚の記号学のシンポジウム（ウルビノ、一九七一年七月）。

刊行物

R・バルト氏、研究指導教授（a）「男性、女性、中性」、『レヴィ＝ストロース記念論文集』、ムートン刊、一九七〇年、八九三―九〇七ページ。（b）「教科書についての考察」、『文学の教育』、プロン刊、一九七一年、一七〇―一七一ページ。（c）「物語の構造分析、「使徒行伝」一〇章―一一章にかんして」、『注解と解釈』、パリ、スイユ刊、一九七〇年、一八一―二〇四ページ。（d）「旧修辞学」、『コミュニカシオン』一六号、一九七〇年一二月、一七二―二二三ページ。（e）「記号学と都市計画」、『今日の建築』一五三号、一九七〇年一二月―一九七一年一月、一一―一三ページ。

高等研究院、一九七〇―一九七一年度

1 フェルディナン・ブリュノはフランスの言語学者、文献学者（一八六〇―一九三八）。『起源から一九〇〇年までのフランス語史』全九巻（一九〇五年―一九三〇年）によって知られる。

2 「アンクラティック（権力のなかの）encratique」／「アクラティック（権力の外の）acratique」という対立概念は、アリストテレス『修辞学』における「エンテクノイ（技術内の）entechnoï」／「アテクノイ（技術外の）atechnoï」のそれにもとづく。R・バルト「言語活動の分裂」、『言語のざわめき』花輪光訳、みすず書房、一九八七年、一一九ページ参照。

3 「〝ドクサ〟〈…〉、それは〝世論〟であり、〝多数派の精神〟、〝プチ＝ブルジョワの全員同意〟、〝自然らしさの声〟、〝先入見の暴力〟である。外観や世論や便宜に適合させた話ぶりいっさいを、《ドクソロジー》と呼ぶことができる〈…〉」（『彼自身によるロラン・バルト』佐藤信夫訳、みすず書房、一九七九年、五五ページ）。

4　返答

「二〇世紀のアーカイブ」という総タイトルのもとで録画された一連のテレビ対談があるのだが、[1]それらはたぶん作者が死んでしまうといったケースでなければおそらく放映されることはけっしてないだろう。ジャン・ティボードー[2]が、わざわざこのテレビ対談向けに、正確、直截で、調査の行き届いた長い質問リストをわたしに準備してくれた。質問リストは、同時に人生にも作品にもかかわるものだった（そういう決まりだったのだ）。もちろん一種の遊びだったのであり、彼もわたしも伝記に重きをおくことがほぼない理論的場から来ている以上、それに乗せられることはありえなかった。この対談は実現したが、ここでは非常にたくさん質問がなされたうちのごくわずかの部分だけしか再現することができない。返答は書き直されている——とはいえそのことは、これらの返答がエクリチュールであることを意味するわけではない、というのも、伝記的内容を含むがゆえに、ここでは、まるで語っている者が生きてきた者と同じである（同じ場所にいる）かのように、わたし（およびそれにかかわる一連の過去形の動詞）が受け入れられねばならないのだから。そういうわけで忘れないでいただきたいのだが、わたしと同時に一九一五年一一月一二日に生まれた人間が、たんなる言表行為の効果のもとで、完全に「想像上の」ある一人称の人物に、いつでもなっているはずだ。それゆえ以下においては、素朴に事実指向的なあらゆる言表にあってしかるべきカッコを、暗黙のうちに復元しなければならないだろう。いかなる伝記も、あえてその名を口にしない小説なのである。（R・B）

最初のいくつかの質問、生まれ、家族、出身階級、幼年時代について……

わたしは第一次世界大戦中（一九一五年の終わり、一一月一二日）に、シェルブールで生まれた。シェルブールを知っているわけではない、というのも、そこを去ったときまだ生後二ヶ月で、文字通りの意味ではこの町に足をおろしていないのだから。父は海軍将校だったが、一九一六年にドーヴァー海峡で海戦中に命を落とした。

わたしが属している階級は、ブルジョワジーといっていいと思う。あなた自身の判断に供するために、わが四人の先祖の名前を教えよう（これは、ある個人のなかに存在するユダヤ性を量的に決定するために、ナチ支配下でヴィシー政権がおこなったことだ）。父方の祖父は「南部鉄道会社」の勤め人で、タルヌ県のある小さな町（聞いたところによると、マザメということだ）に住みついた公証人の家系の出だった。[3] 父方の祖母の両親は、田舎（タルブ市〔フランス南西部、オート・ピレネー県の県庁所在地〕近辺）の貧しい貴族だった。母方の祖父バンジェール大佐は、アルザスのガラス職人の一族の出身で、探検家となり、一八八七年から一八八九年にかけてニジェール川の湾曲部を探検した。母方の祖母は、これらの顔ぶれのなかで唯一裕福だったが、その両親はロレーヌ地方出身で、パリに小さな精錬工場をもっていた。父方はカトリックで、母方はプロテスタントだった。父が亡くなっていたので、わたしには母の宗教、つまりカルヴァン派の宗教が与えられた。

まとめていうと、わたしの社会的出自の四分の一は不動産をもつブルジョワジー、さらに四分の一が旧貴族、四分の二がリベラルなブルジョワジーで、それらすべてが全般的な貧困によって混じり合い、ひとつに結びついたということだ。じっさいブルジョワジーといってもあまり余裕のある暮らしぶりでなかったり、貧しさが高じてときには困窮にまでいたることもあったりしたほどだった。そのために、ひとたび母が「戦争未亡人」となり、わたしが「〈戦争ゆえの〉〈国家〉による被後見児童」となってからは、母は手仕事の技術、つまり製本技術を身につけて、それによってわたしたちはパリでなんとか糊口を凌いでいた。パリにはわたしが一〇歳のときに住みはじめた。

自分の「ふるさと」は南西部地方だと考えている。父方の一族が住む地方であり、わたしが幼年時代を過ごした、そして一〇代にバカンスを過ごした地方だ（いまもしばしばこの地方に戻る、親戚も友人もいないが）。バイヨンヌは父方の祖父母が住んでいて、わたしの過去においてプルースト的な役割を果たした町である――バルザック的な役割といってもいい、なぜならそこでわたしは、誰かを訪ねにいくと、滞在のあいだじゅうずっと、ある種の地方ブルジョワたちが長広舌をふるうのを耳にしたのだから。こうした長広舌を聞いて、非常に早い時期から、わたしは抑圧を感じたというよりは、愉快な気持ちになったものだ。[4]

伝記にかんする別の質問。あなたの一〇代の頃は？　どんな勉強をしたか？

わたしは一〇代をパリで過ごした。ジャコブ通り、マザリーヌ通り、ジャック＝カロ通り、セーヌ通りといった場所で、いつもサン＝ジェルマン＝デ＝プレ界隈だ（当時は地方的な雰囲気のある場所だった）、いまも遠くないところに住んでいる。しかし年に三度の学校の休みはいつもバイヨンヌの祖母と叔母のところで過ごした。二人は広い庭に囲まれた家に住んでいた。製綱所の跡地で、ポルミー並木通りにあった。バイヨンヌではたくさん本を読み（読んだのはそこで見つけた小説で、その大部分はガンベッタ通りの貸本屋から借りてこられたものだ）、とりわけ音楽を楽しんだ。叔母はピアノの先生で、わたしは一日中この楽器を聞き（音階練習でさえ退屈に聞こえなかった）、自分でもピアノが空くやいなやそこに坐って置いてある楽譜を初見で弾いたものだ。ものを書くより前に、わたしはいくつか小さな曲を作ったのだ。そしてのちに、シャルル・パンゼラ[5]に歌のレッスンを受けた。パンゼラには大いなる賛嘆の念を抱いているし、ありがたいことに彼もわたしのことを覚えていてくれている。こんにちでも、一見クラシック音楽ともわたしの若い頃ともかけ離れた文学理論の諸概念を説明しようとするとき、わたしのなかにパンゼラをふたたび見いだすことがある、彼の哲学ではなく、そのさまざまな教え、歌い方、発音の仕方、音のとり方、純粋に音楽的な快楽を作りだすことで心理的表現性の優位を打ち砕くそのやりかたを見いだすのだ。どれをとってもわたしには今日的な意義をもつ明確な説明であり続けている。もし国語（フランス語）とは何かを知りたいと思ったら、彼の『よき歌』[6]のレコードをまたかけるだけでいい、残念ながら再録盤だが。じっさいパンゼラの不幸は、LPレコード到来の直前に歌をやめなければならなかったことで、彼はこうしていまの世代のために場所を明け渡したのだが、その場所は慎みを欠いたフィッシャー＝ディースカウ[7]が、不当にも占めることになってしまったのだ。

　わたしはまずバイヨンヌのリセに行き、それからパリでリセ・モンテーニュ、さらにリセ・ルイ・ル・グランに移り、卒業まで在籍した。〈哲学〉のバカロレア試験まであと二ヶ月というころ、一九三四年五月一〇日に、わたしは喀血し、ピレネーのアスプ谷にあるベドゥーという町に、あまり拘束のない療治を受けに行った。このできごとは、わたしの進むべき道を断った。病気になるまでは、「文学に強かった」ので、エコール・ノルマル・シュペリユールに行くつもりだった。しかし一九三五年にパリに戻ると、古典文学の学士号を準備しただけにおわった。[8] 熱心に勉学に励んだとは言えないが、その埋め合わせに、いまはもう亡くなってしまった（ナチに虐殺されたのだ）友達、ジャック・ヴェイユとともに〈ソルボンヌ大学古代演劇グループ〉[9]を立ち上げ、（学士号のための単位取得を犠牲にして）だいたい一九三九年ごろまで意欲的に活動した。

どんな「社会環境《ミリュー》」があなたを形成したのか？

「社会環境」とは何か？　言語活動の空間、さまざまな関係、支援、規範の網の目だ。この意味で言えば、わたしには「社会環境はなかった」[10]。わたしは母と二人きりで一〇代を過ごし、その母自身が社会に「同化していなかった」（とはいえ「階級からはずれて」いたわけではない）、それはたぶん端的に彼女が仕事をもっていたせいだ。母とわたしには「つきあい」がなかった。わたしの唯一の社会環境は学校、つまりリセだった、学校の友達とだけかかわりをもっていたのだ。バイヨンヌの祖父母の周辺はたしかにある「社会環境」を形成していたが、すでに言ったように、この「社会環境」はわたしにとってはひとつの見せ物にすぎなかった。[11] このことは、わたしがある種の生活様式、というのはブルジョワ的なそれということだが、そうした生活様式にしたがって養育されなかったことを意味するわけではない、暮らしは貧しかったのだが。しつけがあればそれで充分だ、とりわけそれがもっぱら母親だけのものであるときは（わたしの返答のなかに次のことを見てもらってかまわない、すなわち「母」は社会環境から切り離されている、彼女はその罪をまぬがれ、その無意識の偏執を共有していない、「母」はそれだけでひとつの「よき」社会環境である、あるいは少なくとも「母」とは社会環境を濾過するものである、それゆえある意味で社会的疎外を止揚するといえる）。文化的環境については、基本的にはそれは書かれたものだった、家にあった本、何冊かの古典文学、つまりアナトール・フランス、プルースト、ジッド、ヴァレリー、二〇年代から三〇年代の文学だ。シュルレアリスムも哲学も評論もなく、ましてやマルクス主義もなかった。家では『活動』紙[12]を読んでいた、平和主義的で反教権主義的な急進社会主義の新聞、ようするに当時としては「左派」の新聞だ。

どのように戦争を生きたか？「終戦」のとき、知的には、そして政治的にはどんなふうだったか？

わたしは、ほんのわずかの例外を除けば、ほぼサナトリウムのベッドの上で戦争を生きた。結核の発症のために兵役は免除されていた。宣戦が布告されると、わたしはビアリッツのリセの教員に任命された（第四学年〔日本の中学二年〕および第三学年〔中学三年〕担当）。それから、〔対独〕敗戦後にパリに戻って、リセ・ヴォルテールとリセ・カルノで舎監を勤めた。そのころ（一九四一年）に結核が再発し、イゼール県〔フランス南東部、ローヌ＝アルプ地方〕のサン＝ティレール＝デュ＝トゥーヴェにある「学生サナトリウム」に治療を受けにいき、それから短期間パリに戻って、一九四三年に結核がまた再発し、その後スイスのレザンに一九四六年までいた。これは長期の滞在で、ほぼドイツ軍占領期間と重なっている。サナトリウムでは、終わりのほうこそ生活体制にうんざりし、いらだったものの、それ以外は幸福だったといえる。本を読み、友達づきあいに多くの時間とエネルギーを割いた。一時文学の勉強をやめて、医学の勉強を始めようと考えたこともあった（精神医学をやりたかった）。当時ＰＣＢ[13]と呼ばれていた資格課程を始めたのだが、軽い再発によって中断し、結局古典文学の学士課程を終えるだけにとどまった（学士課程を終える前にすでに「高等教育修了証[14]」は取得していた。指導教官はわたしが敬愛してやまない古代ギリシャ研究者ポール・マゾン[15]で、テーマはギリシャ悲劇における呪詛と喚起についてだった）。サナトリウムでの滞在中に「学生サナトリウム」の雑誌『エグジスタンス』にいくつかの文章を寄稿した、とりわけ刊行されたばかりのカミュの『異邦人』について書いたが、そこでわたしは「白い」エクリチュールつまりエクリチュールの零度の最初の観念を着想したのだ。[16]

レザンの大学病院では三〇人ほどが治療を受けており、そのなかにフルニエという友達がいて、わたしにマルクス主義について説得的に語ってくれた。かつて印字工をしていて、強制収容所から出てきたトロツキズムの活動家だった。知性、柔軟さ、政治的分析の力、皮肉、知恵、一種の道徳的自由、ようするに非の打ち所のない性格で、どんな政治的興奮とも無縁であり、彼がこういう性格だったおかげで、わたしはマルクス主義的弁証法のきわめて高度な観念を理解することができたのだ（というかむしろ、フルニエのおかげでわたしがマルクス主義のなかに見てとったのが、まさに弁証法というものなのである）。その後このような魅力は、ブレヒトを読んだときにしか感じたことはない。いっぽう一九四五年から一九四六年は人々がサルトルを発見しつつあった時期だ。質問にできるかぎり直截かつ端的に答えるならば、終戦のとき、わたしはサルトル主義者であり、マルクス主義者だった。わたしは文学的形式（カミュの『異邦人』を通して、わたしはこれについてはっきりした意識をもった）を「政治参加」させ、サルトル的な政治参加をマルクス主義化しようと、あるいは少なくともそれにマルクス主義的な正当性を与えようと——そしてたぶんそれだけでは不充分だったと言うしかないが——試みるのだ。この二重の計画は『零度のエクリチュール』のなかにかなりはっきり見てとれる。

どのようにしてあなたは文芸評論に行き着いたのか？

わたしはほんとうに文芸評論に行き着いたと言えるのだろうか？　というか、そもそもわたしが行き着いたのは文芸評論なのだろうか？[17]——ここではその具体的な経緯だけを話そう。いま話に出た友達のフルニエは、モーリス・ナドーと知り合いだった。彼はそのころ『コンバ』紙——当時この新聞がいかに重要だったかはいまなお記憶に新しい——の文芸欄を仕切っていた。わたしは、白いエクリチュールという観念と形式の政治参加についてのある短いテクストをナドーに読んでもらった（たしか一九四六年のはずだ）。[18]ナドーから『コンバ』のために二つの原稿を依頼された。[19]わたしは原稿を書いて彼に渡した（一九四七年のことだ）、これが『零度のエクリチュール』の元になった。というのも、フランス語の外人教師としてブカレストとアレクサンドリアに滞在し、パリに戻ってから、わたしは文化交流の「統括部門」の官僚になり（かなり自由がきいた）、『コンバ』に書いたいくつかの新しい原稿のなかでこの同じテーマを発展させたのだ（一九五〇年のことだ）。わたしはデビューというこの非常に重要なことがらをナドーに負っているわけだが、彼以外に二人のひとがわたしの最初のいくつかの原稿に興味を示して、本にしないかともちかけてきた。それは（ガリマール社の下読み係をしていた）レーモン・クノーと（もっともガリマール社は原稿を拒否した）、アルベール・ベガンで、このベガンが、ジャン・ケロールとともに、スイユ社がわたしの本を出すために尽力してくれたのだ。[20]いまでもわたしの本はスイユ社から出ている。

あなたの最初の著作は一九五三年の『零度のエクリチュール』である。この簡潔な書物は「デビュー作」としては例外的な揺るぎのなさをもっている。主観的には、あなたは自分に（自分の方法、自分の計画に）「自信」をもっていたか？

「主体（主観）」（当時はそれがなんなのかあまりよく理解されていなかった）は「分割」されている。それゆえ「主観的には」わたしは分裂していた。闘争、もしくはそのように自分が考えていたことの主体、すなわち文学的言語活動の政治的かつ歴史的参加《アンガージュマン》の証明の主体としては、わたしは自分に自信をもっていた。だが、公の場で他人の目に与えられるある事物を生産する主体としては、むしろ恥の気持ちがあった。いまでも思いだすが、ある晩『零度』がスイユ社から出版されることが確実になってから、わたしはサン＝ミシェル大通りを歩いていて、この本を取り戻すことはもうできないんだという考えが浮かび、ひとりで顔を赤らめたことがあった。こういうパニックの意識は、ある種のテクストを書いたあと、いまでもわたしをとらえることがある（昔書いた本を読み直すことへの嫌悪は言わずもがなのことだが、それは結局のところ一種の恐怖という以外にない）。突然言葉たちの力が途轍もないものに思え、それらがもつ責任が耐えがたいものに思えてくる、自分自身のエクリチュールを前にして自分があまりにも弱々しく感じられる。しかしわたしは書き続ける、流通のなかにテクストを放ち入れる、なぜならわたしは自分にこう言ってきかせるのだ、これはエクリチュールの仕事の虚偽の瞬間にすぎず、たぶん避けて通れない局面で、そんなときひとはなお、エクリチュールも、話し言葉《パロール》同様、外にさらされた自分の身体の断片だと信じこんでいるのだと。――それはまたさらに次のようにわたしを説得する一種の哲学にもよっている、エクリチュールはテロリスト的であることを回避できないのだし（テロルはその作者自身に向けられうる）、それを取り戻すことを望むなど滑稽の極みだと。せいぜいのところ、自分のテクストのなかであまりにもひどい愚かさあるいは暴力性をなすものを訂正するぐらいが関の山だ、つまりいくつかの表現を脇にそらすということだ。

『零度のエクリチュール』は、どのような批評体系あるいは文学理論のおかげを被っているのか？　ポーラン[21]、ブランショ、サルトルはあなたの自己形成になんらかの貢献をしたか？　そしてマルクス主義関連では、とりわけルカーチ[22]の著作は読んでいたか？

わたしはいかなる批評体系も、いかなる文学理論も知らなかった（そもそもあの実存主義の時代には、「体系」という語も「理論」という語も関心をもたれなかった）。ポーランもブランショもルカーチも読んでいなかった、おそらく彼らの名前さえ聞いたことがなかった（たぶんポーランは別として）。マルクスは読んだ、レーニンも少し、トロツキーも少し、サルトルは当時知りうるかぎりのすべてを読んだ、そして（サナトリウムでは）文学書を読みあさった。

『零度』によってなされた「排除」に、しかるべき理由を与えていただけるだろうか（たとえば、アルトー、バタイユ、ポンジュ……）？

これらの「排除」は無知ゆえのものだ。わたしはアルトーもバタイユもポンジュも読んでいなかった。たしかにこうした無知を「排除」と言いかえることは可能だろう。しかしその場合、あなたはわたしの無意識なり怠惰なりに根拠を求めねばならず、そのようなことは、やろうと思う批評家がいたら、そのひとに任せておけばいい。こうした知的年譜の諸問題について、あなたは正当な根拠なく現在を過去に投影しているようにみえる。一九五〇年にバタイユを読んでいないことがもつ意味は、現在そうであるとしたらもちうる意味と同じではない。ルカーチについても同様だ。終戦直後、だれがルカーチを読んでいただろうか、ルフェーヴルとゴルドマンぐらいではないか[23]？　まるであなたにとっては、エッセイストたるもの、まわりで産出されるものに片っ端から興味を示さねばならないという、一種の知的モラルが存在しているかのようだ。わたしはいままで、あなたが考えるよりもずっと不透明な仕方で、ずっと少ない読書量で、書いてきた。読む本の選択の不公平、偏り、偶然、そしてその貧しさすら、書くことをさまたげることはまったくないし、必要とあらばアクチュアルなことがらについて書くことだってできる。

『彼自身によるミシュレ』までのあなたの生活は?

二、三年、文化交流の「教育担当」係をやっていた。わたしはそこでおもに〈名誉博士号〉授与と教育にたずさわる修道士のための旅行の企画を担当していた。一九五二年には、一八三〇年ごろのフランスにおける社会問題の語彙について語彙論の博士論文を作成するために、CNRS〔フランス国立科学研究センター〕から奨学金を得た。じっさい言っておかなければならないが、一九五〇年にアレクサンドリアに滞在したとき、グレマス[24]と知り合いになったのだ。彼もわたしと同じくそこで教員をしていた。グレマスのおかげで、言語学に取り組むきっかけができ、彼を通してマトレ[25]を知った。そうして語彙論あるいは語彙の社会学に興味をもったのだ。

あなたは一九五四年に『彼自身によるミシュレ』を刊行する。これは完全に自分の意志による選択なのか? あるいは外的な事情がこの本を出す原因となったのか?

学生だったころ、ジョゼフ・バリュージという、多くの点でたいへん興味深い人物とときどき会うことがあった、宗教史家で〈十字架のヨハネ〉の専門家ジャン・バリュージの弟だ。[26] ジョゼフ・バリュージは「周縁的な」ことについて並外れた教養の持ち主で、時代遅れのことから謎めいたことを浮かび上がらせる術をもっていた。彼がわたしにミシュレを読めと勧めてくれて、わたしはすぐにその何ページか（いまでもよく覚えているが、とりわけ卵について書かれたページ）に感嘆した。そのあとレザンで（スイスの大学は結核患者に本を貸してくれた。フランスの大学では、感染を恐れて、そうはしてくれなかった）ミシュレを全部読んだ。理由はなんにせよ自分がいいと思った文章を、あるいはたんに繰り返し出てくる文章を、何枚ものカードに書き写した。多少カード遊びに興じるような感じでこれらのカードを分類していくことを通して、結果としてテーマ批評に行き着かないことはありえなかった。スイユ社（たぶんジャンソンだと思う）[27] がわたしに「永遠の作家」叢書の一冊を依頼してきたとき、わたしはただそれを書いていけばよかったのだ。このテーマ批評はバシュラール[28] に負うものは何ひとつない、なにしろわたしは彼を読んだことがなかったのだから。——もっともこのことが、『ミシュレ』がバシュラールに結びつけられるたびに、それにたいして抗議する充分な理由になるとも思えなかった。当時バシュラールを知っていたとしたら、どうして彼を拒絶することなどありえただろうか？

『テアトル・ポピュレール』誌[29] への参加について話していただけるだろうか？

『テアトル・ポピュレール』には二つの時期があった。最初の時期、われわれ（ヴォワザン、ドルト、デュミュール、デュヴィニョー、パリス、モルヴァン＝ルベスクそしてわたし）は、ヴィラールのTNP[30] が何はともあれよき民衆演劇であるかぎりにおいて、TNPを擁護することに熱意を傾けたし、ときには批判することも辞さなかった。ヴィラールはスペクタクルの概念のなかに美学的洗練の要求を持ち続けつつ、ブルジョワ的観客の型にはまった見方を打ち砕こうとした。だが彼はいかなるイデオロギー的素養ももっていなかった、というかもつことを望まなかった。それゆえ『テアトル・ポピュレール』の第二の時期は、ブレヒトとベルリナー・アンサンブルが（一九五四年に）フランスにやってくることによって開かれたと言える。[31] 当時われわれ（とりわけヴォワザン、ドルト、わたし）は、自分たちに見合ったやりかたで、ブレヒト、ブレヒトの理論とドラマトゥルギーのためにラディカルな闘いを押し進め、そのおかげでわれわれは大いに親密になった。われわれと袂を分かつひともいたし、われわれがブレヒト的演劇のなかに見ていた異化効果に異議をとなえたり、さまざまなブレヒト的概念（「異化効果」、「社会的身ぶり《ゲストゥス》」[32]、「叙事的」演劇など）に想定される知性偏重を皮肉ったり——フランスでは、知性と芸術を混ぜこぜにすることは好まれない——、さらにはフランス的なブレヒト理解の「教条主義」や「テロリズム」に抗議したりすることに時間を費やすひともいた。

あなたはたえずブレヒトを参照する（「文学と意味作用」一九六三年、参照[33]）。理由は？　あなたにとって、ブレヒトの規範性は彼のマルクス主義的基礎と結びついているのか？

わたしはブレヒトの演劇から受けた衝撃について、そしてこの演劇がひとたび確認されてから、他の演劇を愛することが、そしてそれを見に通うことさえもが、困難になった理由について、二度にわたって（たしかに手短にではあるが）説明した。[34] それに、近々ブレヒトについて本気で再論することもありえる。ブレヒトはわたしにとっていまでもきわめてアクチュアルだ。彼は流行っているというわけでもないし、アヴァンギャルドの自明の関心領域に入ってきているわけでもない、たぶんそれだけにますますそう言うことができる。わたしの考えでは、彼の演劇が模範となりうるのは、ありていに言えば、そのマルクス主義によってでも、その美学によってでもない（どちらもきわめて大きな重要性をもってはいるが）、それら二つのものの結合、つまりある種のマルクス主義的理性とある種の意味論的思考の結合によってなのだ。彼は記号の効果について熟考したマルクス主義者だった、これはめったにあることではない。

あなたは演劇についての本を刊行していない。あなたが演劇について書いたものは『現代社会の神話』、『ラシーヌ論』そして『批評をめぐる試み』のなかにばらばらに見いだされるか、そうでなければ単行本には未収録だ。理由は？

たんにわたしにそれを依頼する人間がいなかったからだ。[35]

『現代社会の神話』が一九五七年に出版される。この本はまず、一九五四年から一九五六年にかけて、とりわけ『レットル・ヌーヴェル』誌に発表された短いテクストの集大成だ。第一の質問、あなたにとって、あなたの仕事にとって、あなたの「エクリチュール」において、雑誌とはなにか？

エクリチュールの最初の効果のひとつは（それを恐れるにせよ、めざすにせよ）、誰に語っているかがわからないということだ。書くことは転移[36]と関係がない（だからこそ多くの「正統的な」精神分析医は精神分析的文芸批評という観念を拒絶する）。エクリチュールの仕事において、雑誌は、明確な対人化が前提となるパロールと、もはやそれがまったく前提とならない書物のあいだの中間的な段階を代表する。雑誌のためにテクストを書くとき、念頭におくのはその雑誌の読者ではなく（いずれにせよ読者はほとんど「念頭におけ」ない）、その雑誌の執筆者のグループだ。彼らは、いわば共通のアドレスのようなものを形成するというメリットをもつが、そのアドレスは文字通りにいえば公的なものではない。それは一種のアトリエ、「クラス」（コンセルヴァトワールで、ヴァイオリンのクラスと言われるような意味で）のようなものだ、人は「クラス」のために書くのだ。雑誌――ここでわたしが言いたいのは闘争、連帯についての戦略的配慮ということではなく、そういうことは別にしての話だが――、雑誌はエクリチュールのひとつの段階だ、この段階でひとは自分の知るひとみなに愛されるために書く。これは慎重を期し、しかるべき心遣いをする段階であり、ここでひとは言語活動にくっついた転移のへその緒を、完全に断ち切りはしないまでも、放棄しはじめるのだ（この段階が完全になくなってしまうことはない。もしわたしに友達がいなかったとしたら、彼らのために書く必要がなかったとしたら、わたしにはなお書く勇気があるだろうか？　ひとはつねに雑誌に戻っていくのだ）。

一九五七年の序文で、あなたは『現代社会の神話』を、「あたりまえのことが飾りたてられて示されるなかに現れるイデオロギー的濫用を捉えなおす[37]」ための試みとして呈示している。五〇年代のあなたの政治的立場を説明していただけないだろうか？

『現代社会の神話』の意図は政治的なものではなく、イデオロギー的なものだ（逆説的にも、われわれの時代そしてわれらがフランスにおいて、イデオロギー的急転は政治的急転よりひんぱんに起こるようにみえる）。『現代社会の神話』が意図しているのは、わたしが「プチブル」と呼んだ一種の怪物をひと塊にして体系的に捉え（それをある種の神話に仕立てあげてしまう危険は承知のうえで）、倦むことなくその塊を殴りつけることだ。方法はほとんど科学的ではないし、そうしたことをさして望んでいたわけでもなかった。それゆえ、方法論的序曲はあとになって、ソシュールの読解によって、ようやく付け加えられることになったのだ。『現代社会の神話』の理論は「あとがき」で論考の対象になっている。理論といっても部分的なものにすぎない、なぜなら、たしかにイデオロギーの記号論的説明はしっかり素描されたが、それはプチブルという現象の政治理論によって補完される必要があったはずだし、いまもその必要はあるのだから。わたしのなかでプチブル問題はなかなか決着がつかないでいるので（おそらくブルジョワ問題よりももっとそうだ）、ときどきプチブルについて、大部の書物とはいわないが、大きな仕事を思い描くことがある。わたしはその仕事の過程で、他の人々（政治理論家、経済学者、社会学者）から、政治的にはそして経済的にはプチブルとは何かについて学ぶだろう、また純粋に文化的ではない基準にもとづいてプチブルを定義づけるにはどうしたらいいか学ぶだろう。わたしのプチブルへの興味（きわめて両義的だ）はじじつ次の前提から（あるいは次の作業仮説から）来ている、すなわち、こんにち文化はもはやほとんど「ブルジョワ的」ではなく、プチブル的である、あるいは少なくとも、プチブルはいま、ブルジョワ文化を質的に低下させつつ自分自身の文化を作りあげようと試みている。ブルジョワ文化は歴史に回帰する、だが茶番として（マルクスの図式を覚えているだろう）[38]。この「茶番」とは、大衆的と呼ばれる文化である。

あなたは、『現代社会の神話』の最後の部分を占める「今日の神話」（一九五六年）というエッセイが自分自身の「進化」のなかでもつ重要性を、何度かにわたって強調している。ところで『現代社会の神話』の刊行のあと、あなたは五年間一冊も本を出していない。その後に出る本には、実際にはこの時期に書かれたテクストが収録されているわけだが、この沈黙はある「危機」を示すものなのか？「詩学」の次元あるいは科学的な次元における「困難」を示しているのか？

一九五六年—一九六三年、わたしはこのころある種の職業的不安定を経験した。すでに述べたように、語彙論の博士論文を準備しはじめていたのだが、すぐにいくつかの方法的困難に突き当たり、それを解決することができなかったし、当時はそうした困難が「興味深い」ものであることに気づきさえしなかった（単純化していうと、分類することの困難が問題だったのだが、分類するといっても言葉をではなく——それだったら語彙論にはなんの苦もないことだ——、一連の連辞、一連のステレオタイプ——たとえば〈商業〉と〈工業〉——をであって、それは連合的意味論と呼びうるであろうものについて問題を提起することにほかならなかった）。準備ははかどらず、ＣＮＲＳの奨学金は打ち切られた。そのときロベール・ヴォワザンがわたしに手を差し伸べて、アルシュ出版社に来るように誘ってくれたのだ。[39] それからまたリュシアン・フェーヴルとジョルジュ・フリードマンの後ろ盾を得てＣＮＲＳに戻ったが、[40] 今回は社会学の分野だった。わたしは社会学、あるいはもっと正確には〈衣服〉の社会記号学の研究にとりかかり——それがのちに『モードの体系』に結実したのだ。数年後（正確な日付けは覚えていない）、またしてもＣＮＲＳの奨学金を失ったが、またしてもフェルナン・ブローデル[41]がわたしを拾ってくれて、研究主任として高等研究院に迎え入れられた。そこで一九六二年に研究指導教授になり、「記号、象徴および表象の社会学」についてのゼミナールを開いた。このタイトルは一種の妥協だった、わたしがやりたかったのは記号学だったが（それで「記号」や「象徴」という言葉が入っている）、社会学との関係が断ち切られてしまうことも望まなかったのだ（デュルケムの社会学に由来する表現である「共同表象」が入っているのはそのためだ）[42]。

知的な面でこの時期「危機」があったとは思わない、それどころかまったく逆だ。そもそも本の産出をはばむのは「危機」なのか、それとも情報伝達の責務にたいする信頼、心意気、情熱なのか、わからない。わたしの場合はむしろあとのほうの理由だった。ソシュールのおかげでコノテーション〔共示〕の意味論的図式[43]によってイデオロギーを定義づけることが可能になり（少なくともわたしはそう信じた）、それでわたしは記号学的科学に自分を没入させうるという可能性を熱っぽく信じた。わたしは科学性という（幸福感に満ちた）夢（『モードの体系』と『記号学の原理』はその残滓だ）を生きたのだ。本を出すことはこの際どうでもよかった、時間ならあった。もっともあなたもお気づきのように、わたしはたくさんの論文を書き、それがエクリチュール（エクリチュールの欲望）を持続させることになりはした。その後の展開は、少なくともいまのところ、わたしの「真実」が二つ目の要請〔エクリチュール〕のほうにあり、最初の要請〔本を出すこと〕のほうにはないということを示している。もっとも「記号学者」としてその要請を根拠づける必要はいまでもしばしば生ずる、この「記号学者」というステータスには、場合によってお墨付きが与えられたり、異議を唱えられたりしているが。

あなたの本のうち二冊が固有名をタイトルとしてもっている。あなたにとってミシュレとラシーヌは、それぞれ古典主義文学と一九世紀文学がなんたるかを示す作家として、特別に重要なのか、あるいは彼らそのものが重要なのだろうか？　そしてさらに、彼らはあなたにとって「好みの」作家なのか？　「好みの」作家とは何か？　あなたの「好みの」作家は誰か？

『ミシュレ』の個人的な起源についてはお話しした。『ラシーヌ』は純然たる注文によるものだ。クラブ・フランセ・デュ・リーヴル社のグレゴリーから〔シャトーブリアンの〕『墓の彼方からの回想』への序文を依頼された。[44] これにはおおいに気を惹かれたが、「正しい」草稿を校訂した教授はグレゴリーがこの草稿を使うことを拒否し、ラシーヌについての本が必要だった彼が、それをわたしに依頼したのだ（「会計係が入り用だったのだが、その口にありついたのはダンスの先生だった」[45]）。ミシュレが好きなのとおなじぐらいラシーヌは好きではない。愛における疎外という個人的な問題をそこに無理やり注入することによって、ようやくラシーヌに興味をもつことができた。「好みの」作家ということでいえば、それはただ単純に、周期的に読み返す作家のことだと思う。そうであれば、話を古典的な作家にかぎるとして、わたしの「好みの」作家は、とりわけサド、フローベール、プルーストだ。

あなたの記号学的研究に決定的な影響を与えたのは、言語学の、あるいは他の学問領域のどのような著作なのだろうか？

それは文化のすべて、読書や会話の無限の全体——たとえそれが性急で理解もあやふやな断片というかたちのもとでであっても——、ようするに間テクストだ。それが仕事に圧力をかけ、扉を叩いてなかに入ってくるのだ。いくつか名前を挙げるとすると、わたしにかんしては、記号学の圧力は一九五六年に読んだソシュールから来た（もっとも一九四七年からヴィゴ・ブレンダル[46]という「マイナーな」構造主義者を読んではいた。「零度」という観念は彼から得たものだ）。すでに述べたように、一九五〇年以降のグレマスとの会話に負っているものは多く、彼がとりわけきわめて早い時期に、シフター[47]についてのヤーコブソンの理論や、暗喩、換喩、触媒、省略法[48]といったいくつかの文彩のもつ形式上の射程について教えてくれた。イェルムスレウのおかげで、コノテーションの図式を押し進めて形式化することができたが、この観念はわたしにはつねに大きな重要性をもち、これなしで済ますことがどうしてもできない、デノテーション〔外示〕を言語活動の自然な状態、コノテーションをその文化的状態として呈示することにはある種の危険がつきものではあるのだが。[49] チョムスキーには、じつをいうといまようやく、非常に遅れて興味を抱いているところだ。プロップは英語で読んだ、それはレヴィ＝ストロースから話を聞いてのことだったが、ロシア・フォルマリストたちについてのエルリッヒの本も同じで、まだトドロフのアンソロジーが出る以前のことだった。[50] しかしわたしが読んだ言語学者のなかで、わたしにとってもっとも高いランクにとどまり続けるのはバンヴェニストだ、[51] こんにちではきわめて不当にも忘れられ、無視されているが。彼の言語学の表層というものがあり、それは沸騰しようとする水の震えのようで、その震えはあまりに控えめなので胸を突かれるほどだ。学問（バンヴェニストの場合それはこのうえなく厳密なものだ）をほかのものに向かって高揚させるこの力、この熱気こそ、ご存知の通り、わたしがエクリチュールと呼ぶものだ。ここでわれわれは、きわめて同時代的な歴史のなかに入ってゆき（レヴィ＝ストロース、ラカン、トドロフ、ジュネット、デリダ、クリステヴァ、〈テル・ケル〉、ソレルス）、そしてこれが、一九七一年から七二年にかけてゼミで取り扱いたいと思っている主題なのだ。というのも、記号学の操作的枠組みを設置したのが言語学であったとしても、記号学は、民族学、哲学、マルクス主義、精神分析、エクリチュールとテクストの理論など、もっぱら他の学問分野、他の思考、他の要求の光のもとで修正され、深められていったのだから（さらに、自分が「記号学者」だからといって、これらの学問分野を記号学に「還元」してしまうのはまちがっている。ほかのものに向かう脱臼のようなものがあるのだ）。

一九六五年に、ピカール教授の攻撃文書『ヌーヴェル・クリティックあるいは新手の詐欺』が「ヌーヴェル・クリティック〔新批評〕」、なかんずくあなたに激しく挑みかかってくる。この攻撃は、新聞雑誌の大部分の「検証もない、ニュアンスもない、全面的な支援」を受ける。一九五三年以来、あなたはどのような敵意を引き起こしてきたのだろうか？　この「ピカール事件」には前例があったのか？　あなたはこれを予期していたのか？

過去よりもむしろ未来を引き合いに出しながら、お答えしよう。というのも、ピカール事件そのものは終結したとしても、その権利が失効していないことに変わりはないのだから。このことは、〈シニフィアン〉の歴史的場面において、こうしたことが立ち戻ってくる可能性があることを意味している。あまり動きのない社会においては、たんなる反復強迫によってそれは立ち戻ってくるにちがいないとすら言えるだろう。役者は新しくなるだろうが、場は同じままだろう。わたしは次のような事実にいつも驚かされてきた、それは、ピカールの論法――むしろその表現の仕方といったほうがいい――が、一見、文学についての超‐美学的な見方に由来しているにもかかわらず、たとえば歴史中心主義、実証主義、社会学中心主義といった、それと敵対する場から来てもまったくおかしくはなかったし、それゆえこれからもそういう場から来る可能性はおおいにあるという事実だ。というのも、じっさいにはこれらのさまざまな場はただひとつの場だけを形成していて、それはおおざっぱに言えば、失象徴[52]の場なのだ。精神分析の反対側にはただひとつの場所しかなくて、その場所を占める者（「役者」）は変わるかもしれないが、そのトポロジックな機能は変わらない。もちろんそれを望むわけではないけれども、ある日、たとえばある種の〈大学〉が伝統的な〈大学〉の場所を占めることになり、ピカールが、いわば実証主義的、社会学中心主義的あるいは「マルクス主義的」（カッコをつけているのは、これがある種のマルクス主義を問題にしていることを示すためだ）検閲者として再登場してきたとしても、わたしはいっこうに驚かないだろう。そうしたものはすでに存在している。

『モードの体系』は一九六七年に出版される。あなたはこの本を「いくぶん素朴なステンドグラスとでもいった程度のもの」として紹介し、そこに読まなければならないのは、「ある学説がもつさまざまの確実性でもないし、ある研究の結果ゆるぎないものとされたもろもろの結論などですらなくて、むしろ、修行時代につきものの信念や誘惑や試行錯誤」なのだと言っている。[53] 一九六七年に――『現代社会の神話』から一〇年も経って――なぜこのような「素朴さ」を言うのか？　あなたの仕事は、けっして終わることがないだろう修行の「試行錯誤」に、執拗なまでに結びついているということか？

わたしは最初〈衣服〉について、〈衣服〉のすべてについて、まじめな社会‐記号学を練りあげようと考えた（いくつかの調査に手をつけさえした）。それからレヴィ＝ストロースの個人的な指摘にもとづいて、コーパスを均質化し、書かれた（モード雑誌に描写された）衣服だけに対象を絞ることに決めた。この変更のために、『モードの体系』は構想が固まって仕事も大分進んでさえいたのに、出版されるのはずっとあとになってしまったのだ。あの当時、知の歴史はどんどん進み、未完成の草稿は時代遅れになり、わたしは刊行をためらいさえした。それは〈書物〉の刊行から何も（つまりいかなる快楽も）期待していなかったということでもある。わたしは体系の練りあげ、組み立てのなかに悦びのすべてを注ぎこみ、熱意をもっておおいに努力を傾けたが、それは、物理の問題を解いたり、日曜大工で複雑かつ無用なものを作ったりするために努力を傾けるのに少し似ていた。結果を言葉で言いあらわすことには、もはやごくささいな快楽しかなかった――そのことはできあがった文書のなかに感じとれる（このことがまたしても証明しているのは、科学のイマジネールはエクリチュールを省略できるということだ、しかしそれはエクリチュールをしくじるということでもある――そしてそれとともに真実をも）。じっさい『モードの体系』は科学性という関心に忠実だった。そのときわたしは、記号学の理論がひとたび確立されたら、個々の記号学、さまざまな文化的事象、つまり食べ物、衣服、物語、都市など、あらかじめ存在する個々の全体に応用される記号学を構築しなければならないと信じこんでいたのだ。こういう演繹的な見方こそが、その後わたしにはいささか「素朴」に思えるようになった。こんなふうなものごとの進め方を強いるかにみえる「良識」は、むしろ学者のイマジネール（わたしはこの言葉をつねにラカン的な意味で使う）[54]に属している。言いかえれば、素朴さとはメタ言語への信頼ということであった。

修行にはかぎりがないというその特質については、次のことを言っておこう。終わらないのは修行ではなく、むしろ欲望だ。わたしの仕事は一連の「関心の撤退」からなっているようにみえる。自分の欲望を一度たりとも撤退させなかった対象はたったひとつしかない、それは言語活動だ、言語活動はわたしにとっての対象aだ。[55]『零度』以来（そしておそらく一〇代の頃、地方のブルジョワジーのおしゃべりを一種の見せ物として受けとっていたとき以来）、わたしは言語活動を愛することに――そしてもちろん同時に嫌悪することに――決めた、言語活動にたいして全面的に信頼を寄せ、かつ全面的に不信を抱いたのだ。しかしアプローチの方法のほうは、どんなことが周囲で言いあらわされ、どんなことがわたしにたいして特別な魅惑の力をおよぼすかによって変わりえた、すなわち試みられ、気に入られ、様変わりし、お払い箱にされた。まるで、いつも同じひとを愛している、だがそのひとにたいして新しい性愛の実践を試してみる、といったように。終わることのない修行、それをある種の人文主義的プログラムのように理解してはならない、けっして自分に満足してはならず、知識と知恵からなる何かオランピア的なイメージに向かって進歩して（「成熟して」）いかねばならないというように。むしろ、ラカンが「欲望のさまざまな変貌」と呼ぶものの抗しがたい流れとして、理解しなければならない。

一九七〇年の時点で、『S／Z』の献辞は、多くの教師たち、とりわけ「文学および人文科学」の教師たちの不安のことを考えると、一種の挑発めいた印象を与える。「本書は二年間（一九六八年と一九六九年）にわたって、高等研究院のゼミナールにおいて行われた作業の痕跡である。ゼミナールに参加された学生、聴講生、友人の諸君に、諸君の聴講のおかげで書かれたこのテクストの献辞を受けとっていただきたいと思う。」[56] この数行が、みずからの教育のなかで異議を申し立てられた何人かの教員たちをいらだたせるかもしれないとは思わないか？

わたしは、学生と教員はすでに非常に多くの場合、自分たちのあいだで仕事の共同体を実現していると確信している。いずれにせよ高等研究院ではそれがふつうの体制だ。もしもあなたが引用する献辞に逆説が含まれているとしたら、それはあなたが問題にしていることではなく、もっとべつの逆説だ、もっともその逆説は一般的に認知されているわけではないが。ある人々は『S／Z』が学生と研究指導教授のあいだの議論から生まれてきたと信じこんだ、彼らは、この献辞が（この呼びかけがもつ真に友愛的な性格に加えて）「聴講」という言葉を導入するために付けられていることを見なかったのだ。アカデミックな言説や異議申し立ての言説を考慮すると、次のようなことを示唆することが逆説になる、「一方的な」講義と「対話による」講義を対立させることにはなんのおもしろみもない、解放は、学生に話す権利を与えること（最小限の措置）ではなく、言葉《パロール》の回路——物理的な伝達の回路（言葉《パロール》を「口にする」こと）ではなく、トポロジックな回路（わたしはここでもちろん精神分析を参照している）——を変えようと努めることにあるのだ。別の言い方をすれば、教育的関係がもつ真の弁証法（プラトン的意味ではなくラカン的意味での）に意識的になるように努めるということだ。この弁証法にしたがえば、聴講はただ積極的であるだけではない——そんなことにたいした意味はない——、聴講は生産的になる。わたしは聴衆と転移的関係によって結ばれていて、その聴衆は、たとえ黙ったままだったとしても、繰り返し出席することを通してわたしが進めている『サラジーヌ』の分析をわたしに送り返し、それよってたえずわたし自身の言説に修正を施していたのだ。

いっぽうで、あなた自身の言明によれば、「イデオロギー批評」の「要請」が「荒々しく再浮上しつつあった[57]」、そんなときになぜバルザックの短編の検討に二年間も割く必要があったのだろうか？

いま「聴講」について述べたことの続きで、まず次のようにお答えしよう、バルザックの数ページを「説明する」ために二年はいかにも長く思えるかもしれないが、その二年はおそらく適切な転移の期間を構成している。ゼミナールと講義を根本的に区別していること——そのことゆえにわたしはゼミナールを好み、講義を好まない——、それは、前者ではある種の弁証法が展開されるのにたいして、後者ではひとはもっぱら言語活動の実力行使だけにかかわりをもつということだ。ゼミナールは、それが持続するがゆえに、そして同じ対象にたいしてそうであるがゆえに、たくさんの「できごと《アヴァンチュール》」（わたしがいっているのはここでもシニフィアンのできごとだ）をひそかに含んでいる。わたしにとってゼミナールの目的は、主としてそのプログラム（「バルザックのある短編のテクスト分析をおこなう」）のなかにあるのではなく、そこで探し求められ、暗黙のうちに実践される言語活動を認識することのなかにあるのだ。

イデオロギー批評について言えば、それは新しい〈大学〉の常套句だ。それについては誰にも異論がない、困難は、イデオロギーがどこにあるか、というかむしろイデオロギーが存在しない場があるのかどうか、決めねばならなくなったときに始まる（その場というのはかならずしも、アプリオリに、イデオロギーの批判者がそこから語りだす場とはかぎらない）。わたしは、イデオロギーがバルザックより以前に（われわれ自身との関連で言って）、というかむしろ（なぜなら、わたしの仕事の対象は、バルザックではなくテクストだったのだから）〈古典的物語《レシ》〉より以前にとどまっているとは思わない。わたしは『現代社会の神話』への新しい序文で、この三年来イデオロギー批評の要請が荒々しく再浮上してきているといったが、だからこそわれわれは、イデオロギーについてのさまざまな宣言をたたみかけて荒々しくそれに返答したいという誘惑に抵抗しなければならないのだ。要求が強ければ強いほど、返答は細心のものでなければならない。そうでなければ、それはご都合主義的としか言いようのないものになるか、あるいはせいぜい単純な信号めいたものになってしまう危険があるだろう。まず初めにイデオロギーがどこにあるか——どこにないか——、自分に問うことなく、イデオロギーの外にいるものとして自分を誇示することになってしまうだろう。

ジュリア・クリステヴァによる間テクスト性という概念から出発して、「フィクションの作者」と「批評家」をどう区別したらいいだろうか？　あるいはまた『S／Z』をバルザックの「再‐エクリチュール」として読むことができるだろうか？

間‐テクストという概念はまず論争的な射程をもっている。それはコンテクストという〈法〉に抵抗するのに役立つ。説明しよう。あるメッセージのコンテクスト（メッセージの実際的周辺）がその多義性を減少させることは、誰もが知っている。あなたが“jumelles”という単語を口にするとしよう。

フランス語の語彙において、「双眼鏡」あるいは「同じお産で生まれた姉妹」という多義的な意味をもっているこの単語の二つの可能な意味のうちひとつを排除し、どちらかのシニフィエを決定的に指示する役割を担うのは、文の残りの部分だ。言いかえれば、コンテクストは意味作用を、あるいはより広範で同時により正確な意味で言うなら、意味生成をコミュニケーションに帰着させる。（文献学で、批評で、言語学で）コンテクストを「考慮に入れる」ことは、つねに実証的で、還元的で、法にかない、合理主義が明白と認めることがらに同調する思考の進め方だ、コンテクストとは結局失象徴的な事象なのだ。誰でもいいからコンテクストを引き合いに出す人のことを考えてほしい、多少想像を押し進めれば、あなたはつねにその人のなかに象徴への抵抗、失象徴を見つけだすだろう。これは何度でも言わねばならないが、間-テクストとは、ある作品、ある作者をそこに出頭させる「影響」、「源泉」、「起源」の裁判の席ではまったくない、それはより広い意味で、まったく別の水準で、ソレルスが（ダンテについての評論のなかで）たいへんみごとに、そして忘れがたい言い方でエクリチュールの横断と呼んだものが成就するあの場だ[58]。それは、横断し、かつ横断されるかぎりでのテクストなのだ（能動と受動のこの等価性のなかに、あなたは無意識の言葉《パロール》を認めるはずだ）。そのことは、何よりもまず、間-テクストがいかなるジャンルの区分けも認めないことを意味する。お気づきと思うが、価値の問題はまったく別だ、しかし『S／Z』についての注解はバルザックのテクストと等位で（水門の作用によって二つの水面の高さがたがいに等しくなるのと同じように等位で）あることを望むのだ。それゆえ、『S／Z』が『サラジーヌ』の再-エクリチュールであると言うことは、まちがっていない——ただし『S／Z』を書いたのは「わたし」ではなく、「われわれ」であることをただちに付け加えなければならない。「われわれ」、つまりわたしがそれと明示せずに、あるいは無意識のうちに、引用し、呼び出したすべての人々だ、さまざまな「読み」であり、「作者」ではない人々である。

より正確な意味でフィクションと批評の対立について述べれば、わたしは多くの機会に次のように言った、その対立は、現在の小説の危機においても、批評の危機においても、〈テクスト〉の到来のなかで同時に廃棄されつつあるのだと。〔文学〕生産が過渡的状態にある現在、役割はただたんにはっきりしなくなっているだけでまだ廃棄されるにはいたっていない、そう言ってもいい。自分自身にかんしては、自分を批評家ではなく、むしろ小説家と考えている、たしかに小説そのものの書き手《スクリプトゥール》ではないが、「小説的なもの《ロマネスク》」の書き手として。『現代社会の神話』、『記号の国』は物語のない小説であり、『ラシーヌ論』、『S/Z』は物語についての小説であり、『ミシュレ』は疑似‐伝記だ、など。ゆえに、自分にとっての歴史的な位置づけ（そのことはつねに問う必要がある）は前衛の後衛であるということができるだろう。前衛であるというのは、何が死んでしまったのかを知っているということだ。後衛であるというのは、いまだにそれを愛しているということだ。わたしは小説的なもの《ロマネスク》を愛しているが、小説が死んでしまったことを知っている。思うにこれこそが、わたしが書いているものの位置する正確な場所なのだ。

『記号の国』の何ページかは『現代社会の神話』に収められた一連のテクストの「リアリズム」を思い起こさせる。こちらはユートピア〔どこにもない場所〕、一九五七年のほうは風刺というわけだ。あなた自身がヴォルテールに適用した言い方を借用して、あなたは、きわめて逆説的にも、というのも文学についての問いかけはあなたのなかで中心的な問題なのだから、「最後の幸福な作家」だ、そう言いたい誘惑に駆られもする。[59] あなたが一八世紀に（ヴォルテール、モンテスキュー、ディドロに）負っているものはなんだろうか？

『記号の国』の小さなタブローの数々は〈幸福な神話〉たちだ。そんなふうに言えるのにはいくつか個人的な理由もあるが、たぶんそれ以外にも、日本ではわたしは旅行者、それも途方に暮れた旅行者であり、ようするに民族誌の記述者というきわめて人工的な状況にあったがゆえに、日本のプチ‐ブルジョワジーを、またその階層が、風俗、生き方、事物のもつスタイルなどにまちがいなくおよぼしている圧力を、「忘れさる」ことができたということがある。わたしは神話による吐き気をまぬがれていたのだ。わたしのありうべき計画のひとつは、まさしくフランスのプチ‐ブルジョワジーを忘れさって（そのために払わねばならない努力は〔日本の場合よりも〕もっとずっと大きなものになるだろう）、フランス暮らしで手にすることができるいくつかの「快楽」を数えあげることだ。この本は、もし世に出ることがあったとしたら、ミシュレにならってわれらがフランスというタイトルをつけることができるかもしれない、というのはミシュレの名で出された同じタイトルの、いささか典拠の怪しい本があるのだから[60]。この本にはもちろんある種の弁証法的な労働が要求されるだろう、なぜなら、現在のフランスからは、日本についてそうしたようにその政治的歴史を捨象することはできないだろうから。そのうえ、自分がフランス人である以上、いわば「自分を精神分析する」ことが必要になるだろう、自分の起源にかんして、そこから排除するもの、わが身に引き受けるもの、あるいはみずから変容を加えるものを知ることが、わたしには必要になるだろう。

一八世紀についていえば、好んでこの世紀の著者たちを読む傾向はいままでわたしにはまったくなかった——それゆえ彼らを読むことはわたしにとって今後の課題だ、これはわたしがはっきりそう意図して自分のために取り置いている快楽で、とりわけディドロにかんしてそうだ。その理由は不自然で軽薄に見えるかもしれないが、わたしの欲望のロジックのなかに含まれていると思う。あるテクストはその言語によって、直接的に、いうなれば最終的に、わたしのところにまで到達する。ところで一八世紀の言語は（ある最近のテクスト〔『サド、フーリエ、ロヨラ』〕で言わんとしているいくつかの理由によって、サドの言語を除くと）、わたしの目には、特徴がないように見える。そのコード、複数のコードが見えないのだ（たぶんだからこそ、その言語は「優雅だ」と言われるのだろう）。一八世紀は、階級的な言語が自然なものになるあの〈歴史〉の時期である。そのとき次のような行き違いが生じる、わたしが味読する言語は、進歩的な時代の言語（すでに知的権力のすべてを専有しているブルジョワジーの言語）ではなく、専制主義的な時代の言語だ、身動きのとれない、コード化された言語、そしてもしこう言ってよければ肘が突っぱった（巨大な関節のある）、知的に上昇しつつあるブルジョワジーの言語、一七世紀の言語なのだ。わたしは（おそらく残念なことに）ディドロよりボシュエをより多く読んできた。

『記号の国』であなたは書いている、「エクリチュールとは結局のところ、それなりの悟りなのである。悟り（「禅」におけるできごと）とは、多少なりとも強い地殻変動であり（厳粛なものではまったくない）、認識や主体を揺るがせるものである。つまり、悟りは言葉の空虚を生じさせてゆく。そして、言葉の空虚こそがエクリチュールをかたちづくる。[61]」『零度〔のエクリチュール〕』とのかかわりでいうと、この「エクリチュール」とは何なのか？

『零度』のエクリチュールから今日われわれが理解しているようなエクリチュールにまでいたるあいだに、場所のずらし、そしていわば呼び名の転倒のようなものがあった。『零度』においては、エクリチュールはむしろ社会学的な概念、いずれにせよ社会－言語学的な概念だ。それはある共同体、ある知的グループに固有の個別言語《イディオレクト》であり、したがってひとつの社会方言《ソシオレクト》であって、複数のコミュニティのあいだで、国家のシステムとしての言語と、主体のシステムとしての文体の中間に位置している。いまならわたしはむしろこのようなエクリチュールを（作家／著述家の対比を参照しつつ）エクリヴァンスと呼ぶだろう、[62] なぜならまさしく（現在の意味での）エクリチュールがそこには不在なのだ。そして新しい理論においては、エクリチュールはむしろ、わたしがかつて文体と呼んだものの場所を占めるだろう。文体は、その伝統的な意味では言表の型に関連づけられる。わたしとしては、一九四七年においては、この概念を実存化し、「血肉化」することを試みたわけだ。こんにちわれわれはそのずっと先まで行こうとしている。エクリチュールはパーソナルな個人言語ではなく（昔の文体がそうであったような）、ある言表行為であり（そして言表ではない）、それを通して主体はあちこちに散らばり、白いページという舞台の上に斜めに身を投げ出しながら、みずからの分割を遂行する。ゆえにこの概念は旧来の「文体」に負うものはほとんどなく、あなたもご承知のように、唯物論（生産性という観念を通して）と精神分析（分割された主体という観念を通して）の二重の観点に多くを負っている。

あなたの仕事を「計画する」のは何か？　あなたはいつも「目の前に」仕事があるのか？

「なんのためでもなく」書いたテクストはいままでにただひとつだけで、それは最初のテクストだ。一九四六年ごろナドーに読んでもらったそのテクストが出版されることはなかったが、それはあとに続く執筆依頼を生みだすもととなった。この最初の零テクストを除けば、他のテクストはすべて依頼によって（自由に主題を選んでもいいときは）、あるいは注文によって（テーマが与えられる場合は——そしてつねにそれを不満に思うとはかぎらない）書かれた。ようするにいつも誰かの促しに応えるために書いてきたのだ。ということはつまり、年を経るにつれてかかわりがいろいろでき、しがらみも増えて、「目の前に」ある仕事はますます多くなる――それで仕事はいつも遅れがちになるということだ。自分でいくつも「予定」を立てて（ある計画を書きこむことはすでにそれを実現したことになるという魔法のような希望を抱きつつ）、それを目の前に貼りだしては現状に合わなくなり、さらにまた作りなおす、そんなことに時間を費やしている。知的な「職業」（というのもこれはひとつの職業なのだから）には、あるよく知られた眩暈がある。この眩暈は、依頼のプレッシャー――このプレッシャーは、まるであなたが必要不可欠の誰かであるかのような、活力の幻想を引き起こす――とエクリチュールという実践の無償性のあいだに根をおろす矛盾に由来するもので、その矛盾にたいしてひとは、エクリチュールとはある政治的、反‐イデオロギー的務めだ、などと繰り返し自分に言い聞かせつつ、ラカンならそう言うであろうように、「壁をつくってわが身を防御する」のだ。〈歴史〉に要請された仕事、というわけだ。この眩暈を限定的なものにし、とはいえいろいろ虚偽的な理由をでっちあげてそのなかに逃げこんだりもしないようにするひとつのやりかたは、もしこう言ってよければ、エクリチュールの実践を機能化すること、つまり時間的厳格さを自分に課すによってそれを規則化することだ。わたし自身についていえば、いかなる事情があろうと毎朝を執筆《エクリチュール》の仕事に当てている。

ある依頼に（もしくはある注文に）応えるために書くことはひとつの「務め」だ。それゆえわたしは務めから務めへと移っていくことになるが、そのことはいささかもエクリチュールの悦びを排除しないし、もしこう言ってよければ、その「夢」すら排除しない。エクリチュールの夢はかならずしもまとまったものとはかぎらない。ひとがある本の計画を立てるのは、組織的な、意思的な、正当なやりかたでではなく、むしろ欲望の切れ端、願望の破片によるのだし、それらは生によってもたらされるどんな接触の瞬間にも現れ、かならずしも重要な理念にかかわるものでもない。ある本の構想もできておらず、それがどういうものになるかごくささいなアイデアさえも浮かばず、あるいはそもそもそれがいつの日か存在しうるのかどうかさえ定かでない、そんな状態でも、その本にかんするある細部をまったく完成したかたちで思い浮かべることができる、たとえばそのために本が作られるであろうあれこれの文の一片とか、目に浮かぶあれこれの活字の配置とか（思うに、あるテクストが幸福なかたちで――すなわちあらゆる「義務」の外で――完成にいたるのは、活字が配置された――文字が書かれた――物体が目に浮かぶ――ほとんどその幻覚が見えるといってもいい――ときだけで、そうしたものにテクストは姿を変えることになるのだ）。最近わたしはよく次のようなふたつの夢を思い描く。それは一方ではある「自由な」テクストを書くことで、そのテクストはあらゆる依頼の外で（その起源をできるかぎり遠くまで押しやって）構想され、そしてまさにそのことによってさまざまな形式の経験にみずからを開くのだが（ある形式の依頼がなされることはけっしてない、「ソネ〔定型一四行詩〕」が依頼された時代はもはや遠い）、そうした経験が遂行されるのは自分の水準に見合ったやりかたで、自分の限界のなかでであり、有無を言わさぬ勢いでアヴァンギャルドからやってくるさまざまなモデルによってではない。そしてそれは他方では、ある新しい知の習得に身を委ねることであり、ある言語、ある学問を習得すること、あるいはただたんにある主題について非常によく「徹底的に」知りつくすことでもいい。けれどもそのためにはあるしかるべき対象を見いださねばならないが、その対象というのは、あまりに関係が遠すぎず、あるいは浅薄すぎもしないもの（趣味に属するような、そして切手収集に類するようなものではない）、現在の言語活動に近すぎもせず、その現代性や責任を受けとることをあまりに性急に義務づけられないものでなくてはならない。これらの夢は実現不可能ではない。その障害となるのは最終的にはむしろ次のような意識だ、つまりそれらの夢はある「想像的欲望《イマジネール》」にもとづいているという意識、そして自分の仕事の「真実」は、いまあるかぎりでの共同的関係性に由来するかなりはっきりした依頼（もしお望みなら注文）が、わたしの予定《プログラム》のなかに、即座に、そしていわば単刀直入に、回りくどくもなく、口実もなく、超越性もなく、〈他者〉の欲望を導入する、そのような場所にこそ、むしろあるという意識だ。こうした条件を代価として、おそらくわたし自身の神経症的構造も関与して、わたしはシニフィアンに接近したままでいることができ、またその絶えざる気まぐれにもあまりに早すぎる失望を覚えずにすんでいる。こういうきわめて短い猶予のなかで、わたしは書いているわけだ。

いま終わろうとしているこの「対談」とは何か？　それがテレビ放映というかたちで差し向けられている「後世」とは何か？

わたしとしては、あなたのその問いを利用して対談というものに疑問を呈したい——この対談そのもののことではない、なぜなら、その意図するところは伝記に関連し、ゆえに許容することができるのだから。このような対談だけが唯一、エクリチュールが身に引き受けえぬもの——それはその力を超えている！——、すなわち単純過去形の第一人称を拾いあげることができるのではないだろうか？[63] わたしの言いたいのはまた、書かれた対談、一連の質問への答えがエクリチュールによって全面的に活性化されている対談のことではない。話がなされ、録音され、それから「書き起こ《ライト》」される、あるいはもっとフランス語的な言い方をお望みなら、転写される（だが書かれるのではない）、通常の対談のことを言いたいのだ。そういう対談はこんにちおおいに人気を博している。その理由はおそらく経済的なものだろう（たとえその理由が直接金銭にかかわっていないにしても）。対談とは安価な論説文なのだ、「うちに何か書いてもらえる時間はない？　ならば対談をお願いしたい」というわけだ。思考と形式という昔ながらの二項対立、あるいはむしろそれらがかたちづくる構造《エコノミー》、偽りの共犯性（古い二人の相棒）がここにふたたび姿を現してくる。思考は仲介不要とみなされ、いかなる準備も要しないと仮定される。それは一銭も金がかからず、直接的に配分することができる、対談とはそういうものだ。形式はといえば、手間がかかり、時間、労苦が必要だ、それは高くつく、論説文とはそれだ。思考を修正することはできない、文体はできる、そんなふうにひとはほのめかす。これは文字通りきわめてブルジョワ的な見方だ、というのも〈ブルジョワ国家〉（それが誕生したのはフランス革命時だ）の法が保護するのは形式の所有権であり、観念のそれではないのだから。奇妙なすりかえではないか、思考は価値が下がり、匿名化されるそのいっぽうで、対談に求められ、パーソナルなものとして位置づけられるのだ。というのも、〔対談という〕この実践の原動力は完全に演劇的なものだ。対談とは次のことを表す誇張的な記号である、すなわち著者は思考する、パロールは純粋状態の思考を表すとみなされ、パロールを記録する（書くのではなく）ことは責任ある、筋の通った行為としてそれを聖別化することになる。わたしはあなたのパロールを記録しよう、あなたは思考しているのだから、というわけだ。対談において著者は思考するふりをする（わたしがここで問題にしているのはある種の制度そのものであり、個々のパフォーマンスではない。一部のインタヴューはよく考えられていて、特定の状況においては有益でもあることを、わたしは否定しない。いっぽう、システマティックに対談を拒否したら、ある別の役回り、つまり謎めいた、人嫌いの、非社会的な思考者という役回りに落ちこむことになってしまうだろう）。エクリチュール（それは文体ではない）にたいして対談はなおさら無意味だし、ばかげてさえいる。こうした実践の前提にあるのは、作家は（あるテクスト、ある本を）書き終えても、なお何か言うべきことが残っているという想定だ。それはなんなのか?「書き忘れたこと」?「廃棄したこと」? でなければ(ありがちなことだが)繰り返して言うこと、あるいはもっと悪いが、「凝縮された」形式で書いたことを「わかりやすい」形式で言表することが求められるのか(だがひとつの、あるいは複数の意味の曖昧さ、省略、多義構文、文彩、言葉遊び、アナグラムといったことはエクリチュールを構成するのであり、文体にかかわることがらではない、それは言語活動との格闘に主体を引き入れる言表行為の実践だ)。エクリチュールとはまさにパロールを超えるものだ、パロールとはひとつの補遺にすぎず、そこには別の無意識ではなく(無意識がふたつあるわけではない)、無意識にたいする語り手の(あるいは聞き手の)別のかかわりが書きこまれるだけだ。そんなわけでパロールはエクリチュールに何もつけ加えることはできない。わたしのなかでは、それゆえ、自分が書いたことにはパロールが禁じられているのだ。わたしにそれ以上、あるいはそれよりも巧みに、何が言えるというのか? パロールはつねにエクリチュールの後方にあると、自分によく言い聞かせねばならない(したがってそれはまた「私生活」の後方にあることになる、というのも「私生活」とはある種のパロールの拡張にほかならないのだから。それで「わたし」は、そのステータスからして、自分が書くものよりもつねに愚かだし、無知だ、などなどということになる。わたしは自分が書くようには存在していないのだ)。ぎりぎり擁護しうるただ一種類の対談は、著者に、自分が書くことのできないことについて、発言を求める類いのものかもしれない。そのとき、すぐれたインタヴュアーとは、著者に向かってその本のお決まりの主題たちを再-現することはあきらめて、パロールとエクリチュールの分割について熟慮された知識をわがものにしようとするひと、対話の相手に、エクリチュールが彼に書くことを禁じているまさにそのことについて問いかけようとするひとであるかもしれない。エクリチュールがけっして書かないもの、それは〈わたし〉だ。パロールがつねに口にするもの、それは〈わたし〉だ。インタヴュアーが求めるべきはそれゆえ、著者のイマジネール、そのさまざまなファンタスムの集成だ。[64] ただしそれは、著者がそうしたファンタスムの数々について考えをめぐらし、ある不安定な状態のなかでそれらについて言表することが可能であるかぎりにおいての話だが。このときそうした状態は、ある特別な仕方で、インタヴューされたパロールのそれになっているはずで、そこでは、そうしたファンタスムの数々は、口に出して言うことができるほどには分節化されているが、書くことができるまでには整理されていないのだ（たとえば、わたしにかんしては、音楽、食べ物、旅行、セクシュアリティ、仕事などがそうだ）。

「後世」について、何を言えばいいのだろうか？ わたしにとってこれはひとつの死語だ（このように言うことはこの言葉にたいする意趣返し以外のなにものでもない、なにしろこの言葉は、わたしの死にもとづいてのみみずからの効力を確立するのだから）。わたしは現在まで、自分の時代の、さらに自分の国のほんのわずかな部分とともに、とてもよく（というのはつまり、幸せに、楽しみながら、悦びを味わいつつ、ということだが）生きてきたと考えている。わたしはこの同時性、併存性のなかで自分を汲み尽くしている。わたしはひとりの特殊な同時代人にすぎない、というのはつまり、生きているあいだはきわめて多数の言語活動を排除することを余儀なくされ、そのあとは絶対的な死を余儀なくされるということだ。わたしは（二〇世紀の）〈アーカイブ〉のなかに埋もれていて、もしかしたらいつの日か、ほんの束の間ふたたびそこを出て、他の証言者たちに混じって「構造主義」、「記号学」、「文芸批評」についての〈研究補助部門〉制作の番組に現れることはありうるかもしれない。そんなことのために生き、仕事をし、欲望をもつことなど、想像できるだろうか！ いずれにせよ、わたしがもちうる黙示録的思考はたったひとつしかないが、それは「自分の」生き残りにかんするものではありえない。あるとすればそれは、いつか主体と世界の関係が変わる日が来て、ひとつひとつの死に際していくつかの言葉が姿を消すようになるかもしれない——喪の徴として語彙のなかのいくつかの語彙を消去するあのメラネシアの部族のように——といったものだ。けれどもそうしたことはむしろ喜びの徴としてなされるだろう、あるいは少なくともそれらの言葉は、フーリエがファランステール〔フーリエ主義者たちのユートピア的共同体〕の子供たちの娯楽のために夢見たあの考古学博物館に収められることになるだろう。おそらく「後世」という言葉がそうなるかもしれないし、われわれの言語〔フランス語〕のすべての「所有詞」もたぶん同じことになるかもしれない、そして「死」という言葉そのものがそうなってもまったくおかしくはない。おぞましい死の孤独（まず愛する人々を失う恐怖のなかで、ひとはそれを体験する）などありえない、といった共同体の創造（宗教そのものにとっても未聞の）を構想することはできないだろうか？　いつの日か、死の恐怖を社会主義的に解決することはできないだろうか？　死の問題がどうして社会主義的問題でありえないのかわからない。誰かが（ギュルヴィッチだと思う）[65]、レーニンかトロツキーか（もはやどちらかわからない、しかしそれは〈十月革命〉の最中で、両者の区別はまだ問題ではなかったのだ）のこんな言葉を引用していた、「そしてもし太陽がブルジョワの側につくなら、われわれは太陽をはばむだろう」。これこそまさに革命的そのものと言える（革命期にしか発せられない）言葉だ。こんにちどんなマルクス主義者がこう叫ぶ勇気をもちうるだろうか？「そしてもし死がブルジョワの側につくなら、われわれは死をはばむだろう。」

ジュリア・クリステヴァの『セメイオチケ』についての論説（「異邦の女」一九七〇年）のなかで、あなたは「社会主義的実践を禁じられ、したがって、言説をふるう＝駄弁を弄するしかない社会にあっては、理論的言説が過渡的に必要なものとなる」と書いている[66]。あなたが言わんとしているのは、自分の仕事が、「社会主義的実践」のひとつの待機であり、ひとつの準備であるということなのか？

あなたの質問は、わたしの目には、単一で十全な何かをめざすものとして主体を表象することで、その複数性を縮減してしまう危険をはらむようにみえる。あなたの質問は無意識を否認している。しかしそれでもわたしはその質問を受け入れ、そうして次のように答えよう、生きて仕事をしていくために、ある目的の表象（ときとして奇妙にも〈大義〉と呼ばれもする）が絶対欠かせないというのなら、わたしはただ、ブレヒトが非‐革命期の知識人に提起している責務を引き合いに出すことにしよう、すなわち清算することおよび理論化することだ。このふたつの責務をブレヒトはつねに結び合わせる。われわれの言説はなにものも再‐現しえず、なにものも予‐示しえない、われわれが自由になしうるのは否定的な（ブレヒトの言い方では批判的な、ということになる、あるいはまた叙事的なといってもいい、つまり切断を含む、歴史を切断する、ということだ）活動だけで、その先にようやく、はるかな、間歇的な、不確かな微光のように（〈社会主義に敵対する〉野蛮さはいつでもありえるのだから）、社会的諸関係の最終的な透明さが輝いているにすぎない。

『テル・ケル』誌、一九七一年秋号

テレビ番組「二〇世紀のアーカイブ」シリーズのために撮影されたジャン・ティボードーとの対談（一九七〇年）で、一九八一年三月二六日にポンピドゥー・センターで全編が放映された。

1　「二〇世紀のアーカイブ」は批評家、ジャーナリストのジャン＝ジョゼ・マルシャン（一九二〇―二〇一一）がORTF（フランス放送協会）のために企画・プロデュースした一連のロング・インタビュー。一九六九年から一九七四年までのあいだにインタビューされた文化人、知識人（シャガール、キリコ、ヤーコブソン、レヴィ＝ストロース、ロブ＝グリエなど）は一五〇人にのぼる。ここに読まれるテクストはインタビュー後にバルトが大幅に手を入れたものだが、インタビューそのものの文字起こしと思われるものは、そのごく一部が以下に採録されている。« Comment ma parole pourrait-elle aller au-delà de mon écriture » (*Roland Barthes*, Magazine littéraire, « Nouveaux regards », 2013, p. 139-147)

2　ジャン・ティボードーは、フランスの作家（一九三五―二〇一三）で、〈テル・ケル〉のメンバーだった。

3　タルヌ県は、フランス南西部、ラングドック地方の県、マザメはその南に位置する小都市。ただしアントワーヌ・コンパニョンによると、これはバルトの「思い違い」で、父親は、実際はオート・ガロンヌ県（タルヌ県の西、トゥールーズが県庁所在地）サン・フェリックス・ド・ロラゲ（旧名サン・フェリックス・ド・カラマン）の家系の出身（A・コンパニョン『書簡の時代』中地義和訳、みすず書房、二〇一六年、一〇八ページ参照）。

4　バイヨンヌとその「社会環境」については注10参照。さらにR・バルト「南西部の光」（『偶景』沢崎浩平、萩原芳子訳、みすず書房、一九八九年、一八ページ）参照。

5　シャルル・パンゼラはスイス出身のバリトン歌手（一八九六―一九七六）。フランスを拠点にオペラやコンサートで活躍した。

このパンゼラについては、「声のきめ」（一九七二年）、「音楽、声、言語」（一九七四年）参照（いずれも『第三の意味』沢崎浩平訳、みすず書房、一九八四年、所収）。「声のきめ」では、後出のフィッシャー＝ディースカウとの対比においてパンゼラがたたえられている。

6　『よき歌La bonne chanson』は、ヴェルレーヌの詩集『よき歌』（一八七〇年）所収の九つの詩にガブリエル・フォーレが曲をつけた歌曲集（一八九二―一八九四年）。

7　ディートリヒ・フィッシャー＝ディースカウはドイツのバリトン歌手（一九二五―二〇一二）。指揮活動もおこなった。

8　エコール・ノルマル・シュペリユール〔高等師範学校〕は、フランス革命期に教員養成を目的として創設され、その後は哲学、文学、数学などの専門的研究者を育成する超エリート校となり、大学とは別のカテゴリー（「グランド・ゼコール」）に属している。サルトル、メルロー＝ポンティ、フーコー、デリダ、ブルデューなどが在籍した。バルトもこの学校への入学をめざしていたが、病気のために断念を余儀なくされ、ふつうの大学の学士課程に登録することになったわけである。

9 〈ソルボンヌ大学古代演劇グループ〉については、「〈古代演劇グループ〉について」（本著作集第四巻「記号学への夢」塚本昌則訳、二〇〇五年、所収）参照。

10 『彼自身によるロラン、バルト』（佐藤信夫訳、みすず書房、一九七九年）では、「貧乏のせいで彼は《社会からはずれた》子どもであったが、階級からはずれた子どもではなかった。彼はどんな社会環境にも属していなかった」と記されている（「金銭」、邦訳五二ページ、訳語一部改変）。

11 「ブルジョワ的な土地であるB（バイヨンヌ）へ、彼は休暇中にしか行かなかったし、それも、まるで何かの見せ物を見に行くように《訪問者として》行ったのである」（『彼自身によるロラン・バルト』、前掲ページ、訳語一部改変）。

12 『活動 L'Oeuvre』紙は、一九〇四年に月刊の新聞として始まり、一九一〇年に週刊、一九一五年には日刊紙になった。文中にあるように急進社会主義（中道左派）を標榜し「人民戦線」を支持して、戦争への参加には消極的だった。ヴィシー政権下では対独協力的、反ユダヤ的となり、一九四六年に廃刊された。

13 「物理学、化学、生物学修了証 certificat d'études physiques, chimiques et biologiques」、当時医学部に進学するために必要とされた資格。

14 「高等教育修了証 diplôme d'études supérieures」は、当時学士号とともに「アグレガシオン（教授資格）」の試験を受けるために必要とされた資格。

15 このポール・マゾン（一八七四―一九五五）について、バルトは、「彼のそばにいると、非常に広範な古典文学研究や、ものごとを身につける可能性や、本物の知を感じとることができて、その先生がとても好きでした」と述べている。本著作集第六巻「テクスト理論の愉しみ」野村正人訳、二〇〇六年、二九二ページ参照。「学生のころ、わたしが愛し、尊敬した唯一の先生だった」とも言っている（R・バルト「ゼミナールに」、『テクストの出口』沢崎浩平訳、みすず書房、一九八七年、一九八ページ）。

16 『異邦人』の文体に関する考察」(本著作集第一巻「文学のユートピア」渡辺諒訳、二〇〇四年、所収)。

17 モーリス・ナドーはフランスの編集者、批評家(一九一一—二〇一三)。文中にあるように『コンバ』の文芸部門を七年に渡って担当したあと、一九五三年に『レットル・ヌーヴェル』を創刊、次いで一九六六年には『カンゼーヌ・リテレール』を創刊した。バルトとの対談、「文学はどこへ/あるいはどこかへ行くのか?」(本巻所収)参照。『コンバ』は第二次世界大戦中に創刊されたレジスタンスの新聞で、ナドーとともにカミュ、パスカル・ピアがその運営における中心メンバーだった。終戦後はドゴールを支持した。

18 ティフェーヌ・サモワイヨによると、ナドーはこのテクストを彼の新聞にはむずかしすぎると判断し、掲載を見送った。原稿はそのまま行方がわからなくなった。Cf. Tiphaine Samoyault, *Roland Barthes*, Seuil, 2015, p. 211-212.

19 このうちのひとつが「零度のエクリチュール」というタイトルをもつ記事で、その内容の三分の一がのちの同じタイトルの単行本に組みこまれることになる。このあたりの詳しい経緯については石川美子「バルトの登場——新聞論文から一冊の本へ」を参照(R・バルト『零度のエクリチュール』石川美子訳、みすず書房、二〇〇八年、一一一ページ以下。バルトの「新聞論文」そのものの邦訳は、一二九ページ以下)。

20 レーモン・クノー(一九〇三—一九七六)についてバルトが記したテクストとしては、本著作集第五巻「批評をめぐる試み」所収の「『地下鉄のザジ』と文学」がある。

アルベール・ベガンはスイス生まれの批評家(一九〇一—一九五七)。主著『ロマン的魂と夢』(一九三七年)、『幻視者バルザック』(一九四六—四七年)など。一九五〇年からは『エスプリ』誌を編集発行し、バルトにミシュレ論やケロール論などを書く機会を提供した。

ジャン・ケロールはフランスの作家(一九一一—二〇〇五)。アラン・レネ監督のドキュメンタリー『夜と霧』(一九五六年)のナレーションの作者として知られる。とりわけ初期のバルトに大きな意味をもった作家で、一九五二年の力作評論「ジャン・ケロールとその小説」を皮切りに、

21 ジャン・ポーランはフランスの編集者、批評家（一八八四―一九六八）。『NRF』の編集長として長く辣腕をふるった（一九二五―一九四〇、一九五三―一九六八）。著書に『タルブの花』（一九三六年）など。

「『言葉もまた住処である』」、「ジャン・ケロール『夜の空間』」（いずれも本著作集第一巻「文学のユートピア」所収）など、いくつかのテクストがケロールに捧げられている。

22 ジェルジ（ゲオルク）・ルカーチは『歴史と階級意識』（一九二三年）などの著作で知られるハンガリーのマルクス主義哲学者（一八八五―一九七一）。文芸社会学の先駆的存在として大きな影響力をもった。

23 アンリ・ルフェーヴルはフランスのマルクス主義哲学者、社会学者（一九〇一―一九九一）。『日常生活批判』（一九四七年）を初めとする一連の著作は、シチュアシオニストなどに影響をおよぼした。「聾にして盲目の批評」（本著作集第三巻『現代社会の神話』下澤和義訳、二〇〇五年、所収）参照。

リュシアン・ゴルドマンはフランスの哲学者、社会学者（一九一三―一九七〇）。ルカーチの影響のもと、フランスの文芸理論に新しい道を開いた。バルトは一時「高等研究院」の同僚であったこのゴルドマンの仕事を高く評価しつつも、真の意味で「意味作用」の問題に切り込んでいない点で不充分であるとした。「小説をめぐる二つの社会学」（本著作集第四巻「記号学への夢」所収）など参照。

24 アルジルダス・ジュリアン・グレマスはリトアニア生まれ、フランス語表現の言語学者（一九一七―一九九二）。『構造意味論』（一九六六年）などによって知られる。

25 ジョルジュ・マトレは、歴史＝社会学的視点から語彙について研究した語彙論研究者（一九〇八―一九九八）。

26 〈十字架のヨハネ〉はスペインのカルメル会の司祭、神秘思想家（一五四二―一五九一）。

ジャン・バリュージはフランスの宗教史家、哲学者（一八八一―一九五三）でコレージュ・ド・フランス教授を務めた。

27 フランシス・ジャンソンはフランスの哲学者（一九二二―二〇〇九）。その『反抗的人間』批判によってカミュ・サルトル論争のきっかけをつくった。一九五〇年からスイユ社で「永遠の作家」叢書の編集責任者だった。

28 ガストン・バシュラールはフランスの哲学者、文芸理論家（一八八四―一九六二）。火、水、大気、大地などの「物質的想像力」についての一連の著作はテーマ批評の嚆矢とされる。

29 『テアトル・ポピュレール』は一九五三年に創刊された演劇専門誌で、編集長はロベール・ヴォワザン。当時ヴォワザンと親しかったバルトも編集委員として積極的にこの雑誌にかかわり、一九五三年創刊号の「『道楽者のなりゆき』」（本著作集第一巻「文学のユートピア」所収）以来、いくつかの「巻頭言」を始め、ひんぱんに論考を発表した。

30 TNP（「国立民衆劇場」）は一九二〇年創立、一九五一年からアヴィニョン演劇祭の創始者ジャン・ヴィラール（一九一二―一九七一）が支配人となり（一九六三年まで）、良質の演劇をできるだけ多くの人々にもたらすことをめざした。

31 「わたしがブレヒトを発見したのは一九五四年、〈ベルリナー・アンサンブル〉が〈…〉来たときのことだ。いまでもとてもよく覚えているが、サラ・ベルナール劇場のバルコニー席にベルナール・ドルトと一緒にいて、この上演に文字通り火をつけられたのだ〈…〉」（「ロラン・バルトについての二〇のキーワード」、『声のきめ』所収）。

32 「社会的ゲストゥスとは何か〈……〉？ それは、社会的状況全体が読み取れるしぐさ、あるいは、しぐさの総体である（決してたんなる身ぶりではない）」（R・バルト「ディドロ、ブレヒト、エイゼンシュテイン」、『第三の意味』沢崎浩平訳、みすず書房、一九八四年、一四八―一四九ページ。訳語一部改変）。

33 「文学と意味作用」（『テル・ケル』に掲載されたインタビュー）の最初の問いがブレヒトにかかわるもので、バルトはそれに答えて、ブレヒトに固有の演劇的「意味作用」について論じている。本著作集第五巻『批評をめぐる試み』吉村和明訳、二〇〇五年、三六三ページ以下参照。

34 一九五四年にベルリナー・アンサンブルの舞台に衝撃を受けて以来、バルトは再三にわたってブレヒトについて記している（ティフェーヌ・サモワイヨによれば「三年間で一二を下らない数の記事」を書いている。Tiphaine Samoyault, *Roland Barthes*, Seuil, 2015, p. 298）。そのうちのどれを指して「二度にわたって」と言っているのかはっきりはわからないが、時期的にもっとも早いのは「重要な演劇」、「逆説のない役者」の二本である（掲載誌はいずれも『フランス・オプセルヴァトゥール』、本著作集第一巻「文学のユートピア」所収）。ブレヒトがバルトに持った意味については、本著作集第二巻「演劇のエクリチュール」、訳者大野多加志によるあとがき「ブレヒトの徴しのもとに」参照。

35　バルトの死後、演劇にかんする彼のテクストは『演劇論集』として一冊にまとめられた。R. Barthes, *Écrits sur le théâtre*, textes réunis et présentés par Jean-Loup Rivière, Seuil, « Points », 2002.

36　「転移」は精神分析の用語で、被分析者が幼児期に親などにたいしてもった愛情や憎悪を、治療の過程で分析家に振り向けることを言う。

37　本著作集第三巻『現代社会の神話』三ページ（引用に合わせて訳語を一部改変）。

38　「ヘーゲルはどこかで、すべて世界史上の大事件と大人物はいわば二度現われる、と言っている。ただ彼は、一度は悲劇として、二度目は茶番として、とつけくえるのを忘れた」（カール・マルクス『ルイ・ナポレオンのブリュメール一八日』村田陽一訳、大月書店、一九七一年）。

39　前出の『テアトル・ポピュレール』編集長ロベール・ヴォワザンはアルシュ出版社の創業者であり、雑誌もここから刊行されていた。バルトは「文学アドバイザー」のポストを与えられた。Cf. Tiphaine Samoyault, *op. cit.*, p. 291.

40　リュシアン・フェーヴルはフランスの歴史家で、アナール派の創始者のひとり（一八七八―一九五六）。ジョルジュ・フリードマンはフランスの社会学者（一九〇二―一九七七）。

41　フェルナン・ブローデルはフランスの歴史家（一九〇二―一九八五）。アナール派を代表するひとりで、L・フェーヴルを継いで高等研究院第六部門の責任者だった。その後、コレージュ・ド・フランス教授。主著『地中海』（一九四七年）。

42 エミール・デュルケムはフランスの社会学者で、社会学の創始者のひとり（一八五八―一九一七）。「集団表象 représentations collectives」はデュルケムの鍵概念のひとつ。

43 「コノテーション〔共示〕の意味論的図式」については、「記号学の原理」、『零度のエクリチュール 付・記号学の原理』渡辺淳・沢村昂一訳、みすず書房、一九七一年、一九七ページ参照。「コノテーション」の説明としては、次のものがわかりやすい。「これ〔コノテーション〕にひとつの定義を与えたイェルムルレウによれば、コノテーションとは第二次的な意味で、それのシニフィアンはそれ自身ひとつの記号、すなわち、第一次的な意味作用の体系、つまりデノテーションによって構成されている。Eを表現、Cを内容、Rを記号の基礎となる両者の関係とすれば、コノテーションの公式は（ERC）RCである」（R・バルト『S／Z』沢崎浩平訳、みすず書房、一九七三年、九ページ、訳語一部改変）。

44 クラブ・フランセ・デュ・リーヴル社は一九四六年創業の出版社。クロード・グレゴリー（本名クロード・ザルタ）は、フランスの文芸批評家、編集者（一九二一―二〇一〇）。当時はクラブ・フランセ・デュ・リーヴル社の編集責任者だった。

45 ボーマルシェ『フィガロの結婚』第五幕第三場、フィガロの独白の引用。

46 ヴィゴ・ブレンダルはデンマークの言語学者（一八八七―一九四二）、イェルムスレウとともに「コペンハーゲン言語学サークル」の創始者。

47 「シフター」（その典型的な例としての一人称単数の人称代名詞〈わたし〉）については、本著作集第五巻『批評をめぐる試み』の「序文」、一八―一九ページに、バルト自身による説明がある。それによると、〈わたし〉はいっぽうではある個別的な言語コード（フランス語、ドイツ語など）に帰属し、そのかぎりでバースのいう「象徴記号」であるが、同時にそれはじっさいに「わたし」と言っている発話者の置かれている現実的状況のなかでしか意味をもちえない。その意味では指標記号でもある。このように象徴記号であり、指標記号でもある二重の性格をもつ記号がシフター（転換子）である。一人称、二人称の人称代名詞、あるいは「いま」とか「ここ」とかと言った指示詞がその例になる。

なお「ユートピアとしてのシフター」（『彼自身によるロラン・バルト』佐藤信夫訳、みすず書房、一九七九年、二六二ページ）参照。

48 「省略法 l'ellipse」については『彼自身によるロラン・バルト』、一一二―一一三ページ参照。

49 ルイス・イェルムスレウはデンマークの言語学者（一八九九―一九六五）。ソシュールの言語記号についての思考にもとづいて「言語素論 glossématique」の理論を構築した。「〈……〉自然言語の研究を十分に抽象的な方法で行えば、その研究から出発してソシュールが望んだように、ことば langage の一般的研究（記号学）へ至るであろう。このようにしてイェルムスレウは、その形式的特性だけに基づく、ことば総体の類型論をも提起している。」イェルムスレウによれば、言語に表現／内容の二つの側面を考えるとき、その「二つの面のいずれもがそれ自身ことばでない場合」が外示言語 langue dénotative であり、「表現の面がすでにことばであるとしたら」、共示言語 langue connotative になる（オズワルド・デュクロ「言語素論《グロセマティック》」丸山圭三郎訳、『言語学小事典』、朝日出版社、一九七五年、五一―五二ページ参照）。

「コノテーションの図式」については注42参照。

50 ヴィクトール・エルリッヒは、ロシア・フォルマリストのひとり。主著 *Russian Formalism History-Doctrine*, Mouton & Co: S-Grauenhage, 1955。

「トドロフのアンソロジー」とは、ブルガリア出身のフランスの文芸理論家、思想家、ツヴェタン・トドロフ（一九三一―二〇一七）が編集したロシア・フォルマリストのアンソロジー（*Théorie de la littérature, textes des formalistes russes*, Seuil 1965）を指す。

51 エミール・バンヴェニストはアレッポ（シリア）生まれのフランスの言語学者（一九〇二―一九七六）。とりわけこの時期、バルトに大きな意味をもっていた。「学術書、研究書にも、それなりの《文体》がある。この書物（バンヴェニスト『一般言語学の諸問題』）の文体は超一流である。ある学者たちの著作に、ある種の汲み尽くせない明晰さを与える、知性の美、知性の経験といったものがあるのだ」（「なぜバンヴェニストを愛するのか」、『言語のざわめき』花輪光訳、一九八七年、二一九ページ）。

52 「失象徴 asymbolie」とは、なんらかの原因で言語や身ぶりといった象徴や記号が理解できなくなること。『批評と真実』で、「旧批評」が「意味の共存を知覚したり、処理したりすることができない」ことを批判するさいに、この言葉が使われている（保苅瑞穂訳、みすず書房、二〇〇六年、五〇ページ。保苅訳では「失象徴」は「象徴不能症」）。「エルテまたは文字通りに」にも「失象徴（症）」への言及がある（『美術論集』沢崎浩平訳、みすず書房、二五―二六ページ）。

53 R・バルト『モードの体系』佐藤信夫訳、みすず書房、一九七二年、六ページ（訳語一部改変）。

54 ラカンは「象徴界 le symbolique」、「想像界 l'imaginaire」、「現実界 le réel」を「精神分析の領野における三つの基本的領域」とするが、そのなかで「想像界（イマジネール）」は、主体の欲望が投影されたイメージ（「擬似餌」的イメージ）への自己同一化をその主要な特徴とし、言語として構造化された諸現象の系列に関与する「象徴界」と区別される。

55 対象aはラカンの用語。けっして満たされることがないまま欲望が向かう対象のこと。どんな現実的対象にもぴったり当てはまらない。

56 R・バルト『S／Z バルザック『サラジーヌ』の構造分析』沢崎浩平訳、みすず書房、一九七三年、三ページ（訳語一部改変）。

57 バルトの返答にあるように、『現代社会の神話』の「一九七〇年のポケット版への序文」のなかの言葉（本著作集第四巻、下澤和義訳、五ページ参照。引用文に合わせて、訳語の一部を改変）。

58 フィリップ・ソレルス「ダンテあるいはエクリチュールの横断」（『エクリチュールと限界の体験』、スイユ社、一九六八年）参照。「エクリチュールの横断」という言葉は、「プルーストと名前」にも出てくる。『新＝批評的エッセー』花輪光訳、みすず書房、一九七七年、七八ページ参照（ただし訳語は「文学の横断」となっている）。

59 バルトはヴォルテールについて「最後の幸福な作家」というテクストを書いている（本著作集第五巻『批評をめぐる試み』所収）。

60 『われらがフランス Notre France』は、ミシュレの死後、その著作をもとに夫人が編纂して一八八六年に刊行した本のタイトル。

61　本著作集第七巻『記号の国』、石川美子訳、二〇〇四年、九―一〇ページ。

62　エクリチュール／エクリヴァンス écrivance については、本巻所収「文学はどこへ／あるいはどこかへ行くのか？」参照。作家 écrivain／著述家 écrivant は、自分の著作がそれぞれエクリチュール／エクリヴァンスによって特徴づけられる書き手を言う。「作家と著述家」（本著作集第五巻『批評をめぐる試み』所収）参照。

63　「単純過去形」はフランス語でもっぱら現在とかかわりをもたない過去を語るときに使われる時制で、主として小説や歴史的記述など書き言葉のみで用いられる。ここでバルトがいう伝記に関連する対談は、そうした書き言葉的な過去を「わたし」を主語とする（主観的）叙述によって語り、そのことを通して、（例外的に）一人称と単純過去形を結びつけることになる。このことはバンヴェニストが明らかにした「言説 discours」と「歴史 histoire」あるいは「物語 récit」との対比にもかかわっている。バンヴェニスト「フランス語動詞における時称の関係」（『一般言語学の諸問題』河村、木下、高塚、花輪、矢島訳、みすず書房、一九八三年、所収）参照。

64　ファンタスム fantasme は、主体が「想像的シナリオ」（ラプランシュ／ポンタリス『精神分析用語辞典』）にしたがって、防衛機制の影響を受けながら描きだす幻想的場面のことで、（多くの場合無意識的な）欲望の充足をその内容とする。

「夢ではなく、幻想〔ファンタスム〕を」で、バルトは次のように書いている、「夢」が「モノローグ的」であり、そのなかにひとがすっかり吸いこまれてしまうのにたいして、「ファンタスム」は意識と現実の双方にかかわりをもち、そこに「二重の空間」が作りだされる。そこでは「ひとつの声」が、フーガの進行のなかでそうであるように、「間接的に応える」位置に立つ。こうして「何かが編まれていく」。それは、ペンも紙もなしにではあるが、エクリチュールの始まりなのだ」（『彼自身によるロラン・バルト』佐藤信夫訳、一二七―一二八ページ。訳語一部改変）。

65　ジョルジュ・ギュルヴィッチ Georges Gurvitch はロシア生まれのフランスの社会学者（一八九四―一九六五）。ロシアで十月革命を経験し、その後ドイツを経てフランスに亡命した。

66　『言語のざわめき』、花輪光訳、みすず書房、一九八七年、二二五―二二六ページ参照。

5　ロラン・バルトをめぐる旅

奇妙なチームではある、ロラン・バルトがこの本のために取りそろえたチーム――猥褻本作家、聖人、ユートピア思想家――のことだ。だが、サド、ロヨラ、フーリエ、この三人自身はたぶん、同じ著作のなかに一緒に姿を現すことにとまどいがあるかもしれないが、彼らは信頼に価するし、彼らは早々にある共通の言語活動を作りだすだろう、なぜならまさにそれ、言語活動こそが彼らのちょっとばかり変わった錯乱を、そしてビスカヤの若き貴族、マルセイユの食料品店の使い走り、シャラントンで堆肥を溜めた穴の上でバラの花を踏みつぶした男がその上で出会うべき唯一の地面を、彼らの三つのシステムが描く線をその上で交錯させるべき唯一の地面を形成するのだから。もっと適切に言えば、次のことを心に留めておく必要がある、彼らは、死後の生のおよそありそうもない冥府のなかで、それぞれおのれの大いなる分類の仕事を続けることに余念がない[1]、そしてロラン・バルトをそのなかに押しこめるべき、いまだかつてないあるカテゴリーを切り分けている、ということを。このロラン・バルトという、彼らがそうであったのと同じぐらいエネルギッシュな分類家は、この三人全員をある一冊の同じ本に、われわれの想像上の図書室のある同じ書棚に、収監したばかりである。

この三人の分類学博士と張り合うことなどわれわれにできようはずはなく、われわれの分類のシステムはもっと一面的で、その確信はもっと雑駁なものであるだろう。バルトとは、リュクサンブール公園にほど近いある場所で、そしてある建物の上の階で、われわれを感じよく、慎ましやかに迎えてくれるある人物のことで、それゆえひとたび扉を閉じるや、本とデッサンでこしらえられたこのアパルトマンのなかにいて、ひとはある別次元の空間に、古い絵に見られるあれらの部屋のひとつに、足を踏み入れたように感じる。そういう部屋というのは、長時間にわたる研究のために、ときとしてパランプセスト〔重ね書きされた羊皮紙〕の場合さえあるさまざまな手稿の解読のためにこしらえられていて、それらの研究はとっぷりと夜の更けるころまで続けられる。そしてそれゆえにおそらく、このはるかな場所の住人からはある種の遠慮深さ、あるいはある種の孤独がにじみ出てくる。とはいえその孤独は遁走や退去などではなく、もしこう言うことができるとすれば、むしろ多少動きがこわばり、多少凝固した友愛なのである。

『モードの体系』の解釈格子のなかでバルトを解読するべく努めることもまた可能である、なぜなら衣服の描写（それは衣服にかんするコードのシニフィアンだ）は、修辞的なコノテーション〔共示〕の場でありうるのだし、今回の場合は、幅広のネクタイの結び目、たしかヘリンボーン柄の上等な上着で、だがたしかにわたしはヘリンボーン柄について充分メモをとらなかったから、服の中身自身に立ち戻って、たとえば次のようなことに注目するほうがましだろう。彼の髪の毛の結合関係はある隠喩的圧力で増大し、否定しがたい延長によってメタ頭髪に向かっている。そうしたことに色彩の領野での意味の横滑りが加わって、髪の毛には灰色、銀色、さらに白色さえも混じり、それらはおのおの関与的特徴を混ぜ合わせて、ひとつの複合的構造を組織しているのだ。

というわけで、放蕩者、司祭、ユートピア思想家である。この本における彼らの共存が、別々の三つの研究の寄せ集めによる気まぐれの所産であると想像しないこと。逆にその三つのテクストが、ひとまとまりのものとして構想されたことを受け入れること。そして彼らの血縁関係について、バルトが言うことに耳を傾けること。

R・B――三人とも創始者、分類家だ、というのも、それぞれが自分の知る固有言語から二次言語を創出し、今度はその二次言語もまた、単位、形態素、「語」、構成の規則からなっているのだから。以上のようなことが、もしお望みなら、三人の作品を結びあわせる軸となっているわけだが、とはいえそれらの作品はおたがい同士異なっている。それにおそらくどんな作家も、もっぱらある二次言語の創造者として仕事をしていると言えるし、この点についてくだくだしい説明は無用だ、下位‐言語、上位－言語の形成をともなう言語活動の多様化という現象をめぐって集約的におこなわれている今日の議論のすべてに、それはつながっているのだから。ただ、書く者たちのなかで、二次言語の創造者としてフーリエ、サドそしてロヨラの三人をことさらに選んだ、ということはある。

では、なぜこの三人なのか？　というのも、彼らの仕事は、フローベールやスタンダールの場合のように、ある文体、いわゆる自然言語として機能する文体を作りだすということにとどまらない。バルトが選んだ三人の典型例の著作は非常に異なったものだ。

R・B――そう、彼らはみな、一次言語の素材を使って二次言語を創出するという自分の意図を実現するために、まず世界との、あるいは役に立たないと判断された他の諸言語との、分離の線引きをした。彼らは、隠棲にかんするさまざまな種類の決まりごと《プロトコル》をまとめた。サドにとってそれは幽閉であり、フーリエにとってはファランステールであり、ロヨラにとっては瞑想の場だ。それぞれの場合に問題になるのは、具体的な操作によって新たな言語活動を切り離すこと、新たに生まれた意味を乱してしまうかもしれない世界からその言語活動を切り離すことだ。彼らはこうしてある純粋な空間、意味論的空間を創出するのだ。

たとえばロヨラは、とややあってバルトは説明を加えるだろう、暗い部屋での四週間の瞑想を命じている。ロヨラは、真情の吐露や神との合一といった宗教的目的にしたがって孤独になるのではない。そうではなくて、彼は、言語的に神と意思疎通する手段を修行者に与えるさまざまな問いを神に投げかけ、神からの返答を待っている、そういう人間なのだ。ロヨラは神への呼びかけのための言語を練りあげる。『心霊修行』[2]はこの言語の文法をはっきり定めている。

そしてそのとき、神の返答とはどのようなものなのか、ロヨラは神ならではの統辞法も見つけだしたのか、バルトに訊ねてみる。するとこのときこの重厚な人間のなかで、目の灰色の部分に漂うように言説の下につねに漂う皮肉が炸裂し、彼はこう言うのだ、

R・B――お気づきになったかどうかわからないが、言語学的観点からすれば神にはある特異性があり、そのことはあらゆる神秘家が証し立てている。神は二項からなる語法を使うのだ。神は「諾《ウイ》」か「否《ノン》」でしか自分を表さず、したがって、神と多少なりとも真剣な対話を押し進めていくためには、コンピューターと同じシステムを使う必要がある。とはいえ、あなたの言うとおりロヨラは神の返答のコードを解読しようと努めた。『心霊日記』[3]のなかで彼は、神の使う諸記号（涙、見神など）のシステムを書き記している。もっともこの解読作業はあまりはかどらないままにとどまっているが。

サド、フーリエ、ロヨラは、そういうわけで、二次言語を組織する。彼らは一次言語に類似したある装置を、つまりあらゆる言語でそうであるように、一連の基礎的な単位と、それらの単位を相互に組み合わせるための構成の規則――語彙と文法に当たるもの――を作りだす。ロヨラにおいてこれらの単位とは、注釈、祈り、秘蹟、内観だ。フーリエにおいてそれは人間の魂の一六二〇の情熱であり、そのいくつかには、「パピョンヌ〔蝶々的情念〕」、「コンポジット〔複合的情念〕」など、とてもきれいな名前がついている。さらに、サドにおけるそれらの基礎的な単位がエロティックなものだと言っても、あなたを驚かせはしないだろう、もっともそれらは、現在のわれわれの大衆文化にふつうに見られるエロティスムとはなんのかかわりもないが。サドは、さまざまな姿勢、交接のポイント、結合のポイントからなる記号、形態素の数々を操作するのだ。そして三人とも、これらの要素を使ってさ

まざまな種類のテクストを組織する。彼らがさらに演劇化の意思を共有していることもつけ加えておこう。彼らは言語をある種の演劇的活動ととらえていて、それによって言語活動にとっての一種の無限に到達することが可能になるのだという。[4] こうしたすべては、この三人の人間たちが秩序の必要性について並外れた感覚をもつことを示している、彼らは規則を必要としているのだ。けれどもこれは奇妙なことではないだろうか、少なくともフーリエとサドは熱狂的な破壊者だとされているのだから。ところが彼らにとっては、逆に、秩序は曲げられない決まりごとであることがわかる。これらの人間たちは自発性を旨とする人間ではまったくない。彼らは言語のスペシャリストだ。そして、彼らをまとめて検討の対象にするとしたら、それはただ言説の水準においてでしかありえない。

こうしたすべてはわかりやすいことだろうか？　そもそもこれらはわたしがもう知っていることではないのか。そうだ、ロラン・バルトはほんとうに親切で、ほとんど恐縮しながらわたしの前で一種の講義を始めているように見えるし、じじつたしかに長い年月教育にたずさわってきたせいで、彼の言葉は自然に言説として構成される、そして彼は自分になされる質問のすべてに注意深く耳を傾け、それらにきちんと答えてくれるのだが、同時にそれらの質問を消し去って、自分の言説の流れに飲みこんでしまうようでもある。たとえば、彼の三人の典型例の特異性にたいして、彼のやりかたはその相違点をぼかしてしまう危険がありはしないかと訊ねると、彼はこう答える、

R・B――だから、[5] この本はある選択、あるラディカルな選択にしたがっていて、それはわたし自身が言説の審級に身を置くということだ、それ以外のすべての審級を拒否するのだ。これが多少挑発的な方針だということは承知している、この三人が通常は作家として分類されないだけになおさらそうだ。ロヨラは霊的な指導者だ。フーリエ、彼の造語はあれほどすばらしいのに、その造語を理由に

彼を嘲弄することができたとは！　サドについては、実際そうである通りに大作家とみなされてきたのだろうか？　そんなわけで、異例と言ってもいい観点を選んだことは認める。これらのテクストの運用者たちから、内容の分析はすべて排除した。みずからの神話的定義に結びつけられた者は誰ひとりいない。サドをサディスムの創始者としてさえ見なかった。その水準はわたしの関心を惹かなかったのだ。そうではなく、わたしが望んだのは、ある種の「ポルノ文法」としてのサドの言語について考察することだった。彼が並外れた統辞論的洗練をもって手持ちの部品を組み合わせ、他に例を見ない一八世紀の言語がある生硬なセクシュアリティを伝えられるようにしたことを、わたしは示した。検討を加えたのはそのようなことだ。サドはさまざまな言語活動の分割を侵犯するのであり、この点においてこそ彼は叛逆における白熱状態に達する。ポルノグラフィックな言葉を並べることが叛逆なのではない、そういう言葉を、通常は統辞のシステムがそれらの言葉を排除している言説のなかに導入することがそうなのだ、それはまったく明白なことだ。

ということは、またしても構造主義にたいして、歴史の把握、出来事にたいする言説の関係の把握に向いていないことを非難しうるということなのだろうか？

R・B——構造主義というその言葉を否定はしないが、それは不確かなものになっている。ともあれ、わたしがこれらの人物たちに固有の歴史的場について検討しなかったと言いたいのだとしたら、それはその通りだ。この無視は明確に意図的なものだ。たとえばロヨラを、ロヨラと同時代である資本主義の形成過程に照らして研究することもできただろうが、わたしはそのような分析方法はとらなかった。

とはいえ、そうすることで歴史的次元から断絶することになるとはまったく考えていない。わたしにとってもっとも重要に思えること、それは歴史についての認識の水準を多様化することだ。すでに歴史家たち自身が、リュシアン・フェーヴルやブローデル以来、さまざまな持続の単位についての考察を通して、そうした考え方に自分を結びつけている。そう、自分の認識の水準をたえず変動させねばならない、そうしなければ、自分自身の歴史の特徴を知ることができない。つまり、この本のような試みにかんして言えば、わたしはある照準の角度を選択したということだ。わたしはある「マクロヒストリー」について問うたのであり、その「マクロヒストリー」とはまさに記号の歴史以外のなにものでもない。構造主義の名のもとに集約されたさまざまな方法が歴史的現象を把握することができないとは言わない。けれども、いまのところ、われわれは記号の歴史という歴史的認識の水準を完全に汲み尽くしてはいないのだと思う。

サド、ロヨラ、フーリエをめぐる周遊はこれで終わる。ロラン・バルトをめぐる別の旅が始まる。われわれをそう誘《いざな》うのは、雑誌『テル・ケル』がバルトに捧げる特集号[6]である。

特集号というのは、少し形式ばっていないだろうか？　そしてそれはあなたを、興味深くもあり、また居心地が悪くもあるステータスに落ち着かせるのではないか、つまり師というステータスに？

R・B——無関心を装っても滑稽になるだけだろう。すなおに嬉しいと感じた。わたしの仕事にたいする好意の印が見てとれるのだから。それに〈テル・ケル〉というグループはある困難な闘いに身を投じていて、彼らの闘いには深い興味を抱いている。ひとつはっきりしていることがある、〈テル・ケル〉は認識論の領域のあるきわめて重要な十字路、つまりマルクス主義的、精神分析的そして記号論的エピステーメーの合流点に場所を占めているということだ。彼らは手綱を緩めてはならない、なぜならこのグループが姿を消してしまったら、それは重大な退行と感じられるだろうから。

つけ加えて言えば、わたしは〈テル・ケル〉というグループの指導的立場のひとを何人か個人的に知っているが、彼らの仕事に参加しているわけではない。ある程度の距離があり、それがおたがいに助けになっている。とはいえ彼らがわたしにもたらしたものは大きい。彼らはわたしが進化していく手助けをしてくれた。

いくつかの点において、あなたは彼らから非常に遠ざかっているように見える。たとえば、あなたは文学の科学の可能性をまったく信じていないのではないだろうか?

R・B――彼らのほうは信じているのだろうか? たしかにわたし自身は、言説の科学を信じた、あるいは信じたいと思ったことがあった。しかしよくわからないが、年をとってくるにつれて、たぶんふつう言われるのとは逆に、ひとはだんだん自由になるのかもしれない。科学には以前ほど気をそそられず、わたしはテクストの法則ではなく、その快楽にますます敏感になっている。

結局のところ、人生を通じて、自分がエネルギーを傾注してきたことはただひとつだけだと思う、それは言語活動だ。わたしは言語活動とつねに両義的な関係をもってきた。言語活動にエロティックな要素を見いだすと同時に、それを強制的なものとも感じるのだ。あなたがわたしのことについて訊ねるので、次のようなことが頭に浮かんできた、欲望の水準では大いなる忠実さがあり、それは言語活動にたいする先に述べたような関係だ。しかし同時に、知の領域においては、大いなる柔軟さあるいは大いなる不実さがある。

わたしは大の読書家ではない。たいした討論者でもない。つまり、真の知識人ではない……

（ええっ、とそのとき、自分が口にしている言葉の陰で、わたしはつぶやく、もし彼、ロラン・バルトが知識人でないというのなら、では、こちらはどうふるまったらいいのだろうか、それに、それはちょっと意気沮喪させることなのではないか？）

……とはいうものの、いつもいま起こっていること、自分の周りで人々がしていることに注意を払ってはきた。したがって、この二つの特徴——欲望の不変性と知的柔軟さ——が組み合わさっていろいろな適応のありかた、いくつかのほとんど時代区分といっていいものを形成するのだ。それを言いあらわすとすれば、まず『零度のエクリチュール』から『現代社会の神話』までの時期があると思う、この本はサルトルとマルクス主義という二重の影響に支配された、かなり突っこんだ脱神話化の試みだ。次が一種の科学的狂乱、記号学の時期で、『モードの体系』のようなテクストがある。それからデリダ、ラカン、クリステヴァの仕事にも通じる、その種の仕事の第二の段階が来る。少なくともわたし自身はこのように見ている。

最後の質問をしたいと思う。正直に言うが、わたしは読者としては、『現代社会の神話』に魅了されながら『モードの体系』にはまったく歯が立たない、という部分集合に属している。あなたは昨年『記号の国』という日本についての本を書いた。わたしはこの本を熱烈に愛した。書く喜びが感じられたし、何度となく、あなたがある別のエクリチュール、たぶん詩に近いかもしれないある形式の縁にいるのではないかという気がした……

R・B——あなたのいう詩とは、おそらく書く快楽にほかならず、それこそが読む快楽を保証しているのだろう。そうした快楽に向かわねばならないことをわたしは確信しているが、知識人、教師あるいは責任あるエッセイストであるというただそれだけの条件によって、たえずそれから遠ざけられてもいる。テクストの快楽を得るには時間がかかり、ときには大きな苦労もともなう。もしあなたがいつか知識人についての研究を執筆するとしたら、こうした欲望の冒険を充分考慮に入れなければならないだろう。

『ラ・カンゼーヌ・リテレール』[7]誌、一九七一年一二月一—一五日号

『サド、フーリエ、ロヨラ』についてのジル・ラプージュ[8]との対談

1　バルト『サド、フーリエ、ロヨラ』（篠田浩一郎訳、みすず書房、一九七五年）の「はしがき」の最初にこの同じ「切り分ける découper」という動詞が使われており、それを踏まえたものか。「その他の点については、同じエクリチュール、同じ分類の快楽、〈…〉切り分けることへの同じ激しい情熱、計算〈…〉への同じ強迫観念、同じイメージの〈…〉実践、同じ〈…〉体系の縫合だ」（前掲書三ページ参照。訳語一部改変）。

2 『心霊修行』(『霊操』)は、イエズス会の創始者イグナチオ・デ・ロヨラ(一四九一―一五五六)が、みずからの経験にもとづいてまとめあげた霊的修行の指南書。バルト『サド、フーリエ、ロヨラ』篠田浩一郎訳、みすず書房、一九七五年、二六五―二六六ページ(訳者篠田浩一郎による注記)参照。

3 一五四四年から一五四五年にかけてロヨラがつけていた内的日記で、その一部のみ現在に伝わる。『サド、フーリエ、ロヨラ』、二六八ページ(訳者による注記)参照。

4 「演劇化する、とは何か? それは表象作業を舞台装置で飾ることではなく、言語活動の限界をとりのぞくことである」(『サド、フーリエ、ロヨラ』、七ページ。訳語一部改変)。

5 「言説の審級 instance de discours」はバンヴェニストの概念を踏まえる(ただし、その機械的な踏襲ではない)。バンヴェニストによれば「言説(ディスクール)」とは「話し手と聞き手とを想定し、しかも前者においてなんらかの仕方で後者に影響を与えようとする意図のあるあらゆる言表行為」である(「フランス語における時称の関係」、『一般言語学の諸問題』河村、木下、高塚、花輪、矢島訳、みすず書房、一九八三年、二二三ページ。「ディスクール」は「話」と訳されている)。さらに「言説の審級」(邦訳では「話の現存」)については、「個別的なもので、そのつど一回的な行為であり、それを通して言語が発話者によってパロールとして現働化される」と説明されている(邦訳二三五ページ、ただし既訳を参照しつつ、拙訳による)。

6 『テル・ケル』47号(一九七一年六月)。本巻前掲の「返答」がこの号に収められているほか、バルト自身のテクストとしては「作家、知識人、教授」が掲載され、ほかにソレルス、クリステヴァ、プレネなどの論考が掲載された。

7 モーリス・ナドー、フランソワ・エルヴァルによって一九六六年に創刊された、月二回刊行の書評誌。現在も刊行されている。

8 ジル・ラプージュは、フランスの作家、文芸ジャーナリスト(一九二三―)。『ラ・カンゼーヌ・リテレール』を始めとする新聞、雑誌、ラジオ、テレビなどで幅広く活躍。主著『ユートピアと文明』(一九七三年、邦訳一九八八年)など。

1972

6 ジャン・リスタ[1]への手紙

パリ、一九七二年三月二一日

わが親愛なるリスタ、

時間がない、疲労している、という具体的な理由のために、『レットル・フランセーズ』がジャック・デリダの著作に捧げるべく企画している特集ページに充分な協力ができかねます。そのことを申しわけなく思います。

わたしはデリダとは、そしておそらく彼の読者たちとも、別の世代に属しています。[2] したがってわたしはデリダの著作と、人生のなかばに、仕事をしはじめてからあとに出会ったのです。記号学の企図はわたしのなかですでにかたちをなし、部分的には実現もしてはいたものの、科学性というファンタスムに幻惑され、そのなかに閉じこもったままになるきらいがありました。デリダは、わたし自身が自分の仕事の（哲学的、イデオロギー的）重要課題とはなにかを理解する手助けをしてくれた人々のひとりです。彼は構造の均衡を崩し、記号を開かれたものにした。われわれにとって彼は鎖の端をはずしたひとなのです。文学にかんする彼の発言（アルトーについて、マラルメについて、バタイユについて）は決定的でした。わたしが言いたいのはもうそれ以前には戻れないということです。われわれは彼にいくつかの新しい言葉、アクティヴな言葉を負っているし（そうした点において彼のエクリチュールは暴力的で、詩的です）、われわれの知的安逸（自分が考えていることによって、自分が元気になるあの状態）のたえまのない縮小といったものがあるのも、彼のおかげです。さらに彼の仕事のなかには何かしら口に出されていないものがあって、それがとても魅力的です。彼の孤独は、彼がこれから言おうとしていることに由来するのです。

以上が、わたしがていねいに記したい（たんに機械的に論述するのではなく）と望んだことです。実際にそうできないことがたいへん申しわけなく、あらためてお詫びいたします。

友情をこめて

『レットル・フランセーズ』誌、一九七二年三月二九日号

ジャック・デリダ特集号のためのジャン・リスタへの手紙

1　ジャン・リスタは、フランスの編集者、作家（一九四三—）。当時は、一九五三年以来ルイ・アラゴンが編集長を務める『レットル・フランセーズ』で、編集者として彼に協力していた。『レットル・フランセーズ』の創刊は一九四一年、戦後はフランス共産党から財政的支援を受けながら刊行されていたが、一九六八年のソヴィエトによるチェコスロバキア侵攻に雑誌が反対を表明して以来、ソヴィエト国内の予約購読が大幅に減り、一九七二年に刊行が中止された。その後共産党系の日刊紙『ユマニテ』の「付録」として復活し、さらにウェブ雑誌としていまも刊行が続いている。いずれも編集長はジャン・リスタ。

このバルトの手紙が書かれた当時、〈テル・ケル〉グループは路線の対立からフランス共産党と袂を分かち、激しく対立していた。それゆえ共産党と関係の深い雑誌によるデリダ特集号の刊行は、ソレルスの親しい友人であったデリダとソレルスのあいだに深い亀裂をもたらすことになった。一貫してソレルスと彼のグループを支持していたバルトが、「時間がない、疲労している」という具体的理由」から雑誌への協力を断ったのもそうした状況への配慮ゆえであると考えられる。Cf. R. Barthes, *'A Very Fine Gift' and Other Writings on Theory*, translation and editorial comments by Chris Turner, Seagull Books, 2015, p. 152-153.

2　哲学者ジャック・デリダは一九三〇年生まれなので（二〇〇四年に死去）、一九一五年生まれのバルトとはたしかに「別の世代に属して」いる。デリダは、バルトのこのテクストへの「巨大な謝意」を伝える礼状のなかで、彼にとっては、バルトにたいする「近接性、感謝、共犯性をそなえた同じような関係」をとり結ぶのは、ほかにモーリス・ブランショのみであると記している。Lettre de Jacques Derrida à Roland Barthes, le 30 mars 1972, in R. Barthes, *Album : Inédits, correspondances et varia*, Seuil, 2015, p. 337.

7　誠実さのレッスン

断り書き

一九七二年にロラン・バルトは、「記号とテクストの理論についての研究グループ」(ストラスブール第二大学)が、ルーカーヌス『パルサリア(内乱)』[1]のあるエピソード(第五巻、六四行―二三一行)を対象として開催したゼミナールに、参加することを了承した。以下に読まれるテクストは、ロラン・バルトが六月三日におこなった発表の原稿で、刊行を目的として彼自身の手で書き直され、修正を加えられたものである。じっさい参加者の一連の論考がまとめられて一九七三年に刊行されるはずだった。その企画は、最後の最後になって、出版が予定されていた出版社の側にいくつかの技術的理由が発生し、頓挫した。以後ロラン・バルトのテクストは、ただ「研究グループ」のメンバーのあいだで回覧されていただけだった。

ここに公表するテクストに、当日ゼミナールの参加者に配布された『パルサリア』の該当部分のフランス語訳をつけ加える。この翻訳は、ラテン語原典そのものと『パルサリア』のさまざまなフランス語訳の歴史についての研究を出発点として、入念に作りあげられたものである。[2]

ルーカーヌス『パルサリア』第五巻六四行―二三六行

　　　　　　　　　　　　……やがて集会は解かれ、
一群の元老院議員たちは兵戈を目指して散って行った。
諸国民や将軍らが、事の向背《こうはい》も定かならず、戦の命運も
明らかならぬまま、兵戈を求めている間、ただ一人アッピウスは、
勝劣定まらぬ軍神《マルス》の与える帰趨に一身を賭すのを恐れ、神々に
事の成り行きを明かしてくれるよう責付《せっつ》き、長年閉ざされていた、
定めを告げるポイボスの、デルポイなる秘奥の御社《みやしろ》の扉を開けた。
　ヘスペリアの地と曙《エオス》の地から等しく隔たる（世界の）要に、
双の峰を頂きつつ、パルナソスが上天指して聳え立つ。
ポイボスとブロミオスの聖山で、テバイゆかりのバッコスの
信女らが、両神を隔てることなく一柱とし、三年おきにその
神にデルポイの祭典を催す所。大洪水が大地を
水没させたおり、唯一この峰だけが水面から山巓《さんてん》を覗かせ、
海原《うなばら》と天空の星辰を隔てる境をなした。だが、汝さえ、
パルナソス、洪水に引き裂かれ、かろうじて一つの山巓を海上に
突き出したものの、今一つの岩尾根の雄姿は隠した。パイアンが、
子を宿して身重のおりに閉め出された母神《ははがみ》の復讐者として、

いまだ扱い慣れぬ矢でピュトンを打ち倒したのがここである、
まだテミスがデルポイを領国として治め、その鼎《かなえ》を
護っていた時のこと。パイアンは大地の巨大な裂け目が
過《あやま》たぬ神託告げる息吹《いぶき》を吐き、言の葉語る
噴気を発しているのを目にとめると、聖なる岩屋に身を隠し、
深奥の聖所に坐して、この地でアポロンは
神託告げる千百の神となりたもうたという。

　ここに姿を隠すは、何神か。上天から降《くだ》りたまい、忝《かたじけ》なくも、
漆黒の闇の洞《ほら》に身を閉ざして住まいたまうは、どの神霊か。
地界に触れるのを甘受し、悠久の時の流れの秘密を
余さず把握し、未来の知を宇宙と共有して、諸民《もろたみ》に
自らを顕すことを心構え、人間と触れ合うのに耐える神、
偉大にして力あるこの神は、そも天界の何神か、
定めを謳いたまうにせよ、あるいはその謳う言の葉で
命じたまうものが定めとなるにせよ。おそらくは、平衡取りつつ
虚空に地界を保つユピテルの大部《たいぶ》が地の組成となって、
これを統べ、上天の雷神と一体に結ばれつつ、
キッラの洞から出で来たり、姿を現わしたまうのか。この神霊が
乙女の胸に宿る時、人の魂魄《こんぱく》を打って音を発し、神託告げる

乙女の口を開かせる。その様を喩えれば、さながら炎と燃える
溶岩を火口から溢れ出させるシキリアの絶巓《ぜってん》アエトナ、あるいは
イナリメの地塊に身を潜めて鳴動し、その永久《とわ》の圧力で
カンパニアの巌《いわお》を噴き出すテュポエウスにさも似る。
もっとも、この神霊は万人に開かれ、誰をも拒まず、しかもなお、
唯一、人間の狂気の穢れに染まることなく、聖性を保つ。
その謳い明かすは、何人も変え得ぬ天命の定め。何事にもあれ、
祈願することを人間に許さぬのだ。だが、正しき人々には慈悲深く、
テュロス人《びと》のように、挙《こぞ》りて都を移そうとする国人《くにびと》には
居所《きょしょ》を与え、サラミスの海が記憶にとどめるごとく、戦の脅威を
撃退するのを叶え、終焉の時を示して不毛の大地の怒りを鎮め、
悪疫もたらす大気を開いて邪気を祓《はら》いたもうたことも、数多たび。
王たちが未来を恐れ、神託を語るのを神々に禁じてこのかた、
神々の授けたまう賜物で、デルポイの聖地が黙《もだ》して語らぬ神託ほどに。
我らの時代が惜しみ、希《こいねが》う大きな賜物はない。
　　　　　　　　　　　　　　　　　　　だが、神の声を
禁じられながら、予言を告げるキッラの巫女《みこ》らは悲しまず、
御社は機能停止のその状態を享受した。神が巫女の誰かの
胸裏に宿れば、宿した神霊のその酬い、あるいはその罰は

時ならぬ死だからだ。迸《ほとば》る狂気の刺激で人の骨組は解体し、
神の与える打撃で人の魂魄は打ちのめされる。

　　　　　　　　　　　　　　かくして、長い歳月、
不動のままであった鼎と巨大な巌の沈黙を、アッピウスは、
ヘスペリアの終《つい》の定めを究めようと、責付いた。畏《かしこ》き聖所の
扉を開け、神のもとへ巫女を送るよう命じられた祭司は、
聖林の奥深く、カスタリアの泉のあたりを屈託なく彷徨《さまよ》い歩く
ペモノエの手を摑み、社《やしろ》の中に入るよう促した。だが、
ポイボスの巫女は、御社の恐ろしい閾《しきい》に立つのを恐れて、
未来を知りたいと責付く将軍の熱意を殺《そ》ごうと目論み、無益《むやく》にも、
このような誑《たぶら》かしの言葉をかけた、
　　　　　　　　　　　　　「ローマ人よ、何ゆえ
真実を知ろうなどと、不埒な望みを抱いてここにやって来た。
パルナソスは神を閉ざし、大地の裂け目を沈黙させている。聖なる
息吹が出口から離れ、通路をこの世の僻地へと移したゆえか、
あるいはピュトが蛮族の戦火で炎上したおり、巨大な洞に
灰燼が落下して、ポイボスの通い路を塞いだゆえか、あるいはまた、
神々の意志からキッラが沈黙し、汝ら（ローマ人）に託された長生の

シビュッラの歌が未来の秘密を告げることで足れりとしたゆえか、
はたまた、罪ある者を御社に近づけぬ習いのパイアンが、
我らの時代、口を開くべき義人を誰ひとり見いだせないでいるゆえか」。
　だがその言葉の謀《たばか》りであることは歴然とし、ほかならぬ
恐怖の様が、否む神の来臨を証した。そのあと巫女は額に紐を巻いて
前髪を押さえつけ、背に流れる後ろ髪をポキスの
月桂の絡む雪白のリボンで結い上げた。愚図つき、躊躇《ためら》う
その巫女を、祭司は押しやり、社の中へと急き立てた。
彼女は、定め告げる聖所の奥深い霊域を恐れて、
社の入り口で立ち止まると、錯乱せぬ胸裏に神の憑依を
装いつつ、なおも偽りの言葉を語った。だが、呟くその声には
魂魄が聖なる狂気に陥ったことを証する乱れはなく、
その佯狂《ようきょう》は、偽りを告げた将軍よりは、むしろデルポイの鼎と
ポイボスの信憑性に仇なすものであった。声は震えず、
言葉も途切れず、広大な洞の空間に響き渡るに足る声量もなく、
逆立つ髪で月桂の冠が外れることもなく、社の閾は不動のまま、
聖林も静けさを保っていた。すべてがポイボスに
身を委ねるのを彼女が恐れている事実を暴露した。鼎が
沈黙したままであるのに気付くと、アッピウスは怒り狂い、

こう言った、
　「不敬の女よ、我らからも、またお前が佯《いつわ》る神々からも、
お前は当然の報いを受けることになる、今すぐ洞に身を沈めぬなら、
震撼する世界のこれほど甚大な争乱について訊ねられていながら、
お前自身の言葉を語るのをやめぬなら」。
　　　　　　　　　　　　　　　　　　そう言うと、恐れをなした
乙女は、やっとのこと、逃げるように鼎に向かって歩を運び、広大な
洞に近づくと、その場にじっと佇み、慣れぬ胸裏に神霊を迎え入れた。
幾代《いくよ》を経ても尽きぬ、巌の聖なる息吹が、予言を告げる
巫女の魂魄へと送り込んだ神霊である。ついにパイアンは
キッラの乙女の胸に取り憑き、かつてない十全さでポイボスの
巫女の四肢に充溢すると、乙女の以前の心を払拭し、全身全霊、
人間的なものを駆逐して、聖なる自らに座を譲るように命じた。
己のものならぬ首をもたげ、乙女は狂気の裡に洞じゅうを乱舞した。
神のリボンと月桂の葉冠を逆立つ髪から振り落とし、
首を左右に振りつつ、社の虚ろな空間をぐるぐる巡り、
彷徨いながら、足取り妨げる鼎を蹴散らし、ポイボスよ、怒れる
あなたに耐えつつ、激しい狂熱に駆られて、乙女は狂い舞う。だが、

あなたは鞭打ち、刺激を与え、狂熱を五臓六腑に
染み渡らせたばかりではない。巫女は、手綱《たづな》の掣肘も受け、
知りうる限りの未来の秘密を余さず明かすことは許されなかった。
あらゆる時代、あらゆる世紀がひと塊となって殺到し、哀れな乙女の
胸を責め付ける。

　その眼前には、森羅万象の永劫に続く連なりが現われ、
あらゆる未来が、我先にと、光を求めて争い、あらゆる定めが
声を得ようと鬩《せめ》ぎ合った。創世の最初の日も、この世の最後の日も、
オケアノスの極限も、浜の真砂《まさご》の数も欠けてはいなかった。喩えれば、
未来を告げるクマエの巫女らが、エウボイアゆかりの洞で、
己の狂気が数多の民族に奉仕しているのを恨み、錯雑する
厖大な宿命の塊の中から、尊大にも、ローマの定めだけを
その手で選び出した時のよう。そのように、全霊を
ポイボスに満たされて、ベモノエは、カスタリアの大地に
姿を隠す神の神託を求めてやって来た汝、アッピウス、厖大無辺の
定めの中にまぎれ込む、汝の定めを長いあいだ探し求めたものの、
見いだしかねていた。
　やっとのこと、それを見いだすや、初めは、

錯乱する狂気を漂わせ、息づかいも荒い、鋭く響き渡る呻き声が
泡吹く口から漏れ出、次いで、その口から遠吠えのような
悲しげな唸り声が上がったが、今や乙女は、全霊、
神に支配されて、ついに人声が広大な洞じゅうに響き渡った、
「汝は、ローマ人よ、これほど甚大な争いに与ることなく、
ただ一人、戦の大きな脅威を免れて、エウボイアの岸辺の
広やかな谷間《たにあい》で静寂の時をもち続けよう」。

アポロンはそれ以上の言葉は抑え、乙女の喉を閉ざした。
——定めを護る鼎よ、宇宙の神秘よ、また真理を統べる者、
未来の一日たりとも神々によって隠されていぬパイアンよ、
何ゆえ明かすのを恐れたまう、奈落に落ちようとする覇者ローマの
終焉を、戦場に斃れた将軍らを、王らの末期《まつご》を、また
ヘスペリアの血の海に滅びた数多の民族を。その沈黙は、神々が
これほどの非道をいまだ肯《がえ》んじたまわぬゆえか、それとも
星座がポンペイウスの命運に断を下すのをなお躊躇う中、
数多の人間の命数もまた留保されているゆえか。それとも、運命に、
返報の剣《つるぎ》の義挙の定めを、内乱の狂気への鉄槌《てっつい》の定めを、報復者の
ブルートゥスを再来させる王権の定めを成就させようとして、

黙《もだ》したまうのか――。

　その時、予言の巫女は、扉に胸から突き当たり、その衝撃で扉が開いて、投げ出されるように社から飛び出してきた。万事を語るのを許されなかった彼女には、なおも狂気の余韻が残り、まだ抜け出ぬ神がなおもとどまっていた。巫女はいまだ険しい眼《まなこ》をぎょろつかせ、眼差しを空の至る所に向けたが、視線は宙をさまよい、その面には、ある時は怯えた憂色《ゆうしょく》が、またある時は威嚇する凶暴な怒色《どしょく》が漂っていた。顔色は絶えず変化して落ち着かず、面《おも》には火と燃える朱が差し、蒼白の頬を染めた。だが、その蒼白さには、恐怖する人の常のそれならぬ、人を恐怖させる蒼白さが入り混じっていた。心の臓は、疲れ果てながら、鎮まらず、その胸は、北風《ボレアス》の収まったあともなお大波を立て、鳴り騒ぐポントスの海さながら、声にならぬ息吹で大きく波打っていた。宿命を目にした神聖な光の世界から世俗の光の世界へと戻る間、中間の闇が乙女を訪れた。パイアンは巫女の体内にステュクスの忘却《レテ》を送り込み、神々の秘密を奪い去らせた。その時、真理は乙女の胸から逃げ去り、未来は再びポイボスの鼎に帰って、乙女は、いっかな正気に戻らぬまま、倒れ伏した。だが、模糊《もこ》とした託宣に晦《くら》まされ、間近に迫る死が、

アッピウス、汝を恐れさせることはなかった。汝は、むなしい野望に
心を奪われて、世界の覇権の帰趨がいまだ定かならぬうちに、
エウボイアなるカルキスの支配権を得ようとした。
　　　　　　　　　　　　　　　　　　　　　ああ、
正気をなくした者よ。戦の鳴動を些かも感じぬことを、
世界のこれほど数多の災厄を免れてあることを、神々でさえ、
誰が保証できよう、死の神《モルス》を除いて。汝はエウボイアの
岸辺の記念の塚に葬られ、人気《ひとけ》なき僻隅を得る定め。
大理石に富むカリュストスと、傲り高ぶる者を憎む女神を
崇め祀るラムノスが海口を狭める地、海が早瀬で滾《たぎ》り、
エウリポスが、潮の流れの向きを変えつつ、カルキスの
船々を、艦隊に邪険なアウリスへと送る地に。

〔大西英文訳〕

ルーカーヌスのテクストは言葉《パロール》の場を扱っている。そのテクストはそのような場の演出である。この場は起源である。言葉の場所的起源とは何か？　ようするにそれは局所的《トピック》テクスト、「局所的記述《トポグラフィ》」ということである。三つの場が引き合いに出されている。1〈自然〉、つまりパルナソス[3]、洞窟、割れ目、断層、深み。2〈歴史〉、神話的説話（ピュトンとパイアン[4]）。3 身体（〈ポイボスの巫女[5]〉）、この身体は制御された‐身体（自分 *ipsa*）と憑依された身体に二重化される。前者は「偽り」で後者

は「真実」である。このことからある種のずらしが導入される、つまり（言葉の）起源の問題はまた（言葉の）真実の問題でもあるということだ。真実はどこにあるのか？

真実が出現するその様態とは繰り広げである。発話の場の最初の所有者となるのはピュトンであり、ピュトンとは繰り広げられる身体である。パイアンはピュトンを地面に打ち倒し、〔とぐろを巻く〕その身を繰り広げる（*explicuit*）。蛇の巻くとぐろに、〈ポイボスの巫女〉の逆立つ髪、ぎょろつく眼《まなこ》、錯乱のテーマ系が呼応している。そんなわけで真実とは、たえまのない葛藤と調整を通して明らかにされるものである。〈ポイボスの巫女〉は、さまざまな運命が雑然とひとつに集められるなかから、アッピウスというただひとりの人間（*solus Appius*）、アッピウスの真実だけを見つけだすために死力を尽くすのである。

　こうしたすべてによって、さほど無理なく、テクストの場面は精神分析のセッションとなる。語られているのは言葉の産出、さまざまな抵抗と言い訳に囚われた身体のうねりの繰り広げである。精神分析は主体にいかなる真実も産出させることはない、そう反論することはおそらくできるかもしれないし、結局のところ、それはここにも当てはまる。デルポイの神託による産出は大々的な演出のなかでおこなわれるが、そこから出てくるのは何か？　どうでもいいようなある確認だ。まるで内戦全体への挑戦であるかのように、アッピウスはギリシアでひとり離れて死ぬことになるだろうというのだ、まさに「大山鳴動鼠一匹」である（このことわざはここにおあつらえ向きだ、というのも神話によれば、神託を告げるアポロンは「鼠のアポロン」、「アポロン－鼠」と呼ばれるのだから。[6] 家のなかで鼠を狩りだすために、蛇が使われたものだった）。

　三つの語りが演出されている、〈理性〉のそれ、〈見せかけ〉のそれ、〈真実〉のそれ。

1　〈理性〉の語り。〈理性〉の語りは、言葉を排除する言葉である。問題となっているのは〈ラティオ〉、つまり論証的ディスクールで、ある確認が出発点となる。予言の機械、それは真実を有し、言葉を有する機械なのだが、それが停止しているということだ。次いで、想定可能なその理由が列挙される（想定可能なこと――仮説――は理性にかなっている）。いくつかの審級が理性を形成する、自然的説明（〔神託を告げる〕息吹が別の割れ目のほうにそれてしまった）、歴史的説明（ガリア人が息吹の発散する裂け目をふさいでしまった）、超自然的説明（神自身が不在であることを望んだ）。いずれにせよ、押し黙っている以上、神はまちがいなく不在である（キリスト教的神とは逆に、異教の神は沈黙によって自己を無化する）。

2〈見せかけ〉の語り。われわれはその内容を知らない。〈ポイボスの巫女〉は予言する振りをするのだが（見せかけの言葉[7] *ficta verba*）、われわれは彼女の虚言について、いくつかの身体的、身ぶり的シニフィアンを知るのみである。それらはまがいものの記号の数々で、その不完全性を隠し通すことはできない。われわれが知っているのは、〈ポイボスの巫女〉が意図的に神の言葉を捏造しながら、みずからの身体、自分 *ipsa* の身体の真実を言い表しているということだけだ。虚言を弄しながら彼女は真実を語る、偽りの言葉は自分自身を制御する身体からきている。神の〔言葉の〕歪曲には、人間としての〈自分〉が呼応している（一個人である〈ポイボスの巫女〉にとっての自己の真実）。

3〈真実〉の語り。それは神の発語としての語りである。われわれはここで強制の場にいることを忘れないようにしよう。正確に遂行された儀式によって、正確に述べられた言いまわしによって、古代人は神に力を行使することを強いるのだ。ところでここではそれがあべこべになっている、神のほうが少女に強いるのである。神の言葉は加工的、形成的である。それは〈歴史〉を導き、投げだし、押しやり、追い払うひとつの声だ。〈歴史〉とは神の身体から排出されるものだ、声が吐きだすものだ。しかしながら、この排出はひとつの言語活動である。神の言葉は言語《ラング》である、なぜならそれはここで、抑止のイメージのもとに徴づけられるひとつの選択（ひとつの範列）に依拠している（彼女は抑止[8]も受ける *accipit et frenos*）からだ。意味とはどんなものであれ、まさにそういうものだ、つまりひとつの制限なのである。神の言語活動は（他のあらゆる言語活動と同じく）、そのあえて言わない力、あらゆるものからなにものかに移る能力によって定義づけられる。それは——これもまたあらゆる言語活動がそうであるのと同じように——無償の言語活動である。クマエ〔ナポリ南西の町〕の巫女は、ありとあらゆる言表がおびただしい数、山積みになることに惑乱しながら、たったひとつだけ、ある重々しいメッセージをそこから拾いだす、すなわちローマの偉大さである。

最後の二つの語りには身体が参入している。テクストに次のようなタイトルをつけることができるかもしれない、「誠実さの（逆説的）レッスン」。さらに二つの語りのあいだの交錯も思いだしておこう。偽りの語りは〈ポイボスの巫女〉の真実の語り、彼女自身の身体（自己 *ipsa*）の語りである。これは想像界の語りではないだろうか？　いっぽう、真実の語り（神のそれ）は〈ポイボスの巫女〉の偽りの語りであり、代理人の口を借りて言い表され、ある他者（大文字の〈他者〉[9]？）の言葉を伝える。これは無意識の語りではないだろうか？

このようなかけ違いが、ある逆説的な、ほとんど滑稽なやりとりを産んでいる。奇妙な場面があって、そこでは「国家」の代理人〔アッピウス〕が、ひとりの羊飼いの少女〔ペモノエ〕を、彼女が自分自身の言葉を口にするがゆえに、邪険に扱うのである！「自発性」と「錯乱」のあいだに、興奮を誘う一種の交差のようなものがある。身体はひとつの賭金、唯一無二の場所であり、それを二人の主人が羨望するのだ。まさに分割、戦争、競争、力による対決に供される単一の場《トピー》ということだ。

〈理性〉の語りでは身体は不在であるが（こんにち科学においてそうであるように）、他の語りでは、身体は真実および〈想像界〉にとって、それを顕在化するものの役割を果たす。それはひっくり返された、というか切り離された諸記号の戯れ、ヒステリーのヒステリーである。皮肉の効いた見世物だ、乙女〔ペモノエ〕はヒステリーのなかに入ることを拒むが、太ったローマの将軍[10]〔アッピウス〕が彼女にそれを強いるのだ。

ヒステリーの見せかけに囚われた身体は、真実を暴かれるがままになる。〈見せかけ〉の関与的な特徴は、音響的な弱さ（洞窟がよく響かない、声が充分にくぐもっていない、冥界的な狂乱が現れていない）と、はっきりしすぎた音節区分である、というのも、おそらくはっきりした《ディスタン》語り（「高貴な《ディスタンゲ》」とつけ加えることができるだろうか？）は自己統制の証拠だからだ。ポーがその物語を語る催眠術下の死、ヴァルドマール氏においてそうであるように[11]、自然の彼方からの声は舌音であり、歯音ではない。歯のあいだから出される声があり、臓腑から出てくる声がある、そして後者こそが〈死〉の声、神の声なのだ。ここにもまた先に指摘したかけ違いがある。深い声、内奥の声は〈他者〉の声だ。はっきりした、明快な、外的な声は〈同一者〉の声、〈自分〉の声だ。

このように、テクストが引き合いに出すのは、多岐にわたる一連の身体である、無理強いされる身体（あか抜けない、粗野な羊飼いの少女）、不在の身体（それは語ることを拒否する）、偽りの身体（〈自分〉の身体、個別の身体）、真実の身体（神的なものの代理人）、残存の（錯乱が消えずに残っている）身体、記憶を失った、あるいは死んだ身体（〈忘却の河《レテ》〉の身体）。身体（みずからの身体）の固有性が炸裂し、分解している。

テクストの進行にしたがって、たくさんの範例が出てくる。テクストは意味（ドラマ）がいっぱいに詰まっている。高（天）と低（〈大地〉の内部）のあいだ、それを受けとる者を殺す言葉（予言が不吉なものであるとき）と、それを発する者を殺す言葉（〈ポイボスの巫女〉は語るがゆえに死ぬことになるだろう）のあいだに対立がある。予言のデフレーションのようなものがあり、どうでもいいことしか予言されない。内戦、〈歴史〉の総体的な劇、重々しい劇と、アッピウスという個人、一種の売れ残り、動乱の臆病な残りかすのあいだに対照がある。犠牲者（神託を告げる貧しい少女）を、その命を奪う者の裁き手とし、かつ運命の支配者とする転倒がある。こうした範例の動きのすべては、期待をはぐらかすものだ。説話（語りの形式としての）は意味（範例のなかで求められる）をはぐらかす。アッピウスはイタリアの行く末を知るために神託を求めるが、彼が知るのはみずからの個人的運命にすぎない。歴史的豊かさ（内戦、群衆）と、個人のしがない運命（〈ポイボスの巫女〉は、〈世界の歴史〉の集積のなかから、やっとのことでアッピウスを見つけだす）のあいだに、一種のちぐはぐさがある。このエピソードの全体そのものが、収まるべき場所を欠いていることが明らかになる。これは一種の静止点、盲点であって、まるで交換の外にあるかのようなのだ。

さらに考えねばならないのは、読みの炸裂とでも呼べるであろうこと、つまり数かぎりない読みの脱臼ということで、それらの読みは、まるでわれわれがこの古いテクストを読みながら自由な（常軌を逸した？）翻訳が可能な状態にいつでもいるかのように、われわれを攻め立ててくる。そしておそらく、テクストが古い時代のものであればあるほど、それはよりみごとに炸裂するのだ（現代的なテクストは自分自身でみずからの炸裂を請け負っていて、そのことがときとしてその悦びを減らしてしまう）。わたしの読みのいくつかを以下に記す。

・修辞的読みの全体。これは、それ特有の語法を通して読まれたテクストである。さまざまな迂言法のもたらす驚き、ドレープのついた言葉と指示対象《レフェラン》のあいだの矛盾〔荘重な文を口述する農村の少女〕、「修辞化」されたこうした神話のすべてが〈マテシス〉〔普遍的な知〕の価値をもつという印象、ここに世界の知のすべてが宿っている、というような。「文」——それじたい——が、ある種の知——〈知〉そのもの——を構成しているのではないだろうか？

・土着的読み。フランス人であるわれわれはこのテクストをフランス語で読むが、とはいえ、どんなにわずかでもラテン語の授業を受けていれば、ラテン語との軽い行き来は充分ありうる。そしてこんにちラテン語とはなんであろうか？ どんな香りが漂っているだろうか？ 〈教会〉の香り？ 〈羅文仏訳〉の？ 〈メダル〉の？ 〈廃墟〉の？ ひとことで言えば〈起源〉の？ これ見よがしでばかげているかもしれないが、フランス語のこうした起源は純然たるシニフィアンになる、ラテン語の快楽はありうるのだ。

・異種混合的な（ほとんど非論理的な）読み。われわれは雑然とさまざまな要素を受けとる、歴史的要素〔アッピウスの存在〕あるいは歴史的に可能な要素〔神託を聞くこと〕、真実主義的要素〔羊飼いに引っ立てられる農村の少女〕、非現実主義的要素〔言説そのもの〕、仮定的要素〔錯乱、アッピウスの信じやすさ〕。これはわれわれにとっては、特殊な美学である。文化のあらゆる水準が混ぜ合わされて、ページ上で平にならされている。民族学的源泉から羅文仏訳のフランス語まで、あるきわめて不純な戯れが進められている。ルーカーヌスがどこにいるか、ルーカーヌスの誠実がどこにあるか、定めがたい。

・「ギリシア的」読み。おずおずと、ときどきごく短いあいだだけ、観光地的なギリシアが現れてくる、山々、密林、カスタリアの泉〔パルナソス山にある泉〕、森に囲まれた隠れ家、エウボイア〔ギリシアのボイオティア地方に面する島〕の浜辺。パルナソスはルイ一四世的場所から〈地中海クラブ〉的風景になる。

・映画的読み。場面が見えるとは言わない（読むことはけっして〈場面を〉目に見えるようにはしないと思う。そのように仮定するのはひとつの欺瞞だ）、だがまちがいなく演出を見ることはできる。パゾリーニ的要素が少々（あか抜けない羊飼いの少女、髭づらの羊飼い、片隅に長衣《トーガ》を着たルーカーヌスに扮したパゾリーニ自身）。フェリーニ的要素（ヒステリー、でぶで色白の気弱な男、アッピウス）。ブレヒト的要素が少々（信じやすく、粗暴な軍の〈高官〉たち、愚昧化した土着民たち、ポジティブなヒーローはいない）。

・快楽の読み。快楽はほぼ（わたしにとっては）自分が言ってきたことすべてのなかにある。とはいえ、あるエピソードが他に勝ってとくにわたしを魅了する。そのエピソードでは、〈ポイボスの巫女〉が、おおいに苦労して世界と時間のある微細な点に目の焦点を合わせ、さまざまな運命の集積、人間の言語の全体から、ようやくたったひとつの単語、不幸なアッピウスを抜きだすにいたる。大仰な言葉遣いで確言される彼の運命には、どこかどうでもいいようなところがある、彼はエウボイアの浜辺にみごとな墓をもつだろう、というのだが。この場面はわたしには、どこかフローベール的なものを感じさせる。

『ポエティック』誌、一九八一年一一月号

ルーカーヌス『パルサリア（内乱）』について。「記号とテクストの理論についての研究グループ」における発表のテクスト、ストラスブール大学文学部、一九七二年六月三日。われわれはこのテクストを、それが口頭で発表された日付にしたがって刊行する（「全巻解題」、『全集』第I巻、九ページ参照）。12

1　マルクス・アンナエウス・ルーカーヌスはローマ時代の詩人（三九―六五）。『パルサリア』はその代表作（未完）で、反乱を起こしたカエサルとポンペイウス率いる元老院の軍隊のあいだの内戦

（紀元前四九―四五）を描く叙事詩。該当の箇所で語られるのは、元老院議員たちがエペイロス（ギリシア最西部の地方）に集められるなか、そのうちのひとりアッピウスが戦争に不安を抱いてデルポイに赴き、アポロンの神託を聞こうとする場面。

2　このフランス語訳は通常のものと比べると、ラテン語の表現スタイルに忠実な、かなり特色のある訳であるが、ここでは大西英文訳（岩波文庫、二〇一二年）によって代替する。

3　ギリシア、ポキス地方の高山。

4　ピュトンはデルポイ（パルナソス山南麓、アポロンが神託を告げる場所）にいた大蛇、アポロンに退治される。パイアンはアポロンの異称。

5　ポイボスはアポロンの異称。ここでいう〈ポイボスの巫女〉とは、アッピウスに神託を告げる、後出の羊飼いの少女ペモノエのこと。

6　「鼠のSminthien（Smintheus）」はアポロンを修飾する形容のひとつで、預言者としてのアポロンについて用いられる。

7　大西英文訳では「誑《たぶら》かしの言葉」（一二七行）。

8　大西英文訳では「巫女は、手綱《たづな》の製肘《せいちゅう》も受け」（一七〇行）。

9　ジャック・ラカンの概念で、言語（「象徴界」）のレベルで主体を決定づける「他者」。

10　大西英文訳ではアッピウスは監察官。

11　エドガー・アラン・ポー「ヴァルドマアル〔ヴァルドマール〕氏の病症の真相」（創元推理文庫、『ポオ小説全集』Ⅳ、一九七四年、所収）参照。ある患者（ヴァルドマール氏）に臨終の状態で催眠術をかけ、死後にその声を聞くという「実験」をおこなうという物語。ポーの小説では、死後のヴァルドマール氏の「声」は、「地中のどこか遠い洞穴《ほらあな》から聞こえて来るように響いた」と記されている（小泉一郎訳、前掲書二三二ページ）。

12　スイユ社刊の五巻本全集の冒頭「全巻解題」で、テクストの配列が発表年代順であることが説明されているが、死後出版で執筆時期が特定できるものが例外とされ、その例としてこのテクストが挙げられている。

8 序文

詩は言葉からだけではなく、イメージからも同じように生まれうる、とりわけまず映画人として出発して、イメージとその暗示力についてきわめて鋭敏な感覚をもつプレヴェールのような場合には。[1]『ファトラ』が提示するのはまさにこれら二つの表現手段の突き合わせであり、ここではプレヴェールがずっと以前から専心している「コラージュ」のいくつかが再現されている。それは彼の詩作品の本質的テーマの数々を、視覚面で引き継ぐためであるかのようである。

それらのテーマをひとつだけに絞りこむことが可能かもしれない。それはさまざまな欺瞞の告発であり――何よりもまず戦争の欺瞞が槍玉に挙げられていて、この欺瞞の亡霊はいつにも増してこんにち世界中をうろついている――社会が発するある種の命令の言葉によって生みだされるそれらの欺瞞を、人は『パロール』の作者が六〇年代に記した『ファトラ』のテクストを通して、ふたたび目の当たりにするのである。たぶんとりわけ、あれらの短い「落書き」、あれらの「アネモネ」(この花の名前が「血の滴《しずく》」を意味するのは偶然ではない)においてそうであって[2]、そこでは実質的な真実が、プレヴェールお得意の言葉遊びを通じて現れでる。それはスピード感のある、あっと驚くような短文の数々で、この数年、彼の思考とエクリチュールにおいて好まれる形式のひとつとなっている。ある種のポエジーとある種のモラルが一種の明証性をもってそこから引きだされてくるのだ。

テクストとイメージはここでは同じ目的を追求している。われわれの心が囚われている習慣の連なりを断ち切ること、日常性に修正を施すこと、紋切り型とお行儀のよさに親指のひと突きを与え、そのひと突きで背景をひっくり返してその適時性を疑問に付すことである。

ジャック・プレヴェール『ファトラ』への序文、ガリマール〈フォリオ〉、一九七二年

1　ジャック・プレヴェールは、フランスの詩人、作詞家、映画脚本家（一九〇〇―一九七七）。シュルレアリスムとの接触、左翼的演劇集団〈十月グループ〉での活動を経て、映画脚本家としてジャン・ルノワール（『ランジェ氏の犯罪』一九三六年）、ジャン・グレミヨン（『夏の光』一九四三年）など、そしてとりわけマルセル・カルネ（『霧の波止場』一九三八年、『天井桟敷の人々』一九四五年）と協働し、彼とともにいわゆる「詩的レアリスム」の立役者となった。後出の詩集『パロール』（一九四六年）の成功で民衆詩人としての名を不動のものとした。プレヴェールの詩は平易な言葉で綴られ、ユーモアに満ちて親しみやすいが、そのいっぽうで、痛烈な風刺や毒のある皮肉もふんだんに含まれている。『ファトラ』は、テクスト（詩的な言葉遊びによる社会批判）とイメージ（シュルレアリスム的なコラージュ）からなる作品集で、プレヴェールのそうした側面（反戦、反教権主義など）が前面に押し出されている。初版は一九六六年、バルトのこの「序文」はフランスの代表的なペイパーバックのシリーズ「フォリオ」の一冊として再版されたときに付せられたもの。

2　「落書き Graffiti」、「アネモネ Adonides」は『ファトラ』を構成する章のタイトル。「悪魔がびっこなら、神はいざりだ」（「落書き」）、「宣戦が布告されると／両手で／ぼくはわが勇気をつかんだ／そして絞め殺した」（「アネモネ」）など。なおフランス語で、ある種のアネモネは別名を「血の滴 goutte de sang」という。

9　読むことの理論のために

この二〇年来、エクリチュールの理論がさまざまに工夫をこらされながら存在している。この理論は、「作品／作者」という古い組み合わせ、これはこの一世紀ほど、批評と〈文学の科学〉のあらゆるエネルギーを飲み尽くしてきたものだが、これに新しい組み合わせ「書くこと《エクリチュール》／読むこと《レクチュール》」をとって替えようと試みている。この新しい理論、つまりエクリチュールの理論はそれゆえ読むことの理論を希求しているのだが、こちらの二番目の理論のほうが最初のものよりもずっと練りあげが遅れているということは、認めざるをえない。いまこそこれに心を振り向けるべきである。その理由はまず、読むことの理論はじつは一度たりとも存在したことがない。ひとがいままで「読者」についてもった唯一の観念は漠然と投影的なものだ、読者は作家の作品のなかに「自分を投影する」というのである（「偽善者の読者、わが兄弟よ」[1]、あるいはまたバシュラールの「読者は作者のまぼろし」[2]）。次に、読むことということの問題にさまざまな新しい科学を収斂させることがこんにちでは可能である、社会学、記号学、精神分析はもちろん、歴史学までも。そして最後に、現在、読むことの技術的かつ社会的条件の、危機とは言わないまでも、少なくとも変容が起こりつつある。

それゆえ遠からずひとつの理論が必要になるだろう。〈理論〉といっても、かならずしも「哲学的論述」もしくは「抽象的な体系」を意味するのではない、〈理論〉ということで言いたいのは多分野分自身を疑問に付すことを受け入れる、責任ある言説ということなのだ。

科学的な記述と生産ということであり、ある問題の無限の輪郭に目をやり、科学性の言説としての自

学際性という言葉がこんにちしきりに使われる。新しい〈大学〉に付きものの決まり文句と多少言えないこともない。じつのところ、学際性とは、異なった研究領域を並置することなどではありえない。学際性は、ある未知の研究領域のためにひとつひとつの研究領域を弁証法的に破壊することに存する――というかむしろ存することになるはずだ。わたしがここで学際性という言葉を使うのは、もし真に学際的な問題が存在するとしたら、それはまさに読むことだからにほかならない。読むというこのトータルな行為において何が起こっているのか？　どこから読むことは始まるのか？　どこまで行くのか？〔読むことという〕この生産のありかたに構造や境界を定めることができるだろうか？これらの問いに答えるために、研究領域がいくつかあっても多すぎるということはないだろう。読むことは多元決定的な現象で、種々異なる記述の水準を含んでいる。読むこととは、止まることのないものなのである。

以下に、おおざっぱな、とりあえずの推論によってではあるが、読むという行為を構成する主たる水準の数々と、それらの水準の標定と記述に関与しうる主たる科学の数々を挙げよう。

1　知覚の水準。視覚的要素の知覚、〔読みの〕習得、速読、内面化された読み、といった諸問題。生理学、実験心理学、読むことの生理‐心理学（アメリカ）

2　デノテーションの〔外示〕の水準。メッセージの理解。コミュニケーションの言語学。

3　連合の（コノテーション〔共示〕の）水準。二次音声の、そして解釈の象徴的連合の展開。意

味作用の言語学、精神分析、記号学。
４　間‐テクスト的水準。文化のステレオタイプそして／あるいは先行するテクストの圧力。セマナリーズ〔記号分析〕[3]、社会的コードの社会記号学。
　これらの側面におそらく、恒常的なやりかたで、次の二つの積分的要素をつけ加える必要がある。社会的コード（文化水準、階級的状況、イデオロギー的圧力）および欲望、ファンタスム（神経症のさまざまな水準とタイプ）である。

　最後に言っておきたい、たとえ多元的であったとしても、科学的記述は読むという現象を汲み尽くすことはないだろう。知られているように、読むことは賭金としての対象である。それは権力、モラルにとって格好の餌食なのだ。言い換えると、読むことの理論が評価と無縁ではなく、価値判断として基礎づけられるということを受け入れざるをえなくなるだろうということである。そもそもそうしたことは、「よい」読書《レクチュール》、「悪い」読書という言い方をしていたとき、すでになされていた。読書のなかの文明化する力が褒めそやされるとき、いまなおなされてもいる。わたし自身にかんしては、そうした倫理的問題を次のように言い表すだろう、死んだ読書（ステレオタイプ、頭のなかでの反復、命令の言葉に従属する）というものがあり、生きた読書（内的なテクストを生産し、読者の潜在的なエクリチュールと同質である）というものがあるのだと。ところで、この生きた読書の過程において主体は、自分が読んでいることを情動のレベルで信じつつ、同時にその非現実性もわかっているのであって、これは分割された読書にほかならない。わたしの考えでは、この読書はフロイトのいう主体の分割をつねに内包している。それは〈コギト〉とはまったく別の論理に基礎づけられている。そし

てフロイトにとって自我の分割が、不可避的に倒錯のさまざまに異なる形式に結びついていることを思いだすならば、生きた読書が倒錯的な活動であること、読書はつねに背徳的であることを、すすんで認めねばならないだろう。

『読むことと教育』(一九七二年一一月二三日にトゥールで開かれたシンポジウムの記録)、CRDP、オルレアン、一九七二年。

1　シャルル・ボードレール『悪の華』(一八五七/一八六一年)序詩の有名な詩句。

2　ガストン・バシュラール『空間の詩学』岩村行雄訳、ちくま学芸文庫、二〇〇二年、二三ページ。

3　「セマナリーズ〔記号分析〕」はクリステヴァによって提唱されたテクスト分析の概念。これについての説明は「テクスト(の理論)」、本巻二五七―二五八ページ参照。

10 イギリスのポスター

言葉の遊びをしても差し支えないだろうか？ であるならば、ポスターとはある姿勢《ポスチュール》を表明することを可能にするイマージュである、と言っておこう。姿勢とはただたんに自分の身体を保持するひとつのやりかたというだけではない。それは誇張された、人目をひく、動きのない身ぶりである（演劇というより活人画に擬せられるものだ）。それはある役柄である（その役柄は不当に奪われることがありうる。それゆえ姿勢《ポスチュール》の反対は詐欺《アンポスチュール》なのだ）。この展覧会に見られるのは、本を読む婦人、仮面をかぶった死刑執行人、若い自転車乗り、煙草を吸う人、レストランに行くカップルたち。これらの役柄は心理的でも劇的《ドラマチック》でもありうるし、性格、職業、社会階級、なんでも表しうる。ポスターがわれわれに執拗なまでに伝えるのは社会的規範《コード》の制約であり、この展覧会はまさにその神殿なのだ。ここに陳列されたポスターのすべてが、われわれの社会を構成するさまざまなリストに（すなわちさまざまな分類項目に）関連づけられる、人物描写（描かれた、もしくは書かれた）に、演劇の役まわりに、商業カタログに。ポスターの展覧会とは、こうして同時に意味論的論証であり、社会的文法であり、実例の一覧表なのである（旧修辞学において、実例は推論に欠かせぬ要素で、三段論法にも匹敵する重要さをもち、あるときは論拠という言い方がされ、またあるときはイマージュ〔イマーゴ、模範的形象〕という言い方がされたりした）[1]。

そんなわけでわれわれはひとつの知の道具を前にしているのであって、それは一連のイマージュからなる〈百科事典〉といったものを思わせなくはない。あるときはひとりの風変わりな登場人物が、その意味深い特徴の数々とともに示される。またあるときはある複雑な物語のクライマックスの瞬間が表される（とある社交界のカップルが裁判所に訴えられる、何人かの陰謀家たちがランプの灯りで一通の短信を読んでいる、シンデレラが靴をなくす）。またさらにあるときは、ひとつの事物のさまざまな変身が主題になり、その変容のありさまが言ってみれば映画に映される。『カンゴリラ』のポスターをご覧いただきたい。真ん中には、軽業師の猿がスペクタクルのなかでできることのすべてが示されている、つまり猿がたどり着いた姿ということだ。しかし端のほうには、猿がそこから出発した状態、つまりつるからつるへ飛び移る自然の猿の、森にいる通常のありさまが示されている。言語学者ならこう言うだろう、ポスターはここでひとつの完全な文法であり、同時に猿の能力（猿としての本性ゆえに猿にできること）と、その運用《パフォーマンス》（その訓練、境遇、そしてたぶんその才能のおかげで、猿が実際にやっていること、ピアニストやスポーツ選手の「パフォーマンス」と同じだ）を表していると。[2]

　というのも、ポスターが提示するパフォーマンスは最高級のものだ、それはある種の壮挙にほかならない。その対象はつねに〈唯一無二〉、つまり自然の範疇においても劇《ドラマ》の範疇においてもただ一度だけしか起こらないことだ。ポスターにかんするかぎり、唯一無二とは、ありそうもないことであり、それはありえることの限界に位置する。極端な身ぶりを作りださないポスターなど、言ってみれば、存在しないのである（少なくともスペクタクルの範疇においてはそうだ。この展覧会ではこの種のポスターがもっとも数が多い）。というのも、どれほどの技術を持とうと現実の芸人にはできないことを、ポスター作者がその代わりにやってのけるのだから。人間の技能あるいは感情を限界まで持っていくことによって、ポスターは自然を否認する。ポスターにはどこかファウスト的なところがある。その役割とは、人間（軽業師あるいは劇の主人公）が、その技能によって均衡の法則を、その運命の数奇さによって社会性の法則を、どのように侵犯するかを示すことである。〔子ども〕軽業師のウォルター・デレヴァンティ[3]が、斜めに傾いた空中ブランコに片足を乗せるだけでどんなふうに身を支えているか、ご覧いただきたい。これは身体の物理学にたいする挑戦だ。ハンサム・キャブ〔辻馬車〕に乗ろうとする紳士が、平然としている御者の前でどんなふうに〔荷物みたいに〕縛りあげられているか、ご覧いただきたい。こちらは真実らしさにたいする挑戦だ。ポスターが言っていることそのものはあまり重要ではない。ポスターが表明しているのはもっぱら記号、符牒だけなのだ、恐怖、からかい、陽気さ、陰謀、優雅さの符牒。この最後の符牒はたぶんもっとも大胆なものだ。というのも、優雅である（優雅さがそのたたずまいに現れてくる）ために、ポスターの女性は指の関節をはずしたり、手、足をよじったりすることを躊躇しないのだから。彼女の身体は美術学校《アカデミック》ふうではない、それが意味するのは（永遠の）身体ではなく、ただその属性（優雅さ）だけで、その属性を、形而上学のあらゆる規則を無視して、あっけらかんと本質に変えてしまうのである。一九世紀末、ポスターはまだデッサン、絵画であり、写真ではないが、このころのポスターこそとりわけ、〈記号〉の歴史的受託を成就するものだ。それはその機能ぶりと専制的支配を白日のもとにさらす、そしてまたその経済をも。〈記号〉は、西欧諸国において資本主義の絶頂を徴づけた金儲け主義の爆発的展開と期を一にして、頂点に登りつめる。

　ポスターが歴史的であるのは、まさにこの記号の帝国主義による（たぶん、この展覧会に見られる、きわめて変化に富んだその造形性によるというよりも）。これらのポスターの符牒は全体的に、その経済の動揺とその芸術家たちの先進性《モデルニスム》の影響をすでにこうむりつつあるヴィクトリア朝社会に関連をもっていて、そのなかにイギリス史のある現れを読むことはたやすい。だが歴史は、予期しないところに、もっとずっと印象深いかたちで読まれうる、つまりここにその一連のイマージュが展示されている、あれらの紳士方、ご婦人方の身体そのものの上に。当時のポスターはわれわれにはっきり示している、時代に徴づけられているのは衣服だけではない（ありきたりな事実確認だ）、身体そのものがそうなのである。それはおかしい、人間の身体は人類学的時間に属していて、変化などしないのではないか？ とんでもない、身体の形状は地理に従属するのと同様、〈歴史〉にも従属している。こんにちではこういう女性たちはありえない。彼女たちを意味づけるその一連の身ぶり（上方を見つめ、手を十字にクロスさせたりする、恥じらいを示すと同時に無防備なそれらの態度のすべてはこの時代の特徴で、サディスティックな欲動を呼び起こす）によってありえないだけではない、その体型や容貌、予想しうる肉づきによってもそうなのである。彼女たちは、優美な体つきのときでさえ、いつも肉づきのいいことが感じられる。彼女たちの身体が排除しているものとは、痩せていること、きゃしゃであること、ひとことで言えば、子ども、フーリエが第三の性と呼んだ存在なのだ（われわれはまさにここにもまた、記号や性に共通する二項的組成を見いだす）。たしかに彼女たちのなかで、ときとして無垢の姿勢（文字通りサディズムの素材だ）もありうるが、そのありようはあいまいで、道徳的な抵抗によってというよりは、身体の受動性によってそうなのである。彼女たちがメリザンドとイゾルデを同時に演じるのを思い描くことができる、つまり行きはぐれた少女［メリザンド］も、その肉体的蓄えによって大いなる愛の二重唱というあの力試しに取りかかることができる豊満な婦人［イゾルデ］も。[4] いささか成熟したメリザンドであり、澄んだ丸い目のイゾルデである（「そなたはけっして目を閉じぬ」、そうゴローはメリザンドに言い、[5] ラファエロ前派の画家たちは彼らの処女たちに言う）。

こうしたすべてはわれわれにはかなりいびつなものだ。けれどもこのいびつさは、一見それと逆にみえるある価値を内包する、つまり折り目正しさである。このイギリスのポスターの世界は奇妙で、同時に折り目正しい。慎みはあらゆるスペクタクルにつきものの軽い錯乱によって蝕まれ、姿勢の奇抜さには一種のブルジョワ的注意喚起が時をおいて繰り返されるのだ。エミリー・デレヴァンティ嬢のスカートは短いが（軽業師なのだから）、その胴着のごてごてした飾りと髪の「アングレーズ」[6]（まさにおあつらえ向きの言葉だ）によって、彼女は完全に防御されている。ポスター作家にとって、軽業は高度な道徳的折り目正しさを排除せず、主題の美と軽業的な物腰の魅力的な性格と同時に、そのことも言いあらわされねばならないのである。ヘーゲルマン・カンパニーの軽業師たちはポスターの中央では裸同然の格好をしている、というのも彼らがスペクタクルのなかで跳躍したり、踊ったりするのを見せる必要があるのだから。しかし上部の、彼らの市民生活を覗く天窓の役目を果たす楕円形の枠のなかでは、彼らは牧師のようなフロックコート、貴婦人のようなブラウスを着ている。彼らはもはや世評高くかつしがない芸人ではなく、敬われるべきブルジョワなのである。

こうしたいびつさはヴィクトリア朝特有のものなのだろうか？　それは同時期のヨーロッパのいたるところに、そしてとりわけフランスに見いだされてもおかしくはない（広告の張り紙、ポスターのなかに。あらゆるポスターがトゥールーズ＝ロートレックやシェレのものというわけではないが）[7]。けれどもわれわれフランス人にとってこれらのポスターは、矯正することは極力控えねばならぬある種の視覚的イリュージョンによって、まさしくイギリス的である。何によってか？　もちろん言語《ラング》によってだ、そしてそれだけで充分なのだ。というのも言語とはたんに言語であるだけではない、換喩によって[8]、それがすでに伝達しているものの記憶のすべてに関連づけられるのである。記されたものであれ（シリング貨幣やペンス貨幣のあれらの刻印）、音声的なものであれ（ロンドンの霧のなかを走る辻馬車の音と混じる、あれらの役者、劇場、通りのイギリスふうの名（の響き））、シニフィアンはつねに異国情緒を掻き立てる、というのもそれはよそから来るものだからだ。どこから？　これらのイギリスのポスターにとってそれはきわめて単純である。役柄を演じる真の役者は、リトル・ティッチ、パーシー・ディアマー夫人、ヴァイオレット・ヴァンブラ嬢ではない、[9] オーブリー・ビアズレー、ジョン・ハッサル、あるいはダドリー・ハーディですらない、[10] それはディッケンズ、ジョージ・メレディス、[11] トマス・ハーディ、コナン・ドイル、オスカー・ワイルド、われらが若き日の大いなるロマネスクの名祖《なおや》たちなのである。

「イギリスのポスター、一八九〇年代」展カタログへの序文、装飾美術館、一九七二年六月―九月

1　R・バルト『旧修辞学』沢崎浩平訳、みすず書房、一九七九年、八九―九三ページ参照。

2　「(言語) 能力 compétence」と「(言語) 運用 performance」は生成文法の用語。前者は話し手が潜在的にもつ、無限の文の形成と理解を可能にする能力。後者はその (潜在的な) 言語能力を情報やメッセージの交換のかたちで現実化すること。

3　バルトの序文が掲載された展覧会カタログに、舞台であるらしい場所に姉 (?) のエミリー (後出) とその横に立つウォルターが画面の中央に描かれたポスターの複製画像が見いだされる。二人ともまだ子どもである。ポスターには、ロンドンのヘングラーズ・サーカスにロイヤル・ファミリーを迎えて、二人の「オリジナルで優雅な」芸を披露したときの姿である旨の説明文が読まれる。Cf. *L'Affiche anglaise: les années 90*, Musée des Arts décoratifs, 1972.

4　メーテルランクの戯曲 (あるいはそれを原作とするドビュッシーのオペラ)『ペレアスとメリザンド』の冒頭、メリザンドはひとり森のなかをさまよっている。王子ゴローがそこに偶然通りかかり、彼女を自分の妃とする。しかしメリザンドはゴローの異父弟ペレアスと愛し合うようになり、それを嫉妬したゴローがペレアスを殺してしまう。

いっぽう「大いなる愛の二重唱」は、ワーグナー『トリスタンとイゾルデ』の第二幕第二場で、イゾルデが、結婚相手のマルク王の不在時に、彼女を訪ねにきたトリスタンとともに歌いあげる。

5 モーリス・メーテルランク『ペレアスとメリザンド』杉本秀太郎訳、岩波文庫、一九八八年、二一ページ。森のなかでゴローがメリザンドを見つける場面でのせりふ（第一幕第二場）。劇中では疑問符をつけて言われている。

6 「アングレーズ anglaises」はここでは「イギリスふうの長い巻き毛」のことをさすが、もともとは「イギリスの、イングランドの」の意味の形容詞女性複数形。最初を大文字にすれば「イギリス人女性たち」の意味になる。

7 アンリ・トゥールーズ＝ロートレック（一八六四―一九〇一）とジュール・シェレ（一八三六―一九三二）の制作するポスターは、商業的でありながら、芸術的クオリティも高く、彼らはその意味で一九世紀末のポスター作家のなかで突出した存在だった。

8 換喩 métonymie は、「隣接関係」にもとづく比喩表現（修辞の彩《あや》）で、原因によって結果を、容れ物によって内容を、作者によって作品を言いあらわす場合などが考えられる（例、「バルトを読む」など）。

9 リトル・ティッチは、ミュージックホールなどで活躍したイギリスの芸人（一八六七―一九二八）。パーシー・ディアマー夫人（メイベル・ディアマー）は、イギリスの女優、イラストレーター（一八七二―一九一五）。ヴァイオレット・ヴァンブラ嬢は、イギリスの女優（一八六七―一九四二）。

10 オーブリー・ビアズレーは、イギリスの世紀末美学を代表する挿絵画家、イラストレーター（一八七二―一八九八）。ジョン・ハッサルは、イギリスのイラストレーター（一八六八―一九四八）。ダドリー・ハーディ、イギリスのイラストレーター、画家（一八六七―一九二二）。

11 ジョージ・メレディスは、一九世紀のイギリス社会をユーモアと批評をもって描いたイギリスの作家（一八二八―一九〇九）。

11 記号学の十年（一九六一年—一九七一年）——テクストの理論

前年度以前と同様に、一九七一—一九七二年のゼミナールは、交互におこなわれる二系列の口頭発表によって構成されている、すなわち研修生、正規履修生、第三課程[1]の学生のみに履修が限られている限定ゼミと、自由聴講生にも開かれた拡大ゼミである。

I．限定ゼミは、現在進行中のさまざまな研究の紹介とそれについての討議に充《あ》てられた。それらの研究はいずれも〈テクスト〉（言葉の記号学的意味での）の理論およびさまざまに異なる資料体へのその適用にかかわるものである。したがってその細部は多種多様である。それらの研究は次のような項目のもとに整理しうる。1 説話の分析、2 テクスト的分析、3〈映画〉の記号学、4 種々の記号学、5 研究の技法。参加者の数が多すぎるゆえの気づまりのためか、あるいは提案された方法や言語使用《ランガージュ》に聴講生が不慣れだったためか、それらの口頭発表に引き続いておこなわれた討議は、全体的に数も少なく内容も貧弱であった。このことは〈研究指導教授〉がゼミのやり方を変えることを決めるにいたった理由のひとつである。ゼミは一九七二—一九七三年度においては、真に共同的な作業に専心し、親密さと共同性の諸条件のもとに結ばれる、いくつかのごく少人数の研究グループによってのみかたちづくられていくだろう。今年度、学生はさまざまな制約ゆえにどうも受け身になってしまい、研究仲間との友好的かつ建設的な協力体制を確立することができなかったようだが、先述のような親密さと共同性の諸条件が、学生をそうした制約から解放することだろう。

Ⅱ．拡大ゼミでは、〈研究指導教授〉自身の一連の口頭発表がおこなわれた。これらの口頭発表は、フランスにおける最近十年の記号論の仕事を総括することをめざすものであった。とはいえ、そうした仕事についての網羅的な歴史を打ち立てようという意図があったわけではない。この企画は、あらゆる説教臭さやあらゆる番付的評価から離れ、記号学的な研究の方向性という枠のなかで現在推し進められている仕事との関連のなかで、記号学の創始者たちの活動から、その重要性と豊かさが時とともに明らかになりつつあるテーマの数々を抜きだすことをめざすものだった。おおよそかたちをなしてきたのは、それゆえ現在の記号学の歴史というよりはその前‐史である。最初の三回のゼミで強調することを心がけたのは、〈研究指導教授〉自身にかんするかぎり、現在の仕事の起源を、一見記号学‐外にあるようにもみえる、ある活動のなかに求めねばならないということだった。すなわちブレヒトの活動である、ソシュールの前にブレヒトということだ。次に、記号学という言葉をその意味論的場（「記号論」、「解釈学」、「言語学」）のなかに置き、同時代の仕事の頂点とその屈折点をともに一九六六年に定めることによって、専門用語的かつ時間軸的に最重要な目印を際立たせた。最後に、ソシュール、プロップ、バンヴェニストの活動は（その「思想」や「体系」[2]を再構成しようと努めるのではなく）、いくつかの研究テーマに断片化された。このような現動化の作業は、ある発表のやりかたを選択することによって、より容易になった。臆することなく、望むままに主題からはずれてもかまわないというやりかたである。

学生による口頭発表および実習

女性、M・ドゥボルヌ＝ボンヌフォワ（Cl・シモンの『盲目のオリオン』）。男性、B・アブラアム（文についての考察）、P・ブルトン（『危険な関係』における編者の警告）、D・デイヤン（社会的空間における映画的構造化）、J-L・バシュリエ（口頭発表）、X・デルクール（〈四旬節〉のメニューの分析）、Cl・オヴェット（都市の農民についての記号論的分析）、S・ヒース（ジョイス『フィネガンズ・ウェイク』）、P・ソルク（ジャン・アルプの詩）、M・ヴァン・シェンデル（読書ノート）、M・ヴェルネ（探偵小説における「誤った推理の道筋」）。

外部の講演者の口頭発表

ジャン・アレクサンドル氏（〈創世記〉のあるエピソードの分析、〈天使〉との闘い）

研究指導教授の学術的活動

（a）学会、講演、学術的使節。（a）ジュネーヴ大学文学部の講義とゼミナール（「文学の記号学」）。（b）ボルドー、ICAV[3]の研修への参加。（c）ボルドー大学文学部（ILTAM[4]）での講演。（d）シンポジウム「アルトー―バタイユ」への参加（スリジー[5]）。

（b）刊行物。（a）著書。『サド、フーリエ、ロヨラ』（スイユ社、一九七一年、一九一ページ、〈テル・ケル〉叢書）。（b）記事。「文体とそのイメージ（英語）」、『文学的スタイル、シンポジウム』（オックスフォード大学出版、ロンドンおよびニューヨーク、一九七一年）。E・フロマンタン『ドミニク』への序文（イタリア語、トリノ、エイナウディ、一九七二年）。「〈天使〉との格闘」、『聖書の構造的分析と解釈』、ヌーシャテル、ドラショーとニストレ、一九七一年。「記号学と医学」、『狂気の科学』、ムートン、一九七二年。「平和な文化における戦争状態の言語活動（英語）」、『ザ・

タイムズ、リテラリー・サプリメント』、一九七一年一〇月八日、三六三二号。[6]「作家、知識人、教授」、『テル・ケル』四七号、一九七一年秋。「作品からテクストへ」、『美学雑誌』三号、一九七一年。「若い探求者たち」、『コミュニカシオン』一九号、一九七二年六月。

高等研究院、一九七一―一九七二年度

---

1 フランスのかつての大学制度で、課程博士論文を準備する課程。

2 元来は言語学の用語で、「〔言語の〕孤立した単位のもつ不限定の意味が、特定のメッセージ中でそれがもつ明確な意味へ移行すること」（アンドレ・マルチネ『言語学辞典』による）ことをいう。

3 Initiation à la Communication Audio-Visuelle「視聴覚コミュニケーションへの手ほどき」。

4 Institut de Littérature et de Techniques Artistiques de Masse（「文学・大衆的芸術技法研究院」）。

5 スリジーはフランス、ノルマンディーの町。当地の「スリジー国際文化センター」で各種の国際シンポジウムが開催される。

6 「文化が強制する平和 La paix culturelle」と改題され、『言語のざわめき』（一九八四年／邦訳一九八七年）に収録される。

1973

12　エクリチュールについての変奏[1]

いままで仕事をしてきて、最初に出会った対象はエクリチュールだ。だがその当時、〔二五年ほど前のことだが〕[2]わたしはこの言葉を隠喩的意味で理解していた。わたしにとってそれは文学的様式の一変種、いわばその共同的なありよう、言語活動のさまざまな特徴の全体であって、それらを通して作家はみずからの形式の歴史的責任を引き受け、言葉を操るその仕事によって言語活動のある種のイデオロギーに結びつくのである。こんにち、その二〇年後、一種の身体への遡行によって、わたしはこの言葉の手仕事的意味を探ってみたいと思う。興味があるのは「スクリプション」[3]（書く、文字を記すという、筋肉を使う行為）、手が道具（鑿《のみ》、葦、羽根）を取り、それを表面に押しあて、重みをかけながら、あるいは軽く力を入れながら進み、規則的な、反復的な、リズミカルなかたちを記していく、その身ぶりである（これ以上のことを言ってはならない、無理やり「記号」について語るのはやめよう）。したがってここで問題になるのは身ぶりであって「エクリチュール」という言葉の隠喩的意味内容ではないだろう。手書きのエクリチュール、手が記す描線を意味するエクリチュールについてのみ語られるだろう。

こうした意味でのエクリチュールについて、どんなことを言えばよいだろうか？　手書きのエクリチュールと呼びうるであろうことについての関連資料を集成することにとりわけ注意が向けられるだろう、すなわち歴史的かつ技術的情報、「エクリチュール」という対象とさまざまに異なった知との（さまざまに異なった偏見との）擦り合わせ、いくつかの文字表記のシステムの構造化、エクリチュールという活動の社会的かつ経済的争点、字を書く身ぶりと身体との関係である。この関連資料がかなり個人的なものにとどまることを、著者としては認めざるをえない。さまざまな読書をベースに生まれた資料であって、ときとしてほぼそのままのかたちで引用され、ほとんどの場合フランスという領域の外に出ることはない（イタリアの読者諸氏には申しわけなく思う）。わたしは自分の知的感性に触れるものを読み、それを書きとめた。この関連資料を組織立てて連続的ディスクールのなかに包みこみ、エクリチュールについての個人的な「説」を生みだそうと試みたわけではない。わたしにとって重要だったのは、言ってみれば、意味を宙づりにする一連の考察、あるいは文字通りの一連の問いかけを自分自身に提供するということだった。それゆえ、これらの問いかけの全体は論証的価値をもたない、とはいうものの、ある種の意味を含んではいる。そうした問いかけの全体は、歴史的に見ればエクリチュールはつねに矛盾をはらむ活動であり、二重の前提にもとづいて展開される、ということを示している。一方でエクリチュールは厳密な意味で売買の対象であり、権力や差別化の道具でもあり、社会のもっとも生々しい現実に根ざしている。そして他方、それは悦びに満ちた実践であり、身体の欲動の深みや、このうえなく繊細でこのうえなく幸福な芸術の生産に結びついている。以上が文字でできた生地《テクスト》を織りなす（ほとんど強迫観念的とも言うべき）[4] 横糸である。わたしはここでその糸を広げ、並べて見せたにすぎない。図柄を決めるのは各人に任されている。

節目となる出来事

まず以下に、エクリチュールの歴史のきわめて簡略化された展開を述べる。つまりなんらかの出現の事実もしくは変化の事実の時系列に沿った配置ということだが、あらゆる時系列というものが分類（選択であり、同時に順序づけ）なのである以上、ここには当初からある種の神話的意味が含みこまれている。この場合、それは（西洋の現代人であるわれわれにかかわる問題である以上）線的な、次々に引き継がれていく図式への依拠ということで、それゆえ系統や進展というかたちにしたがって、ある種の「エクリチュール」から別種の「エクリチュール」がさまざまに「引き出されてくる」ことになる。

1　図形表示《グラフィスム》、先史時代の洞窟の壁にリズミカルに入れられた刻み目は、ムスティエ期〔旧石器時代中期〕の終わりに確認されており、紀元前三万五〇〇〇年ごろにはすでに数多く見られる。

2　文字通りの意味でのエクリチュール（線状に記されるエクリチュール〔文字〕）は、紀元前三万五〇〇〇年に、すなわち人間社会における最初の村落の出現の二五〇〇〇年後に、メソポタミアで確認されている。このエクリチュール（楔形文字）はシュメール人によって、次いでアッカド人（アッシリア人およびバビロニア人）によって使われ、キリスト紀元になるまで使用が続いた。

3　エジプトのエクリチュール（象形文字）の最古のモニュメントは、紀元前二〇〇〇年の始めまでさかのぼる。

4　その同じ世紀のあいだに（紀元前一七〇〇年ごろ）、中国のエクリチュール（亀の甲羅上に書かれた占いの文言）が確認されている。

5　最初のアルファベット（この場合は子音のみ）はフェニキアのものである（ウガリットの書記、紀元前一四世紀）。後代の多くのアルファベットが、これに由来している。とりわけアラム文字（そしてそこからヘブライ文字、ナバテア文字、アラブ文字、ブラーフミー文字）およびギリシャ文字（そしてそこからエトルリア文字、ラテン文字、キリル文字）。

6　ギリシャ語のアルファベットは、紀元前八世紀ごろにフェニキア人から借りてこられた。その独創的な点は、アルファベットへの規則的な母音の包含である。

7　紀元前四世紀前後、中国とギリシャで、たがいに関連する二つの現象が現れる。一方で、さまざまな地方特有のエクリチュールの統一化がおこなわれる（中国では、皇帝の命令による統合、政治的中央集権化、〈国家〉の進捗があり、ギリシャでは、アテネで、イオニアふうと言われるミレトスのアルファベットにもとづくエクリチュールの統一化がある）。他方、中国とギリシャで、草書体の出現がある。

8　紀元一世紀前後、中国で紙が、小アジアで羊皮紙が現れる。

9　紀元三世紀前後、エクリチュールの支持体に大きな革新がある。パピルスの巻き物（ロトゥルス、ウォルメン）[6]から紙葉を綴じたもの（冊子体 *codex*）に移行するのだ。

10　西欧において、六世紀には、手書きによるテクストの複製は写本職人たちの文字通りの工房（写本室 *scriptoria*）でおこなわれている。

11　一〇世紀に最初のアラビア数字が西欧に導入される（アラビア数字は一三世紀に広まり、一五世紀に他を圧するだろう）。中国から来た紙も同様である。

12　（鳥の）羽根は紀元七世紀に現れた。葦のペン（葦の切っ先）の使用は一二世紀ごろ消滅する。

13　ゼロが、一二世紀に、数字のシステムのなかに現れる。

14　一四世紀において、ひとつひとつの言葉はいちいちペンを紙から離さずに書かれる。

15　おもなラテン文字のエクリチュール〈字体〉（古代および中世）は以下のようなものである。

—重々しいかたちの大文字（一—二世紀）。

—古典的な一般的字体（草書体）。

—オンシアル体（三世紀）、曲線が重きをなす。

—カロリング小文字（八世紀）、優雅で明瞭。

—角ばった字体あるいはゴシック体、十二世紀の〈ルネサンス〉の字体、〈大学〉の字体、〈キリスト教世界〉全域で使用される。

—ユマニスト体、一五世紀イタリアの字体（丸っこく、傾いている）。印刷活字のイタリック体の大元である。

16　中国で七世紀末、薄い紙に活字が印刷された。ヨーロッパで一四二〇年ごろ、最初の木版印刷がおこなわれ、オランダ人コスター[7]がインクを塗った凹凸のある分離活字を使う。グーテンベルクの工房は、マインツとストラスブールで稼働している。活字は初めゴシック体だったが、一四七〇年ごろヴェネツィアに居を定めたニコラ・ジャンソン[8]によってローマン体に変えられた。一六世紀、一五四〇年ごろ、クロード・ギャラモン[9]が〈大学ローマン体〉と〈王のギリシャ文字〉を作りだす。

17　句読点とアクセント記号は、一六世紀に確立される。

18　一六世紀において手書きのエクリチュール（字体）はきわめてばらつきが多く、早書きされ、個人的性格が強い。一七世紀初頭、フランスでは、活字印刷のモデルにしたがって、またイタリア式〈ユマニスト体〉にならって、手書きのエクリチュールが規則化され、ある種の普遍性をめざすようになる。〈筆耕組合〉が公的なエクリチュールを引き受け、コルベールは「能筆者」に保護を与える。

19　フランスでは一八世紀に〈筆耕アカデミー〉が創設されるが、革命時に職人の同業組合とともに姿を消すだろう。

20　金属製のペンは一九世紀に出現する。

21　タイプライターは一七一四年に発明され、一九世紀に改良されて、一八七五年以来一般に使用されるようになった。

I　幻想《イリュージョン》

隠す（Cacher）

攻撃的態度もあらわに、言語活動をただコミュニケーションの機能だけに限ろうとする言語学者がいる。言語はコミュニケーションに使うものというわけだ。考古学者やエクリチュール〔文字〕の歴史の研究者にも同じ先入観はある。エクリチュールは伝達のために使われるというのだ。けれども、それらの人々はたしかに認めざるをえないはずだ、疑う余地なくエクリチュールは、ときには（つねに？）それに委ねられたことを隠すために使われてきた。絵文字的書法が、単純でとりわけ明解なシステムであったとして、そこから難解、複雑、抽象的なシステムに移行し、しばしば解読可能性の限度ぎりぎりの（楔形文字による表意的書法）、数多くの文字表記《グラフィスム》のタイプに分化するのだとすれば、シュメール人の書記が文字表記のある種のわかりにくさを尊重するために捨て去ったのは、まさに読解のしやすさにほかならなかった。暗号的表記は、エクリチュールの使命そのものなのかもしれない。読解不能性は文字体系の欠陥のある奇形的な状態なのではなく、逆にその真実（その中心にあるというよりは、たぶん限界ぎりぎりでなされるある実践の本質）なのかもしれない。こうした隠蔽の理由は種々さまざまでありえて、場所、時代によって変わってくる。世俗的な接触から入念に切り離された秘技伝授的関係、神々との禁忌的なコミュニケーションが問題なのであれば、それは宗教的理由ということになる。それじたいが一定の社会階級（権力をもつ階級）を代表している書記の社会集団に、ある種の秘密、情報、所有の確保を保証することが問題なのであれば、それは社会的理由ということになる。われわれは、民主主義的（そしてたぶんもっと昔にさかのぼれば、キリスト教的）価値の重みによって、とくに考えもなく最多のコミュニケーションを絶対的善、エクリチュールを進歩のもたらす権益とみなすことに慣れている。それはここでもまた現象の裏面を忘れ去ることである。エクリチュールの黒い真実というものがある。エクリチュールは何千年にもわたって、それを我がものにしたきわめて少数の者たちを、そうでない者たち（大多数の人間）から分離してきたのだ。それは所有の徴となり（署名によって）、差異化の徴（幼稚な、卑俗なエクリチュール〔書体〕があり、教養のあるエクリチュールがある）となったのである。こんにちなお、支配、分離、そしてもしこういってよければ秘匿といった現象のすべては、ある種のエクリチュールの所有を通じておこなわれる（数学、化学、植物学におけるアルゴリズム、音楽的、象徴的、天文学的エクリチュール。ある知が構成されようとすると、その促進者たちはそのために謎めいた文字表記を作りだす。こんにちそのことは、語りの記号論に当てはまる。物語はいくつもの文字的象徴に置き換えられる）。手書きの原稿（価値を減じていることは否めないにせよ）の分野では、エクリチュール〔文字〕の読解がむずかしければむずかしいほど「個性的」であるとされて、個人という謎に満ちたありように関連づけられる。その結果、マッソンやレキショ[10]のようないくにんかの画家たちの文字表記的《グラフィック》な想像力は、彼らが絶対的、決定的に解読不能なエクリチュールを産みだすかぎり（そしてまさにそれゆえにこそ）、芸術家の迷妄とみなされることはまったくないにちがいない。それらはむしろ、エクリチュールの裏面の——地獄の——表出なのである（真実は裏面にこそある）。

分類（Classement）

現代の学者諸氏はいつでも言語活動を出発点としてエクリチュールを考えるし、彼らにとって言語活動とは、口頭での、話す言語活動のことである。それゆえエクリチュールは、パロールに（遅ればせに）したがうものでしかなくなる。そんなわけで彼らはエクリチュールを、言語活動——彼らの考える言語活動——の三つの文節化にしたがって分類してきた。まず「文のエクリチュール」があり、記された記号はそこであるひとそろいの言表、言説のひとつの単位を表すのだという。これは総合的といわれるエクリチュール（イデーンシュリフト〔観念文字〕）（Ideenschrift）で、絵文字（イロクォイ語族、アルゴンキン語族の帯[11]、バンド・デシネ）のなかに見いだされる。それから「単語のエクリチュール」、その記号は言語活動の意味の単位を表す。つまり記号素ということで、これは分析的エクリチュールであり（ヴォルトシュリフト〔単語文字〕）（Wortschrift）、表意文字（シュメール、エジプト、中国の）に見いだされる。最後は音声のエクリチュール、そのひとつひとつの記号はある弁別的な単位（音声－文字）もしくは弁別的単位のグループ（音節）を表す。これはアルファベットのエクリチュールで、音節文字、さらには子音のみの、そして母音を含んだアルファベット（いずれもフェニキアのアルファベットおよびそれから派生したもの）に見いだされる。[12] こうした分類はもちろん許容しうるし、たしかに便利かもしれないが、危険でもありうる。というのも、いっぽうでこれは次のような考えにお墨付きを与えてしまう、つまり、絵文字からギリシャ語のアルファベット（われわれのアルファベット）へと進歩があったと言われるのである以上、ただひとつの運動、すなわち〈理性〉のそれだけが、人類の歴史、分析的精神の発達とわれわれのアルファベットの誕生をしかるべく導いてきたのだ、ということになる。そして他方、（口頭での）言語活動の単位〔音声〕を一種の「くすんだ」モナド〔文字〕に還元することで、象徴的意味をはらむその数限りないふるえを、ただひとつの弁別的な、情報伝達に資する存在のために黙殺せざるをえなくなり、線状に記される、純粋に情報伝達的なエクリチュールという科学主義的神話のすべてが強化される——まるで、書かれた記号を平板化して（絵文字や表意文字は量《かさ》をもっている）、純然たる偶発的要素にしてしまうことが、異論の余地なき進歩であるとでもいうかのように。

コミュニケーション（Communication）

中国のエクリチュール〔書き言葉〕の歴史はこの点で格好の例である。このエクリチュールは当初は美学的な、そして／あるいは儀式のためのもので（神々にたいして言葉を発するために使われた）、次いで機能的なものになったのだった（情報伝達《コミュニケーション》のために、記録のために使われた）。われらが言語学者たちが馬鹿のひとつ覚えのごとく繰り返すコミュニケーションの機能は、後からの、派生的な、二次的なものということになる。したがって中国のエクリチュールはパロールの引き写しではありえなかったし、われらが転写主義者たち（彼らはエクリチュールのなかに言語活動のたんなる転写しか見ない）はここでは無駄骨を折るしかない。そう、エクリチュールが情報伝達に使われるというのは自明なことではないのだ。金勘定、コミュニケーション、記録という純粋に実用的な機能をエクリチュールに付与し、書かれた記号に活力を与える象徴性を無理やり抑えこんでしまうのは、西洋中心主義の悪弊である。

というわけで、中国においては、エクリチュールはまず初めは宗教的な、儀式のためのものであった。イグナチオ・デ・ロヨラの経験のなかに別のかたちで再発見されるのは、神との対話のためのこうした言語の一部であった。それから〈国家〉は皇帝の権力のもとで中央集権化され、この特別なエクリチュールを手中に収め、さらにそれを一般化し、世俗化して、行政的業務や金勘定に資するものとしたようである。エクリチュール〔書体〕は多様化した。パロールを速記するための草書体、公式の、印章に刻まれたエクリチュール、そして記念建造物（石碑）のためのエクリチュールが生まれたのであった。さらに、あらためてエクリチュールの再形成がなされた。〈国家〉が貴族の道徳と儀礼の尊重を復活させるなか、エクリチュールはふたたび儀式のために使われ、細心の注意を払って保持されるある種の価値に従属するようになったのだ。それは国事となり、〈皇帝〉はみずからを文字表記の規範の守護者となした。こうして、一種のアレゴリックな運動によって、中国のエクリチュールは三つの重要な機能を経巡ることになる、すなわち、仲介、情報伝達、社会的分離である。

思わぬ事態（Contretemps）

われらが学者諸氏は、もっぱら古い時代のエクリチュールについてのみきちんとした研究をおこなってきた。エクリチュールの科学にはただひとつの名前しか与えられることがなかった、古書体学、すなわち象形文字、ギリシャ文字、ラテン文字についての微に入り細を穿つ記述、古い時代の知られざるエクリチュール解読のための考古学者たちの守り神である。だが近代のわれわれ自身のエクリチュールについては何もない。古文書学は一六世紀で止まってしまう。しかしながらある種の歴史社会学の全体、古典時代の人間がみずからの身体、法、起源にたいして取り結ぶさまざまな関係についてのあるイメージの全体が、現実には存在しないこの「新書体学」から導きだされてこないなどと、どうして想像することができようか？　次のような奇妙なことが起こっているのだ、歴史家はこの場合、ひとりの記憶喪失者に似ており、その記憶は現在についてては混濁していて、歴史のなかを遠くまでさかのぼっていくにつれて、少しずつはっきりしてくるのである。ああ、七世紀と八世紀のエクリチュール！　それはわれわれのもっともよく知るエクリチュールだ。だが一九世紀のエクリチュールは？あるいはさらにわれわれの世紀のそれは？　それらはもっぱら「筆跡学的《グラフオロジー》な」観点からしか、つまり疑わしく、ほとんどの場合抑圧的な目的をもつある種の心理学との関連以外で問題にされることはけっしてない。エクリチュールは近代的になるやいなや抑圧される。たしかにそれは書物が出現したせいなのだろう。だがそれはまた、文学研究において、過去の作品をもちあげて近代のテクストを隠蔽するのと同じ運動にもよるのだろう。文字の領域における古文書学の専制的支配に、文芸の領域におけるる文献学のそれが対応しているのだ。

この「忘却」は、通常ブルジョワ的イデオロギーと呼ばれるものと、なんらかの関係をもっているのだろうか？　エクリチュールはつねに社会的な争点の歴史ときわめて緊密に結びついている。それは長いあいだずっと（そしてこんにちでもなお？）、階級的富の一部をなしてきた。たとえばフランスでは次のようなことが見られる、一七世紀および一八世紀においては、「美しい」エクリチュール〔字体〕の基準についての知識が〈君主制国家〉によって宣誓筆耕の組合に公式に託される。次いでこの組合は、〈筆耕アカデミー〉のかたちをとって言うなれば崇高化される（それはたとえその名前によるだけとはいえ、おそらく他の〈アカデミー〉の威光と保守的役割を共有する）。さらにこの同じ〈筆耕アカデミー〉は、〈旧体制〉の痕跡およびその徴である同業組合の息の根を止める騒乱のなかで、一七九一年に姿を消す。エクリチュールはこのときおそらく〈ブルジョワ革命〉の観点から、民主化の道を歩みだそうとしている。だがまさにそのことによって、エクリチュールは想像上で一種のニュートラルな普遍的性格を付与されることになる、そしてそのいっぽうで、事実としては、ある種の規範にしたがってそのようなエクリチュールが教えつづけられるのである。権利上は特段の意味をもたないが、事実上はあいかわらず社会的選別をおこなうのだ。こうして一九世紀を通じて、エクリチュールはその正確な位置づけを失う。エクリチュールは階級にかかわる事柄でありながら、おおっぴらに分割がなされていた旧時代の社会がそこに認める美学的尊厳をもうもっていない。ここにあるのは多くの文化的事象に見いだされるのと同じ弁証法的状況である。現代《モデルニテ》社会がもっとも重要視する特徴、選択、関心を再発見するために、われわれはブルジョワ的な世紀を飛び越えて、旧時代の社会が考案したさまざまなものを参照することを強いられる。そうした社会はたしかに不公平で、階級制度に徴づけられているが、その幸福感、「生きる‐知恵」は、われわれにとっては、ユートピア的なモデルとして表象されうるのだ。これこそが思わぬ‐事態（時宜にかなわぬ）ということで、その〈歴史的〉理論の構築が待たれる。あの〈筆耕アカデミー〉がまさにそうであり、それは同業組合的疎外のなかに嵌《はま》りこんではいるが、われわれに欠けている文字についての「思考」をたしかに保持しているのである。

機能（Fonctions）

「手書きの」エクリチュールは近代のあらゆる時期に、すなわちそれが活字と競合するようになって以来ずっと、われらが学者諸氏によって貶められてきた——ただしそれは一九世紀からはある問題含みの科学、あきらかに抑圧的役割をになう筆跡学（精神鑑定、雇用のさいの選抜テスト）によって、回収されることになるのだが。それにたいして、古代のエクリチュール（その出現から中世の終わりまで）は、しっかり構築されたひとつの知の対象となっている。歴史家よりもむしろ碑銘学者、考古学者、古書体学者によって積み上げられてきたこの知は、とりわけ文字の形態の誕生と進展に関心を注いできた。その実証主義的傾向がどのようなものであれ、この知は、とりわけエクリチュールの起源においてその機能を問うことを避けて通ることはできなかった。どのような目的で、どのような事情から、どのような必要から、エクリチュールは「発明」されたのか？　だがこのとき、それはあるまったく別の知へと移ることになる、というのも、発掘された書字版の年代を炭素14の力を借りて推定することはひとつのテクニックに属し、純然たる確認の言説を生みだすが、さまざまな機能、原因、必要、動機について推測が始まるやいなや、事態は同じではなくなるからである。ひとがそこでかかわりをもつのは消え去った民族の「心性」、そのいくつかの要素が知られているにすぎない生の体系のなかで、研究対象となっている現象（ここではエクリチュール）が占める位置である。このときから、知はイデオロギー的に、もっと正確に言えば投影的になる。学者は、自分が見つけだした未知の（奇妙な）現象のうえに、彼自身の歴史に由来する価値、理性、言葉が形づくるひとつの全体を投影するのだ。そのような知が西洋中心主義的であり、同時に言語中心主義的であることがわかってくる。民族学者や歴史家たちによって告発された危険である。マルク・ブロックは、ある事件が起こった時期についてはおおいに洞察力を駆使して正確を期するのに、その根拠づけのための動機が問題になるやいなや、ためらうことなく、使い古しそのものの、問題含みという以外にない心理学に頼ってしまう学者たちを揶揄していた。[13] ようするに、知が神話性を帯びるようになる（無意識のうちにその操作者の投影、構想を伝播させることによって）ときがあるということだ（そういうときはあっという間にやってくる）。草創期のエクリチュールにひとが与える機能とはそのようなたぐいのものかもしれない、そのことを忘れてはならない。

　そんなわけで、大部分の歴史家や考古学者のように、エクリチュールの本来的な機能（エクリチュールがそのために発明されたその目的）がいささかの疑いもなく「情報伝達」であったと言えば、多くの困惑、多くの驚きを引き起こすことになる。「情報を伝達する」――そしてもちろん、できるかぎり明解に、できるかぎり迅速に――ことが問題なのであれば、より古いといわれる絵文字があれほど「明解」であったにもかかわらず、いくつかの民族（シュメール人、アッカド人）が「抽象的な、難解な」エクリチュール（楔形文字）を発明したことをどう説明すればいいのか？　この驚き（少なくともこの驚きは素直に認めてしかるべきだろう）のなかには、たぶん完全に近代的と言っていいいくつかの価値の投影が見られる、すなわち効果的な情報伝達、明解さ、効率、抽象化といったことだ。奇妙なことに紀元前三千年紀のメソポタミアの書記が、資本主義時代の社長秘書と同じ必要、同じ資質をもつとされるわけである。

指標[14]（Indice）

手書きのエクリチュールに指標的価値を付与するという考えは、もちろん最近のものである。エクリチュールがある主体やある時代の「個性」を「明らかにする」ことができると信ずるためには、次のようなことが必要だった。まず、手書き原稿が印刷物と対立しえなければならない（書物の誕生以前、エクリチュールは、一定の生産コードにしたがって工房で作りだされる、職人的で手間ひまかけたものでしかありえなかった）、すなわち「自発的なもの」、「人間的なもの」が「機械的なもの」から区別されえなければならない。そして他方、いくつかの個人的特徴によって同定される、決まった人格というイデオロギーがなければならない、そしてそのようなことは「心理学」の領域においてのみ可能になったのだった。したがって、エクリチュールが指標であるとする推定（他のものの指標としてのエクリチュール）とは、文字通りイデオロギー的なものである、つまり人格と科学にかんする近代的イデオロギーに結びついている。次のようなことを主張した学者たちがいる、中世のエクリチュールはドイツにおいては「鈍重で角張って」おり、イングランドにおいては「緊密で鋭い」――つまりこうしたエクリチュールの外見は、ドイツ人やイギリス人の「よく知られた」性格に関連づけられるのだ。エクリチュールのなかに現れる「個性」の徴に敬意を払おうとした善意の教育者たちもいる。そして筆跡学はみずからがひとつの科学であると主張する。それはありきたりな類推にもとづく科学で、言葉のあいまいさを利用して「なよなよした」エクリチュールは「なよなよした」性格に関連づけられる、などというものである。貧弱で軽薄きわまるこのような言葉遊びがある抑圧的なシステムを基礎づけ、エクリチュールの見た目で刑が宣告されたり、採用が決められたりする。じつのところ、エクリチュールはこんにち次のことの指標でしかない、つまり階級の現実である。エクリチュールのなかに読まれるのは文化の水準——そしてそれゆえに社会的差異——なのだが、とはいえ個々人のそれではなく、個々人が属するグループのそれなのである。

（きのう〈テレビ番組〉で、一種の警察の捜査のようなもののなかで、ベートーヴェンの手紙——〈不滅の恋人〉への手紙だ[15]——の筆跡学的分析を聞いた。学者がそこに音楽家の「まごころ」を読み解いていた。一連の粗雑な先入観、客観的虚偽にもとづく解読であった。いわく、エクリチュールの早さは彼の焦燥を示す、焦燥は自発性を示す、自発性はまごころを示す、さらにいわく、主体の「まごころ」は心理学上の時代遅れのことがらなどではない、類推は充分な説明の原則であり、こうした類推は不確かな用語［文字の書き方《グラフィスム》の表す「焦燥」、恋する男の「まごころ」］に関連づけられる以上の意味をもっている。以上のようなことは、別の時代であれば、完全に魔術として公認されるかもしれない。だが魔術についてわれわれがいまなお認めることができるのは、その最悪の部分、「真実」への思いあがった野望でしかないのである。）

変容（Mutations）

大きな変容は、大々的な歴史的事件ではなく、言説の様態の切断と呼びうるであろうこと、すなわち通常〈文化の再生《ルネサンス》〉と名づけられていることに結びついている。価値システムの全般的な変容が起こり、エクリチュールもこの転換にとらえられる、なぜなら新たに生まれたこれらの諸価値には、生産と普及の新たな体制が必要だからである。一二世紀の〈ルネサンス〉にはゴシックと呼ばれるエクリチュール〔字体〕の整備とヨーロッパ全体におけるその一般化が対応する。（一五世紀の）大〈ルネサンス〉には、手稿から書物への移行が対応する。そして人文主義的価値の危機が出来《しゅったい》していることに疑問の余地のないこんにち、新しいエクリチュールが探し求められ、工夫されている、すなわちイメージと音声によるエクリチュールである。

話される／書かれる（Oral/écrit）

知られているように、われらが歴史学者や言語学者は、エクリチュールを口述による言語活動のたんなる転写としてすすんで紹介する。しかしながら人類学は、これら二つのコミュニケーションのいわば存在論的な差異をわれわれに思いださせる。じっさい大脳皮質の二つの異なる部分に依拠する二つの言語活動が形成されたのである。ひとつは聞きとりによるもので、それは「音を分類・整理する領野の進化に結びついて」おり、もうひとつは視覚によるもので、それは「身ぶりの分類・整理に結びついており、その身ぶりは図像として具体化された象徴として表される」[16]のだ。図形表示《グラフィスム》が現れたとき、手と顔のあいだに新しい均衡が生まれた（手と顔はおたがい同士同時に、一方が他方によって解放された）。顔は顔で自分自身の言語活動（聞くことと言うことによるそれ）をもつようになり、手のほうも自分自身の言語活動（見ることと身ぶりでかたちを表すことによるそれ）をもつようになったのである。

これら二つの言語活動がそれぞれ異なっていて、もしこう言ってよければ（多くの場合は）たがいに独立していることを、いつでも可能なかぎり思いだす必要がある。後者は端的に言って、前者から派生などしていない。そのように信じ、そのように言い、それが自明であるかのようにほのめかすのは、アルファベット幻想とでも呼びうるであろうこと――それはわれわれ自身のものだ――の帰結である。アルファベットが言葉《ランガージュ》の音声を文字によって表す以上はそうなのだ、と言うかもしれないが――しかしもう一度思いだそう、表意文字ではそんなことはないのである。たとえば、古代中国の宗教的儀式においては、話される言葉《パロール》と書かれたものにそれぞれ対立的な専門化がなされていた。人々が好んでパロールによって呼びかけをおこなったのは、目に見える世界の神々、ご先祖の神々、善をなす霊たちだった。処罰したり復讐したりする力をもつ冥界の霊たちには、書かれたものによって呼びかけをおこなった。その後、この同じ中国において、書かれる言語は世俗化し、著しく豊かになった。それはあらゆる知的遺産の受託者となって話される言語を追い払い、そのため話される言語はもっぱら日常のよしなしごとの表現にだけ使われるようになったのだった。逆に、インドでは、話される言語のほうが、あらゆる宗教的かつ文化的責務を担った。一方で、かりにヴェーダ（バラモン教の聖典）の文句を書き記すことになったとしても、その文句は、じっさいの正確な発音通りに表さねばならなかった（発音は宗教的な重要性をもっていて、たとえば魔術の裁判でも、魔術師は火あぶりにされる代わりに、切歯を一つか二つ折られたのである）。他方、これもインドでのことだが、知はまったくエクリチュールと結びついていなかった。それは大いなる暗記の努力という代償を払って記憶され、口頭で伝えられた。それゆえこの地では、（われわれの目には大いなる逆説だが）文字を読めない者が教養を欠くことにはならなかったのだ。ではわれわれ自身はどうか？　われわれのエクリチュールは多機能的ではあるが、構造（語彙、統辞）によって、そして社会的習慣によって、パロールから切断されている。われわれはたしかに二つの言語を所有しており、それは中世に、ラテン語とフランス語が、場合に応じて、また階級によって、別々に話されていたのと少し似ている。インテリゲンツィアというただひとつの特別な階級だけが、書かれるパロールあるいは話されるエクリチュールという（そして、じつを言えば、そのどちらでもない）混合的な特有語法をあやつっている。知識人は、自分がした口頭発表を書き起すようにたえず求められる、まるでそのことがいかなる問題も引き起こすことがないかのように――おそらくそれは、言葉《ランガージュ》はただ思考を書き写すだけで、もしこう言ってよければ、そのための未分化な道具にすぎないという神話のせいなのだろう。そして知識人は思考するとみなされているがゆえにこそ、彼が使う言葉そのものは――口述によるものであろうと、筆記によるものであろうと――、さして重要ではないのである。

人類学は、別のことをわれわれに示唆する。初期の洞窟の図形表示では、さまざまな形象が放射状に並べられていた（おそらく今日のバンド・デシネの描き方に少し似ている）。これらの象徴的な図像集合は、不可避的に口頭表現が使われる状況との連関において機能していることが理解される。つまり口述および筆記の連辞的関係のすべてが、ここですでに想定されていたのである。[17] この関係を、われわれはある種の不均衡のかたちで考える傾向がつねにある。あるときは、イメージは言葉《パロール》に挿絵を添えているにすぎない、またあるときは、言葉はイメージにいわば説明文を添えているにすぎない、そう考えがちだ。イメージ（あるいはそれに続いて、エクリチュール）と言葉の結びつきは、異なった様態のあいだの結びつきだ、おそらくそう言ったほうがより正しいだろう（そしてこのことはあとで分析の対象にする予定である）。身体は、これら二つの言語活動を通して、平等に振り分けられる。

身体は、手と顔、視覚と身ぶりに応じて、その諸機能（技術的な、あるいは神経症的な）を特化するが、結局のところ——そしてこれは人間についての最新の人類学的知見だろう——一方が他方なしで機能することはけっしてない。だからこそ——おそらくは——来るべき文明について、パロールの絶対的支配とエクリチュールの消滅を予測することは、ほとんど合理的意味をなさないのだ。いずれにせよ、もしそうなったら、それはまちがいなく野蛮な未来になるのではないだろうか。

起源（Origine）

エクリチュールの起源は、当然のごとく、神話的な言説の対象となった。トート神、カドモス、パラメデス、ケオスのシモニデス、天使ラジエルといった神または神人たちがそれを人間たちにもたらしたというのである。[18] 古代中国の神々だけが人間によるエクリチュールの発明を悪意ある目で眺め、Kan-Ji（漢字）が表意文字を発明したとき涙にくれた。そして（一九世紀に）エクリチュールの歴史について論じるのが学者たちになっても、起源の夢は完全には消え去らなかった。人々はなんとかして〈旧世界〉（シュメール、古エラム、エジプト、古インド、中国）のエクリチュールに共通の起源を想定しようとし、あるいはまた、すべてのエクリチュールがそこから派生したその大元とされる古シュメール語の絵文字を思い描こうと腐心したのである。

以下に記すエクリチュールのもうひとつの別の起源は、学者たちにはまったくのでたらめとみなされているが、わたしの目には大いなる神話的力を備えているものとうつる（現代的な神話、つまりこんにちの記号理論を強い光で照らす神話という意味において）。イエズス会士、ジャック・ファン・ヒネケン神父[19]によれば、人間の最初の言語活動は身ぶりによるものであった。身ぶりによるこの言語活動がすでに約束事にもとづいていた（こうした言語活動は表意文字のなかにふたたび見いだされることになるだろう、表意文字はすでに社会的身ぶりというコードをなすもの――パロールの外ではあったが――の文字による転写だったのだ）。そのあと、科学が想定するよりものちに、ずっとのちに、分節化されたわれわれの（顔〔口〕による）言語活動が、まずはいくつかの舌打ち音のかたちで（舌打ち音は、南アフリカやコーカサスの言語で出会う特殊な音素で、乳児が乳を吸うときの口腔音に類似している）、次いでこれらの舌打ち音の細分化によって、一群の子音というかたちで生まれたのだという（母音は当初は、響きのない、ニュートラルな緩衝装置のようなものだった）。ファン・ヒネケン神父によれば、言語活動における母音の地位向上とエクリチュールの出現は、身ぶりの時代と舌打ち音の時代のあいだに位置づけられることになる。言いかえれば（とんでもない提言だけれども）、エクリチュールは口頭の言語活動より前に生まれたのである。[20] この仮説は科学的には根拠がない。にもかかわらずこれはきわめて蓋然性の高い次のいくつかの事実への注意を喚起しないではいない、すなわち、身ぶりから表意文字への直接的な（音声的な言語活動という中継を経ることのない）移行、正真正銘の身ぶりのコードの存在そのもの（このとき身ぶりはもはや行動の「自然な」、「リアルな」表現とはみなされない）、コードとコードのあいだの連動性（コードにかんするコードという連動の仕方であり、現実的なものにかんするコードではない）、きわめてはるかな、一般に言われているよりずっとはるかな、エクリチュールの起源。

エクリチュールの起源について、以下にもうひとつの新しい見方を記す（こちらはきわめて科学的なものである）。ルロワ＝グーランは図形表示《グラフィスム》とエクリチュールのあいだに注意深く区別をもうける。[21] 知られているように、エクリチュールは紀元前三千年代には確認されている。だが図形表示はムスティエ期〔旧石器時代中期〕の終わり（おおよそ紀元前三万五千年ごろ）にまでさかのぼるようだ。それは最初の染料（オークル、マンガン）や装身具と同時代であるらしい。図形表示は、あらゆる意味論的組み立ての外で、骨や石に刻まれた線、模様、等間隔の小さな刻み目からなっている。まったく具象的でないこれらの痕跡は、明確な意味をもたない。これらはリズムの表示（おそらく呪文的な性格の）であるようだ。言いかえれば、図形表示は、現実的なものの模倣からではなく、抽象から始まるのだ。

ごらんの通り、以上のような起源の神話（すべての起源は神話的である。起源とは神話そのものだ）では、二つの方向性が対立している。一方はエクリチュールを形象と関連づけ（身ぶりと表意文字によって）、もう一方は抽象的な記号（必要ならば内容がなくてもよい記号）に一種の絶対的起源を見る。この場合形象化はずっとあとの派生物にすぎないということになるだろう。一方はよりフェティシスト的で、身ぶりと形象を切りとり、もう一方はより強迫観念的で、反復される線の純粋なリズムを石に刻みこむ。いずれにせよ、エクリチュールと芸術（具象的であろうと抽象的であろうと）の本源的なつながりは明らかである。

人格（Personne）

エクリチュールが、パーソナリティの表現？　ほんとうに？　わたし自身、三つのエクリチュールがある、テクストを記すとき、メモをとるとき、手紙を書くときのものだ。だが、同じかたちをしている文字もいくつかあるなどと言わないでほしい。わたしの欲望が書きこまれるのは、教えられた、あるいはみずから課したコードのなかではなく、わたしが自分で想定する読者のイメージのなかなのである。そのイメージは、メモの場合はまったく存在せず、書簡の場合は人格を与えられており、テクストの場合は形相的である（相当の気遣いが求められることにかわりはない）。

さまざまな知（Savoirs）

われわれはエクリチュールについて何を知っているのか？　多くの知がそこに投入されている、とりわけ以下のようなもの。I．〈歴史〉は次のことをわれわれに語る。いつ、どのようにして複数のエクリチュールは生まれたのか、いつ、どのようにしてそれらは分化し、展開し、統一されていったのか、ある種の文明の形式と、それらはどのような関係をもちえたのか。II．生理学は、書くという行為を構成する、きわめて多数の、筋肉を使う身ぶりのすべてを名指し、かつそれを科学的に測定する。III．心理学は、筆跡学の名のもとに、書かれた文字をある性格的特徴とみなす。IV．刑罰の科学はエクリチュールを鑑定し、模写、贋の文書、偽造を見破る。V．象徴体系は宗教的、形而上学的、あるいは突拍子もない一連の意味づけの目録を作成する。人間は、書くことを始めて以来、いつの時代にも、エクリチュールのコードにそのような意味づけの過重を背負わせてきたのである。

この知は種々雑多である（しかも相互の結びつきはきわめて少ない）。歴史的知は他に抜きんでて資料が豊富で、実証主義的風潮が強い。考古学者や古書体学者の手で取り扱われるこの知はアルファベットやいくつかのタイプの文字の出現を特権化するが、エクリチュールと文明のつながりを示唆するところまで踏みこむことはまれである（文明はこのときありきたりな心理学用語で記述される）。生理学的知は純粋に記述的で、ほとんど同語反復であるにすぎない（「屈曲とは指を屈曲させることである」など）。刑法的な知は、しばしば所有権の、ということはつまり社会体制の変容に差し出がましい光を投げかけることがあるが、幸運にもそういうことがなくて済むのであれば、純粋に技術的なものにとどまるだろう。心理的知と象徴的知（この二つをはっきり分別しうるいかなる理由もない）は純然たる仮定にもとづくもので、あるシニフィアン（エクリチュール）とあるシニフィエ（あれこれの性格、あれこれの信仰）のあいだになんらかのアナロジーを想定して、それを充分な証拠と考える。文字についての知は、狭隘な科学主義とひ弱な形而上学のあいだで揺れ動いている、結局そう言わざるをえない。だとするとこの知は危なっかしいものということになるのだろうか？ たぶん問題含みでさえあるのだろうか？ さまざまな抵抗に、さまざまな圧力に直面しているのだろうか？ 以上から、ここではこのような知を要約するというよりも、それにいくつかの問いを投げかけ、それがエクリチュールのまわりに作りだしている認識論的な神話を素描するだけにとどめておく。

転写（Transcriptions）

　言語学者たちにはエクリチュールの神話と呼ぶべきものが存在する。すなわち、エクリチュールは「その本質からして束の間存在するにすぎない口で発音される言葉を固定し、定着させる」ために使われるひとつの技法にすぎない[22]」というものだ。エクリチュールをたんなる転写と見るこの偏見にもとづいて言語学者たちは断言する、「書き言葉のコードは、話し言葉のコードにたいして二次的であり、言語とはまさに話し言葉のコードにほかならない」。言いかえれば、エクリチュールは言語学の外にあるのである。

　すでに見たとおり、まさしくこれは現象に不寛容な限定を加えるということである。エクリチュールは、口頭の言語活動ばかりでなく、（もしも大部分の言語学者たちの望むとおり、言語活動が純然たるコミュニケーションの機能に閉じこめられてしまうのであれば）言語活動そのものの枠を、大幅に、そしてもしこう言ってよければ、その本質的様態において超えでてしまう。その理由はまず、言語活動にたいするエクリチュールの本源的な関係が多くの点ではっきりしないからだ（たとえば表意文字はある身ぶりを転写するが、身ぶりじたいがある行動の記号である）。次にエクリチュールは、コミュニケーション以外の多くの機能をこれまでももってきたし、いまももっている、このことに疑う余地はないからだ。さらにエクリチュールは手と結びついていて、音を発する顔の機能といわば切断されており、その結果、身体はパロールと同じやりかたではそれにかかわることができないからだ。最後にパロールとエクリチュールのあいだには、ある社会的断絶がある――これまでつねにあった――からだ。

エクリチュールにたいする言語学の位置の取り方は、われわれがアルファベット中心主義と呼ぶことができるあの民族的偏見に属している。

II　システム

アルファベット（Alphabets）

たぶん相当の根気強さは必要だろうが、あらゆるアルファベットの構造的システムを再構成することはまちがいなく可能だ。その試みはわれわれのラテン文字のアルファベットについてはすでに多少はなされている。たとえばPとRのあいだには、ある徴（Rのしっぽ）の有／無が存在しないだろうか？　この徴はまさしく言語学者が想定する関与的特徴にほかならない、なぜならそれは意味の明らかな変化を決定づける最小の要素なのだから。すべてのアルファベットは、それゆえ一定数の文字素の表に還元できるだろう、まさしくある言語において意味をもつ音声が音素の名のもとに分類されうるのと同じように。そしてヤーコブソンにしたがえば、あらゆる言語の音素（約三〇ほどの音素）の一般的システムを再構成することができるのだが、それと同じように、知られているあらゆるアルファベットにかんする唯一の分類の原則があるはずだ、すなわち垂直の、水平の、斜めの、丸っこい、やや丸っこい、鉤形の、輪状の線と、それらの組み合わせの規則である。かぎられた数の基本的な形態の存在と、さまざまな差異を作る基準、この二つがあればどんなアルファベットでも作りだせる。ひとりひとりがそうやって楽しむことができる。モールスは、二つのもっとも基本的な形態（点と線）だけを使って、ひとつのアルファベットを作りだしたのではないだろうか？　アルファベットはどれもブリコラージュだ――そしてあらゆるブリコラージュがたぶんアルファベットの、書かれる言語の、特徴をもっているのである。

しかしながら（わたしが言いたいのは、当然分析の対象とみなされるその構造的組成にもかかわらず、ということだ）あらゆるアルファベットはその全体において、ある形式的個性、ある美学的統一性をもっている。ひとはあるアルファベットをそれと識別するのである。スカンジナビアのルーン文字[23]は、その連なりのなかで、縦長の、幅の狭い、角ばった形態的特徴を印象づける。ナーガリー文字[24]はそのすべての記号をある強迫的な形態、絞首台のそれにしたがわせる。あらゆるアルファベットはひとつの均衡である。いっぽうで、いかなる記号もそこで重複することはないし（それはハパックス〈ある資料体、ある時代で、使用例が一例しかない語〉の閉じた連続である）、他方、全体が（その美学的選択によって）ひとつの独自な記号のように機能し、他のあらゆるアルファベットと対立する。あるアルファベットが文字の連続のなかでもつ形象性は、正真正銘のスペクタクルをかたちづくる、すなわち理解可能で、美しい。わたしは〈国立印刷所活字母型室〉のカタログに掲載されたアルファベット（あらゆる場所、あらゆる時代の）の活字のコレクションほど、文明的な意義をもつ書物を知らない。

しかしながら（わたしが言いたいのは、アルファベットの文字の連なりを造形的に考察することに結びついた悦びにもかかわらず、ということだ）、アルファベットはさらにまた（個別の記号の個別の集合として）イデオロギー的な意味をもつ変換のプロセスにとらえられている。アルファベットの発明に進歩的価値を付与しない西欧の学者はひとりとしていない。彼らにとっては、疑いを差しはさむ余地なく、表意文字は絵文字にたいする、子音だけのアルファベットは表意文字にたいする、母音を含むアルファベットは子音だけのアルファベットにたいする進歩をかたちづくっているかのようなのだ。それゆえに（よって証明終わり）、ギリシャ語のアルファベット、われわれのアルファベットこそがこの理性の向上の栄誉ある最終段階となる。もっとも優れているのはわれわれだ、われわれのアルファベットにわれわれが語らせているのはまさにそのことである。だからこそ、たとえ言い方は粗雑であるにせよ、正真正銘のアルファベット‐中心主義と呼ばれてきたものを、あの自民族中心主義のもっとも狡猾な形式のひとつに数えなければならないのだし、われわれ自身の科学はあまりにもしばしばその召使いとなってしまっているのだ。（中国人の場合は）表意文字が、（アラブ人の場合は）子音だけのアルファベットが、われわれの文明と同じように偉大な文明にこれまでも大きな助けとなってきたし、これからもそうであること、そしてそうした文明はそれらの文字を放棄することなど少しも望んでいないこと、そんなことはどうでもいいというのである。

読解不能（Illisible）

解読されていないエクリチュールがいくつも存在する（イースター島のそれやインダス川流域のそれ）。それらのエクリチュールは何かを言わんとしていた、少なくともひとはそう推測する。それらを解読するにいたらないのはわれわれの学知の不足のせいだ、それらはいわばそれらのシャンポリオンを待っているのだとも。われわれには理解することができないけれども、かといって解読不能とも言えないエクリチュールもまた存在する、なぜならそれらのエクリチュールは端的に解読の外にあるからである。それらは、いくにんかの画家たちあるいはいくつかの主体によって想像された虚構のエクリチュールだ（じっさいそれはあらゆる芸術的経歴から遠く位置づけられた「愛好家」のある種の実践でありうる、ミルタ・デルミサッシュの図形文字《グラフィスム》の手帖がそうであるように）[25]。たとえばアンドレ・マッソンは、「アジアふう」と呼ばれる時期に「中国語」を書いた。レキショは、感謝の手紙、あざけりの手紙、芸術哲学概論など〔と題されたテクスト〕を書いた（だがそれらを「〔文字どおり〕執筆した」わけではない――当然の話だが）[26]。ところで、興味深いのは――心底驚いてしまうのは――、前者の本物のエクリチュールと後者の贋物のエクリチュールを区別するものが、ほんとうに何ひとつないということだ。解読されていないものと解読不能なもののあいだに、文脈による以外はいかなる差異もないのだ。あるエクリチュールにとっての指向対象が何かを決めるのは、われわれ自身、われわれの文化、われわれの法である。このことは何を意味するのか？　シニフィアンが自由であり、至高の権利をもつということだ。エクリチュールが十全にエクリチュールであるためには、それを「読解しうる」必要はない。こう言うことさえできる、シニフィアン（マッソンの贋の表意文字、理解不能なレキショの書簡）があらゆるシニフィエから解き放たれ、指向対象というアリバイからきっぱり縁を切るときから、テクスト（現在この語に込められている意味での）が現れるのだと。というのも、テクストとは何かを理解するためには、もはやどんなシニフィエによっても支えられないなかで、シニフィアンがみずからを構成し、配置し、展開していくことを可能にする、あのめくるめくような切断を目の当たりにするだけで充分である――だがそれを欠かすことはできない――のだから。これらの読解不能なエクリチュールがわれわれに語るのは、記号はある、しかし意味はないということ（そしてただそれだけ）なのだ。

発明（Invention）

エクリチュールの発明者たちがいた。エジプトの神トートがそうだし、アダム自身も、ラビたちの言うことを信じれば、天使ラジエルをこの分野の師としたのだ。[27]テーベの伝説的な創建者カドモス、彼はフェニキアのアルファベットを――少なくとも、そのアルファベットの一六文字を――ギリシャにもたらしたのだという。パラメデス（まだシャルリュス男爵[28]にはなっていない）はそれに四文字を加え、ケオスのシモニデスがさらにまた四文字を加えたのだという。もっとわれわれに近い時代では、そしておそらく神話性は弱まるようだが、紀元四世紀に、ウルフィラ司教[29]がゴート文字（ゴシック体と混同してはならない）[30]を発明したのであるらしく、この文字は、黒海北部に一時定住したゴート族のゲルマン語系の言語を記すためのものであった。ドアル・ブケレがリベリアのヴァイ族にエクリチュールを与え、[31]シエラレオネのメンデ族はある仕立て屋から音節文字を受容した。その男はメンデ族のためにそれを発明したのだ。[32]じっさいエクリチュールは発明の神話に属している。それは純然たるシステムとして、組み立ての論理、構成の巧みさに依存しているようにみえる。ようするに、神話的な性格をもつアイデア商品なのだ。

文字（Lettres）

ある種のアルファベットは魔術的な起源をもつと言われる。そして魔術のほうもある種の文字の解釈におよぶことがある。文字が象徴的に世界の諸要素になぞらえられることはしばしばある（たとえば、七つの母音は七つの惑星である、といったような）。文字を数に移し替えてその数について思弁をめぐらすことをゲマトリア[33]、あるいはこの戯れをさらに複雑なものにするとすれば、イゾプセフィーという（わたしはこのような衒学的な言葉を用いることで、ささいな要素——文字——を出発点とし、ある魔術的意味にしたがう、ひとつのシステムの押しとどめようのない展開を示唆したいのである）。こうした傾きはわれわれとかけ離れたものだろうか？　精神分析学はこんにち文字のなかに、その合理的な機能をはるかに超えて無意識の大いなる媒介物を見る。S・ルクレールが『精神分析すること』のなかで押し進めたVの（そしてWの）文字についての分析を参照されたい。[34]

文字とはまさしく何にも似ていないものである。あらゆる類似をかたくなに逃れることこそまさにそのありようであり、文字の努力のすべてがアナロジーに抗うために費やされる。これはじつに途方もない命題と言える、というのも、あらゆるものが最後には何かに似て終わるのだから（何にも似ないものは最後に文字に似ることになる）。それゆえこう考えねばならない、文字は絵文字から「抽出された」のではない、むしろ絵文字に対抗したのだ。そして人間が、芸術家が——ときとして——、表象の戯れによって、形象的な文字の数々、人間や動物の投影像《シルエット》に似せて並べた文字の数々を想像しはじめたとき、彼らはきわめて強力な侵犯を成し遂げて、バロック的なもの、この呪われた芸術の極点に一気に到達したのである（ここで人類のさまざまな文字のすばらしいコレクションであるマッサンの著作[35]、あるいはエルテ[36]のアルファベットを参照しなければならない）。

大文字（Majuscule）

小文字は大文字から派生したものであり、その逆ではない。小文字とは草書によって変形した大文字である。とはいえ大文字は、別のタイプの文字と対立し、範列的関係のなかに入りうるようになってからは、「意味」をとる（＝もつ）ことになった（ひとが年をとるように）。その意味とは強調、威厳、本質を表すものである（名前の先頭文字になされる大文字の押しつけは、まさに形而上学的ともいうべき一連の考察を誘う）。したがって文字はきわめて厳密に言語学的な性質をもち、弁別的ではあるけれども、表意的ではない単位をなすが、その文字が意味をそなえる場合もあるということになる。そうしたことがジャワのエクリチュールにおいては明らかに生起している。われわれの大文字に相当するような文字が、とはいえその文字はほかの文字と大きさは同じなのだが、いくつかの単語につけ加えられるのだ。そしてこうした追加の文字は、この文字を含む単語に名誉を讃えるもしくは尊敬を表す性格を与えるのである。

マッピング（Mapping）

言語活動にたいしてつねに発すべき問いは次のようなものだ、どのようにして言語活動（あれやこれやの言語）は現実を切り分けるのか？　この現実から、言語活動は何を切りとるのか？　これはマッピングと呼ばれることで、つまりひとが現実的なものの地表に重ね合わせようとする地図のことを言う。ところでこの問いを、あらためてエクリチュールにたいしても発しなければならない。エクリチュールが口頭の言語活動を「転写する」ときでさえも、そのやりかたはどれも等しく普遍的とは言えない。「単語」の意識は言語によってさまざまに変化する。ギリシャ語の写字生にはいかなる単語の意識もなかったが、ラテン語の書記にはあった。インドにおいては文法の形成以前にさかのぼるエクリチュールは存在せず、エクリチュールは文法学の認めるパロールの要素だけを表象する（切り分ける）。そしてこんにち、われわれの場合、読解の現代的方法は、文字というよりもむしろ単語（あるいは言語活動の重要な単位）から出発する。絵文字的もしくは表意文字的エクリチュールについていえば、それらが転写し、切り分けるのは、知られているようにパロールではない。それは現実的なもの（どこにあるのだろうか？）ではないにしても、少なくとも分節化された言葉《ランガージュ》とは別のさまざまなコード、すなわち事物、身ぶり、さまざまな観念の組み合わせ（中国語のエクリチュールの場合）、あるいは際立ったできごとである（ダコタ・インディアンのウィンター・カウント[37]の場合、毎年の冬がある忘れがたい情況を表す象徴によって特徴づけられる、たとえば、絵文字が冬の全時期からある平和条約を切り分け、その条約を表しうるさまざまな象徴のなかから一本の旗を切り分けるといった具合である）。

記憶（Mémoire）

エクリチュールについて考察しはじめるやいなや（プラトン）、記憶の役割が割りふられる。[38]エクリチュールは一種の記憶術の道具、頭脳の補綴物《プロテーゼ》で、そのおかげで頭脳はいっさいの情報蓄積の責務から解放されるというわけである。ひとはこうして、最初の絵文字表記、あるいはまたイースター島のエクリチュール（いまだに解読されていない）は、ポリネシアの歌手たちの備忘録でしかなく、詩篇の朗読を容易にするために使われていたと考えるのだ。なるほど、たしかにわれわれのエクリチュールによって残された最初のモニュメントはただの事物もしくは人物のリストでしかない、つまり帳簿に記載された一連の項目だった。これらの項目はほとんどわれわれの興味を惹かないが、にもかかわらずエクリチュールがわれわれのために記憶化したのはまさにそれらの項目なのだ。いっぽうこのはるかな生活（風俗）にかんして、われわれを熱中させそうなものは何も記されていない、そしてそれは当然のことだ。自分たちの日常生活の実質そのものをなしていたこと、自分たちがいわば暗《そら》で覚えていたことを、シュメール人たちがどうして書き記しただろうか？

われわれの文明でエクリチュールの起源にあるらしい記憶の機能をここで想起しておいたのは、少なくともわれわれのエクリチュールにおいて、そうした機能を超えでることすべてをきちんと把握するためである。たしかにいまでもなお、われわれは忘れないために書きおくけれども（もっぱら手帳にそうするというだけであっても）、それよりもずっと情報を伝えるために書くことが多い。われわれにとっての年代記は新聞であるが、新聞は情報を伝えるために書かれているのであって、それが記憶になるのは事後的にでしかない。風俗についても事情は同じである。われわれの場合、いかなるエクリチュールも風俗を直接記録することはなく、新聞、小説、エッセイという媒介を経なければならない。さらにそれらの資料は、解釈されて初めて記憶という状態のなかにふたたび姿を現すことができる。それゆえエクリチュールはあっという間に二次的な象徴性に満たされることになる。それは純然たる記憶の秩序としての「文字表記」から、無限の意味生成の場としての「エクリチュール」に変容するのである。

帯（Ruban）

人類は、可能なかぎりすべての方向のエクリチュール〔文字筆記〕を実践してきた。垂直、水平、左から右、右から左、行きつ戻りつ、など。しかしながらエクリチュールは、いずれにせよ、場合によって広さの異なる、多かれ少なかれコンパクトな一本の線のように展開されていく。エクリチュールとは文字の帯である。この帯は基本的に何かを語るものであるエクリチュールのありかたを表している。物語《レシ》とは何か？　もっとも簡単に言えば、それは以前と以後の連続、時間性と因果性のある決定不可能な混交である。エクリチュールは、支持体（石あるいは紙）の空間にそれが書きこまれるということそれじたいによって、この連続を我が身に引き受ける。読むとはただちにこの物語を受け入れるということだ。一続きのエスキモーの絵文字を見てみよう（もっとも、これらの絵文字はひとが思うより遅い時期のものだし、機械的に絵文字を筆記文字の起源に位置づけようとする誘惑にはつねに抵抗しなければならない）。あるデッサン（今後、これを記号と呼ぶことができる）がひとりの小さな男を描いていて、彼は片手の指で自分を指さし、もう片方の手の指である方向を指差している。次のデッサンではその人物は櫂を示している。それから彼は目の上に手を置く、など。こうしたすべては物語であり、同時に文である、これはわたしの話だ、わたしはこの方向に向かい、舟で旅をしたあと、一晩眠った、など。[39] あらゆる物語においてそうであるように、それぞれの時点で（それぞれのエピソードの、それぞれの記号の）深い意味づけがなされている。それは暗喩的あるいは換喩的手段にしたがって生みだされ、解釈のプロセスそのものを開く、櫂は舟に関連し、舟は旅に関連する、目は睡眠に関連し、睡眠は夜に関連する、など。それゆえ、エクリチュールの出自をパロールに求めて（「転写」という科学的神話にしたがって）、そこに範列と連辞という言語活動の二つの座標を見つけださねばならぬ必然性はない。裂け目はほかの場所にある、すなわち線的な連辞（エクリチュールとパロール）と放射状の連辞（洞窟の壁に描かれた形象の連辞、絵画の連辞、バンド・デシネの連辞）を対比しうる、まさにその地点である。[40]

システマティック[41]（Systématique）

エクリチュールはどれもひとつのシステムである。ある言語のまるまるすべてが、組み合わせの力のおかげでいくつかの音のみで作られるが、それと同じように、ひとつひとつの文字体系の全体（表意文字、音節文字、アルファベットの全体）が、いくつかの形態（いくつかの線）のみで作られる。システムはもっとも単純な対立、つまりあるなしの対立から始まる。インカのキープ[42]においては、細紐の結び目が十進法のさまざまに異なる価値を表し、結び目がないことはゼロに関連づけられるのである。

ブラーフミー語のエクリチュール〔文字体系〕はアラム文字起源だが、まったく別の表記のシステムである[43]。セム語族のエクリチュール〔アラム文字〕は、語の表記において子音という骨格だけ表す。だがブラーフミー語のエクリチュールは子音を単独で記すのではない。そこには a（インド諸語においてもっともよく使われる母音）がつねに含まれていて、その結果、このエクリチュールは音節文字のような性格をもつことになる。そして記さねばならない母音が a とは違う場合は、〔a を含む〕基本となる記号に小さな附属物を付け加える。対立はここでは a とそれ「以外」である。

同じように（もしそう言ってよければ）、シュメールのエクリチュール（楔形文字[44]）にはグ、ヌと呼ばれるある種の線が存在し、そのあるなしで王と人間を差異化する。王とはこの線が追加された人間にほかならない。こうして表記から無駄が省かれる。

結局のところ、差し引くことはシステムをつくるさいのひとつの強力な要素である。ある発明者が、すでに存在しているアルファベットから自分が使う文字を借りてくる場合、彼は文字を借り入れる側の言語ではもう使い道のない一連の記号を取りおいて（なぜならこの言語はそれらの記号が表す音を知らずにいるからである）、その新しい言語がもつ固有の音を示すためにそれらを再利用する。ギリシャ語はフェニキア文字のアルファベット[45]にたいしてそのようにした。ギリシャ語は咽頭音を表す諸記号を必要とせず、それらをみずからの母音を表す記号としたのだ。ここにあるのは系統関係ではなく、用途のない記号の恣意的な利用である。エクリチュールにおいてはシステム構築のエネルギーが遺伝的な力を凌駕するのだ。

〔文字の〕形態は数が限られているので、エクリチュールの創造者にとって欠くことのできない務めは、未使用の文字を見つけだすことである。この創造者はいわば否定性において仕事をするのである。八六三年ごろ、ギリシャ人キュリロス＝哲学者コンスタンティノスは、グラゴル語[46]のエクリチュールを（スラブ人のために福音書を書き換えることを目的として）作りだそうと望んださい、古スラブ語に固有のさまざまな音声の表記をどうしてもそこに組みこまざるをえず、ギリシャ文字でもラテン文字でもないいくつかの文字を（それらの音声のために）きわめて入念に作成した。けれども、用途のない形態はまれだったので、彼はすでに使われている文字を参考にする以外になかった、すなわちヘブライ文字である。

合成語分離法[47]（Tmèse）

エクリチュール〔文字表記〕とは結局のところ一種のひび割れにほかならない。重要なのは、紙葉、皮革、粘土質の浜辺、壁といった平らな素材に切れ目を入れ、溝を穿ち、その連続を断ち切ることである。こうして太古の時代の中国で、ひとは亀の甲羅に火が作りだすひび割れを、あるいは砂の上に鳥の脚が残す痕跡を、占いの目的で「読み」はじめたのだ。

エクリチュールは不連続を必要とする、不連続はいわばエクリチュールの出現の器質的な条件である。だがこの不連続は歴史的に見るとまったく固定されていない。エクリチュールがひとたび構築されると、それはある場合には間隔を詰め、均質な空間を隙間なく満たそうとする（象形文字の囲い《カルトゥーシュ》、ギリシャ文字の房、小室）、またある場合には逆に、最大限みずからを分割しようとする（たとえば、現代のタイプ原稿では、ひとつひとつの文字が次の文字と区別される）。エクリチュールは、緊密さと広がり、接合と分断のあいだで揺れ動く。古代のエクリチュール（大文字のエクリチュール）では、単語と単語は分かれていなかった。小文字が作りだされて初めて、単語が、ときには音節さえもが区切られるようになり、それにつれて合字が発達していったのだ。文字表記についてのこのような説には、かならずしも合理性にもとづいた（われわれの言語的意識に即した）位置づけがなされているわけではない。ときには奇妙な切断も見いだされる。エクリチュールを導くのは手、目であり、言語活動の理性ではないのだ。

類型論（Typologie）

同じ文化的あるいは歴史的な場において、いくつかのエクリチュール〔字体〕がたがいに対立し合ったり、あるエクリチュールが他のエクリチュールを生みだしたりする。それらはしばしば機能によって対立する。たとえば、ヘレニズム時代には、用途の異なる三つのギリシャ語のエクリチュールが数えられる。まず書物のエクリチュール（リブラリア）、きわめて装飾的な文字で、オンシアル体[48]で書かれる。さらに公文書のエクリチュールおよび私的なエクリチュール（草書体で、軽い）。あるいはまた、四世紀には、墓碑用のエクリチュールも存在する（その文字は、教皇ダマスス一世の依頼を受けてフィロカルスが考案したもので、先端に裂け目の入ったひげ飾り《セリフ》が付され、フィロカルス風文字と言われる）[49]。こちらでは〈死〉、先の場合は〈文化〉、〈国家〉、〈個人〉というわけであって、エクリチュールについての機能的類型論が存在するということだ。しかしまたしばしば、われわれの歴史においては、単純な形態の差異にもとづく文字の諸類型も見られる——言ってみれば根拠を欠いた差異ではあるが、結果としてつねになんらかのエートス的意義をそこから引き出すことができる。ローマ帝国には二種類のエクリチュールがあり、それらは記念建造物の碑銘から生まれた。カドラータ（〔hやpなどの〕縦線が太い）とルスティカ（垂直線が細い）で、それぞれの名前がそれに付与されていた意味を充分に物語っている。[50] 対立のもうひとつの例だが、アラブ文字には、記念建造物に刻まれる、角ばって厳格な書体（クーフィー体）と、写字生の使う、柔らかく、丸味を帯びたエクリチュール（ナスヒー体）があった。一般的にいって——この問題こそが、ここで興味をかき立てるのだが——、エクリチュールに想定されるエートス〔存在の様態〕にしたがい、ひとはすすんでその諸類型を名指し、註釈する。オンシアル体では曲線が支配的で、犢皮紙の上の幸福感に満ちたペンの滑りが感じられ、それゆえ「若い」エクリチュールだと言われる。テクストゥラ体（一五世紀のゴシック体のエクリチュール）は厳めしく、厚みがあり、角ばっていて、この書体を使ったおもな民族（イングランド人とドイツ人）の特質と似ていると、ひとは考える。ゴシック体（一般的な意味での）そのものが時代の建築の精神に関連づけられる。結局のところ、あらゆる文化現象と同じように、エクリチュールは多重に-決定づけられている。それは物質的な原因と同時に（支持体が高価で場所を倹約しなければならないのなら、エクリチュールは間隔を詰める）、精神的な動機づけにしたがうのである（ある時代の様式と一体化するために、そしてもしこう言ってよければ、ある種の〈歴史〉哲学を、すなわち〈歴史〉はひとつであるということを「証明する」ために、エクリチュールは間隔を詰めたりする）。

Ⅲ　争点

占星術（Astronomie）

占星術とエクリチュールのあいだには特権的なつながりがあるようだ。有名なインカ族のキープ（細紐と結び目によるこのシステムは、字を書くという実践のもっとも原始的なかたちのひとつとしてつねに引き合いに出される）において援用される数の学知は、占星術的な意味での期間（六つの暁光はそこではそれぞれ異なった色で表されていた）に関連づけられているようにみえる。そしてわれわれの場合、黄道一二宮のシステムはエクリチュールのさまざまな構造的可能性の要約のようで、そこでは図像的形態と幾何学的形態が混ぜ合わされている。天が書き記される、あるいはまた、エクリチュールは言語活動の上を通り越して、天空の純粋な言語活動となる。

経済（Economie）

エクリチュールと経済のつながりは、地中海地方では、少なくとも歴史的には単純明解である。農業は紀元前六千年にパレスチナにおいてたしかに存在が認められている。食糧にかんして最初に必要とされたのは結合（ある季節と別の季節の）であり、つまり保管すること、蓄えのための分を取りおくことであった。会計係と記録係からひとつの文明が生まれでる。宗教のための〔言語〕記号が世俗化される。この歴史的かつ地理的領域においては、すべての歴史家が一致してエクリチュールの発明を経済的必要に結びつける。それにも増して、アルファベットの発明と一律な貨幣の発明のあいだにある種の平行関係が確認されている。文字がすべての意味とすべての記憶にかんする最小の公分母であるように、貨幣は（地中海地方では）あらゆるものの尺度である。文明は縮減のプロセスに入りこんでいく。つまり単語から文字へ、財から貨幣へ、ということで、文字と貨幣はそれじたいはニュートラルで意味をもたない。

中国においては、逆に、貨幣と記号はいろいろあるなかのひとつの事物、ひとつの財でしかなかったようだ。そこにあるのは縮減というよりむしろ並置である。歴史家たちの言うところによれば、ここではエクリチュールの独自性は地中海地方と異なり、宗教的、儀式的なものだ。しかしながら、いずれの場合もある共通の必要にまでさかのぼることができる、すなわち契約の必要である。もっとも原始的な刻印の形式のなかに、あることを覚えておくために棒に刻まれる切りこみが見いだされるが、これはまたある契約を保証するためでもある、というのも刻み目は消えることも変質することもありえないからだ。そう遠くない昔、フランスのパン屋は、掛け売りでパンを売るとき、二本の棒、つまり自分用の棒と客用の棒に、売ったパンごとに切りこみを入れたものだった。こうすればごまかしはありえない。刻印はそれゆえ契約的な義務の価値をもつ。それは債務者に義務を負わせるが、同様に中国において、エクリチュールの出現以前でさえ、刻印はおそらく神あるいは懇願する者を束縛したのである。アラブの言語はある同じ意味論的な束のなかに二つの意味を結び合わせる。ある同じ語幹が、刻み目を入れる、誰かに分担金を割り当てる、さらには掟をもたらす（神のことを話題にするさいに）という観念に関連づけられるのである。

エクリチュールとはそれゆえ交換である。わたしが一方では手を放し、もう一方ではつかむ、そんなあやうい瞬間を前にして、エクリチュールは致命的な打撃の危険にそなえる手段を作りだす。エクリチュールが存在していなかったら、わたしはふたたび何もない状態に逆戻りすることになってしまうだろう。すでに手を放しており、まだつかんでいない、無限の落下の状態である。

エクリチュールと経済の恒常的なつながりの——時代状況により深くかかわる——もうひとつの例。一二世紀の終わりごろ、羊皮紙の不足ゆえに、エクリチュール〔文字〕はあいだを詰めてあまり場所をとらないようにする。いわゆる時代精神よりも、たぶんここにこそゴシック体の（縦長の）エクリチュールの起源を見いだすべきだろう。

（ここでは印刷されたエクリチュール〔文字〕は取り扱わない。）とはいえ、書物の経済的な起源を思い起こしたいという欲求に抗うことはできない。印刷術は金銀細工師と造幣工たちのあいだに生まれ、〈資本〉に支えられ（グーテンベルクは一四四八年ごろマインツでひとりの出資者を見つけだすが、この男は銀行家である）、数々の技術的かつ工業的革新の出現（高炉、鋳造術、圧延機、ボヘミアにおける炭坑およびアンモナイトの開発）と結びついて急速に発達した。というのも、ヨーロッパの経済的かつ商業的統一がすでに存在しており、かつ印刷術が活力ある階級の上昇を促進するからである。銀行家たちはそれがベストセラーであるかぎりにおいて、初期の印刷された書物に投資する、聖書、祈禱書、聖務日課書、初等文法書、暦、免罪の手紙など。

「エクリチュール」（« Ecriture »）

エクリチュールという語はいろいろな解釈ができる。それは、あるときは（単純化して言えば）字を書く《スクリプション》という具体的な行為、物理的、身体的な身ぶりに関連づけられ、エクリチュールとはこのとき、語源に忠実に、その行為の実質的な所産以外のなにものでもない（「エクリチュール〔字〕がきれいだ」）。あるときはこの単語はまったく別の捉え方がなされて、「紙の彼方で」、美学的、言語学的、社会的、形而上学的価値の錯綜した複合体に関連づけられる。このときエクリチュールとはコミュニケーションと記憶保持のひとつの様態であり、パロールと対立している。それはまた同時に、ある高貴な表現の形式であり（「文体」と緊密に結びついて）、法律上の、会計上の束縛（銀行の、船の「エクリチュール〔帳簿づけ〕」、あるいは宗教上の束縛（〈エクリチュール〔聖書〕〉）であり、主体がある独特な方法でそこに「自分を置く」言表の意味生成的実践でもある（この最後の意味はきわめて現代的で、まだほとんど受け入れられていない）。単純化するために（そしてそのような単純化が含むあらゆる危険を念頭に置きながら）こう言うことにしよう、エクリチュールは三つの主要な意味論的限定を含んでいる。1 それは手を使う身ぶりであり、声を出す身ぶりと対立する（この意味でのエクリチュール〔書く行為〕をスクリプション、その結果〔書かれた文字〕をスクリプチュールと呼ぶことができるだろう）。2 それは時間、忘却、誤り、ごまかしに打ち勝つために記される、消え去ることのない徴を記載した、法的な価値をもつ記録簿である。3 それは主体がそこに全的に自分を投入するある無限の実践であり、それゆえにメッセージのたんなる転写と対立する。〈エクリチュール〉はこうしてあるときは〈パロール〉と対立することになり（最初の二つの場合）、またあるときは〈エクリヴァンス〉[51]と対立することになる（三つめの場合）。あるいはまた、それはその使用法と哲学にしたがって、ひとつの身ぶり、〈法〉、悦楽となる。

タイプライター（Machine à écrire）

ローマ人にとって書くことは卑俗な仕事だった。自由人は書かない、彼は奴隷に口述した——あるいは少なくとも（たとえばキケロがそうしていたことは知られている）走り書きの草稿を即座に奴隷に渡してそれを書き写させたのだ。こんにちなおタイプライターは階級的な道具で、ある種の権力の行使に結びついている。この権力の行使は女性秘書の存在を前提としているが、彼女はいわば古代の奴隷の代用とも言えて、この女性秘書自身が、すなわち機械に縛りつけられた彼女の身体が、経営者の手の代わりを務めるプロテーゼ、片腕のない海賊の鉤の等価物なのである。とはいえ、いまなお機械は非人間的な事物だと感じられており（少なくともヨーロッパでは）、友人に手紙を書くときや、機械的な、片づけ仕事的なコミュニケーションの無礼を消し去ったり和らげたりすることを望む場合は、最後に手書きで数語を添える。もはや自分の手で手紙を書かなくなったことを恥じるのであり、手書きのエクリチュールは、人間的、情動的価値を神話的に保ちつづけているわけである。手書きのエクリチュールはコミュニケーションのなかに欲望の要素を入れる、なぜならそれは身体そのものなのだから。おそらくはより法的なレベルの理由で、というのも、口述した手紙には言ってみれば署名を書きこむことが必要だったからだが、ローマ人はそこになんらかの文句（どうぞお元気で、なにとぞよろしく）[52]を自分の手で書き添えた。ローマ人はそのようにしてみずからの市民的な身体、所有者としての身体にお墨付きを与えたのだ。いっぽうわれわれはと言えば、みずからの情動的身体にお墨付きを与えるのである（こうした習慣は、われわれの文明が過渡的なものであるなかで、そうした文明に結びついているものである。アメリカでは、すべてが——書簡でも、文学的テクストでも——直接機械で書かれ、人間主義的な配慮はもはやなされない）。

すべてはこうして遠い時代のことになろうとしている。とはいえ完全にすたれてしまったわけではない、というのも、手書きのエクリチュールについて筆跡学というものが存在する（結局のところ刑罰的な目的から）のと同様に、警察の業務遂行にさいして、ときとしてタイプ原稿と呼ばれるものがほんとうに本人の手になるものであるかどうかを確かめることが必要になるのだから。そのために機械的なエクリチュールの文字通りの所産ともいうべきまったくばかげた一文が――なんとも皮肉のきいた話だが――使用に供される。その文では、タイプライターのキーで打つすべての文字が一度、そしてたった一度だけ、使われるのである。*Portez ce vieux whisky au juge blond qui fume*[53]（したがって、この文には意味があることになる。この文は意味をなしている、機械によるエクリチュールを鑑定するための手段として。どうころんでも――悲しいかな――すべては意味をもつのだ）。

権力（Pouvoir）

権力と書物のつながりは周知のことだ、つまり〈国家〉が――それがどんなたぐいのものであれ――どれほど印刷されたエクリチュールを管理することに注意を払うか（特権の付与、検閲によって）、そしてまた、書物の文明にあってさえ、どれほど手書きのエクリチュールが長いあいだある階級の特性を示すステータスのひとつとして保持されてきたか、ということである。書くすべをもつことは社会的選別の最初の手段のひとつである。ましてや、書物が存在せず、伝達、情報、熟考の活動のすべてが手稿とその模写を通しておこなわれていたときは、エクリチュールは純然たる権力の道具であった。それはとりわけ古代中国において明白である。エクリチュールはそこでは、もしこう言ってよければ、政治的支配の至高の手段であった。科挙制度によって官僚たちは本質的に書家であり、〈文字〉記号を選ぶことや漢字を書き記すことを巧みにおこなうことができた。エクリチュールには資格を与える力があった、それは権力に近づく資格を与えたのだ。ところで〈権力〉について語れば〈反‐権力〉について語らずにすますことはできない。そんなわけで（紀元前四世紀、三世紀には）粗書きのエクリチュール（〈国家〉の書法が定める公式的規範の外で書き記される）の出現が見られるのであり、この粗書きは公式的には存在しないことになっていて、ほとんど権力の感知せぬまま広まっていったのだった。こうした政治的緊張はわれわれの文明にも見いだされる。一七世紀に〈近代国家〉が厳密なかたちで形成されるとき（フランスでの話だが）、その最初の気遣いのひとつは、ばらつきの多い一六世紀のエクリチュール〔字体〕（早書きされた、不規則な、パーソナルなエクリチュール）に、ある普遍的規範、あるいはもしこう言ったほうがよければ、公式的なエクリチュールをとって代えることである。一六三三年に〈高等法院〉が「能筆者」に〈国家〉の庇護を与えることを決定する。エクリチュールが多少なりとも一般化するなかで、〈国家〉が介入してこの一般化を抑えつけ、規則にかなったエクリチュールをある種のタイプに局限するということだ。こんにちなお、義務教育の施行にもかかわらず、手書きのエクリチュールがひとつの階級的指標であることを誰が否定できるだろうか？「幼稚な《プリメール》」エクリチュールというものがある。エクリチュールを始めとして、初等の《プリメール》（民衆的な）学校〔小学校〕で教わることは「幼稚」なのである（筆跡学は、エクリチュールを心理学的「性格」の指標とすることによって、社会的差異を覆い隠すことに貢献する。だが社会的差異は字の書き方が明白に示す最初のものである）。

料金（Prix）

こんにちから見ると、古代文学はわれわれにはまったく金に汚されていないようにうつる。大学の天井に描かれたギリシャやローマの大作家の姿を見慣れるあまり、彼らの作品がどこかの天から、まったく物質とかかわりをもたないある種の人文主義的超越性から降りてきたように想像してしまう。しかしながら、それらの作品にはエクリチュール〔筆写〕の料金が支払われていたのであり、エクリチュールは、たった一冊だけでも作品に具体的なかたちを与えるために、そのつど必要とされたのである。そしてこのエクリチュールの料金はとても高かった、そのことを忘れてはならない。マルティアリスの『エピグラム』はデナリウス銀貨五枚分の価格の高価な本だった。[54]『アエネーイス』の写本はデナリウス銀貨二四枚分の価格だった。ところでローマ軍団〔レギオン〕の軍人（給料は比較的いい）にとって、デナリウス銀貨二枚は一〇日分の食糧に値した。『アエネーイス』は、商品としてのエクリチュールという見地からすれば、四ヶ月の断食と等価ということになる。ビザンチン時代には、ひとつの手稿を筆写するのに平均三ヶ月かかる。写字生への礼金は非常に高い（一ページあたり金貨一〇枚ないし一二枚）。三世紀にはさまざまに異なる料金のエクリチュールがある。一つめ（筆耕《スクリプトール》による）は大文字、オンシアル体で書き記され、高級品である（一〇〇行あたりデナリウス銀貨二五枚）。二つめはデナリウス銀貨二〇枚ですむ。三つめ（公正証書係による）は書字板に小文字で書き記され、デナリウス銀貨一〇枚ですむ。こんにちなお、東京のデパートには毛筆係のコーナーがある。〔現代の〕写字生たちは、贈答品の住所、祝福の文句を書き記す。それは現代的な商品が保ちつづけている、いにしえからの優雅な属性である。

職業（Profession）

書記、写字生、代書人、セミオグラフ（紀元二世紀においては「速記者《セノグラフ》」はそのように呼ばれていた）など、手書きのエクリチュールは長いあいだあるひとつの職業領域を形成していた。この領域は、そのさまざまな変遷を通して、エクリチュールと〈歴史〉の一般的関係を端的に示している。たとえば、紀元六世紀と七世紀に、手稿の筆写が修道院の世界に移るとき、その移行のなかに、さまざまな経済的かつ政治的与件の全体が含みこまれていることを読みとらねばならない。交換の力の衰えと商業の危機が豪華本の減少を招いたのだし、行政の頽廃が書かれたものの失墜を引き起こし、それがもっていた能力検定的価値が衰微してしまったのだ。逆に、一三世紀には、書く技術は修道院の境域から世俗の世界に移る（作家たちはすでに、規約と特権をそなえた同業組合を形成している）。というのも、そのころ大きな〈国家〉においては行政が生まれ変わり、ローマ法が息を吹きかえし、記録係の職務の範囲が広がり、官僚制度が定着し、銀行が発達するのである。こんにちなお、管理（行政的、経営的、商業的）にかんする命令の「伝達」はある種の技術と職業の管轄に属する、すなわちタイピスト、速記者、速記タイピスト、役員づきの女性秘書（女性秘書は奇妙にも高級職とみなされている。それはまさに、彼女がもはや筆写せず、電話するからである。エクリチュール〔文字〕より声のほうが、逆説的にも大きな責任を担っているようにみえる）。

署名（Signature）

署名によって、エクリチュールは自分自身をみずからの所有物とする、すなわち署名はあるアイデンティティの表現となり、同時に所有の徴となるのだ。それは署名する者に、自己の所産という悦びを保証し、人格の関与にお墨付きを与える。それは経済的な、さらには心理的なシステムの重要な一部分をなす。署名は資本主義の黎明期に法律的な必要によって生まれ（一五五四年のアンリ二世の勅令が文書のあとに名を記すことを義務化した）、ブルジョワ的イデオロギー（人格と所有権を結合させたイデオロギー）と歩調を合わせて歴史的に発展していく。一六九〇年には二一パーセントのフランス人が自分の名前を記して署名することができる。その割合は一七九〇年には三七パーセントになり、一八九〇年には七二パーセントになる。

社会的意味（Social）

シュメール人の社会では書記はもっとも裕福な家系に属し、書記職（そこから女性は排除されていた）は非常に尊敬される仕事だった。王になった書記が何人かいるほどだ。権力の直接の道具であるエクリチュールは、いわば権力に通じる選ばれた道なのである。エトルリア人の場合、エクリチュールは会計的というよりむしろ宗教的な価値をもったようで、もっぱら、司祭、腸卜官《ハルスペックス》、祭儀の統率者といった聖職者（貴族）の階級に占有されている。そしてある逆説によって、とはいえこの逆説は見かけだけのものだが、エクリチュールは権力の徴であると同時にひとつの商品でもある。古代中近東一円において、とりわけヒッタイト族[55]において、書記は征服者にとって選りすぐりの戦利品であった。ローマ人の場合、エクリチュールの習得は奴隷の教育のなかである重要な位置を占めていた（私人は借りた本を奴隷に筆写させて、自分のための蔵書を揃えていったのだ）。こうしてエクリチュールは社会的階梯に沿って場所を移る。エクリチュールはあるときは貴族階級の選別の徴であり、あるときはその逆に、しかし同じ合目的性にしたがい、貴族階級が意のままにする財産のひとつに数えられて、下層階級と結びつく。それは徴と商品、記号と道具のあいだを揺れ動く。そんなわけで、一九世紀においてさえ、ブルジョワ階級の女性たちは、〈サクレクール中等・高等学校[56]〉（それはひとつの記号であった）で生まれた固有のエクリチュール〔字体〕をもち、いっぽう同じ時期に、ブヴァールとペキュッシェは商社と海軍省で筆写係を務めることになるのである（彼らは一種の道具、タイプライターの先取り的な代用品であった）。

速記法[57]（Tachygraphie）

もっと早く書きたいという欲求から、草書体という手段を介して、いかに多くの新しいエクリチュール〔字体〕が生まれてきたことか！　エジプトのデモティック〔民衆文字〕は、象形文字を簡略化し、さらに合字によってそれを加速化したものである（というのも文字は、ひとつひとつ切り離して書けば、続けて書くより時間がかかるのだから)。シュメール人は、より早く書かねばならないという理由から、従来の筆記のシステムを一新して、絵文字(と言われている)から楔形文字に移行し、鑿《のみ》に替えて斜めに削った葦のペンを使い、曲線は避けて、書字版の向きを変えた。エクリチュールの歴史を通じて、ある経済的強迫観念が存在する、時間を節約することだ――しかしそれはまた空間を節約することでもある(なぜなら〔文字を記す〕支持体は高価な場合もあるのだから)。羊皮紙の節約になるがゆえに略字が発明される(空間を節約することは、ときとして時間を節約することよりも貴重である。中世ラテン語では単語の短縮がなされるが、気息符やアクセント記号といった場所をとらないものはていねいに模写される)。ティロの速記符はキケロの解放奴隷だったティロの考案した略字と言われ、九世紀から一五世紀にかけてカロリング朝とゴシック時代の手稿のなかでさかんに用いられた(filii〔ラテン語でfilius(息子)の複数形〕の代わりにfīと記すたぐいのもの)。このティロの速記符から現代の速記法まで、速記のシステムは数限りなくあった。

あるもっと深い――あるいはもしお望みなら、もっと目くるめくような――理由が、早く書くように気持ちを駆り立てるのかもしれない(経済的なものは詩的なものの影響をこうむっているのかもしれない)、つまり手が思考と同じぐらい迅速であってほしい、ということだ。これはまさにシュルレアリスム的というべき古い夢である(とはいえ、クインティリアヌス[58]がすでにそういうことを言い表していた)。ドイツにおいては一九世紀末に、おそらくまさにこうした理由から、知識人たちが速記を使ったエクリチュール〔文字表記〕のための運動を起こそうとしたのだった(フッサールまでもが、独自の速記術を使用していたことが知られている)。もたついているのは「創造すること」あるいは「思考すること」そのものではなく、創造されつつあること、思考されつつあることの記述のほうだ、そんなふうに感じられるときがやってくる。ひらめきは頭にあり、仕事は手にあるというわけだ。極端な場合には、頭脳的生産はまったく時間の外にあるようにみえて、残る問題はもはや身体の時間のみということになる。シューマンは「ヴァイオリン・ソナタ　イ短調」を（狂気におちいる三年前〔一八五一年〕に）二四時間で書きあげた。もっぱらエクリチュールそのものの観点だけに限れば、壮挙などほとんどありえない、ということになる。

Ⅳ　悦楽

筆写（Copie）

かつては罰として、生徒にいくつかの文や動詞の活用を書き写させたものだ。文字の記されたページはひとつの苦役だったわけだ。だがそのいっぽうで、書くこと、ペンをすべらせていくこと、何を意味するかはまったく斟酌することなく言葉のアラベスクを線描することに、ある種の官能を覚える者たちもいる（いた？）。知のあらゆる失望を味わい尽くしたあとで、ブヴァールとペキュッシェは筆写に戻っていくのである。

　エクリチュールとはそれゆえ二元論的実践である、それは去勢的そして／あるいは贖罪的だ。ということはすなわち、純粋に文字を記す《スクリプション》という経験には（それがまったく内容を考慮せずに進められていくのである以上）、身体が、そして身体のみが参入するということだ。意味を取り去ってみよう、あとには身体が残る、あるときは無理強いされ、あるときは満足感を得て（次のことを指摘しておきたい。教育者は、子どもは純然たる形式、無償の身ぶりをいやがるものと考える、あたかも愛撫するように字を書くということがまだ子どもにはできない——性的意識《セクシュアリティ》を欠いているがゆえに？——とでも言うかのように。いっぽう作家にとっては――たしかに作家といってもそれはフローベールの場合なのだが――ただひたすら文字を書き写すという幸福は、長いイニシエーションの末にようやく得られるものである。それは至高の知恵だ、その実践にいかなる意味のアリバイも付与しない身体の知恵なのだ）。

身体（Corps）

一六世紀の初め、ジョフロワ・トリー[59]は、ラテン語の碑銘を前に強い感動を覚える（そしてそれ以後、初期の印刷本に見られる手書きをまねた印刷《タイポグラフィー》の体裁に、記念建造物で使われた石彫りの文字を起源とする、古代の字体をモデルとする書き方をとって代えることに貢献するだろう）。その感動は、もしこう言ってよければ無償のもので、身体に由来する以外にありえないが、その身体は、われわれが不適切にも美学的と呼んでしまうある官能にとらえられた身体なのであった。身体についての思考（ある種の発見）が〈ルネサンス〉を特徴づけている。エクリチュール〔文字を書くこと〕を身体に返してやることが可能になっていたのだ（一六世紀の手書きのエクリチュール〔字体〕は、それに続く諸世紀のエクリチュールよりもずっと自由である。エクリチュールはそれらの世紀のあいだにふたたび制度化され、国家の管理のもとに置かれるようになる。コルベール〔ルイ一四世の財務総監〕は筆耕組合を設立することによって、エクリチュールの実践を規則化する）。

こんにちわれわれには、書いている最中の身体、少なくともわれらが西欧の身体の生理学はかなりよくわかっている（〔アルファベットの〕文字を記すことと表意文字を記すことのあいだの明確な区別はつねにつけておかねばならない）。われわれにかんしては、もっともすばやい身ぶりでも百分の八秒より早いことはありえず、この早さで――もし訓練すれば、の話だが――われわれはエクリチュール〔文字〕の基本的な線を記すのだということを知っている。以下のことも知っている、アルファベットの丸い線は逆向きに（時計の針の方向と逆に）書く、長い線を短い線より手早く記し、その結果長い線を書くのも短い線を書くのも、かかる時間は同じになる、*a*を書くのにも*d*を書くのにも同じ時間を使う。また、ディセンダー〔p、qなどの下の縦線〕はアセンダー〔b、dなどの上の縦線〕よりも書きやすいことも知っている。さらには、ピリオドを記すのはコンマを記すよりも時間がかかることも知っている、というのもエクリチュール〔文字筆記〕において高くつくのは、ペンを持ちあげることなのだ（草書体の経済的な重要性のすべてはここにある。ここから一四世紀における輪のようにつながる縦画部が生まれ、そのなかで、単語は一筆で書いたほうが効率がいいことを、ひとは発見したのである）。

　われわれはこうしたすべてを知っているが（わたしがここで記しているのは、文字筆記《スクリプション》のいくつかの予想外の特徴だけにかぎられている）、その知見は生理学的なものにすぎず、身体はそれ固有の生理学をはるかに凌ぐ（それとは別の）ものである。無意識のことはおくとしても（無意識がどのように書くかを、われわれはよく知らない――なぜならこんにちにいたるまで精神分析とは話された言葉《パロール》にかかわる知識であり、書かれたことにかかわる知ではないのだから――もっとも、無意識は「文字」をおおいに活用してはいる）、いつの日かエクリチュールの次の二つの基本的特徴について問うことが必要になるだろう。それは一方で性《セクシュアリティ》にかかわることであり（子どもが思春期に達すると、声変わりするのと同じようにエクリチュール〔字体〕が変わることは、誰もが知っている）、他方でリズムということである（律動をともなう活動は、われわれの脳の構造のもっともアルカイックな部分に書きこまれていると言われているし、人類学者がわれわれに教えるところによれば、真の――確証された――エクリチュールが誕生する何千年も前に、人類はリズムをあらわす抽象的な刻印を作りだしたのである）。

エクリチュールとの関係は、身体との関係である。この関係はもちろん文化という中継地を（コードを）通して結ばれるのであり、この文化は〈東洋〉と〈西洋〉のあいだでさまざまな違いがある。われわれ西洋人はアジア人と同じようには身体を統御していない、われわれは、アジア人がそれを生きるようには、エクリチュールを生きていない。

西洋では、教育のなかで、幼い生徒のエクリチュールは一般にさまざまな決まりごとの強制を受けてきた、許容するエクリチュールを指定された数種類のタイプにかぎること、線を引いたノートを使用すること、いくつかの手本にしたがうことなど。重要なのは、美的なエクリチュールではなく、規範通りのエクリチュールのかたちを作りだすことだったのだ。ある種の教育者たちによってもたらされた改革はそれゆえ、本質的に身体の解放と個性の表現にかかわるものであった。エクリチュールの習得法を改革することとは、身体の全体が、さまざまな身体的連携の複雑さのなかで、エクリチュールにかかわりをもつようにすることである。旧来の教育の厳格さにたいして、いまやリラックスすることこそが至高の価値だ。モンテッソーリ夫人[60]は縦線の練習（このうえない抑圧の象徴）などは避け、丸い文字から始めることを推奨している。エクリチュールは身体の延長なのだから、必然的にある種の倫理がそこに生じてくる。一九世紀の終わりには、まっすぐなエクリチュール（字体）の利点が褒めそやされる。この字体のために、子どもは身体をまっすぐにして正面を向き、両腕をテーブルに置いて、目は紙から等距離になるようにしなければならない。身体の鍛錬と道徳のありがちな混同であり、まっすぐであることの二重の意味が濫用される、それは背筋をぴんと伸ばしているということだし、同時に道徳的に筋が通っていることでもある。まっすぐな字を書くこと、それは率直に書くということだ。極言すれば、必然的に嘘をつかなくなるということである。それから道徳は緩やかなものになり、リラックス、快適さの価値が勝るようになった。こんにちでは、最良のエクリチュールは軽く傾いているものだと公に言われている（きわめて科学的なことに）。手の横の動きはそこでは容易ですばやく、そのいっぽうで、上から下に自然にひっぱるように文字を書く身体への力の加わり方ゆえに、まっすぐなエクリチュールがいくらか残ることも正当化される。この巧みな妥協に、フェルトペンの球入りの先端の、滑るような、愛撫するような力をつけ加えれば、現在のわれわれのエクリチュールについて、ほぼ天国的といっていいイメージが得られる、なだらかで敏捷で軽やかな身体、一言でいえば（詩人や夢想家はこのようなイメージの幸福をよく知っている）、飛翔する身体である。

　西洋においては、たぶんユダヤ＝キリスト教的なさまざまな強制ゆえに、自由こそがつねに至高の価値となる。幸福なエクリチュールとは、解放されたエクリチュールなのだ。東洋では、知られているように、これとはまったく違って（あるいは少なくともかつてはそうだった）、エクリチュールは最初からデッサンと結びつけられた（このことは系統発生の過程や有史前の線描について知られうることにも、また個体の発生過程にもかなっている、というのも、すでにペスタロッチ[61]が言っていることだが、子どもには文字を書きはじめる二年前からデッサンする能力があるのだ）。芸術家の身ぶりも字を書く者《スクリプトゥール》の身ぶりも変わりはない。東洋のエクリチュールにはそれゆえ、当然のことながら、美しく書くという配慮が欠かせない。それは高貴な技術である（弓、音楽、数による占い、行儀作法、二輪馬車と並んで）うえに、魔術的でもあり、必然的に心身の統御をともなうものであった。西洋において、重要なのは身体を押さえつけること（そしてその帰結として、解放すること）だった。東洋においては、身体を統御すること（そしてその帰結として、その悦びを洗練させること）であった。東洋的なエクリチュールの展開とはそれゆえ、果てのない広がりのなかの絵画ということになる。

自分の書いた文字を読めない者は
生まれついての愚か者だ。

このことわざは魅力的ではあるが、まちがっている。わたしはわたし自身について何を読むことができるだろうか？　まさにわたしの読解の外に逃れでていくものこそ、わたしなのではないだろうか？　わたしは、わたし自身の身体について何を知ることができるだろうか？　左右反転した平たい鏡の像だけだ。わたしは、わたし自身のエクリチュール〔字体〕について何を知ることができるだろうか？　自分を取り巻く文化、いくつかの敬うべき規範への適合の度合いぐらいが関の山ではないか？　それ以外のことで、わたしが自分のエクリチュールについて知っているのは、自分の身体について知っていることにかぎられる。ある種の体感、すなわち圧迫の、欲動の、滑っていく動きの、リズムの経験。産出そのものであり、産出されたものではない。悦びであり、理解可能性ではない。

色（Couleur）

検討すべき課題、色つきのエクリチュール〔文字〕――ごくまれにしか存在しない。色とは欲動である。われわれは色文字で書かれたメッセージに署名することを恐れる。黒で書くのはそのためだ。ありきたりな象徴的意味をもつ定まった例外しか自分に許さない、区別のための青、訂正のための赤など。でたらめに色を変えることはとりわけ場違いな感じがする。想像できるだろうか、黄色あるいはピンク、さらには灰色の文字で書かれた書簡など？　赤褐色、暗緑色、インディアン・ブルーの文字の本など？　にもかかわらず、そのために単語の意味が変わったりすることがあるかどうか、誰が知ろうか？　意味といっても、もちろん語彙論的な意味のことではない、結局のところそれはあまり重要ではない、そうではなく様態的な意味のことを言いたいのだ。なぜなら、名詞にも動詞にも同じようにいくつかの様態がある、つまり言表する主体を支え、開花させ、束縛するある種のやりかた。色は、当然このようなエクリチュールの至高の文法の一部をなしてしかるべきだろう。もっともこんな文法は実在しない、それはユートピア的な文法であり、いささかも規範的なものではない。

草書体（Cursivité）

文字のふつうの状態は小文字だと、とかくわれわれは信じがちだ。大文字は文字の例外的な、仰々しい、儀式的な状態というわけである。歴史的にはこれはまったく逆だ。当初ひとはすべてを大文字で記し（ギリシャ人やローマ人についての話だが）、それから筆記の速度をどんどん早めて、文字と文字をつなげて書くようになり、不規則に書くことも許容し、手をゆるめた印であるアセンダーやディセンダーをもつ文字を作りだした、そしてついに小文字にまでいたったのだ。小文字とはそれゆえ、エクリチュールにとってかくも重要なこの現象、すなわち草書体の所産なのである。エクリチュール〔文字〕よ、走れ！　何を求めて？　時間、パロール、思考、金を。わたしの手が、わたしの言語、わたしの目と同じぐらい早く動きますように。クインティリアヌスからシュルレアリストまで、古い造物神《デミウルゴス》的な夢である。[62]

筆遣い（Ductus）

一八六六年にヴァテンバッハ[63]は文字を書くさいのあるきわめて重要な要素について注意を喚起する、すなわち筆遣いである。この要素がきわめて重要なのだとしたら、それがもっと早く発見されなかったのはいったいどうしてなのか？　まさしくそのときまでは、産出そのものとしてより、産出されたものとして、エクリチュールに関心が注がれていたからだ。ところで筆遣いとはかたちではなく、動きと順序、一言でいえばある時間性、ある作成の瞬間である。書きあがったエクリチュールではなく、書きつつあるエクリチュールに精神を集中しなければ、これを捉えることはできない（このエクリチュールこそが小論でスクリプションと呼んでいるもので、このように呼ぶのは、このエクリチュールを、文字通りのエクリチュール、あるいはさまざまな文字のかたちが作りあげる、安定した、客観的な全体と区別するためである）。そしてまた、現代的なもっとも新しい傾向が、産出そのものの重要性を強調する（テクストの生産性を作品の構造と対立させつつ）ようにわれわれを導くがゆえに、筆遣いはこんにち、文字を書くという事象のある重要な部分をなすようにわれわれには思えるのである。

　筆遣いとは、手が〔アルファベットの〕文字（もしくは表意文字）を構成するいくつかの線を記していくときの順序であり、同時にそれぞれの線が記されるその方向である。順序と方向を定める筆遣いは、ひとつのコードだ。近代の（個人的な）エクリチュール〔文字筆記〕においては、コード（といっても柔軟なもので、部分的にみれば、行き当たりばったりとまではいわないが、少なくともひとによって違いがある）は、もしこう言ってよければ、生理学に由来する。その生理学は、容易さ、もしくは節約という理由から、文字の線をある方向に、ある順序で書くようにひとを導くのである、たとえば丸の部分は〔時計の針と〕逆向きに書き、縦線は上から下に書きおろす、というように。大がかりな職業的エクリチュール（たとえば〈中世〉のエクリチュール〔写本〕の工房——スクリプトゥラ——のそれ、あるいは中国の表意的書法のそれなど）においては、コードは不変である。まさしくそれはひとつのプログラムにほかならず、一連の操作のつながりはきわめて安定的で、中国語（あるいは日本語）の辞書では、漢字は、その書き方を制度的に定める筆遣いに応じて分類されている。それと同様に――筆遣いの優位を示す証《あかし》だ――末期ローマ帝国のエクリチュールにおいて、合字（語同士の）はもはや意味に拠るのではなく、筆遣いにしたがって作られる。（写字生の）手が支配する、手が法を定めるのだ。

　以上が、筆遣いが重要である理由だ。それが産出そのものにかかわる事実である（そして産出されたものの形態ではない）ということ、次にそれが文字への身体の組み入れを目に見えるかたちで表象するということ、さらにその組み入れがコード化されているということである。筆遣いとは、人類学的な広がりから見た人間の身ぶりだ。そこにおいてまさに文字は、その手仕事的、職人的、操作的そして身体的性質を明らかにするのである。

無限（Infini）

　わたしの目の前に手稿の一ページがある。同時に知覚、思惟、結合の性質を――だが記憶の、そして悦楽の性質をもまた――もつ何か、そしてひとが読むことと呼ぶ何かが始まる。この読むということだが、わたしはどこに向かって行くのだろうか、どこでそれをやめることができるのだろうか？　なるほど、わたしの目がどんな空間から出発しているかははっきり見えている。しかしそれはどこに向かうのか？　他のどんな空間に焦点を合わせているのか？　紙の背後にまで行くのか？　（だが紙の背後にはテーブルがあるだけだ）。種々さまざまな読みが発見するのはどのような面なのか？　この単純なまなざしが仮定する宇宙生成論はどういう原理にもとづいているのか？　奇妙な宇宙飛行士であるわたしは、次のようなたくさんの世界を横切り、そのどこにも止まることはない、すなわち紙の白さ、記号の形相、単語の姿、言語の規則、メッセージの制約、関連づけられた意味の豊穣さ。書く者にそって逆方向になされる同じような無限の旅もある、記された単語から、わたしは手に、筋肉に、血に、欲動に、身体の文化に、その悦楽にまでさかのぼることができるだろう。そのどちらの側でも、書くこと《エクリチュール》―読むこと《レクチュール》は無限に広がり、人間の全体、その身体と歴史を巻きこんでいく。それは恐慌を引き起こしかねない行為であり、唯一確かなその定義は、それがどこでも中断されることはないということである。

刻印（Inscription）

たぶん二つのエクリチュール〔書く行為〕がある、すなわち尖った道具のエクリチュール（鑿《のみ》、葦のペン、羽根ペン）と筆（ボールあるいはフェルト）のエクリチュール、無理強いする手と愛撫する手。最初のそれは、刻み目、切りこみ、徴、契約、記憶のエクリチュールといってもいいだろう。その始原的なモデルは楔形文字と象形文字だが、もっとも純粋な例はたぶんオガム文字かもしれない（紀元六世紀のアイルランドやウェールズにおけるある種のケルト語の碑文に見られるエクリチュール〔文字〕で、その伝説的な創始者はオガムだと言われる。木もしくは石の二つの面がつくる角の両側に並べられた切りこみのきわめて単純な組み合わせである）。このような刻印（ここではこの言葉を、十全にその語源的な意味にとらねばならない、すなわち鉱物性もしくは植物性の素材の、まさにその内側まで線を刻みこむということだ）の身ぶりに、古代のさまざまなエクリチュールのモニュメント上の生成を結びつけねばならない。このような刻印の意味とは、一方では、記されたものは書き直せない、文字は元に戻すことができないということであり（修正なしの刻みを入れることのできる準備用の図案は、配列図と呼ばれた）、もう一方では、エクリチュールは永遠に、孤独に、それじたいで、あらゆる読みの外で、価値をもつということである（ある種の刻印はあまりに高いところになされているので、誰であれ、それを読むことはけっしてできない）。それにたいして、筆によるエクリチュール（それは本質的に表意文字のエクリチュールである。忘れてはならないが、こんにちであっても、フェルトペンは日本からわれわれのところに来ているのだ）は外への-書きこみ *de-scription* の、横に寝かした手の、下に降ろして置く線の、エクリチュールなのである。二つの身ぶり（二つの文明）ということだ、すなわち秘密をあばいて合理的に説明するか、シニフィアンを開いてそれを回帰させるか、つまり永遠か、回帰か、はたまた決定的な単数性か、反復的な複数性か。

エクリチュール〔文字〕についてはいくつかの歴史が考えられる。通常われわれに与えられるのは、形態とスタイルの歴史だ。たぶんもっと教えるところの多い、もうひとつの歴史は、記された文字の変遷ではなく、道具の変化をたどっていくだろう、中への-刻みこみか外への-書きこみか？　われらが西洋は本質的に引っ掻く道具を作りだしてきた、鏨、先端を裂いた葦（一二世紀まで）、尖筆（鉄あるいは象牙の軸）、鳥の羽根のペン（ガチョウあるいは白鳥）、ペン先をまっすぐに削ったもの（八世紀のカロリング文字を作りだす）、ペン先を斜めに削ったもの（一二世紀のゴシック文字を作りだす）、金属のペン（一九世紀）。しかしながら、ところどころに愛撫するような道具も出現する、先端を嚙んで乾かしたイグサの茎（エジプトのもの）、ペン先にボールあるいはフェルトを使ったペン。エクリチュールの儀式的所作もこの対立を引き継ぐものだった。西洋の書記あるいは写字生にとって、書く準備をするということは、ペンを削ることである（攻撃的で、捕食的で、解体的な身ぶり）。東洋の〔原文は西洋の〕書家にとっては、墨石をゆっくりとすり、筆に染みこませることである。ナイフはまったく使わない。あれらの硯箱のほとんど宗教的な平安はそこに由来する。硯箱のふたは漆塗りの咲き誇る花々で飾られているが、これはなかに入っている道具に秘められた潜在的な線の続きを記しているにすぎない。

読むこと（Lecture）

過去の作品を再生させるために、その作品の時代になされていた読みの実践のなかにそれを置きなおしてみることほど驚くべきことはない。ソフォクレスの悲劇は、ペイパーバックを通してわれわれの手許に届くそれをすばやく目で読んでいく（退屈な箇所はとばしながら）のであるかぎり、結局のところ完全に抽象的なテクストで、消費の行為のなかではわれわれの身体となんの関係ももたない。四世紀（聖アウグスチヌスの時代だ）までは、まったく違っていた。古代人たちは大きな声を出す以外の読み方をしなかったと考えられている——少なくとも彼らは大なり小なり声を出したし、たぶん「無言の」声だったかもしれないにせよ、その声が分節化されていることに——そしてそれこそが本質的なのである——変わりはない。このときテクストはいやおうなしに喉、喉頭の筋肉、歯、舌を、ようするに、筋肉的、血液的、神経的な濃密さのなかにある身体を経由していた。問題をさらに遡行させてみよう。あれらの古代人たちはどんなふうに書いていたのか？　エウリピデスが彼の悲劇の数々を執筆している姿をあなたは目に浮かべたりするだろうか？　そういうこともなくはないだろうが（アリストパネス[64]は執筆活動をしている最中のエウリピデスに突拍子もない格好をさせている）、まちがいなくエクリチュールはこんにちほど唯我独尊的ではなかった。大プリニウス[65]には（ギリシャ人の）読書係がひとりと（ローマ人の）書き手《スクリプトウール》がひとりいた。これら二人の代理人（ほとんどプロテーゼと言ってもいいくらいだ）にともなわれた彼は、食事のあいだも読んだり書いたりした。これほど内面化、聖別化から遠いことはない。キケロについても同様で、彼はものすごく早く書いた（手にもつ書字版のうえに）が、書記がそれを清書して本にしたのだった。テクストは当初から、コンプレックスとは無縁の、いっそはしたないとさえ言ってもいいほどの、ある種の外面性を運命づけられていた。というのも、孤独に産みだされる現在のわれわれのエクリチュールには、場合によって内面的だったり、ひそやかだったり、倒錯的だったり、家事労働的だったりする何かがある。わたしの感覚からすると、誰かが書くところを見ることほど無遠慮なことはない。その誰かがかすかに唇を動かしながら読むところを見るとしたら、なおさらである。サドは次のような場面をうまく書くことができなかった（彼の好みからしたら、甘すぎたのだ）、小さな声を出して読む者の唇に、まさに分節化され、炸裂しつつあるテクストをとらえる、そんな場面である。このような過ぎ去った官能は、どのようなものであれ、もはやありえない。書くこと《エクリチュール》と読むことはいまや隠れておこなう実践なのであるから。

合字（Ligatures）

ひとつの単語の文字同士をつなぐのは、ある種の経済的な配慮のたまものであるかもしれない。知られているように、ペンの流れを中断し、手を持ちあげてまた降ろせば、生理学的な法則によって、余計時間を食ってしまう。ピリオドを打つと高くつくのだ。合字〔文字同士をつなぐ〕という操作はそれゆえ、美学ではなく、速度にかかわっている。しかしながら、それがもたらす結果は、もちろんその実践的正当化以上のものである。まず、そのようにつなげられた文字にはある名前が付けられた、つまりロゴタイプである。そしてある事物について名前が存在し始めるやいなや、その事物は純粋に他動詞的（操作的）過程にとらえられることをやめる。それはあるシステムにかかわりをもつようになり、そのシステムは、一見語彙にかんするもののようにみえるのだが、じつは精神的な——そしてそれゆえイデオロギー的なものなのである（たとえば、〈中世〉においてもっともよく合字が使われる語は、まさにスコラ哲学の体系の土台をなす言葉の数々で、合字はもっとも頻繁に使われる用語の短縮形を生みだす、*anima*〔魂〕にたいして*aia*を、*substantia*〔実質〕にたいして*sba*を、など)。次に、合字はコード化〔符号化〕され、ある操作的な連関のなかに組みこまれるが、その操作的な連関は何世代もの写字生にとって同一のものなので、その結果合字は〔それを含む〕単語にある特徴的な様態(ゲシュタルト〔形態〕)を与える一助となる。合字の図柄《デッサン》が目に入るからこそ、その単語が何かが一目でわかるのである(そしてまさにそのことによって、合字を含む単語は表意文字に類似することになる)。別の言葉で言えば——そしてこのことは実際的な精神の持ち主たちを喜ばすだろう——エクリチュールのスタイルは、それが早さから生まれてくるのである以上、収益性への欲求がその起源ということになる。それがある種の商取引と直接結びつくことさえ可能なのである(ナバテア文字[66]の例を持ちだすことができる)。

手(Main)

手があいているからこそ、われわれは話すことができる、こんにち人類学(ルロワ=グーラン)はそのようにわれわれに言う。直立姿勢に移り、二足歩行をするようになったヒト類は手が自由になり、手はそれ以後もっぱら物づくりの仕事に使われるようになった(手は当然のことながら道具としての機能をもつようになったのだ)。そしてこのように手があらゆる運動的機能から自由になると、今度は人間の顔が(捕食という)以前の重荷から解放された。ニュッサのグレゴリオスが言うように、「食物捕捉という辛い重荷」が軽減されるようになったのだ。[67] 顔はこのとき、言語活動という前代未聞の道具としての機能をもちえたのである。「言葉を解放する手、古生物学が行き着くのはまさにここである」[68](A・ルロワ=グーランはここでソ連のブーナク[69]の主張に行きつく)。ごらんのとおり、言語活動(その起源についてあいかわらず問いかけがなされている)は道具と同じぐらい古く、その出現と結びついているようである（この仮説にしたがえば、おそらく最初の言語活動は、人類の最初の技術的な身ぶりに随伴してそれを補完するのに役立ったのにちがいない。言語活動は、それが道具を作るのに……役立つというまさにその点において、他と同じようにひとつの道具だったのである）。

以上がそれゆえ、数千年に渡る人類の絵図ということになる。手と顔はそれぞれがおたがいによって解放され、一方には手（身ぶり）とその物づくりの機能、他方には顔（パロール）とその音声化の機能がある。ではエクリチュールは？　言うまでもなく、手への回帰である。その機能が（アルファベットにおいて）パロールの音を「転写する」ことであるときでさえそうだし、ましてやそれが（表意文字において）身ぶりを素描するときはなおさらのこと、エクリチュールはふたたび手を経由するのだ。言語活動は身体のこの部分に回帰するわけだが、そもそもまさにこの部分の独立があってこそ、言語活動が生まれることが可能になったのだった。大いなる弁証法的競争に決着がついたわけである。エクリチュールはつねに身ぶりの側にあり、顔の側にあることはけっしてない、それは触覚的であり、聴覚的ではない。このとき次のことがもっとよく理解されるだろう、エクリチュールは、パロールを超えて、洞窟壁画の最初の痕跡、具象的である前にほとんどの場合抽象的でリズミカルであった洞窟の壁の刻み目にまでさかのぼりうる。結局のところ、その出現が近年のもの（われわれより数千年前）であるにもかかわらず、エクリチュールは何かしら始原的なものを保持している——現代の抽象芸術が、有史前の芸術にあれほど近いのとまったく同じように。

素材（Matière）

エクリチュールの支持体、その上にひとが文字を書くもの、それを歴史家たちはときとして「主体的素材」と呼ぶ。彼らがそれによって意味しているのは、おそらくエクリチュールにおいては、歩くひとの足下に地面が次々に送りこまれてくるのと同じように、ある種の物質が手元に送りこまれてくるということである。そして皮膚と素材とのこの接触が主体にとってどうでもいいなどということはありえない。主体はいやおうなくそこにみずからの身体を感じとるのだ。「主体に応じて」同じだけのエクリチュールと身体があるのだとすれば、歴史的にも同じだけのエクリチュールと支持体があることになる。支持体がエクリチュールのタイプを決定づける、というのもそれは、字を記す道具にたいして支持体が異なった抵抗を示すからだが、もっと微妙な見方をすれば、素材のテクスチャー（そのなめらかさ、ざらつき、硬さ、柔らかさ、さらにその色彩さえも）が、攻撃のもしくは愛撫の身ぶりを手に強いるからだとも言える。ところで道具は数がかなり限られているのにたいして、主体的素材には、歴史を通じてきわめて多彩なヴァリエーションがあった。それは石、砂利、スレート、煉瓦、陶片、金、象牙、ガラス、青銅、鉄、銅板あるいは銀板、貝殻、木材、パピルス、皮、羊皮紙、布地、紙であった。まさしく人類はありとあらゆるものの上に書き、だがほとんどの場合、その〈ありとあらゆるもの〉からある意味を引きだしたのである。その意味は、素材と身体の関係の全体から導きだされるものであり（楔形文字は、楔形の彫りこみで、鋭い角をもつ切りこみからなるが、これは〔支持体である〕粘土を太陽で乾燥させるプロセスなしには考えられない）、そしてもちろん素材の値段に由来するものでもある（ビルマの豪華な写本では、仏教の聖典が銅板あるいは銀板の上に直接記されている）。

小アジアのペルガモの住人によって考案されたペルガメヌム（羊皮紙）は羊もしくはヤギの皮から作られていたが、さらにその後は子牛の皮から作られるようになり（犢皮紙）、値段もより高価になった。最古の羊皮紙は（紀元後）一世紀終わりにまでさかのぼる。四世紀にはその使用が珍しくなくなり、一二世紀ごろにはあまねく使用されるようになる。だがそれは値の張る素材である（あるいは、そのようになる）。人々は幾枚かの羊皮紙を再使用せざるをえない。古いテクストが消去され、この主体的素材はふたたびまっさらになり、新しいテクストが書かれる。これがパリンプセストだ、これはあらゆるエクリチュール（ここでは言葉の文学的意味での）の象徴である、というのも〈現代人〉が理解する意味でのテクストは、さまざまな痕跡（かたち、記憶、引用、検閲の）の集積からなっているのだから。

紙にかんして言えば（なぜならこれこそわれわれ現代人に固有の素材なのだから）、それは中国から、アラブ人を通して、われわれのところ〔西洋〕までやってきた。中世初期にはサマルカンド〔中央アジア、ウズベキスタンの古都〕に紙が存在している。ヨーロッパ最初の紙の写本は一一世紀にまでさかのぼる、ブルゴス〔スペイン北部の都市〕近郊のシロス修道院の祈禱書である。一四世紀にはライン地方に紙梳き機が存在し、印刷が始まる少し前に、紙はすでに勝利を収めていた。人々は紙の上に手稿を写しはじめる。とはいえ、さまざまな抵抗もある。ジェルソン[70]は（一四〇二年に）学生に紙の使用を禁じ、羊皮紙を推奨する、それがテクストの永遠性と釣りあうただひとつの主体的素材だというのである。一連の神話的思考《ミトロジー》が、ことわざや決まり文句を通じて、書かれたものの虚偽性、その取るに足らなさと、紙が長持ちせず、破れやすいことを同一視するようになるが、その始まりはおそらくこれだろう。文字の記された紙は以後、屑、かす、ゴミという命運を担うようになるのである（その最初期においてはきわめて高価だったにもかかわらず）。

壁（Mur）

知られているように、壁はエクリチュールを呼ぶ[71]。街には落書きのない壁はひとつもない。いわば支持体そのものがエクリチュールのエネルギーを保持しているのであり、支持体が書き、そのエクリチュールがわたしを眺めるのである。これほどの強度をもって見られ、読まれるものはない、だからこそ書かれた壁ほど窃視的なものはない。神秘家の言葉《パロール》が成就される、能動と受動の文法的区別が廃棄される、「わたしが神を見ている目は、神がわたしを見ている目と同じである」（アンゲルス・シレジウス）[72]。壁に書いた者は誰もいない――そして誰もがそれを読む。壁が象徴的に現代的エクリチュールの局所的空間であるのは、それゆえである。

決まりごと《プロトコル》（Protocoles）

エクリチュールという行為は取り巻かれている。そのための準備がなされ、その舞台装置が（たぶんしかるべき精神状態が）うち立てられる、そしてこの準備にはある種の象徴性が容易に浸みこみ、この象徴性は神経症にまで――あるいは神秘主義にまで発展してゆきうるものである。中国の書家はほとんど宗教的といってもいい苦行を実践する。ある仏僧は、書くために三〇年間山頂の家で孤独に暮らした。エチオピアのキリスト教の修道院では書く者はきわめて少数で、それもまる一日休息をとり、準備のための鍛錬に従事したあとようやく書くのだった。こんにちの多数の作家たちに訊ねてみれば（だがこの重要なアンケートは一度も試みられたことがない）、彼らが種々の習慣や種々の道具という一定の支度なしには書きはじめられないことがわかるだろう。ある種の時間割、ある種の場所へのこだわり、文房具の好み、それらすべてがときには妄執にまで発展し、そこには以下のようなさまざまな動機づけがからみ合うひとつの全体が含みこまれている、白紙のページへの恐怖、書くことができなくなるかもしれないことへの激しい怖れ（際限のない準備の決まりごとによってあと送りされる）、真実としての（もしくは奇跡のような神性としての）エクリチュールの聖別化、文字を記す手の運動に由来するとされる悦楽の魅惑。

リズム（Rythme）

すでに示したことを再言せねばならない――これはそれほど予想に反することがらなのである。すなわち、エクリチュール〔文字〕と芸術の共通の起源に、リズムが、規則的な線描、意味のない、反復的な刻みという、まごうことなき区切りがあったということだ。記号（空虚な）はリズムであって、形相ではなかった。図形表示《グラフィスム》の源には抽象的なものがある、芸術の源にはエクリチュールがある。

記号表記《セミオグラフィー》（Sémiographie）

人類の歴史において芸術より前に現れた図形表示は、長い逆向きの運動の末に、ふたたび芸術を征服する。どんな絵画においても記号表記の要素は数かぎりなく、また多面的である。大いなる具象芸術においてさえ、少なくない数の線描が、手によるというその起源、運動、ゲシュタルト、インスピレーションの力、リズム、抽象性によって、本性的に図像的な様態をもっている。そして具象性（この疑わしい表現がほんの少しでも意味をもつとしてだが）の境目で、何枚かの絵画は、記された単語のかたちであれ、図像文字の（マッソンの場合は表意文字的図像の）模作《パスティッシュ》のかたちであれ、文字をタブローに組み入れるのである。だが絵画（言葉のごくふつうの意味での）とエクリチュールの結合がもっとも緊密で、いわばごく自然になされているのは、言うまでもなく東洋の芸術においてである。同じ線、同じ手が、書法から具象表現に移っていく。書家はしばしば詩人であったので（あるいはその逆かもしれない、身分の順序は決めがたい）、ある同じ作品が同じページに、書き記された詩と、具象的に表された事物（雀、枝、山）とを結び合わせる、まるで現実的なものは結局つねに書き記されるものだとでも言うかのように。表意文字と事物が同じ空間のなかを漂う。〔文字と図像の〕こうした共同性（つねに文学を絵画から最大限引き離してきたわれわれ西洋人には、きわめて縁遠いものだ）は、いくつかの俳諧ではいっそう明らかに見てとれる。ときとしてひとつの単語が、文字の並びそのもののなかでその指示対象のイメージに置き換えられる。魚や富士山の文字記号ではなく、魚や富士山そのものが文に書きこまれる。魚や富士山は予告なく絵画的秩序を飛びだして、書き記された文字の連鎖のなかに入りこむのだ。

支持体（Support）

エクリチュールの支持体の歴史について、次の重要な事実を強調しておこう、いまこれを掘りさげる余裕はないのだが。（パピルスの）巻き物から（羊皮紙の）冊子への移行である（おそらく紀元三世紀に成し遂げられた）。その影響は多面的で測りがたく、さまざまな心性のもっとも奥深くにまで波のように広がっている。ロトゥルスの場合は、書かれたものは次々に繰り広げられていく。手は記された文字の川を下り、巻き物の始まりから出発する以外の読み方を選択することはできない。エクリチュールが新たにエクリチュールに加わることはむずかしい。逆にコデックス（冊子もしくは本）の場合は、書かれたものはページがめくられていき、手はページを選ぶ、ページは知らぬ間に思考の単位になり、注釈の集積の基礎をなす。

ヴェクション[73]（Vection）

エクリチュールはどんな方向をとりうるのだろうか？ ありとあらゆる方向である。世界の、そして〈歴史〉上のエクリチュールの一覧表には、あらゆるヴェクションが存在する、上から下（中国語)、下から上(リビア語)[74]、右から左(エトルリア語)、左から右(われわれの言語)、そして左右を行きつ戻りつするブーストゥロフェードン[75](ヒッタイト語)。あらゆる形式の動性と複雑性の存在が確かめられている。ギリシャ語は順を追って、右から左に、ブーストゥロフェードンで、そして左から右に書かれるようになった。イースター島のエクリチュールは行ごとに倒立して書かれているようだ(一行一行、支持体をひっくり返して上下逆さまにしなければならない)。あらゆる構成が可能である。ギリシャ語にはプリンテドン *plinthédon* (レンガの側面に文字を並べる)、スペイレドン *speirédon* (螺旋状に文字を並べる)、キオネドン *kionédon* (柱状に文字を並べる)、ストイケドン *stoichédon* (ます目を作り、そのなかに上下左右に文字を並べる) という構成があった。

ヴェクションの選択は、言うまでもなく支持体の性質に結びついていた、文字を書く者のポジションを決めるのはそれだったからである。シュメールの書記は、小さな書字版を斜めにしてその上に文様を記すとき、〔楔形文字の原型となった〕絵文字を上から下へ柱状に記した。しかし彼がより大きな書字版を、右に傾けて目の前に置くときには、エクリチュール〔絵文字〕は水平に(左から右に)記されるのだった。エクリチュール〔書くこと〕と読むことの方向が別々になった二つのヴェクションを想像することさえできる。エストランジェロ文字(古代シリア語のエクリチュール)の場合、書記は上から下に書いていくが、読むためには写本を右に九〇度回して水平に読まねばならない。二重の身体性の貴重な例だ、読む者の身体は書く者の身体ではないのである。一方が他方をひっくり返す。たぶんこれこそがあらゆるエクリチュールのひそかな規則なのかもしれない、意思疎通は逆転を通してなされるというわけである。

母音（Voyelle）

ギリシャ人が母音についておこなった信じがたい地位の引きあげを、だれが探索しつくすことができるだろうか？　中東のすべてのエクリチュール〔文字体系〕は子音中心である。そうしたエクリチュールが内包するのは、音声という骨格にいわば解剖学的に依拠する言語の組み立て、その同族的な本質を単純に投影するだけで語を「推測する」ことが可能になるラディカルな意味体系である。ギリシャ人とともに、ひとはある別の身体に移っていくように思える。それはもはや骨格だけの、基本的な要素のみからなる、そしてもしこう言ってよければ、「ノイズ的」身体（子音とはさまざまな「ノイズ」以外のなにものでもない）ではなく、肉のついた、粘液質の、液体のような身体、音楽的な身体である。ギリシャ人は、フェニキア人（セム語話者）からアルファベットを借用するとき、喉音を――ギリシャ人には無用の長物だった――を母音に変換し、人類史上初めて厳密かつ全面的に母音を書き記す。「理屈にかなった」応用だろうか？　少なくともそれが、ある逸脱の思考を含んでいたことはたしかだ。アテネでは、三世紀に、ある速記のシステムが考案される。そこでは子音の記号は削除され、母音にくっついた小さなおまけに置き換えられていた。母音は音節の本質的な要素と見なされる。一種の母音中心のエクリチュールが構想され、欲望され――あえて言ってしまえば、それはファンタスムと化すのだ。ギリシャの「奇跡」（この言い方はただたんに、われわれ西洋人がそこから出てきた歴史的かつ文化的特殊性を示すにすぎない）とは、表意文字的な世界、あるいは子音中心的な世界を前にして得られた、〈母音〉の、ということはつまり〈声〉の、したがって〈パロール〉の、勝利にほかならない。われわれの文明の徴とは、母音中心的ということなのである。

書誌

フランス語

Le Cabinet des pinçons de l'Imprimerie nationale, Paris, 1963.

L'Écriture et la psychologie des peuples, Paris, Colin, 1963.

Cohen, M., *La Grande Invention de l'écriture et son évolution*, Paris, 1958, 3 vol.

Février, James G., *Histoire de l'écriture*, Paris, Payot, 1959.

Gray, William S., *L'Enseignement de la lecture et de l'écriture*, Paris, UNESCO, 1956.

Higoumet, Ch., *L'Écriture*, Paris, PUF, 1955.

Leroi-Gourhan, A., *Le Geste et la parole*, Paris, Albin Michel, 1964, 2 vol.

Massin, *La Lettre et l'image*, Paris, Gallimard, 1970.

Periot, M., et Brosson, P., *Morpho-physiologie de l'écriture*, Paris, Payot, 1957.

イタリア語

D'Angelo, *Storia della scrittura*, Rome, 1953.

Concetti, G., *Lineamenti di storia delle scrittura latina*, Bologne, 1954.

Ducati, B., *La scrittura*, Padoue, 1951.

英語

Diringer, D., *The Alphabet*, Londres, Hutchinson, 1948.

Gelb, L. J., *A study of Writing*, Chicago, 1952.

ローマ・アカデミー学院 Istituto accademico di Roma のために、
コミュニケーションについての共著に向けて、
一九七三年二月に書かれたテクスト。未刊。

1　このテクストと『テクストの快楽』を合わせて一冊の本にして刊行したカルロ・オソーラによれば（Roland Barthes, *Le plaisir du texte précédé de Variations sur l'écriture*, avec une préface de Carlo Ossola, Seuil, 2000）、もともとこれはイタリアで刊行されるはずだった論集への寄稿だが（テクスト末尾の出典参照）、イタリアに送られたバルトのオリジナル原稿は「ローマとミラノのあいだで」なぜか行方がわからなくなってしまったという。その後、バルト全集の編者エリック・マルティが資料のなかからカーボン紙によるコピーを見つけだし、三巻本全集の第二巻（一九九四年）に初めて収録した。

カルロ・オソーラはこれが『テクストの快楽』と対をなすテクストであり、この二つを合わせて出版することをバルトは企図していたのだと主張する。彼はこう言っている、「バルトがもともと構想していたのは〈…〉ある単一のエッセイ、写字生の「規則正しさ」からテクストにおける悦楽まで一息の、ひとつの運動であった、つまりエクリチュールについての変奏にテクストの快楽が続くのである」。もっとも、このオソーラの推論は実証的な根拠にもとづくものではない。

注2、注4および注47の箇所のみ、オソーラ版によって全集版テクストに改変を加えた。

2　注1に挙げた本のオソーラによる注記によると、バルトの草稿（カーボン紙によるコピー）にこの文言が記され、上に取り消し線が引かれている。

3　バルトは、この「スクリプション scription」という言葉（辞書的にはふつうはまだ認知されていない）を、ここで説明している通り、「具体的な身ぶりとしての書くこと」という意味で使っている。その派生語として「スクリプトゥール scripteur」（字を書く者）、「スクリプチュラル scriptural」（形容詞）も使われる。また「書かれた文字列」を表す「スクリプチュール scripture」という言い方も出てくる（「エクリチュール」の項目などを参照）。

4　注2参照。

5　ミレトスは、アナトリア半島（小アジア、現トルコ）の西海岸にあったギリシャの植民都市。本文にあるように、アテネにおいて「ミレトスのアルファベット」が公式のものとして認知され（紀元前五世紀の終わりごろ）、以後アルファベットの「統一化」が進んだ。Cf. James G. Février, *Histoire de l'écriture*, Payot, 1959, p. 401.

6　ロトゥルス rotulus もウォルメン volumen も「巻き物」（パピルス、羊皮紙）だが、前者は縦に開いて上から読み、後者は横に開いて左から読む。

7　ラウレンス・ヤンソン・コスターは、オランダ人（ハルレム）の印刷業者（一三七〇頃—一四四〇頃）。

8　ニコラ・ジャンソンは、フランス生まれの印刷業者だが（一四二〇—一四八〇、八一頃）、その主たる活動はヴェネツィアでおこなわれた。

9　クロード・ギャラモンは、フランスの活字製造者、印刷業者（一四九九—一五六一）。

10　アンドレ・マッソン（一八九六—一九八七）のある時期の作品は漢字を思わせる形象の並ぶ図柄によって特徴づけられ、ベルナール・レキショ（一九二九—一九六一）はある種のエクリチュールを思わせる造形作品、あるいは文字通り「読みえない」文章で書かれた「手紙」を制作して、いずれもバルトの興味をそそった。Ⅱシステムの「読解不能」の項参照。さらに「アンドレ・マソン〔マッソン〕のセミオグラフィ」、「レキショとその身体」参照（いずれも『美術論集』沢崎浩平訳、みすず書房、一九八六年、所収）。

11　イロクォイ語族は、アメリカ・オンタリオ湖南岸からカナダにかけての地域に部族連合を形成し、言語学的にはイロクォイ語族に属していた五部族（のちに六部族）を指す。アルゴンキン語族はカナダのケベック州、オンタリオ州に居住していたインディアンの部族で、絵文字を織りこんだ「ウォンパム」と呼ばれる帯を、重要なメッセージの伝達のために用いた。

12　以上のエクリチュール〔文字表記〕の三つの分類については、シャルル・イグーネ『文字〔エクリチュール〕』矢島文夫訳、白水社《文庫クセジュ》、一九五六年、一〇—一三ページ参照。

13　リュシアン・フェーヴルとともにアナール派を創始したフランスの歴史学者マルク・ブロック（一八八六—一九四四）のこの皮肉なコメントについては、R・バルト『ラシーヌ論』渡辺守章訳、みすず書房、二〇〇六年、二三七ページ参照（「ある種の歴史家」は「取るに足らない外見」ですぐ満足してしまうが、そのような外見はだいたいが「あれらの通俗心理学の箴言のひとつに根拠を置いて」いて、それと正反対のものとどちらが真実においてより優れているかは決めがたい、といったことが述べられている）。

14　もとのフランス語 indice は、「しるし」、「徴候」などの意味でふつうに使われる言葉だが、とくにアメリカの記号学者チャールズ・サンダース・パースが記号を「アイコン」、「インデックス」、

「シンボル」の三つに分類したうちの「インデックス（指標記号）」を指すこともありうる。「インデックス」は、それが指す対象と事実上の連関をもつ記号のことを言い、たとえば火の存在を示す煙、風が吹いていることを示す風見などがその例である。

15　ベートーヴェンが一八一二年、四二歳のときに書いた手紙。宛先の女性が誰かは不明。結局投函されなかった。

16　アンドレ・ルロワ＝グーラン『身ぶりと言葉』荒木亨訳、新潮社、一九七三年、一九六ページ（訳語一部改変。バルトの引用は完全に正確ではない）。

A・ルロワ＝グーランはフランスの人類学者、考古学者（一九一一—一九八六）。その研究は狭い専門領域を超えて当時の思想界に大きな影響力をもった。

「ルロワ＝グーランの仮説によると、人間は、前肢を歩行から解放すること、また、したがって口を捕食から解放することができたあとではじめて、話すことができるようになったのであろう、ということになる」という文章で始まる、R・バルト『彼自身によるロラン・バルト』の「話す／接吻する」の項目参照（佐藤信夫訳、みすず書房、一九七九年、二二〇—二二一ページ）。

17　ルロワ＝グーランの次の記述を踏まえている。「さまざまな形象によってかたちづくられる象徴的集合の背後にはある口述の文脈が必然的に存在し、その象徴的集合はそれと等位なものとして配置されていた。そして前者は後者のもつ諸価値を空間的に再現するのである」（A・ルロワ＝グーラン『身ぶりと言葉』邦訳一九八ページ、荒木亨訳を参照しつつ、拙訳）。

18　トート神は、古代エジプトで信仰されていた神。無限の知の持ち主で、エクリチュール〔文字〕を発明したと言われる。

カドモス（テーベの伝説的な建設者）、パラメデス（トロイア戦争に参加したギリシャ神話に登場する君主）ケオスのシモニデス（古代ギリシャの抒情詩人、紀元前五五六—四六七）については、以下の記述を参照。「ギリシャ人はアルファベットの採用を、テーバイの伝説上の創建者カドモスに帰しており、彼はフェニキアから一六字を取り入れ、次にパラメデスが、トロイア戦争のあいだに四字を付加し、ケオスの詩人シモニデスがさらに後になって他の四字を足したという」（Ch・イグーネ『文字』矢島文夫訳、白水社《文庫クセジュ》、一九五六年、六七ページ。訳語一部改変)。さらに伝説によると、天使ラジエルが最初の人間アダムにカバルの神秘学を伝えたのだという。以上の人物たちについては、さらに「発明」の項を参照。

19　ヤコブス(ジャック)・ファン・ヒネケンはオランダのイエズス会士、言語学者(一八七七―一九四五)。『テクストの快楽』(沢崎浩平訳、みすず書房、一九七七年)にもファン・ヒネケンへの言及がある(邦訳、九ページ)。

20　エクリチュールの起源にかんするファン・ヒネケンのこの説についてのバルトの記述は、James G. Février, *Histoire de l'écriture*, Payot, 1959, p. 13-14 を踏まえる。

21　ルロワ=グーラン、前掲書、一九〇ページ参照。

22　James G. Février, *Histoire de l'écriture*, Payot, 1959, p. 9.

23　ゲルマン系の古族(スカンジナビア族やアングロ・サクソン族など)がゲルマン系の古語(古ノルド語や古英語など)を書くために使用したアルファベット。折れ線の組み合わせで文字ができている。

24　アラム文字から派生したブラーフミー文字、さらにそこから派生したグプタ文字を起源として、古代インドに現れた文字。すべての文字に共通な上部の横線が形態的な特徴で、バルトの言う「絞首台の形態」はこれに由来する。

25　ミルタ・デルミサッシュはアルゼンチンの芸術家(一九四〇―二〇一二)。現在では「アセミック・ライティング」(意味をもたない文字の図像)の代表的作家のひとりとされるが、バルトがこのテクストを記した時点では、まだ芸術家として認知されていなかった。バルトがデルミサッシュ宛に書いた一九七一年三月二八日付の手紙があり、そのなかで彼は「あなたは具象的でも抽象的でもないいくつかの数のフォルムを産みだすことができました。それらは読解不能なエクリチュールの名のもとに置くことができるでしょう」と端的に述べている(*Cahier du Refuge* 130, septembre 2004, Centre international de poésie Marseille, Marseille, p. 11)。

26　マッソン、レキショについては、注10参照。「一九五六年九月〈…〉の螺旋状の構図は(下方で)

文字〔エクリチュール〕の線で終わっている。こうして特殊なセミオグラフィ〈…〉が生まれる。すなわち、読み得ないエクリチュールだ。死の二週間前、レキショは二晩で六つの解読不能のテクストを書いた。これは永久に読み得ないだろう」（R・バルト「レキショとその身体」、『美術論集』沢崎浩平訳、一七一―一七二ページ。訳語一部改変）。これらの「解読不能のテクスト」には、じっさい「感謝の手紙」、「あざけりの手紙」、「芸術哲学概論〔ある芸術哲学への結論〕」などというタイトルが付いている。Cf. *Les Ecrits de Bernard Réquichot*, la Connaissance s.a., Bruxelles, 1973, p. 201 sq.

27　伝承によると、天使ラジエルが最初の人間アダムにカバルの神秘学を伝えたのだという。

28　シャルリュス男爵はプルースト『失われた時を求めて』の登場人物だが、そのファースト・ネームは「パラメード」（「パラメデス」のフランス語表記）である。

29　ウルフィラまたはウルフィラスは、四世紀のゴート人司教（三一〇頃―三八三）。聖書を翻訳するために主としてギリシャ文字からゴート文字を考案した。

30　フランス語で「ゴシック体」は gothique と表記し、女性名詞であるが、男性名詞としては「ゴート語」を意味しうる（ただし、通常は gotique と表記）。

31　西アフリカのリベリア、シエラレオネに住む少数民族、ヴァイ族の話す言語を文字表記するために、一八三三年にモルル・ドゥワル・ブケレなる人物が音節文字を考案した。

32　メンデ族はシエラレオネやリベリアなどに住む民族。メンデ語は彼らが話す言語でシエラレオネでは共通語として使われている。一九二一年にキシミ・カマラがメンデ語の文字表記のために音節文字を考案し、一時期流通したことがあった（のちにラテン文字にとって代わられた）。

33　「ゲマトリア」とは、ヘブライ語で、単語を構成する文字を数字に置き換え、合計の数が等しい単語同士に隠された関係を見いだしたり、その数そのものに特別の意味を付与したりする数秘術。「イゾプレフィー」は、古くはアッシリア時代の楔形文字にまでさかのぼる文字と数との神秘的関係の解釈で、ピタゴラス哲学や聖書解釈、カバラなどに応用された。

34　セルジュ・ルクレールはフランスの精神分析家（一九二四―一九九四）。ジャック・ラカンの弟子として出発し、その後独自の理論を確立した。バルトが言及している著作は、『精神分析すること：無意識の秩序と文字の実践についての試論』向井雅明訳、誠信書房、二〇〇六年。第四章「文字の身体、または対象と文字の絡み合い」、とりわけ八六ページ以下参照。

35　Massin, *La lettre et l'image*, Gallimard, 1970.（ロベール・）マッサンはフランスのグラフィック・デザイナー（一九二五―）。彼のこの著作はこのテクストに付された書誌に挙げられている。なおバルトのエッセイ「精神と文字」がこの著作に収録されている。

36　エルテ（一八九二―一九九〇）はロシア生まれのフランスのグラフィック・デザイナー、舞台装飾家。女性の身体を組み合わせて作ったアルファベットの図像で知られる。R・バルト「エルテまたは文字通りに」（『美術論集』沢崎浩平訳、みすず書房、一九八六、所収）参照。

37　ダコタ・インディアンの記年法で、その年の重要なできごとや部族の記録を絵文字によって記すもの。

38　プラトン『パイドロス』藤沢令夫訳、岩波文庫、二〇一〇年（改版）、一六一―一七〇ページ参照。ただしプラトンにおいてエクリチュールは否定的な意味づけがなされ、エジプトの神テウト（トート）が発明した文字が可能にする「書くこと（エクリチュール）」が、発明者の説明の通り「記憶と知恵の秘訣」になるどころか、記憶力の訓練がなおざりにされるためその減退を招き、表面的な知恵（「知恵の外見」）ばかりが身につくため「知者にはならず、知者であるといううぬぼれだけが発達するようになる」という悪い結果をもたらすことが述べられている。

39　Cf. James Février, *Histoire de l'écriture*, Payot, 1959, p. 44-45.

40　一五〇ページおよび注17参照。ルロワ＝グーランの次の論述を踏まえる。「いずれにせよ図形的象徴表現は、音声的な言語活動にたいして、ある程度の独立性を保ちえている。〈…〉エクリチュールの獲得とはまさに、線状の配列の使用によって、図形表現を完全に音声表現に従属させたこと以外のなにものでもなかった」（A・ルロワ＝グーラン『身ぶりと言葉』一九六ページ、荒木亨訳を参照しつつ、拙訳）。

41　閉じられた、「単義的」な「システム（体系）」と、開かれた、無限の言語活動からなる「システマティック（体系的）」の区別については、R・バルト『サド、フーリエ、ロヨラ』篠田浩一郎訳、みすず書房、一九七五年、一五〇―一五三ページ参照。

42　キープ（Quipu, khipu）はインカ独特の数の記述法で、紐に結び目を付けて数を記述する。「結《けつ》縄《じょう》」とも呼ばれる。

43　ブラーフミー語（文字）は、古代インドに生まれたアブギダ（子音を表す符号に副次的に母音を表す符号が付される文字表記）の一種。南・東南アジア、チベット、モンゴルの文字のほとんどはここに由来する。

アラム語（文字）は、フェニキア文字から派生して作られた子音のみのアルファベットで、中東全域でリンガ・フランカ（共通語）として使われた。現在のアラビア語、ヘブライ語の祖先。

44　古代メソポタミア時代にシュメール人によって考案された文字体系で、メソポタミア一帯で広く使われた。

「グーヌー」とは「ある記号により表明された観念を強める補助的な線」のことを言い、「たとえば人間という単語の図形に付加された四本の小さな線はこれに王という意味を与える」（Ch・イグーネ『文字』矢島文夫訳、二六ページ。訳文一部改変）。

45　フェニキア文字は紀元前一一世紀ごろフェニキア人によって生みだされ、地中海世界一帯で広く使われた子音のみのアルファベット。アラム文字およびギリシャ文字がここから生まれた。

46　もっとも古いスラブ文字のアルファベットで、ギリシャ人司祭のキュリロスとメトディオスの兄弟が、聖書のスラブ語への翻訳のために考案した。

47　『全集』版では「説 thèse」となっている小見出しを、内容との整合性を考慮して、Roland Barthes, *Le plaisir du texte précédé de Variations sur l'écriture*, avec une préface de Carlo Ossola, Seuil, 2000 によって訂正する。合成語分離法 tmèse とは、複合的な要素からなる言葉（lorsque, puisque など）の二つの構成要素（lors と que、puis と que）のあいだに他の言葉を挿入して分離することをいう。R・バルト『テクストの快楽』沢崎浩平訳、みすず書房、一九七七年、二〇―二一ページ参照。

48 オンシアル（オンシャル）体は、三世紀から八世紀にかけてラテン語とギリシャ語の写本に使われた丸みを帯びた大文字の書体。

49 フリウス・ディオニシウス・フィロカルスは四世紀末のローマの碑銘彫り師。本文中にあるように、教皇ダマスス一世の命を受けて碑銘用の「フィロカルス風文字」を考案した。

50 カドラータ／ルスティカは、本文中にあるようにローマ時代の書体で、カドラータは碑銘の書体を範とする整った書体（カドラータは「均整のとれた」の意味）、ルスティカは、五世紀以降次第にオンシアル体にとって代わられるまで、葦ペンでパピルスに文字を書くときにもっとも一般的に使われた書体（ルスティカは「野暮な（飾らない）」の意味）。

51 エクリチュール／エクリヴァンスの対比については、本巻所収「文学はどこへ／あるいはどこかへ行くのか？」参照。

52 原文は *Vale, Ama nos*、後半の逐語訳は「わたしを愛してください」。

53 このフランス語の文にはアルファベット二六文字のすべてが使われている（子音字は一度だけ使われ、母音字には重複がある）。文法的にはいちおう文として成立しているが、直訳すると「煙草を吸っている金髪の判事にこの古いウィスキーを持っていきなさい」ということになり、あまり明確な意味をなさない。

54 マルクス・ウァレリウス・マルティアリスは古代ローマのラテン語詩人（四〇―一〇二）。全一二巻の『エピグラム（警句）』で知られる。
デナリウス銀貨は、紀元前二一一年から鋳造され、ローマ時代に広く流通していた銀貨。

55 アナトリア（小アジア、現在のトルコ）に紀元前二千年ごろ住みはじめた民族で、紀元前一七世紀にはアナトリア全域を支配する強力な王国を築いた。「ヒッタイト象形文字」という独自の文字をもっていた。

56 リール近郊のトゥルコワンにある私立のカトリック系中等・高等学校で、その歴史は（フランス革命期の中断をはさんで）一七世紀にまでさかのぼる。

57 この項目に記されていることは、ほぼそのまま、一九七九―一九八〇年度のコレージュ・ド・フランスにおける講義のなかで繰り返される。『小説の準備』石井洋二郎訳、筑摩書房、二〇〇六年、四三一―四三三ページ参照。

58 マルクス・ファビウス・クリンティリアヌスは古代ローマの修辞学者、教育者(三五ごろ―一〇〇ごろ)。主著『弁論家の教育』(全一二巻)は、後世にいたるまで大きな影響力をもった。

59 ジョフロワ・トリーは、フランスの印刷業者、書籍商(一四八〇―一五三三)。

60 マリア・モンテッソーリはイタリアの教育者、医師(一八七〇―一九五二)。身体性にもとづく開かれた教育法を提唱した。

61 ヨハン・ハインリッヒ・ペスタロッチはスイスの教育者、教育思想家(一七四六―一八二七)。近代的教育法のパイオニアとされる。

62 R・バルト『小説の準備』石井洋二郎訳、筑摩書房、四三二ページにほぼ同じ記述が読まれる。ちなみに、フランス語で「草書体」を意味する cursive のラテン語の語源は、「走る」を意味する動詞 currere。

63 ヴィルヘルム・ヴァテンバッハはドイツの歴史学者(一八一九―一八九七)。

64 古代アテナイの喜劇作家・諷刺作家アリストパネス(紀元前四四六年ごろ―三八五年ごろ)は、『女の平和』や『蛙』などの作品で、悲劇作家エウリピデス(紀元前四八〇年ごろ―四〇六年ごろ)を諷刺した。

65 大プリニウス(甥で養子の小プリニウスと区別してこう呼ばれる)は、ローマ時代の文人、博物学者(二三―七九)。三七巻の百科全書的な大著『博物誌』で知られる。

66 ナバテア文字は紀元前二世紀からナバテア人に使われたアラム文字系の子音のみのアルファベット(abjad)で、アラブ文字の起源。ナバテア王国(現在のヨルダン付近)は商業で栄えていた。

67 ニュッサのグレゴリオスはキリスト教神学者、神秘家(三三五ごろ―三九四以降)。ルロワ゠グーランはこの言葉を含むニュッサのグレゴリオス『人間創造論』の一節を『身ぶりと言葉』第一巻(「技術と言語活動」)第二章「脳髄と手」にエピグラフとして引用している(『身ぶりと言葉』荒木亨訳、新潮社、一九七三年、三八ページ。訳語一部改変)。

68　これもルロワ゠グーランの引用で（同上。訳語を改変）、ニュッサのグレゴリオス「しかし手がみずからこの〔捕食という〕重荷を引き受けて、口を言葉のために解放したのである」（同上、エピグラフ）を踏まえる。

69　ヴィークトル・ヴァレリアーノヴィチ・ブーナク（一八九一―一九七九）はソ連の言語学者。『身ぶりと言葉』の参考文献に、次の論文が挙げられている。V. V. Bounak, « l'origine du langage », in: *Les processus de l'hominisation*, Paris, 1958.

70　ジャン・ド・ジェルソン（本名ジャン・シャルリエ）はフランスの哲学者、教育者（一三六三―一四二九）。一三九五年から一四二九年までパリ大学長を務める。

71　バルトは広告について記されたあるテクストのなかで、「壁」が「どんなに散文的で惨めな外見をしていても」エクリチュールにとってひとつの特権的な支持体でありうることに、言及している。「ものを刻み込む媒体としての壁やパネルは、切り込みを入れ、分割をし、十全な素材のなかに意味を持った窪みを入れていく振舞いをすでに含んでいる」と彼は述べている（「社会、想像力、広告」、本著作集第六巻「テクスト理論の愉しみ」野村正人訳、一五一ページ。訳語一部改変）。

72　アンゲルス・シレジウスはドイツの詩人、神秘家（一六二四―一六七七）。引用されている言葉は、実際はマイスター・エックハルト（一二六〇ごろ―一三二八ごろ）のもの。この同じ言葉は『テクストの快楽』にも引用されている（邦訳、三〇ページ）。

73　ヴェクションとは、通常は、自分は動いていないのに周囲に動いているものがあるとき（たとえば、止まっている列車に乗っていて、動いている別の列車を見るとき）、自分のほうが動いているかのように感じる錯覚のことをいう。ただしバルトはここでは、「文字を書く方向」といった意味でこの言葉を使っているようである。

74　古代北アフリカで使われていた諸言語の総称で、現在のベルベル語の祖先と言われる。子音だけのアルファベットによる文字筆記である。

75　「犂《れい》耕体」とも言い、畑を耕すように、行ごとに、左から右へ、次に右から左へ、文字を記すスタイル。ギリシャ語も初期にはこのスタイルで記されていた。

13 未知なものはでまかせなどではない[1]

ロラン・バルト――たぶんタイトルの問題から始めることができるかもしれない。

ジャン・リスタ――タイトルが書物に命令をくだす、ほとんどそう言っていい気がする。とはいえ、次のことをつけ加えて、すぐさまそれを修正する必要があるだろう、書物（あるいはそう呼ばれているもの）がタイトルを解体し、〈書く〉作業に固有の時間のなかで、それが最初にもっていた特権をとり去るのだと。まずタイトルを見つけだすことがわたしには必要だ。それゆえ重要なのは「無頭の」書物を書くことだ、つまりある力の行使というか「クーデタ」によって、件のその書物を斬首の道具とするという回り道をするわけだ。

実際にはそうしたことはどのようにしてなされるのか？

『ニコラ・ボワローとジュール・ヴェルヌのベッド』[2]では、タイトルは事後的に付けられた。より正確に言えば、〈書く〉作業そのものの過程では、書物は三つの部分から構成され、その後ひとつのタイトルによって部分同士の接合がなされたのだ。タイトルはいわば要約、メロディーラインとしての役割を果たしていた。『文学におけるクーデタについて、聖書および古代の作者たちから引かれたさまざまな例を付して』[3]というタイトルはまったく異なる機能の仕方をしていて、劇場の舞台に降りてくるシャンデリア（マラルメ）といったふうだ。お望みなら伝統的な意味での仮扉〔偽のタイトル〕[4]と言ってもいい、というのもそれは文字通りの書物の内容に対応していないのだから。で、あなたは書物を開いてみる。「本当の」タイトルはどこにある？　というのは、わたしのこの二つ目の著作では、それぞれに異なる部分あるいはいくつかの「散歩」を結合するのは、ほかに言いようのないままわたしがタイトルと呼ぶもの以外には何もないのだ。そしてそれらの部分のひとつひとつに次のようなタイトルが付けられているということを忘れてはならない、「オシリスの階段」、「シャルロット・コルデーの浴槽」[5]、「雄鶏－火山」。さらに「シャルロット・コルデーの浴槽」は七つの「散歩」に分けられている。これをなんと呼べばいいのか？　タイトル？　偽のタイトル？　サブタイトル？　小見出し？　そこには、事後的に書物と呼ばれることになるものの四肢がばらばらにちらばっている。わたしはある視点から出発するが、それに異議を唱え、場所をずらそうと試みる。タイトルを抹消し、罠にかけること、その特権を廃棄することは、閉じた、連続的なシステムとしての書物を危険にさらすことだ。『クーデタについて……』に話を戻せば、このタイトルはすでに書物の最初の文なのだということを言っておこう。

バルト——このタイトルの問題は、まだきちんと認識されていない。タイトルからテクストへという関係はあるのか、そしてそれはどういうタイプのものなのか、要約の関係、包摂の関係？　ずっと以前から、われわれの古典的、伝統的な文学では、タイトルは書物にたいしてある種の省略的な機能をもっていた。それは書物の全体あるいはそのさまざまな面のひとつを要約的に表現するものだった。タイトルについていまあなたが言った、それがテクストの最初の文、テクストの開始であるということは、興味ぶかいし、斬新だ。

リスタ――テクストの開始、場面の照明であり、パロディ、揶揄でもある。『文学におけるクーデタについて、聖書および古代の作者たちから引かれたさまざまな例を付して』は言うまでもなく一八世紀的な著作のタイトルをもじったものだし、とりわけこのタイトルが、いくつかのテクストの結合に、まるでそれが一冊のまとまった本であるかのように名前を与えているということなのだ。ようするに偽物、偽物の行使ということだ。『一七一一年のリオ・デ・ジャネイロ湾への侵入および町の占領』[6]というタイトルについて言えば、これはある特殊な機能の仕方をするだろう。このタイトルは「および」によって接合された二つの部分から構成され、「欠けるところのない」本であるかのようで、現代に刊行される悲劇-喜劇という呼び名が付けられるだろう。

バルト――タイトルという全体的な問題のなかに二つの下位的な問題がある。一つ目はステレオタイプの問題だ。あなたの書物のタイトルは、いま自分で言ったように、一種の手本的、ステレオタイプ的な文言と、揶揄的、両義的なやりかたで戯れている、たとえば『クーデタについて、……から引かれた例』などというふうに。ここにはまさに、図書館で見つけることができる非常に強力な種々のステレオタイプの利用がある。二つ目の側面は、作品中のきわめて重要な歴史的固有名の利用だろう、ボワロー、ジュール・ヴェルヌ、シャルロット・コルデー、マラーなど。

リスタ――むずかしい問題だ。回り道をしよう。「ボワロー、それはわたしだ」と書いたときは[7]、ある種の力技、当時使っていた呼び方でいうとコギトがあった。まず初めに、書くという決断、ソレルスの表現を借りれば、主体の供儀としてのエクリチュールが必要だったのだ。

バルト——強度に個性化され、固有性を備えた歴史的固有名の数々をあなたが取りあげるのは、それらを非固有化しうるようにするためだ。この企ては、フランスの文学と歴史のあれらの名のすべてが示しているように、まさにそれがきわだった固有性をそなえる場を出発点とする場合にのみ、ラディカルでありうる。

リスタ——それは不法侵入あるいは盗みとしてのエクリチュールの仕事だ。

バルト——あなたのテクストは多少バールみたいなものだと言ってもいい。この道具のおかげで、あなたは非常に強靭で、とてもしっかりした参照の世界、つまりフランスの歴史あるいは文学の歴史のなかに入りこむのだ。

リスタ——当初、わたしはボルヘスからきわめて強い影響を受けていた。そしてあの有名な文「こんにちセルバンテスの『ドン・キホーテ』を一字一句たがわず書き写す者がいたとしたら、彼は一冊の異なる本を書くことになるはずだ」（不確かな記憶のまま引用している）が長いあいだ脳裏を離れなかった。[8] 言うなれば、わたしは当時、読む行為としてのエクリチュールをそこに予感していたのだ。結局こうしたことはこんにちではかなりありきたりだ。だが当時彼の作品にたいしてわたしがもっていた批評的距離はかなり脆弱なもので、いまだったらその作品はかなり理想主義に染まっていると考えるだろう。その形而上学的な色づけには苛立ちを覚える。だがおそらくわたしがこのように歴史の裏面を利用することにたいしても、まったく同じように異議を唱えることができるだろう。いずれにせよ、わたしは確信するが、ボルヘスとおさらばするためには、その雑多な作品を厄介払いして…………

バルト――あなたの言うような手段に頼ることが時代遅れになったとは思わない。こんにち作家の仕事は弁証法的かつ戦略的だ、というのも彼は解放されていない社会で自己生産しているのだから。文学や歴史といったこの種のものすごくしっかりした典拠や権威に寄りかかるふりをすることは、文字通りの意味で進歩的だ、なぜならそれらの典拠や権威は、まさにわれわれの子ども時代、学校文化から来ているのだから。背任、盗み、不法侵入といった操作をこの非常に堅固なコーパスにたいしておこなうことは、時代遅れの作業などではない。ここできわめて伝統的な分類のいくつかをとりあげて、あなたのテクストが属しているさまざまなジャンルの、あるいはジャンル一般の問題を一緒に考えてみたい。現代文学の、そしてまさにあなたの作品が関連をもつアヴァンギャルド的なテクストの大いなる努力が、まちがいなく旧来の類型論の破壊に向けられていることは周知の事実だ。旧来の類型論というのはつまり、明確に区別されたジャンルに文学作品を振り分けるということで、こうしたことがわれわれの文学のすべてを支配してきたのだ。われわれはここで、歴史的固有名の問題にまた立ち返ることになる。あらゆる破壊、とりわけ伝統的なジャンルの破壊は、変容によってしかなされえない。あなたのテクストのなかに、できあいの、典型的な言説の断片が紛れこんでいるということはあなたも認めると思うが、ジャンルの全体はそれにもかかわらず修復不可能でありつづける。『湾への侵入』について見てみよう。消去法で考えよう。このテクストは、ストレートに物語的と見ることはできない。

リスタ――もちろん、そのとおりだ。とはいえ、第一義的にはこれはまさしく語りそのものであって、一七一一年に、デュゲ＝トゥルアンと彼の船員たちがリオ・デ・ジャネイロ湾に侵入し、町を占領する、という物語なのだ。[9] しかし、たがいに交差し、干渉しあういくつかの物語があることは言うまでもない。モデルニテの仕事を定義づけるために、あなたはしばしば「エクリチュールの厚み」について語る。もしよければ、次のように言いたい、『湾への侵入』において物語は複層的であり、読み進めていくにつれてそれはたえず抹消される、そしてまさにそのかぎりにおいてある種の「エクリチュールの厚み」がそこにあるのだと。海戦はもちろんだが、サロンで腰を下ろしている男と女の会話もある……

バルト――明らかにそういうシチュエーションに関連づけられる言説の特徴がある。

リスタ――そう、彼らは腰を下ろしている、あるいは腰を下ろそうとしている、シット・ダウン、[10]そして愛の戦いを繰り広げる。あるいはこのテクストが、絵のなかに固定された彼らを眺める誰かの夢を語っているということだってありうる。その絵は一七一一年の戦いを描いているのかもしれない。だがテクストはその誰かの冒険の話でもある。エクリチュールという冒険と戦い……ペン、インクそして紙の……

バルト――そうしたことがはっきり示しているのは、あなたのテクストについて、ひとつの物語がいくつかの意味をもちえているというふうに考えたら、ありきたりになってしまうということだ。このテクストにおける新しさは、意味の震え、挿話のレベルそのもので展開される意味の複数化にこそある。挿話はすでに複数ある、というか、ともかく挿話がオーバーラップされている。オーバーラップされた複数的なものがあるのだ。

リスタ――たしかに。エクリチュールの実践そのものが、ある不決定、決定不能をめざしている。ひとつの物語あるいはひとつの挿話がある、というふうには言えない。エクリチュールの作業の過程で、意味が炸裂する、〈星のかたちに〉ひび割れる……

バルト――考えに入れてもいいジャンル（あなたの役割は、こういう怠惰な呼び名を修正することだ）がもうひとつある。あなたの作品を読んで、これは詩的テクストだと考えることはありうるだろう……

リスタ――あなたはわたしに異議を申し立てる格好の機会を与えてくれた。そしてこれは罠の仕掛けられた問題だと感じてもいる。というのも、たしかにわたしは伝統的な意味での詩人というレッテルは、断固拒否する。このことについては、ミショーから〈テル・ケル〉を含めてポンジュまで、あらゆることが言われてきた。そしてそれは理にかなったことだと思う。いくつかの具体的な点に話をかぎりたい。わたしは、「韻文」でも「散文」でも同じように、絶えずさまざまに異なったやりかたで、抒情を打ちのめし、解体し、疑問に付している。わたしの書物のなかで詩が占める位置は偶然の所産ではない。散文と韻文を含む著作を刊行することは、わたしの考えでは、あなたがいま喚起した問いにたいする答えになる。出版によってわれわれに課せられるたぐいの書物への制約は、それが詩集、小説、エッセイなどといったジャンルへの分類を破壊することを可能にするかぎりにおいて、いまなおわたしの興味を惹く。そして想像するに、そこにおいてもまた、伝統的な書物の概念が、こっそりと疑問に付されているのだ。

バルト――これはまちがいないことだが、あらゆる文学ジャンルのなかで、詩的ジャンルがもっとも脆弱であることが明らかになっている。さらに三つめのジャンルがあって、あなたはたぶんジャンルとしてはその正当性を認めないだろうが、作業としては認めるだろう、つまり演劇だ。あなたは演劇にたいして、理論的であると同時に具体的でもある、とても強い興味を抱いている、そのことをここで思いださねばならない。自分の作品について書いていること以外でまさにそうなのだ。『湾への侵入』も、幕に分けられているということだけをとっても、演劇であることを示す徴があると言える。[11]

リスタ――演劇の問題はわたしのなかで、フロイトを読んだことを出発点として提起されている。『クーデタについて……』の第二部〔「シャルロット・コルデーの浴槽」〕には「無意識の演劇にかんする試論」というサブタイトルがある。フロイトを読んだこと、彼の仕事が強力に入りこんできたことが、このわたしの二冊目の本を徴づけている。そこにこそ『ニコラ・ボワロー……のベッド』との違いがある。『湾への侵入』には悲-喜劇というサブタイトルが付いている。ジャン・ジリベールがシャトーヴァロンとヴァンセンヌでこれを舞台化した。[12] テクストにかんする彼の仕事は、わたしにとって、自分が思い描くような演劇についての考察の源となったし、いまもそうであり続けている。わたしは意図的にどっちつかずの態度にとどまっている。こんにち演劇と呼ばれるものは、わたしにはまったくおもしろみを欠き、変わりばえがしない。違うことをやらねばならない。根本的に違うことを。そのときジャンルの問題は、まったく同じようには提起されなくなる。わたしはいま『失われた息子（筋道）』というもうひとつの悲-喜劇を書きつつある。いま手がけているこの仕事では、テクストがこなごなに砕け、対話に席を譲る。偽の対話だ。そのうちはっきりかたちが見えてくるだろう……。

バルト——そうすると、あなたの演劇の観念が派生してくるのは、古典的かつ伝統的なドラマツルギーの観念からではなく、むしろもしこう言ってよければ、フロイトが別の舞台という言葉によって「舞台化した」ような舞台の概念そのものからということになる、つまり無意識の舞台ということだ。別の機会にあなたに言ったことがある、二種類の違った演劇性があると。ひとつはヒステリックな演劇性、フランスの伝統的、制度的な演劇の美学にとって土台の役割を果たす演劇性、そしてもうひとつ別の演劇性、それはより希少で、よりひそやかで、いわば未聞の演劇性だ。ほんとうの意味ではまだ生まれていない。まさに無意識の舞台、フロイト的舞台、あるいはさらにマラルメが想像したような書物の舞台に結びつくものだ。あなたはこの系譜に自分の演劇の考察と欲望を位置づければいいのではないか。

リスタ——なるほど。フロイト、デリダを読むことが、わたしの新しいものの探求を方向づけている、たとえそれがいくつかの伝統的な枠組みのなかでなされているにしても。わたしが興味をもっているのは、それらの枠組みを粉々に吹き飛ばすことだ……。

バルト——……複雑な要素をはらんだ揶揄という視点を持ちながらね。その揶揄は自分自身に向けられるだけにとどまらない……。

リスタ――揶揄は魅惑と同時に、決裂、解脱の試みも前提としている。

バルト――それはバフチンとジュリア・クリステヴァ以後、「カーニヴァル的」と呼ばれるようになったものだ。[13]

リスタ――演劇に思いをいたすこと、演劇に欲望を差し向けること、それはあるやりかたで声を見ること、口述を声の文節化として欲望することだ。だがこれはわたしにはむずかしい問題だ。『湾への侵入』はテクストについて可能な発声法を考えることなく書かれた。パロールとエクリチュールの関係こそが、演劇ではドラマ化されているようにわたしには見える。あるいは、わたしの仕事においてはそのようなものとして現れてくると言ってもいいだろう。それは何を意味するのか、テクストを、それが舞台上で話され、分節化されるために、記すということなのか？　おわかりのように、こうしたことは当面やや混乱したままだ。わたしは、コメントをしつつも、慎重な留保のなかにとどまっている。

バルト――そうしたあいまいさはまだ解消されておらず、あなたの悲‐喜劇のなかにもそれは出てくる。あなたの作品のシニフィアン――かつて詩句と呼ばれていたもの――は、文字表記的には一連の詩句として現れるが、そこには文字通り音声にかかわるさまざまな意図や可能性もあり、そうした意図や可能性は、〈ラジオ作品のアトリエ〉という枠組みのなかで、つい先ごろ実現された……

リスタ――『湾への侵入』の三つの声による朗読について先ごろなされた試みは、こうしたシニフィアンの処理から、演劇的観点から見てかなり斬新で豊かなものを引き出しうるということを示した。たとえばそれは、登場人物という観念にたいして伝統的になされてきた依存を打ち破ること、もしくはそうしたものを抹消することを可能にする……

バルト――その点であなたは、一本のか細い綱を渡っているといえる。というのも、もしあなたがテクストの口述をただひとりの登場人物に任せてしまったら、その人物はいやおうなしに朗唱者ということになり、あなたのテクストは、太古から続く演劇に伝統的に見られる大きな役柄のひとつに復帰することになる。したがってあなたは朗唱者という暗礁を回避したのだ。

リスタ――テクストの非連続的な、複数的な構造に呼応するポリフォニーをめざす必要があった。

バルト――ラジオ放送は演劇の伝統的な構造の脱構築を可能にしうるし、いくつかのケースではじっさいに脱構築を実現してもいる。あなたのテクストの文字表記的な側面に話を戻すと、読者が目の当たりにするのは、事実上詩句の連続として現れてくるページだ。「改行」がなされ、各行は大文字で始まっている。これもまた、われわれが最初に話題にした揶揄、剽窃という視点からなされているのだろうか？

リスタ――これはアレクサンドラン[14]のパロディ、偽のアレクサンドランだ。

バルト——そして多くの場合、ぎくしゃくしたアレクサンドランですらある、規則正しい音節の数をもたないかぎりにおいて。そのうえ〔行頭の〕大文字は意図的なもので、読解に混乱を生じさせる。そしてさらに書かれたあなたのテクストでは、〔詩句の終わりの〕単語の切断があり、これはかなり頻繁ではあるが、毎回ではない（強迫観念的ではない）。たとえば恐‐怖 eff-Roi がそうで[15]、一見しただけでは、これは根拠のない探求のようにも見えかねない。それについてはどう考える？

リスタ——「作者」には、自分のテクストにたいする一定の理論的遅延がありうる。実践／理論の関係を弁証法化することのおもしろさは、そこに起因する。

バルト——会話が——ラジオ放送の会話でさえもが——果たす役割は、著者の説明の可能性と同時に不可能性を汲み尽くすことだ。

リスタ——たんなるひとつのエピソードに見えるかもしれないことによって、あなたの質問に答えよう。詩句と呼ばれるものを書くとき、わたしは指で〔音節の〕数を数える。

バルト——たぶんそれは筋肉を使う活動をつけ加えるためなのだろう。指で数を数えること、それは音声のなかで指に動きを起こさせることだ。とてもすばらしい……

リスタ——テクストを読解しながら／書きながら指で数を数えることはたぶん、テクストを一枚の楽譜とみなすことでもある。それと、タイプライターの前に坐るドニ・ロッシュ[16]のことを考えてほしい。彼は、タイプライターで改行のための動作をしてベルが鳴ると、書くことを中断するのだ。このときひとは抒情性、そして「霊感を受けた」詩人という伝統的観念にあらがっている。わたしは、一二脚（あるいはだいたいそれぐらいの数）に達すると改行する。もし必要なら言葉を切断する。当然、いま言及した一二脚ぐらいの数において、何かが生起することになる。無意識とシニフィアンの切断との関係のすべてがここにある。意味《サンス》が循環し、詩句から詩句へと呼応する。さらに読む方向《サンス》も、もはや単純に左から右というだけではなく、右から左にも読む。

バルト——どんな場合でも、あなたがいくつかの単語にこうむらせるこの音節の分解という操作は、さまざまな意味の効果を産みだすことがよくわかる。あらゆるテクスト的作業は、意味の効果を産みだすことをめざしている。たとえばあなたは *vénéneuse* という単語を用い、*vénéneu* のあとでこれを切断する、このときあなたはなにをしているのか？[17] *se* という音節が強調されることになり、この音節は、視覚上では、いわばフランス語の再帰代名詞のある種のイメージのようなものとして示される。[18] あなたがおこなっている操作は、映画コマーシャルの一定の形式——道徳的見地からは問題があるとされているが——において、サブリミナルなイメージと呼ばれるものにかなり似ている。あなたは再帰代名詞を一種のサブリミナルなイメージとしてすばやく通用させる。このイメージは文の意味とは真の関係をもっていないが、にもかかわらず再帰代名詞の漠たる香りのようなものとして通用するのだ。さらにもうひとつの例、こちらはたぶんもっと微妙なものだ。*baudruche* という単語を使い、それを *bau* と *druche* に切断するとき、あなたは«druche»という新しい単語を作りだしている。[19] このときあなたは、«druche»がなにものも意味しない以上新語の発明者ではないけれども、一連の言語的表相、非意味論的単語の発明者なのだ。それらは意味をもっていないが、あるかもしれない意味と戯れている。これはきわめて豊かで、きわめて正当な操作だ。

リスタ――わたしにとってレーモン・ルーセル[20]の作品は、ほかのどんなものにも比べられない重要性をもっているということを言いたい。彼の作品を読んで以来、それまで自分が詩と呼んでいたものを抹消したのだ。シニフィアンの切断については、それがある精神分析的事柄とのからみで機能していることを、言わねばならないように思える。去勢への参照は明らかだ。いま具体的に論じていることの点についてだけではない。それはわたしの書いたものすべてにおいて（もしこう言ってよければ）主要な関心事なのだ。去勢はわたしの最初の本のなかにいわば凹みとして存在している。ガチョウの雄によってボワローが去勢された[21]、といったことに触れているわけではない（リヨンの『進歩』紙に書いた未刊行の原稿は別にして）。『クーデタについて』においては、では、ナイフを手にするシャルロット・コルデーについて何を言うべきだろうか……

バルト――解読と自己分析の操作のなかでは、性急に話を去勢に持っていかないほうがいい、なぜならそうするともう何も言うことがなくなってしまうから。シニフィアンの連鎖においては、去勢より以前にさかのぼることはできない。とはいえ、おそらく逆に連鎖をたどりなおすことはできるかもしれない……

リスタ――エクリチュールの実践は、自己分析の運動と切り離せない……

バルト――自己-分析は転移にかかわってはいない、そしてこう言うとたぶんこれに、精神分析家たちは賛成しないだろう。あなたのテクストにおける文字表記的なあるいは音声的なシニフィアンの問題をこれで終わりにするために言うと、古い国語から来るある種の亡霊、規範というものがある。詩句の半分での区切り、つまり半句のことだが、これは古い基準からすればしばしばかなり美しいものとされる。だがこうした要素はつねにずらされている。そしてまさにそのことによって、あなたの書くものはテクストにきわめてふさわしいカテゴリーに属することになるのだ。結局最良の脱構築は、廃棄することではなく、ずらすことに存する。われらが古き文明の脱構築という歴史的企てにおいて、われわれは歴史そのものにとらわれている。言説を破壊することでは脱構築ができないことを、われわれはよく知っている。われわれに残された唯一の闘争の可能性は、言説の内部そのもので言説をずらすことだ。わたしはこうした一般的な文言こそ使っているが、わたしの考えているのはまさにあなたの企てであり、『湾への侵入』のことなのだ。あなたの仕事は、既知であると同時に認識不能でもあるなにものかの戯れに、読者を巻きこむことをめざしている。わたしが徐々にこういう文言に移っていくのは、あなたの書くもののテクスト性が、ある種の無意識の経験、その呈示、舞台化のなかに深く入りこんでいることが明らかだからだ。

　別の新たな問題群を検討しよう。これには前衛的な文学理論ではよく知られているある名を冠することができるだろう。その名はいい加減に用いられて、ほんとうの意味で明確化されることはけっしてない、つまり間テクスト性だ。あなたの作品にはまとまった一連の引用が出てくる。たんなる読者としてのわたしは、ジュール・ヴェルヌや古典的な作家たちが何度も通り過ぎるのを目にする……言葉の古典的な意味でもっとも偉大な「詩的」伝統のすべてを、しかも味わい深いやりかたで受け継ぐいくつもの節、文言、詩句がある。ここでもおそらく、そうしたことは揶揄の精神においてなされているのだろう。にもかかわらず、ときとしてそれは、かつてならばきわめて美しいと呼んだであろう詩句を作りだしている。

リスタ——うん、たしかにそうだ。たとえば『湾への侵入』[22]にはバロック詩のたえまのない引用、参照がある。最後の幕の全体がデマレのひとつの読解なのだ。

バルト——あなたが「目の鳥　おお虚しい太陽 *Oiseau de l'œil Ô vain soleil…*」と書くとき〔原書一六ページ〕、そこには古典的な詩の至高の技さえある、すなわち畳韻法[23]があり、さらにはディアグラマティスム〔文字による図像表現〕さえある、Ôの文字は目、太陽である、など。

リスタ——もちろんまだやらねばならないことが残っていて、それは古典的な作家たちについて、そしてそれらの作家たちのわたしの仕事のなかへのねじれた、弁証法的な移行について語ることだ。古典的な作家たちとは疑いの余地なく子ども時代ということである、誰にとってもそれは同じだが。そしてたぶん古典的なモデルの浸透はわたしの場合はきわめて強力だ。手本の使用というこの問いについてじっくり語らねばならないだろう。

バルト——ひとつ、大きな間テクストがある、それは神話体系だ。

リスタ——中等教育課程で二年間神話体系を教えたことがある。何時間もかけて神々の系譜をたどっていった……

バルト――あなたのやったことは的を射ている。すぐれてヘシオドス的な活動だ。[24]

リスタ――この問題を固有名への依存の問題と結びつけねばならないだろう……

バルト――あなたが神話体系に助けを求めることのなかには、小説を書きたいというあなたの欲求と、現代において小説を書くことの歴史的不可能性が浮かびあがってくる。あなたは先ほど『湾への侵入』における絵画的間テクストに言及した。それは一枚の海景画、大きな海景画で、錨地《びょうち》、海戦が描かれているわけだ。一八世紀絵画の大きな海景画の空間そのものであって、あなたは異論の余地のない意味の効果を作りだしている。

　われわれはあなたの作品にかんして、分析の場を手早く素描してきた。あなたのテクストの数々が真の意味でのテクストをかたちづくっていることを忘れるべきではない、なぜならそれらのテクストは言葉の強い意味で魅惑とわたしが呼ぶだろうものを産みだしているのだ。あらゆる知的正当化とは別に、なにかしら官能的なものが読みの行為を通り過ぎていく。『湾への侵入』では、見かけのうえでは戦闘が描かれるにもかかわらず、実際にはなにかしら濃やかな絹のような、洗練されたものがある。アジア的な意味での洗練ということでもあり、マラルメの詩について言われるような洗練でもある。誘惑的な側面もある。「シャルロット・コルデーの浴槽」にはまた、エクリチュール概論、エクリチュールについての考察の素描が見いだされるが、それはたえず中断され、更新される。あなたは、過去の言説の凝固した諸形式に比すればたえまない破壊の状態にあり、同時にそれらの形式と戯れてもいる。あなたは理解可能性のひとつのタイプを作りだすにいたった、それはもちろん言説の――あるいは語りの、とすら言ってもいい――古典的な理解可能性にしたがって判断するべきでない理解可能性だ、このことがまずわたしを驚かせる。わたしはこれを、もっといい表現がないまま、隠喩的理解可能性と呼ぶだろう。無限の隠喩的空間に身を滑りこませること、そういう空間に身を委ねることによって、ひとはさまざまな事物や現象を深く理解することができるのだ。

リスタ――そういう言い方で隠喩的空間について語ることは危険だと思わないか？

バルト――思うにこれは戦略的な意味で有益だ、なぜならわれわれはいまだに一種のアリストテレス的あるいはデカルト的タイプの超自我に服従しているからだ。言説の様態の古い規範から自由になろうとするこのような理解可能性の形式のために、いまなお戦う必要がある。あなたの仕事が結びついている現代的なテクストは、意味の未-知を舞台化するため、意味の非知の働きを活性化するために闘争しているが、そうした働きはどんな意味のためにもなされるわけではない。古典主義、伝統の大いなる意味論的カテゴリーを脱構築するというのは、でまかせを言うということではない……未知なものは「でまかせ」などではないのだ。われわれはあなたを、テクストにかんする作業にかかわるあなたの歴史的仲間のうちにかなりよく位置づけることができる。われわれが話題にしたあの舞台化の概念をあなたが自分の作業のなかに含み、そして読者に新たな対話者のタイプを対峙させる、まさにそのかぎりにおいて。あなたの作業の全体を次の三重の舞台の加護のもとにおくことができるだろう。1　批評的舞台、これはある種の批評的ミメーシスを出発点として、われわれがブレヒトから学びうることすべてに関連づけられるであろう。2　無意識の舞台、フロイトのそれ。3　文字通りテクスト的なマラルメの舞台、これはテクストと観客のあいだのある動的な関係を内包する。

リスタ——そうだ。ブレヒトをあなたは引き合いに出した。「シャルロット・コルデーの浴槽」の最後から二番目の段落は『ドイツ・イデオロギー』から抜粋されたマルクスの引用だ。そこでは歴史の舞台が問題にされている。

ジャン・リスタ『一七一一年のリオ・デ・ジャネイロ湾への侵入と町の占領』、EFR、一九七三年の後記。
この対談は一九七一年一月二〇日にフランス・キュルチュールで放送された。

1　タイトルになっているこの文は、以下の対談のなかでバルトが口にする。ただし文中では「でまかせ」は引用符「」にはさまれている。

2　『ニコラ・ボワローとジュール・ヴェルヌのベッド』はジャン・リスタの著作で「10／18叢書」の一冊として一九六五年に刊行された。いちおう「小説」と銘打たれているが、実際は詩とも小説ともエッセイともつかない（そのどれでもある）ジャンル混交的作品。

ニコラ・ボワロー（一六三六―一七一一）は『詩法』（一六七四年）などで知られるフランスの詩人、文芸理論家。

3　『文学におけるクーデタについて、聖書および古代の作者たちから引かれたさまざまな例を付して』もジャン・リスタ作（一九七〇年）。この本の構成については、このあと著者自身による説明がある。

4　「仮扉」の原語 faux titre は文字通りには「偽のタイトル」。ここから「「ほんとうの」タイトルはどこにある？」という次の問いが導きだされてくる。

5　シャルロット・コルデー（一七六八―一七九三）は、革命家でジャコバン派の指導者の一人ジャン＝ポール・マラーを殺害した。詩人ラマルティーヌは『ジロンド派の歴史』のなかでコルデーを「暗殺の天使」と呼んでいる。

6　『一七一一年のリオ・デ・ジャネイロ湾への侵入および町の占領』はJ・リスタのもう一冊の著作（一九七一年）。「悲‐喜劇」と銘打たれている。行分けされて韻文のようにみえるこの特異な書物の形式と内容については、あとに説明がある。

7　『ニコラ・ボワローとジュール・ヴェルヌのベッド』に、「今日、わたしは自分の鏡をウェヌスに捧げる。ボワロー、それはわたしだ。あるいは他者だ、わたしと他者。彼。彼女」などなどといった記述がある（三五ページ）。

8　「彼はべつの『ドン・キホーテ』を書くこと――これは容易である――を願わず、『ドン・キホーテ』そのものを書こうとした。いうまでもないが、彼は原本の機械的な転写を意図したのではなかった。それを引き写そうとは思わなかった。彼の素晴らしい野心は、ミゲル・デ＝セルバンテスのそれと――単語と単語が、行と行が――一致するようなページを産みだすことだった。」（J・L・ボルヘス「『ドン、キホーテ』の著者、ピエール・メナール」、『伝奇集』、鼓直訳、岩波文庫、一九九三年、五八―五九ページ）。

9　ただしその「物語」は、あとで話題になるように、きわめて特殊な「韻文」（行分けされた詩句が続いていくが、句読点はいっさいなく、多くの詩句は単語の途中で終わる）で語られている。

デュゲ＝トゥルアン（本名ルネ・トゥルアン）はフランスの私掠船（政府の許しを得て敵国への攻撃や略奪をおこなう個人の船）船長（一六七三―一七三六）。一七一一年のこのリオ・デ・ジャネイロへの攻撃と占領を始め、数々のはなばなしい戦果を挙げた。

10　この作品では、ときおり脈絡なく sit down という英語が文中に挿入される。

11　『湾への侵入』は全部で四幕からなっている。その意味では「詩劇」とも言える。

12　ジャン・ジリベールはフランスの演出家、劇作家、精神分析家（一九二五―二〇一四）。シャトーヴァロンは、トゥーロン近くに一九六四年に創設された、芝居、ダンス、コンサートなどに使われる多目的文化スペース。ヴァンセンヌはパリ郊外にあるヴァンセンヌの森（そこにある劇場）。

13　「カーニヴァル的」は、ロシアの文芸理論家ミハイル・バフチン（一八九五―一九六五）が、『フランソワ・ラブレーの作品と中世・ルネサンスの民衆文化』（一九六五年／邦訳、川端香男里訳、せりか書房、一九七三年）で展開した彼の鍵概念のひとつ。カーニヴァルに代表される価値やヒエラルキーの一時的転倒を表す。クリステヴァはバフチンのフランスへの紹介者としても知られる。

14　フランス語の韻文は詩句の音節の数（脚）を揃えるのが原則であり、八脚、一〇脚の詩句などがあるが、とくに一二脚の詩句は代表的で、「アレクサンドラン」と呼ばれる。ラシーヌなどの韻文古典悲劇を特徴づけているのは、まさにこの「アレクサンドラン」である。

15 « Une poule à l'instant de décoller d'eff / Roi au tremblement de son armée emplumée »（「羽飾りで覆われたその軍隊の起こす振動に恐／怖して飛び立つ瞬間の（羽毛で覆われた）鶏」、原書一五ページ）。effroi（「恐怖」）という単語が、詩句（行）の終わりで、二つに切断されている。

16 ドニ・ロッシュは〈テル・ケル〉グループの一員でもあったフランスの作家、詩人（一九三七—二〇一五）。

17 vénéneuse は「有毒な」という意味の形容詞、女性単数形。J・リスタのテクストではこの単語は « …… fleur vénéneu / Se perdu le chapeau…… »（「花　有／毒な　失われている　帽子……」、原書一五—一六ページ）というように詩句をまたいで「分解」されている。

18 「再帰代名詞」（se は三人称単・複数形）は主語と同じもの（ひと）をさす目的語代名詞で、代名動詞の形成に用いられる。

19 baudruche は牛や羊の「腸膜」、転じて「薄い膜」、（薄い膜で作った）「風船、気球」といった意味の女性名詞。リスタのテクストでは « …… à compter les bau / Druches de ses rêves…… »（「彼の夢の気／球を数えて……」、原書一六ページ）となっている。

20 レーモン・ルーセルはフランスの作家（一八七七—一九三三）。言語実験と奇想に特徴づけられた作風が、生前はシュルレアリストたち、一九六〇年代以降は前衛的な文芸理論家、作家たちに評価された。

21 ボワローは一二歳のときに結石の手術を受け、生涯にわたって障害が残ることになった。そのことから、小さいころに中庭でガチョウに「去勢」されたという噂が立ったようである。

22 ジャン・デマレ・ド・サン＝ソルランはフランスの詩人、劇作家（一五九五—一六七六）。「新旧論争」では「新派」に属し、ボワローたちの攻撃の的となった。

23 「畳韻法（アリテラシオン）」とは、近接する単語における同一の子音の反復のこと。ここではとくに *l'œil*《ルイユ》 と *soleil*《ソレイユ》 のあいだに音の類似がある。

24 ヘシオドスは紀元前七百年ぐらいに活動していたギリシアの詩人。処女作『神統記』は世界の創造から「神々の誕生系譜」を語る。

14　テクスト（の理論）

一般的な見方にとって、テクストとはなんなのだろうか？　それは文学作品の現象的な表層である。すなわち作品のなかに埋めこまれた言葉の織物であり、言葉はそのなかで、安定したできるかぎり単一の意味を読み手に強いるべく、配置されている。この概念の部分的で慎ましい性格にもかかわらず（結局のところそれは、視覚によって認識しうるひとつの事物というにすぎない）、テクストは作品の精神的な価値に関与し、そのために、散文的ではあるが必要欠くべからざる侍者という役割を果たしている。テクストはその構成からしてエクリチュールに結びつくが（テクストとは、書かれているものにほかならない）、たぶんそれは文字の輪郭《デッサン》そのものが、線的なものにとどまりながら、パロール以上に織物の編み合わせを示唆するからである（語源的に「テクスト」は「織物」を意味する）。テクストとは、作品において、書かれていることがらの保証を作りだすもので、そうしたことがらについての一連の保護機能がそこに集約されている。すなわち一方では、記載の安定性や恒久性、これは記憶の壊れやすさや不正確を修正するためのものである。また他方では、作品の作者がそこに意図をこめて託した意味の、反駁しえず、消し去ることができない（と想定される）痕跡としての、文字の合法性である。テクストとは時間、忘却にたいする武器、いともたやすく言いかえられ、変更され、否認されうるパロールの手練手管にたいする武器である。それゆえテクストの概念は歴史的に、法律、

〈教会〉、文学、教育といったさまざまな制度の全体に結びついている。テクストはひとつの道徳的対象である。それは社会契約に関与するかぎりでの〈書かれたもの〉であり、服従を強い、規則を守って敬意を表すことを要求するが、その見返りとして、（言語活動が本質的には保持していない）ある貴重きわまりない属性、すなわち安全という属性で言語活動を特徴づけるのである。

1. 記号の危機

認識論的な観点からすれば、テクストは、以上のような古典的な意味づけにおいて、記号を中心とするある概念的集合の一部をなす。記号とはひとつの歴史的概念、ある分析的な（そしてイデオロギー的でさえある）人工物であることが、いまや知られつつある。記号の文明というものがあり、それがわれわれ〈西欧〉の、ストア派から二〇世紀中頃にいたる文明であるのは、周知のことだ。[1]テクストという概念は、書かれたメッセージが記号として分節化されることを前提としている。一方にはシニフィアン（文字の物質性、そして文字の連なりがかたちづくる単語、文、段落、章の物質性）、他方にはシニフィエ、すなわち同時に本来的、単一的そして決定的である意味ということで、この意味はそれを伝達する記号の誤りを正すことによって決定的なものになる。古典的な記号はある閉じた単位であり、その閉鎖性こそが意味を停止させ、意味が揺らいだり、二重化したり、さまよったりするのを防いでいる。古典的なテクストについても同様である。それは作品を閉じ、それをその字面に縛りつけ、シニフィエに釘づけする。古典的なテクストはそれゆえ二つのタイプの作用へとひとを促すが、そのいずれもが、数限りない（歴史的、物質的あるいは人間的な）原因が記号の完全無欠さのなかに開きうる裂け目を修復するためのものである。この二つの作用とは復元と解釈である。

テクストは、シニフィアンの物質性（文字の順序と正確さ）そのものの保管者であり、テクストがなんらかの歴史的理由によって失われたり、損なわれたりするような場合は、それを再発見し、「復元」することが求められる。テクストはそのとき、ある科学、すなわち文献学によって、そしてある技術、すなわち本文校訂によって、引き受けられる。しかしそれだけではない。書かれたものの文字通りの正確さは、元々の版にたいする代々の異本の適合性によって決定され、さらにこの正確さは換喩的にその意味論的正確さと一体となる。古典的な世界においては、シニフィアンの法からシニフィエの法が論理的に導きだされる（そしてその逆もまた真である）。二つの合法性が一致し、おたがいを認めあう。テクストの字義性はテクストの起源、意図そして規範的な意味の保管者となり、この意味を維持あるいは再発見することが重要になる。テクストはこのときあらゆる解釈学の対象そのものとなる。ひとはシニフィアンの「復元」から、当然のごとくシニフィエの規範的な解釈に移る。あるひとつの意味、ただその意味だけが、「真の」意味、決定的な意味が作品に宿されるかぎりにおいて、テクストは作品の名となる。テクストとは、永遠の読みの諸規則を権威的に決定する、あの科学的「道具」なのである。

このようなテクストの概念（古典的、制度的、常識的概念）はもちろんある形而上学、つまり真実の形而上学に結びついている。誓約がパロールにお墨付きを与えるのと同じように、テクストが書かれたものにお墨付きを与える、その字義性、起源、意味、すなわち「真実」を保証するのだ。何世紀にもわたって、真実のためにどれほどの闘争が、またそれとともに、ある意味の名のもとに別の意味にたいしてどれほどの闘争がおこなわれたことか、記号の不確かさを前にどれほどの不安が生まれ、記号を確かなものにしようとするためにどれほどの規則が制定されたことか！　真実、記号そしてテクストを結びつけてきたのは、ある同じひとつの歴史、ときとして血みどろの、つねに苛烈な歴史であった。けれども、前世紀に真実の形而上学(ニーチェ)のなかに生じ、こんにち言語と文学の理論のなかに生じつつあるのもまた、同じ危機である。ただこんにちではそれは、記号にたいするイデオロギー的批判と、新しいテクストが文献学者たちの古いテクストに置き換わることを通して起こっているのである。

この危機は言語学そのものによって引き起こされた。(構造)言語学は、ある両義的な(あるいは弁証法的な)やりかたで、記号概念(シニフィアンとシニフィエに分節化される)に科学的な正当性を与え、ある種の意味の形而上学の誇らしい帰結とみなされうる。いっぽう言語学はその帝国的支配そのものによって、意味作用の装置を転位させ、解体し、くつがえすことを強いた。そして構造言語学がまさに頂点に達したとき(一九六〇年ごろ)、多くは言語学そのものから出発した新しい研究者たちが、記号批判やテクスト(かつては文学的テクストと称した)の新しい理論を口にしはじめたのだった。

こうした変容のなかで、言語学は三重の役割をになった。まずはカルナップ、ラッセルそしてヴィトゲンシュタインとともに、[2]論理学はみずからをひとつの言語と見なそうとし、そしてまさにそのとき、言語学は論理学に接近することによって、研究者を次のようなことに慣れさせたのである、すなわち、有効性という基準を真実という基準にとって代えること、言語活動のすべてを内容の承認から自由にすること、言説の同語反復的な変形の豊かさ、微妙さ、そしてもしこう言ってよければ無限性を探究すること。形式化の実践を通して、シニフィアンについて、その自立性や展開の豊かさについて、徹底して学んでいくことが可能になったのであった。次にプラハ学派の業績とヤーコブソンの業績のおかげで、言説の伝統的な分類が思い切って手直しされた。文学の一つの部分全体が詩学の名のもとに（教育にかんしてはともかく、研究にかんしては）言語学に移され（この移行については、ヴァレリーがその必要性をすでに理解していた）、そうすることで文学史の管轄を逃れるようになり、文学史はたんなる観念やジャンルの歴史と見なされるようになった。最後に記号学が、少なくともフランスでは、主として文学的言説の分析に向かっていった。この記号学は二〇世紀初頭からソシュールによって希求されていた新しい学問分野だが、じっさいには一九六〇年ごろになってようやく発展しはじめたのだった。言語学は文のレベルで止まり、たしかにそれを構成する諸単位（連辞、記号素、音素）をはっきり呈示してくれる。だが文のその先は？　言説を構造化する単位とはなんなのか（古典的修辞学の規範的な区分を放棄するとすれば）？　文学的記号論はここでテクストの概念、文とはつねに異なった構造をもつ、文の上位もしくは内部の言説上の単位を必要としたのである。「テクストの概念は文〈…〉の概念と同一次元のものではない。その意味でテクストはパラグラフ、すなわちいくつかの文から成る印刷上の単位と区別されねばならない。テクストはひとつの文とも一致しうるし、一冊の書物全体とも一致しうる。〈…〉テクストが構成する体系は言語学的体系と同一視されるべきではないが、それと関係づけられるべきである――すなわち同時に隣接であり、類似である関係なのだ」（T・トドロフ[3]）。

厳密な意味での文学的記号論において、テクストはさまざまな言語現象をいわば形式的に包括するものだ。（もはやコミュニケーションの、というだけではない）意味作用の意味論的様態や、語りのもしくは詩の統辞法が検討されるのは、テクストの水準においてなのだ。この新しいテクストの概念は文献学よりも修辞学にずっと近いが、にもかかわらず実証科学の諸原則にしたがおうとする。テクストは内在的方法で研究される、というのも内容やさまざまな決定づけ（社会学的、歴史的、心理的）へのいかなる参照もそこでは禁じられるからだ。しかしながら外在的方法による研究もありうる、というのもテクストとは、どんな実証科学でもそうであるように、学術的主体とは距離のある検討に身を委ねるひとつの対象にすぎないからである。それゆえこのレベルにおいては、認識論的変容という表現を用いることはできない。そうしたことは、言語学や記号学の成果が、二つの異なる知《エピステーメー》の、具体的には弁証法的唯物論と精神分析の、相互的なやりとりによって本質的に定義づけられる、ある新しい参照の場にはっきりした意図をもって置かれる(相対化される、すなわち解体‐再構築される)ときに始まるのである。弁証法的‐唯物論(マルクス、エンゲルス、レーニン、マオ〔毛沢東〕)への参照とフロイディスム(フロイト、ラカン)への参照、これこそまちがいなく、新しいテクスト理論の信奉者を見つけだすことを可能にするものである。じじつ新しい科学が存在するためには、古い科学が掘り下げられる、あるいは拡張されるだけでは充分ではない(そうしたことは文の言語学から作品の記号学に移行するときになされている)。たがいに異なる、通常たがいに知らないままでさえいる(マルクス主義、フロイディスム、構造主義の場合がそうだ)知《エピステーメー》の遭遇が起こり、その遭遇がある新しい対象を産みださねばならないのだ(問題なのは新しいアプローチと古い対象ではもはやない)。まさにこの新しい対象こそ、ここでテ、ク、ス、ト、と呼ばれているものなのである。

2. テクストの理論

テクストを定義づけるためにどんな言葉遣い《ランガージュ》を使うか決めるのは、どうでもいいことではない、というのも、自分自身のものを含むあらゆる言表行為を危機にさらすのがテクスト理論の役割だからである。テクスト理論はただちにあらゆるメタ言語の批判、科学性を旨とする言説の見直しになる——

そしてそれが真の科学的変容を要請するのはまさにその点においてなのだ、人文諸科学は自分の言葉遣いをたんなる道具あるいは純粋に透明なものとみなして、これまで一度としてそれを検討の対象にしたことはなかったのだから。テクストとは、それじたいがさまざまな言語活動《ランガージュ》のかたちづくる展望のなかに置かれたそのひとつの断片であり、テクストにかんするなんらかの知あるいはなんらかの理論的考察を伝えるにはそれゆえ、いずれかの方法で自分自身もテクスト的実践をおこなうということが前提になる。たしかにテクスト理論が、首尾一貫した、中性的な科学的言説のかたちで言い表されることはありうるが、少なくともそのときは、状況に応じて、学術的な理由によってそうしているということなのであり、このような論述の方法と並んで、言語活動の自己反省性や言表の回路について論じる多種多様なテクストも（ジャンルの如何を問わず、どのような形式であっても）、なんの問題もなくテクスト理論に含まれることになるだろう。テクストには定義を通してアプローチすることが可能である、しかしまた隠喩を通してのアプローチも（そしてたぶんとりわけそれこそが）、可能なのである。

　テクストの定義は、主としてジュリア・クリステヴァによって、いくつかの認識論的な目的をもって練りあげられた。「われわれは超言語的装置として〈テクスト〉を定義づける。それは、直接的な情報をあつかうコミュニケーション的な言葉《パロール》と、以前に存在した、あるいはいま現在同時的に存在するさまざまな言表とを関連づけることによって、言語の秩序を再編成する、超言語的装置なのである。」[4] この定義づけのうちに暗黙のうちに含まれる主要な理論的概念の数々を、われわれはジュリア・クリステヴァに負う。すなわち意味形成の実践、生産性、意味形成性、フェノ-テクストとジェノ-テクスト、間-テクスト性などである。

意味形成の実践

テクストは意味形成の実践であり、記号論がそれに特別の重要性を与えている、なぜならそこには、主体と言語の遭遇を引き起こす労働が、典型的なかたちで見いだされるからである。テクストの「機能」はこの労働をいわば「劇場化する」ことだ。意味形成の実践とは何か？ それはまず、（普遍的な記号の母型ではなく）さまざまな意味作用の類型学に依拠する、差異化による意味作用のシステムであり、この差異化の必要はプラハ学派によって主張された。このことから、意味作用は同じやりかたで産みだされるのではないということが、わかってくる。それはシニフィアンの素材（その多様性が記号論の基礎になっている）によっても、言表主体（その――不安定な――言表行為は、つねに〈他者〉のまなざしのもとで――〈他者〉の言説のもとで――おこなわれる）を形成する複数性によっても、異なるのである。次にそれはひとつの実践である。そのことが意味するのは次のようなことだ。意味作用は、ソシュールが仮定したようなある抽象（言語）のレベルではなく、ある操作、ある作業にしたがって産みだされ、その作業のなかに、主体と〈他者〉の内的葛藤および社会的コンテクストが、同時に、かつ一気に投入されるのである。意味形成の実践という観念は、言語活動にその活発なエネルギーを取り戻させる。だがこの観念が前提とする行為は、（つとにストア派やデカルト哲学によって記述された）了解の行為ではない（そして認識論的変容が起こっているのは、まさにこの点においてなのだ）。主体はそこでデカルト的コギトのみごとな統一をもはやもたない。それは複数的な主体であり、こんにちにいたるまでそれにアプローチしえたのはただ精神分析あるのみである。コミュニケーションが、発信者、伝達経路、受信者といった、言語学が想定する古典的図式の単純さに還元しうると主張できる者は誰ひとりいない。それができるのは、古典的主体というある種の形而上学に、あるいはまったく同じように形而上学的な「素朴さ」（ときとしてアグレッシブな）をもつある種の経験論に、ひそかに助けを求める場合だけだ。じっさい複数性は、さまざまな矛盾の姿をとって、最初から意味形成的実践の中心にある。意味形成のさまざまな実践から、そのひとつを一時的に切り離すことは認められるにしても、それらの実践が属しているのはひとつの弁証法であって、なんらかの分類法ではないのである。

生産性

テクストとはひとつの生産性である。このことが意味するのは、テクストがある労働（語りのテクニックや文体の統御のために必要とされたような）の生産物だということではなく、ある生産の舞台そのものだということであり、そこではテクストの生産者とその読者がひとつに結ばれるのだ。テクストは「働いている」、あらゆるときに、いかなる側面から捉えられても。たとえ書き終えられ（定着され）ても、それは働くこと、生産のプロセスを維持することをやめない。テクストは何にたいして働いているのか？　言語にたいして、だ。それはコミュニケーションの、表象の、あるいは表現の言語を解体し（個別的であろうと集団的であろうと、主体が何かを模倣している、もしくは自分を表現しているという錯覚をもつかもしれないとき）、ある別の言語を再構築する。この言語には厚み《ボリューム》があるが、底も表面もない、というのも、この言語の空間は、形象、絵図、フレームのそれではなく、いわば立体画法的な、結合の戯れのそれだからであって、この結合の戯れは、ひとが（一般的意見、ドクサにしたがう）通常のコミュニケーションのもっともらしさ、もしくは語りや言説のもっともらしさの限界の外に出ると、たちまち無限のものとなる。たとえば書き手そして／あるいは読者が、（作者の場合は）たえず「言葉遊び」を作りだし、（読者の場合は）さまざまな遊戯的な意味を考案して、シニフィアンと戯れはじめるやいなや、生産性が始動し、再配分がおこなわれ、テクストが出来《しゅったい》する。

たとえテクストの作者がそれらの意味を予期していなかったとしても、そしてそれらの意味を予期することが歴史的に不可能であったとしても、そうなのだ。シニフィアンは万人に属する。倦むことなく働くのはじつのところテクストであって、芸術家でも消費者でもない。生産性の分析を言語学的記述に還元することはできず、たとえば以下のような他の分析の方途をつけ加えることが必要である、あるいは少なくともそうすることは可能である、すなわち数学という方途（それが集合や部分集合の戯れ、つまり意味形成の実践の多様な関係の戯れを説明するかぎりにおいて）、論理学という方途、ラカン的精神分析という方途（それがシニフィアンの論理を探究するかぎりにおいて）、そして（矛盾を認識する）弁証法的唯物論という方途。

意味形成性

唯一の、そしていわば基準となる意味作用を、あるテクストに固有のものとみなすことはありうる。それは細部にわたっては文献学が、全体的には解釈的な批評がしようと務めていることだ。後者は、テクストが隠れた包括的なシニフィエをもつことを証明しようとする。そしてそのシニフィエは、以下のように教義によってさまざまに内容を変える、精神分析的批評にとっては伝記的意味、実存的批評にとっては投企、マルクス主義的批評によっては社会‐歴史的意味、などなど。テクストはまるである客観的意味を受託しているかのように扱われ、その意味は作品‐生産物のなかに、防腐処理を施されているかのように現れてくる。だがテクストが（生産物としてではなく）生産として捉えられるようになると、「意味作用」はたちまち適切な概念でなくなる。テクストをいくつかの可能な意味が交錯する多義的な空間として捉えるときすでに、意味作用をその独白的な、法律遵守的なありようから解放し、それを複数化することが必要である。コノテーション〔共示〕の概念、あるいは二次的な、派生的な、関連づけられたさまざまな意味の厚み、デノテーション〔外示〕的なメッセージに接ぎ木されたさまざまな意味論的「震え」の厚みは、まさにこの解放に役立ったのである。ましてやテクストが流動的なシニフィアンの戯れとして読まれ（あるいは書かれ）、固定された単数ないし複数のシニフィエへの可能なレフェランスをもたないときには、生産物、言表、コミュニケーションのレベルに属する意味作用と、生産、言表行為、象徴化のレベルに属するシニフィアンの働きを、きちんと区別することが必要になる。この働きこそ意味形成性と呼ばれるものである。意味形成性とはひとつの過程であり、そこでテクストの「主体」はエゴあるいはコギトの論理を逃れ、他のさまざまな論理（シニフィアンの論理や矛盾の論理）のなかに自己を投入しつつ、意味と格闘し、自己を解体する（「自己を消失させる」）。意味形成性とはそれゆえひとつの働きであるが、とはいえそれは――そしてこれこそがそれを即座に意味作用と区別するものだ――、主体（変容をこうむることがない、外在的な）がそれを通して言語を統御するような働き（たとえば文体の働き）ではなく、（どんなものにも変容をこうむらせずにはいない）あのラディカルな働きであり、この働きを通して主体は（言語を監視するかわりに）言語のなかに入ってゆき、そのときから、いかにして言語が自分に働きかけ、自分を解体するかを探究するのである。それは、もしお望みなら、「言語のある与えられた場における可能な操作の終わりなき‐連続」[5]にほかならない。意味形成性はそれゆえ意味作用と違って、コミュニケーション、表象、表現には還元されえないだろう。意味形成性は（作家の、読者の）主体をテクストのなかに置くが、たとえその主体がファンタスム的なものであろうと、それは投影としてではなく（構築された主体の「転移」は存在しない）、「消失＝沈降（点）」（この言葉が洞窟学でもちうる意味において）[6]としてなのである。そこから意味形成性と悦楽の同一化が生じる。まさに意味形成性という概念によってこそ、テクストはエロティックになるのだ[7]（そうなるために、エロティックな「場面」を表象する必要は、それゆえまったくない)。

フェノ-テクストとジェノ-テクスト

フェノ-テクスト〔現れとしてのテクスト〕とジェノ-テクスト〔発生としてのテクスト〕の区別もまた、ジュリア・クリステヴァによるものだ。フェノ-テクストとは、「具体的な言表の構造のなかに現れるとおりの言語現象」[8]のことをいう。じっさい無限の意味形成性がある偶発的な作品を通して生じてくる。この偶発性のレベルこそがフェノ-テクストである。(記号分析《セマナリーズ》以前に、そしてそれとは別に)通常実践される分析の方法は、フェノ-テクストに適用される。音韻論的、構造的、意味論的記述——ひとことで言えば構造分析——はフェノ-テクストに適している、なぜならそのような分析は、テクストの主体についていかなる問いも自分に発することはないのだから。それが対象とするのは言表であって、言表行為ではない。フェノ-テクストはそれゆえ、首尾一貫性を失うことなく、記号とコミュニケーションの理論に属することができる。それは結局のところ記号学の特権的な対象なのだ。ジェノ-テクストは「言表行為の主体の構成に固有の、一連の論理的操作を表す」。それは「フェノ-テクストの構造化の場」であり、異質な要素からなるひとつの領域であって、言語にかかわると同時に欲動にもかかわっている(それは記号が欲動によってエネルギー備給されている領域である)[9]。それゆえジェノ-テクストは、構造主義だけに属するのでもなく(これは構造化であって、構造ではない)、精神分析だけに属するのでもない(これは無意識の場ではなく、無意識の「派生物」の場である)。それが属しているのは一般的な、多面的な論理であり、この論理はもはやただの了解の論理ではない。ジェノ-テクストは言うまでもなく意味形成性の場である。認識論的には、記号分析《セマナリーズ》は、ジェノ-テクストの概念を通して古典的な記号学を超える。古典的な記号学は、もっぱら言表を構造化しようとするだけで、主体が言表するときどのように場所を変え、逸脱し、自己を消失するか、知ろうとはしないのである。

間テクスト

テクストは言語を再編成する（テクストとはこうした再編成の場だ）。この解体－再構築の方法のひとつは、問題となっているテクストのまわりにかつて存在していた、あるいはいま存在する、そして最終的にはそのテクストそのもののなかに存在する、さまざまなテクスト、テクストの切片たちを相互に入れ替える[10]ことである。すべてのテクストは間テクストである。テクストのなかに、他のさまざまなテクストが、いろいろなレベルで、多かれ少なかれ識別可能なかたちで存在している。それらは先行する文化のテクストやまわりをとりまく文化のテクストである。すべてのテクストは、かつてなされた引用の新しい織物なのだ。テクストのなかに、コードの一部、定型表現、リズムの型、社会的言語《ランガージュ》の断片などが流れこみ、そこで再編成される、というのも、テクスト以前にも、テクストのまわりにも、つねに言語活動《ランガージュ》があるからである。間テクスト性はテクストの如何を問わずあらゆるテクストの条件であり、言うまでもなく発想源あるいは影響の問題には還元されない。間テクストとは、その起源を突き止めることがほとんど不可能な匿名の定型表現、引用符なしになされる無意識のもしくは機械的な引用からなるある総体的な場なのである。認識論的観点からすれば、間テクストの概念はテクスト理論に社会性の厚みをもたらす。以前のそして同時代の言語活動のすべてがテクストまでやってくる。だがそうした言語活動は、突き止めることができる系譜、意図的な模倣という道筋ではなく、散種という道筋をたどってテクストまでやってくる――そしてこの散種のイメージは、テクストに、たんなる再生産ではない、生産性というステータスを保証するのだ。

こうした主要な概念の数々がテクスト理論の結節点を構成し、結局のところそれらはすべて「テクスト」という言葉の語源そのものが示唆するイメージと符合する、つまり織物である。かつて批評（フランスにおいて知られていた唯一の文学理論の形式）は、どれもこれも編みあがった「織物」に重きを置いていた（テクストは「ヴェール」であり、その背後に真実、ほんとうのメッセージ、つまり意味を探し求めねばならなかった）。いっぽう現在のテクスト理論はテクスト－ヴェールに背を向け、織り方《テクスチャー》のなか、さまざまなコード、定型表現、シニフィアンの編み合わせそのもののなかに織物を見つけだそうとする。主体はそのような織物の内部に自分を据え、自分を解体する、まるで蜘蛛が自分の巣のなかで自分自身を溶かしてしまうかのように。そんなわけでテクストの理論は、造語を好む人間だったら、「イフォロジー hyphologie」として定義することができるだろう（ギリシャ語のイフォス *hyphos* は、織物、ヴェールそして蜘蛛の巣を意味する）[11]。

3．テクストと作品

テクストを作品と混同してはならない。作品は有限な、数えることのできる対象で、ある物理的な空間を占めることができる（たとえば図書室の書棚に収まりうる）。テクストは方法論的な場である。したがってテクストを数えることはできない（少なくともふつうのやりかたでは）。言うことができるのはせいぜい、あれこれの作品にいくらかのテクストがある（あるいはない）ということぐらいである。「作品は手のなかにあるが、テクストは言語活動のうちにある。[12]」別の言い方をすることもできる、作品は言語活動とは異質の用語で定義づけることができる（本の大きさや型からその本を産みだした社会-歴史的決定要因にいたるまで）のにたいして、テクストのほうは徹頭徹尾言語活動と同質のままなのである。テクストは言語活動以外のなにものでもなく、ある別の言語活動を通してしか存在することができない。言いかえれば、「テクストはある労働、ある生産行為のなかでしか経験されない」[13]、すなわち意味形成性を通してということである。

意味形成性は（シニフィアンの自分自身にたいする）無限の労働という観念を招き寄せる。したがってテクストが、言語の諸科学によって従来認められてきた言語的あるいは修辞的単位と正確に（あるいは権利上）一致することはもはやありえない。そうした単位の分割は、有限の構造という観念がつねに前提となっていた。テクストはこれらの単位をどんな場合でも否定すると言うのではないが、それからはみ出す、というかもっと正確に言えば、かならずそれらと合致するわけではない。テクストは量的概念であって（計数的概念ではなく）、それゆえ言説の階層のどのレベルにおいてもいくらかのテクストを見いだすことができる。この階層は伝統的に、それぞれ別の特徴をもつ異質な二つの領域に分けられることが知られている。文より下位の、あるいはそれと同等の次元にみられるあらゆる言語活動の表れは、権利上言語学に属する。文を超えるすべては「言説」に属するが、この「言説」は古い規範的な知、すなわち修辞学の対象となっていたのだった。たしかに文体論は、そして修辞学それじたいも、文の下位の現象（語の選択、半諧音、文彩）を取り扱うことがありうるし、そのいっぽうで、ある種の言語学者たちは、言説の言語学（談話解析 speech analysis）を打ち立てようと試みた[14]。しかしこれらの試みはテクスト的分析の労働とは比べられない、なぜならそれらは時代遅れになっていたり（修辞学）、ひどく限定的であったり（文体論）、メタ言語的精神に汚されて自分を言表の外部に置いて、言表行為のなかに置かなかったりするからである。

意味形成性は働きつつあるテクストであり、言語の諸科学が押しつけるさまざまな領域を認めない

（それらの領域が認められうるのはフェノ－テクストの水準であり、ジェノ－テクストの水準ではない）。意味形成性——言語活動の無限の広がりが発する、予見しえぬ閃光、きらめき——は作品のどの水準にも変わりなく見いだされる。それが音声のなかに見いだされるとき、音声はもはや意味を決定するのにふさわしい単位（音素）ではなく、欲動的な運動と見なされる。記号素に見いだされるとき、記号素は意味論的単位というよりむしろ結合の樹形図《ツリー》であり、コノテーション、潜在的な多義性によってある総括的な換喩のなかに導かれる。連辞のなかに見いだされるとき、そこで重要なのは〔連辞という〕法にしたがった意味よりもむしろ、衝撃、間テクスト的な反響である。さらに言説のなかに見いだされるとき、言説の「読解可能性」は、たんに述語を決定づけるだけの論理とはちがう他のさまざまな論理の複数性によって、あるいは限界が越えられ、あるいは二重化される。言語活動にかんするさまざまな科学的「場」のこのような大変換は、意味形成性（テクスト的特性のなかにあるテクスト）を、フロイトがその記述に手を染めたような夢の働きに緊密に結びつける。しかしここで断っておかねばならないが、ある作品を必然的に夢に関連づけるのは、そもそもの初めからその作品の「奇妙さ」であるというわけではなく、むしろ「奇妙」であるなしにかかわりなく、意味形成的な働きなのである。「夢の働き」と「テクストの働き」が共通してもつのは（バンヴェニストによって見いだされたいくつかの操作、いくつかの文彩のほかに）[15]、それが交換の外にある、「計算」を逃れた働きであるということである。

　それゆえ次のことがはっきり理解されることになる、テクストとはひとつの科学的（あるいは少なくとも認識論的）概念であり、同時に、作品のなかに見られる意味形成性の強度の段階に応じてその作品を評価することを可能にするひとつの批評的価値である。こうして、テクスト理論によってモデルニテのさまざまなテクスト（ロートレアモンからフィリップ・ソレルスまで）に付与される特権的な重要性は、二重の意味をもつことになる。じじつこれらのテクストが模範的であるのは、それらが（以前にはけっして到達しえなかった状態のなかで）「言語活動において主体とともになされるセミオシス（記号過程）の労働」を呈示するからであり、[16]また意味にかんする伝統的なイデオロギーのさまざまな束縛（「もっともらしさ」、「読解可能性」、想像上の主体の「表現性」など。想像上の、というのはその主体がひとつの「人格」のように構成されているからだ）にたいする、事実にもとづく要求を構成するからである。しかしながら、テクストは量的であって（計数的ではない）というまさにその理由から、そしてテクストはいつもかならず作品と一致するわけではないという理由から、古い時代の生産物のなかに、たしかにより少ない程度にはちがいないが、「いくらかのテクスト」を見いだす可能性はある。古典的作品が（フローベール、プルースト、そしてもしかしたらボシュエでさえ？）エクリチュールの次元あるいはその断片を含みこむことはありうる。とりわけ、理論が要請しているとおり、テクスト的実践のなかに読みという活動を——書かれたものを作りだすという活動だけではなく——内包することが認められるのであれば、シニフィアンの戯れが、そのさまざまな戯れが、そこに現存する（働いている）ことはありうる。同じように、書かれたものの領域に話をかぎるとすると、テクスト理論は、「よい」文学と「悪い」文学のあいだに通常なされる区別を守る義務が自分にあるとは考えないだろう。テクストの主要な基準の数々は、高貴な、人文主義的な文化（学校、批評、文学史などによってその規範が定められている文化）が拒絶もしくは軽蔑する作品のなかにも、少なくとも個別的には見いだされうる。間テクスト、言葉遊び（シニフィアンの戯れ）はきわめて通俗的な作品のなかに現存しうるし、意味形成性は、伝統的に「文学」から排除されて、「錯乱した」などといわれる書き物のなかに現存しうるのである。

さらに言えば、「テクスト」の概念を書かれたもの（文学）に限定することは、権利上はできない。

たしかに、ある生産物のなかの分節言語（あるいは、もしお望みなら母語）の存在は、その生産物に意味形成性のより大きな豊かさを与える。言語記号はきわめてコード化が進んだシステムから生まれており、それだけにしっかり構築されていて、だからこそひとたび解体ということになれば、それはいっそう衝撃的なものになる。だがテクストが存在するためには、意味作用のはみ出しがあれば充分だ。意味形成性はただその分析のやりかたにおいてのみシニフィアンの素材（「実質」）に左右され、その存在においてはそのかぎりではない。意味形成性についての考察を限りなく拡張するためには、結局のところ（マラルメについてクローデルが記した言葉を借りれば）「ある光景にたいするようにではなく〈…〉、あるテクストにたいするように、外界の前に身を置く」[17]だけでいいのである。どんな意味形成の実践もいくらかのテクストを産みだすことができる、絵画的実践、音楽的実践、映画的実践など。作品も、ある場合には、ジャンルの転倒をみずから準備することがある、ジャンル、つまり作品が帰属しているとされる均質な集合《クラス》ということだ。たとえばメロディーの例がまず挙げられるが、理論はこれをひとつの音楽ジャンルとしてよりもずっと、ひとつのテクスト（純然たる身体的シニフィアンである声と言語活動の混淆）としてとりあつかうだろう。さらに現代絵画というめざましい例をつけ加えることができるだろう、現代絵画とはじつのところ、多くの場合、もはや絵画でも彫刻でもなく、「オブジェ」の生産なのである。テクスト分析が現在、他の実質（視覚的、聴覚的）の領域よりも、書かれた実質（文学）の領域でずっとよく展開されているというのはほんとうだ——そしてそれは当然のことである——。この先進性は、一方では、意味作用についての学（意味形成性についての学ではないにせよ）、つまり言語学があらかじめ存在していることに起因し、他方では、（他のさまざまな「言語活動」にたいする）分節化された言語活動の構造そのものに起因している。記号はそこではそれぞれ他の記号と区別されて直接的に意味作用をおこなうのだし（「単語」とはまさにそういうものだ）、言語とは、他のさまざまな意味作用のシステムを解釈し、そして自分自身をも解釈する力をもつ唯一の記号のシステムなのである。[18]

テクスト理論がジャンルや芸術の区別を廃棄することをめざすのは、それが作品をもはやたんなる「メッセージ」としてはとらえず、あるいは「言表」（すなわち、ひとたび発語されてしまえばその運命が閉じられる、というような作り終えられた生産物）としてすらとらえておらず、永続的な生産、言表行為としてとらえるからである。この言表行為を通して、主体は闘いつづける。この主体はたしかに作者の主体であるにはちがいないが、読者の主体でもある。テクスト理論はそれゆえある新しい認識論的対象の地位向上をもたらす、すなわち読むことである（これはあらゆる古典的批評にほとんど軽蔑されていた対象で、古典的批評が興味を示したのは基本的に作者の人格あるいは著作の製造の規則であり、読者にはきわめてわずかな注意しか払わなかった。作品にたいする読者の関係は、たんなる投影であるとしか考えられなかったのだ）。テクスト理論は読むことの自由を無限に拡大し（テクスト理論は全面的に現代的なまなざしで過去の作品を読むことを正当化し、その結果、たとえばフロイトのエディプス・コンプレクスを再注入しつつソフォクレスの『オイディプス王』を読んだり、プルーストを出発点としてフローベールを読んだりすることが許されるようになる）、それだけでなく書くこと《エクリチュール》と読むことの（生産的な）等価性をおおいに強調する。たしかに、たんなる消費行動にすぎない読みというものはある、まさに全般にわたって意味形成性が封じられる読みである。逆に十全な読みとは、読者がまさに書くことを望む者以外のなにものでもなくなり、言語活動のエロティックな実践に身を委ねることを望むようになる読みである。テクスト理論は読むという慣習のなかにさまざまな歴史的特徴を見つけだすことができる。こんにちの文明はあきらかに読むことを平板化することをめざし、読むことを書くことから完全に切り離されたたんなる消費行動にしてしまおうとしている。学校が教えることを誇っているのは読むことであって、かつてのように書くことではなく（たとえ当時、生徒、学生によって重要なのが、きわめて因習的な修辞学的コードにしたがって書くことだったとしても）、そればかりか書くことそれじたいが遠くに押しやられ、技能者（作家、教授、知識人）の集団《カースト》のなかに閉じこめられてしまう。経済的、社会的、制度的諸条件が、芸術においても文学においても、愛好家がかつてそうであったあの特別な実践者を認めることをもはや許さなくなっているのである——だが、愛好家は未来の解放された社会では、この特別な実践者になりうるであろう。

4. テクストの実践

伝統的に芸術作品は、おおまかにいって歴史学と文献学という二つの科学の管轄内にあると考えうる。これらの科学——あるいはむしろ「言説」——には共通点がある（もっともこの共通点は、これらの科学があらゆる実証科学と共有する制約である）。これらの科学は作品をある閉じた対象として構成し、観察者から距離をとって置き、その観察者は作品を外部から検討するのだ。テクスト的分析があらためて疑義に付すのは何よりもこの外部性なのだが、ただそれは多かれ少なかれ印象主義的たらざるをえない「主観性」の諸権利の名においてではなく、言語活動には限りがないという理由からなのである。いかなる言語活動も他の言語活動の優位に立たず、メタ言語というものはない（これは精神分析によって確立された命題である）。書くことそして／あるいは読むことの主体が関係をもつのは対象（作品、言表）ではなく、領域（テクスト、言表行為）である。主体はそれじたいがある種の位相論（言葉《パロール》の場をとりあつかう学）にとらえられている。実証科学の考え方は歴史や文芸批評の考え方であったが、それはまた記号学の考え方でもある。テクスト的分析はこうした考え方に、批判的科学、すなわち自分自身の言説を問いなおす学という観念をとって代えるのである。

こうした方法論的原則は、作品にかんする標準的な諸科学（歴史学、社会学など）の成果を排除することをかならずしも強いることはなく、それらの科学を部分的に、自由に、そしてとりわけ相対的に利用するようにしむける。たとえば、テクスト的分析は、文学史や歴史一般によってもたらされる情報をいささかなりともしりぞけたりしないだろう。テクスト的分析が異議を申し立てるのは、作品は純粋に進化的な運動のなかにとらえられるはずだ――まるで作品が、その生みの父である作者の（市民的、歴史的、情熱にかかわる）人格につねに結びつけられ、帰属させられている、とでもいうかのように――、というような批評的神話にたいしてであるだろう。テクスト的分析は、親子関係、器質的「発達」といった暗喩よりも、網の目、間テクスト、多元的に決定された複数的領域といった暗喩のほうを好む。文献的な科学（ここでは解釈的注釈もそのなかに含める）についても、同じ訂正、同じずらしがなされる。一般に批評は作品の意味を見つけだそうとするが、その意味は多かれ少なかれ隠されていて、批評によってさまざまな水準にその在処が割りふられている。テクスト的分析は最終的シニフィエという観念をしりぞける。作品は停止することはない、閉じることはない。それゆえ重要なのは説明することではなく、あるいは記述することですらなくて、むしろさまざまなシニフィアンの戯れのなかに入ってゆくことだ。たぶんそれらのシニフィアンを数えあげることが問題になる場合もあるかもしれないが（もしもテクストがそうしたことを許すのであれば）、それらのなかで価値の序列をつけたりはしない。テクスト的分析は複数主義的なのである。

J・クリステヴァは、テクスト的分析を「セマナリーズ〔記号分析〕」と呼ぶことを提唱した。じっさい「テクスト」（ここでこの語に与えられている意味における）の分析を、文学の記号論から区別することは必要であった。ところでもっとも見やすい差異は精神分析への参照の有無にかかわり、これはセマナリーズにはあっても、文学の記号論（言表を分類し、その構造的機能を記述するが、主体、シニフィアンおよび〈他者〉のあいだの関係には注意を払わない）には欠けている。セマナリーズはたんなる分類の方法ではない。たしかにセマナリーズはジャンルの類型学に興味を示すが、まさにテクストの類型学ととり替えるためにそうするのである。その目的は、弁証法的に、フェノ-テクストとジェノ-テクストの交差を明らかにすることである。この交差は、ロシアのポスト・フォルマリストやクリステヴァにならって「イデオロギー素」とひとが呼ぶものをかたちづくる。テクストを間テクストに連接させ、「社会と歴史のさまざまなテクストのなかでテクストを考える」ことを可能にするのは、この概念である。[19]

しかしながら、テクスト理論がセマナリーズあるいはテクスト的分析の名で明確化しようとしている方法的概念もしくはたんなる操作的概念がどのようなものであろうと、この理論の正確な生成のありよう、この理論に正当性をあたえる具体的な展開は、あれやこれやの分析のやりかたではなく、エクリチュールそれじたいが具現している。注釈それじたいがテクストになること、一言でいえばそれこそがテクスト理論によって求められていることだ。じっさい分析の主体（批評家、文献学者、学者）は、自己欺瞞や自己満足なしには、自分が記述している言語活動の外に自分がいるなどと思うことはできない。その外在性はまったく一時的な、そして見かけだけのものだ。自分自身も言語活動のなかにいるのであり、どれほど「厳密」でどれほど「客観的」であろうと望んでも、主体、シニフィアン、〈他者〉の三重の結び目に自分が組み入れられていることを引き受けねばならない。そしてこの組み入れは、エクリチュール（テクスト）が、まことしやかなメタ言語という偽善的な距離の力を借りることなく、完璧に実現するのである。テクスト理論が基礎づける唯一の実践はテクストそれじたいである。結果はあきらかだ。ひとことで言えばあらゆる批評（作品「について」なされる言説としての）の有効期限が切れるのだ。ひとりの書き手が過去のあるテクストについて語るにいたるとしたら、それはそのとき彼自身がひとつの新しいテクストを生産する（間テクストが無差別に増殖するなかに入ってゆきつつ）ことによってでしかありえない。批評家などいない、ただ作家がいるだけだ。さらにこうつけ加えることができる、テクスト理論が産みだしうるのは、まさにその原則そのものによって、ただ理論家もしくは実践者（作家）だけで、「専門家」（批評家あるいは教授）は産みだしえない。テクスト理論はそれゆえ、実践として、自分が理論として研究している諸ジャンルの転倒に関与するのである。

テクストとしてのエクリチュールの実践こそが、テクスト理論を真の意味で自分に引き受けることである。したがってそれは、批評家、研究者、学生よりも、エクリチュールの主体‐生産者のためのものである。この実践は（もしもそれをたんなる文体にかかわる労働から差異化することを望むのであれば）、言語活動の記述的もしくはコミュニケーション的水準を超えていること、みずからの生産のエネルギーを舞台に乗せる用意ができていることが前提になっている。したがってそれは、次のようないくつかの手法を受け入れることを意味する。言表行為のアナグラム的なねじれ（「言葉遊び」）、多義性、対話関係、あるいは逆に白いエクリチュール[20]を全般にわたって援用すること、この白いエクリチュールは、コノテーションの裏をかき、それをはぐらかすものである。さらに人称や時制の非合理的な（ありそうもない）変奏、書くことと読むこと、テクストの送り先と送り主の関係のたえまない転倒を全般にわたって援用すること。それゆえこれは、現在のわれわれの社会を基礎づけている主要な範疇、つまり知覚、思惟、記号、文法さらには科学にたいして、強度に侵犯的な実践なのである。

以上から、テクスト理論が認識形而上学の現在の一覧のなかに「しかるべく位置づけられていない」ことが（けれどもまた、所を得ていないというまさにそのことじたいから、テクスト理論がその力と歴史的意味を引き出していることも）理解される。作品についての伝統的な科学は、内容そして／あるいは字句についての科学であった——いまでもそうである——が、そうした科学にたいして、テクスト理論は形式論的な言説を展開する。しかし形式論的な科学（古典的論理学、記号学、美学）にたいして、テクスト理論はその領域のなかに、歴史、社会（間テクストのかたちで）そして主体（ただしそれはその無意識の現前―不在によって切り裂かれ、たえず場所を移される——そして解体される——主体である）を再導入するのだ。この理論によって要請される批判的科学は逆説をはらんでいる。それは一般的なものの科学（立法者的な学）ではない、テクストの「典型」といったものはないのだ。そしてそれは個別的なものの学（個人記述的な学）でもない、なぜならテクストが専有されることなどけっしてなく、それはさまざまなコードの無限の交わりのなかに位置づけられるのであって、作者の（民法上同定しうる）「個人としての」活動の最後に来るものではないのだから。二つの述語〔説明の言葉〕が結局、この学の特徴を明らかにするだろう。それは悦楽の学だ、なぜならあらゆる「テクスト的」（意味形成性の領域のなかに入った）テクストは最終的に意識の喪失（無化）を引き起こす、あるいはそれを生きようとするのだし、主体はエロティックな悦楽のなかでこの意識の喪失を全面的に引き受けるのである。そしてそれは生成の学（ニーチェが、ものたちの粗雑なかたちの彼方に知覚することを求めた、あの精妙な生成の学）である。「〈…〉われわれは、生成のおそらく絶対的というべき流れを見てとれるほど精妙ではない。不変のものが存在するのは、もっぱらわれわれの粗雑な器官のおかげにすぎない。われわれの器官はものたちを要約して一般的なレベルに還元してしまうけれども、そのようなかたちで実在するものなど何ひとつないのだ。木はおのおのの瞬間ごとに新しいものになる。われわれがそれをかたちだと言い切るのは、絶対的運動の精妙さをとらえていないがゆえなのである。[21]」

テクストもまたこの木である。われわれはその（かりそめの）名を口にするが、そのようなことができるのは、まさにわれわれの器官の粗雑さゆえにほかならない。

「テクスト」の項目

© Encyclopedia Universalis, 1973, 1989[22]

1　言葉（シニフィアン）／意味《レクトン》（シニフィエ）／現実のもの（レフェラン）という記号の原型にしかるべき位置づけを最初に与えたのはストア派と言われる。Cf. Julia Kristeva (entretien avec J. K. réalisé par J.-Cl. Coquet), *Sémanalyse : Conditions d'une sémiotique scientifique*, *Semiotica*, 4, 1972, p. 325.

2　ルドルフ・カルナップはドイツ生まれ（のちアメリカに帰化）の哲学者（一八九一—一九七〇）、論理実証主義を代表する哲学者として知られる。バートランド・ラッセルはイギリスの論理学者、数学者、哲学者（一八七二—一九七〇）、二〇世紀最大の哲学者のひとりとされる。ルートヴィヒ・ヴィトゲンシュタインは、オーストリア生まれで、のちにイギリスで活躍した哲学者（一八八九—一九五一）、言語哲学、論理学の分野で与えた影響はきわめて大きい。

3　O・デュクロ／Z・トドロフ共著『言語理論小事典』滝田文彦他訳、朝日出版社、一九七五年、四六〇ページ（滝田文彦訳、訳語一部改変）。

4 ジュリア・クリステヴァ『テクストとしての小説』谷口勇訳、国文社、一九八五年、一八ページ（谷口訳を参照しつつ、拙訳）。

5 デュクロ／トドロフ『言語学小事典』滝田文彦訳、五四二ページ（訳語一部改変）。

6 一度地下に潜り、もう一度地上に戻る流れがあるとき、その流れが地下に潜る地点のことを「沈降点」という。この言葉は『テクストの快楽』でも使われている。「ジュール・ヴェルヌを読むとき、わたしは先を急ぐ。ところどころ言説の流れを見失う。しかし、わたしの読書は言葉の消失＝沈降（点）――洞穴学において持ちうる意味で――によって魅せられることはない」（『テクストの快楽』沢崎浩平訳、二二ページ。訳語一部改変）。

7 「意味形成性とは何か。官能的に生み出されるかぎりにおいての意味である」（『テクストの快楽』一一五ページ）。

8 Julia Kristeva, *Sémanalyse: Conditions d'une sémiotique scientifique*, art. cit., p. 335.

9 *Ibid.*, p. 335-336.

10 原語は permuter、言語学用語で、文中の要素をたがいに入れ替えることをいう（「置換」、「換位」）。

11 『テクストの快楽』一二〇ページに、ほぼ同趣旨の展開が読まれる。

12 R・バルト「作品からテクストへ」（『言語のざわめき』沢崎浩平訳、九四ページ（訳語一部改変）。

13 R・バルト「作品からテクストへ」、九四ページ。

14 バルト自身、バンヴェニスト（「言語分析のレベル」）に依拠しつつ、こうした「古い規範的な知」にとらわれない新たな「言説の言語学」を一九七〇年に素描しようと試みた。Cf. R. Barthes, « La linguistique du discours », *Œuvres complètes*, t. III, Seuil, 2002, p. 611 sq.

15 エミール・バンヴェニスト「フロイトの発見におけることばの機能についての考察」（『一般言語学の諸問題』河村、木下、高塚、花輪、矢島訳、みすず書房、一九八三年）参照。

16　J. Kristeva, *Sémanalyse : Conditions d'une sémiotique scientifique*, art. cit., p. 334.

17　Paul Claudel, « La Catastrophe d'Igitur », *Œuvres en prose*, Pléiade, p. 510–511.

18　「言語は、それが言語的なシステムであろうと、非言語的なシステムであろうと、他のすべてのシステムの解釈項なのである」（E・バンヴェニスト「言語の記号学」、『言葉と主体――一般言語学の諸問題』阿部宏監訳、前島和也、川島浩一郎訳、岩波書店、二〇一三年、五三ページ）。

19　「イデオロギー素」についてのこの記述は、次のクリステヴァの論述を踏まえたものである。「あるテクストをひとつのイデオロギー素として受け入れるならば、記号学の方法じたいも定まる。すなわち、記号学はテクストを間テクスト性として研究するのであるから、テクストを社会および歴史（のさまざまなテクスト）のなかで考えることになる。あるテクストのイデオロギー素は炉のようなものである。このなかで認識力に富む理性は、**さまざまな言表**〈…〉のある**総体**（テクスト）への変換を、そして同じく、この総体性の歴史的、社会的テクストのなかへのさまざまな組みこみを、把握するのである」（J・クリステヴァ『テクストとしての小説』、一九ページ、訳語一部改変）。

20　『零度のエクリチュール』で「文体の不在」というある種の理想状態を具現するとされた中性的なエクリチュール、エクリチュールの「零度」のことをいう。R・バルト『零度のエクリチュール』石川美子訳、九四―九七ページ（「エクリチュールと沈黙」）参照。蓮實重彦との対談「多元論的思考の解放のために」のなかでも、これについて論じられている。本巻二八五―二八六ページ参照。

21　ニーチェ『権力への意志』のこの同じ断章は『テクストの快楽』でも引用されている（邦訳一一四ページ）。引用文のあとの文章もほぼ同じ（être 動詞の時制が異なるのみ）だが、さらに「われわれは、精妙さ（沢崎浩平訳では「精緻さ」）が欠けているから、科学的になるのであろう」という一文が続いている。

22　全集版のテクストには誤植と思われるものが数箇所あり、その箇所については『ユニヴェルサリス百科事典』のオリジナル・テクストにしたがって訳出した。

15　博士論文と研究の諸問題――現代性という概念――「精神分析理論にそぐわないパラノイアの一例の報告」[1]の分析

学生および研究指導教授がおこなった研究発表およびさまざまな作業

この十年来初めてゼミの受講生の人数を制限することを余儀なくされ、主として履修登録中の学生だけに参加が限られることになった。この規模の縮減はいままでのゼミがますます息苦しくなったために強いられたものだが、これを利用して新しい授業の形態を考案することを試みてみたいと思った。参加者は異なった三つのグループに分けられ、それぞれのグループは一五人ほどになった。前もっていかなる研究テーマも決めなかった。それぞれがみずからに課した最初の責務は、「博士論文」というタイトルをもつ書き物の準備および作成の諸条件を検討し、分析し、必要ならば批判することであった。こうした検討は前期のあいだに進められた。そのあと、それぞれのグループはみずから率先してグループ固有の共同作業をおこなった。

I．〈博士論文〉という問題について、これらの三つのグループは別々に構成されてはいたが、その考察はいくつかの共通点に収斂することになった。（a）博士論文の「主題」（選択、執筆、障害、修正）について、それぞれが自分の経験を述べた。知的秩序そのもののなかにあって欲望の法にも充分な配慮をほどこし、その結果として、よき「精神集中」の諸条件をあらかじめ作っておく必要性が強調された。（b）単一の（もしくは複数の）方法について、より学術的な口頭発表に戻りつつ、〈構造分析〉の主要な著者たちの仕事を吟味し（プロップ、ジュネット、トドロフ、バルト）、それぞれの主題とのかかわりからきわめて実践的に判断して、これらの著者たちの、もしこう言ってよければ、方法論上の「実利性」を評価した。（c）最後に研究指導教授自身が、参加者の助けを借りて、具体的な作業のさまざまに異なる様態や規則《プロトコル》（「タイミング」、作業の空間、〔資料の〕解読、ノート〔の取り方〕など）について検討した。この討議の全体的意味は、制度的産物である「博士論文」と、欲望の場としてのエクリチュールのあいだの、しばしば過酷である矛盾の数々を明確にすることであったが、それはまた、ひとたび博士論文を書くと決めたときに、エクリチュールが大学的レトリックのある種の形式を受け入れることが可能になるような筋道を素描することでもあった。

Ⅱ．後期については、各グループが自分たちのためにそれぞれ共同の課題を選んだが、原則としてそれは他のグループの課題とは異なっている。

〈グループⅠ〉は「現代性」という概念を探究することを決め、それとともに「前衛」という付随的な概念にも特別の注意を払った。いくつかの分析が発表された、マルクス『経済学批判要綱』について、ドゥルーズとソレルスのテクストについて、ベロッキオ[2]の最近の映画作品について。

〈グループⅡ〉はフロイトのあるひとつのテクストを選び（「精神分析理論にそぐわないパラノイアの一例の報告」、一九一五年）、言説の視点からそれを分析した。このテクストから、協同的に準備された、一貫した方法にもとづく分析を生みだすではなく、意図的に自由な発表をおこなって、意味の「フラッシュ」が引きだされた（「わたしにとっての意味」というニーチェ的表現にふさわしく）。学生たちは次に、「話されるエクリチュール」[3]のモデルにしたがってこれらの発表の評価を決め、自発的に一冊のノートのなかにそれらをまとめた。ノートは〈輪回し〉[4]と名づけられた、というのも、もしこう言ってよければ、この同じ名前をもつ遊びで輪がそうであるように、意味が手から手へと駆けめぐっていくからである。ゼミが——あるいはエクリチュールの「アトリエ」が——作りだすであろうものが、前もって示されているわけである。

〈グループⅢ〉はフロイトの同じテクストを分析することを選んだ。ここでも同様にいくつかの自由な発表がなされた。しかしながらこのグループは前述のグループよりもずっと大きな抵抗のなかで作業をし、最終的にはこうした抵抗の意識こそが、このグループの作業の主要な興味深さをなすにいたった。

今年度試みたのは、変容をめざすゼミであった。はっきり表明された——そして全員が同意した——目的は、直接的には方法論的なたぐいのものではなく、知的なたぐいのものですらなくて、むしろ「転移的」なものと言ってもいい。パロールの新たな空間を創出する必要があり、それは作業の幸福な空間、ファランステールであって、そこでは知、制度、エクリチュールの関係が、間接的であるとはいえ、可能なかぎり透徹したやりかたで討議された。

研究指導教授の学術的活動

（a）学会、講演、学術使節。シンポジウムへの参加、（a）「読むことと教育」、トゥール、一九七二年一一月。（b）HPHE〔高等研究院〕第六部門の学際的研究発表会、ロワイヨーモン、一九七三年五月。——講演、（a）「記号論とフランス語教育」、リヨン、フランス語教員会、一九七二年一二月六日。（b）「言語活動の戦い」、イタリア文化協会、トリノ、トリエステ、ミラノ、ローマ、バリ、一九七三年三月二九日—四月六日。

（b）刊行物。書籍、『テクストの快楽』、パリ、スイユ出版、一九七三年、〈テル・ケル〉叢書、一〇八ページ。共同的な著作への参加、「言語活動の分裂」、『新しい文明？ ジョルジュ・フリードマンへのオマージュ』、NRF、ガリマール、三四三―三五四ページ。論文、「声のきめ」、『演じられる／論じられる音楽』九号、一九七二年一一月、五七―六三ページ。「今、ミシュレは」、『ラルク』五二号、一九七三年二月、一九―二七ページ。「ソシュール、記号、民主主義」、『ディスクール・ソシアル』三―四号、一九七三年四月、八四―八七ページ。「ディドロ、ブレヒト、エイゼンシュテイン」、『美学雑誌《ルヴュ・デステティック》』特集号「映画、理論、読み」、一九七三年、一八五―一九一ページ。

高等研究院、一九七二―一九七三年度

1　邦訳は「フロイト全集」第14巻、岩波書店、二〇一〇年、に所収（伊藤正博訳）。
2　マルコ・ベロッキオは、イタリアの映画監督（一九三九生まれ）。一九七二年には『父の名のもとに』、『新聞一面で怪物をたたく』の二本の映画を撮っている。
3　本巻所収「エクリチュールについての変奏」、「話される／書かれる」の項目参照。
4　円陣を作って綱に通した輪をすばやく回し、円の中の鬼が輪をもっているひとを当てる遊び。R・バルト『恋愛のディスクール・断章』三好郁朗訳、みすず書房、一九八〇年、八ページ参照。

16 多元論的思考の解放のために

フランスは数年前から一種の構造主義的熱狂の渦中にあり、あなたがそのなかで占めている位置についてまずひとつ質問をすることからこの対談を始めたい。マスメディアはあなたをこの理論的再生の代表的存在と見なし、あなたの影響は若い研究者のあいだで顕著になりつつある。しかしながらこれには居心地の悪さを感じざるをえない。なにもそれはあなたが流行の作家だからというわけではなくて、あなたが五〇年代に書いたものを通してあなたを知る者たちにとって、あなたはまさに影響という観念それじたいを拒否する人間だからだ。

そう、まさしくそのとおりだ……　自分がややひそやかに、つまり無意識のうちに気にかけている問題をこれほどよく理解していただいて、感謝している。わたし自身については、つまり自分を振り返ってみるかぎりでは、わたしは影響という観念を拒否している。とはいえ、自分がそこから隔絶しているとは考えられないいくつかの影響というものはもちろんあって、それらがどういう影響であるかはっきり名指すことさえできる。わたしが言いたいのは、影響という観念を疑問に付すとしたら、それはまさにある種の理論、あるいはいずれにせよ言語活動のある種の倫理とのかかわりにおいてであるということなのだ。

じつのところわたしは、人間同士のコミュニケーションの世界を、本質的に言語活動の水準で生きている。ずっと以前からそうで、これこそがわたしを他の人々と区別する特徴だ。さまざまな考えのやりとり、さまざまな考えの影響といったことを、わたしはある種正統的なやりかたで自分のなかに見つけだすことができない。これこれの人間、これこれの作家、これこれの同時代人のさまざまな考えから真の意味で影響を受けたと言うことができない。わたしのなかに入りこんでくるのはあれやこれやの言語活動、あるいは言語活動の切れ端なのだ。にもかかわらず、一般的な意味でわたしの仕事の方向を変えたと言える人間が結局のところ二人いる、もしお望みなら、もちろんそう言ってもかまわないかもしれない。まずひとりはジャン＝ポール・サルトルで、というのもわたしが書くこと《エクリチュール》に手を染めたころ、サルトルはたいへん読まれていたのだ。彼はまさしくわが若き日の——十代にかぎった話ではなく、もう少し広くとって若き日の——作家であって、その結果、当時わたしはサルトルからじっさい大いに影響を受けた、さまざまな考えや一般的なものの見方のレベル、イデオロギー、道徳、哲学などなどのレベルにおいてさえ。それはまちがいないことだ。

　その影響が明らかな人間はもうひとりいて、わたしはつねにそのことを口にしてきた、それはブレヒトだ。彼から影響を受けた時期を特定し、その特徴を明らかにすることができる。しかしこのことは別にして、わたしがこうむっている影響というのは、お望みなら、さまざまな言語活動によるものだ、それは言っておく必要がある、というのも、たとえばわたしと一緒にされる人たち、わたしがその人たちと一緒にされると言ってもいいが、その彼らがかたちづくる記号学的および構造主義的文脈の全体にかんして、これはなにも抗議したいというのではない、彼らの影響を受けたいと心から望みはする、まったく虚栄心の問題などではないのだが、事実としてわたしが真の意味で影響をこうむったとは言えないのだ。ただ、断片的な言いまわしというものはあるし、そういう言いまわしがわたしのなかに入りこんでくるということはある。影響は言いまわしの水準にとどまる。なので、言うまでもないことだが、たとえばレヴィ＝ストロースやラカンのような人たちがわたしにいくつかの言いまわしを伝えるということはあった。これにはまったく疑問の余地はない、それは否定しない。まとめていうと、わたしにとって影響の問題は、個性のめざましい自立といったことに関連して拒絶するということではまったくない、まさにその逆だ。いま間テクストと呼ばれているものを信じ、それゆえに、結局さまざまな観念の網の目ではなく、言語活動の網の目のなかに捉えられているからこそ、それを問題にするのだ。そういうふうに事態を位置づけることができるのではないかと思う。

不幸なことに日本では、そしておそらくフランスでも同じことだろうが、あなたはプラハ学派やロシア・フォルマリストたちのかたわらに位置づけられている。

けれども、そのことについてわたしは抗議などけっしてしない。もしかりに擁護者的役割や類縁関係があてがわれたとしても、結局けっして抗議はしない。抗議する理由など何もないし、そんなことをしたら見苦しいだけだろう。たとえば『ミシュレ』を書いたとき、そう、これは真実を明らかにするために正直に言わねばならないが、バシュラールはただの一行も読んでいなかった。ところがその後、この本はバシュラールから来ている、バシュラールの影響をこうむっていると言われた。しかしバシュラールには大いに賛嘆の念を抱いているし、バシュラールがとても好きなので、おわかりと思うが、一度たりとも抗議したことはない。でもじっさいは真実ではないのだ。こうした一切を言うのは、繰り返しになるが、あなたがわたし同様によくご存知のように、これが間テクストというアクチュアルな理論的問題につながっているからだ。言語活動の大いなる循環という問題だ。

影響という展望のなかに身を置いてしまうと、危険なのは、しだいにテクストを読むことを忘れはじめるということだ。変容と再配分のある種の戯れとして機能しているあなたのテクストもそうだ。

そう、まさにそのとおりだ。それに、この問題にはわたしも大いに興味をもっている。この夏〔一九七二年〕、テクストの快楽についての小さな本を書いたばかりだ。これを出版するかどうかはまだ決めかねている。書き終えたばかりだし、少しあやふやな状態なのだが、とはいえまさにこの夏、確認できたのは、タイプ用紙で六〇枚ほどのこのとても短いテクストのなかには、言ってみれば、友人たちとのいくつもの会話が入りこんでいるということだ。これを他の人たちの考えと呼ぶことはできない、他の人たち自身がそこにいるのであって、「これこれの考えをわたしが自分のものにしているのは、いついつの晩に誰々と話をしたからだ」、こう言うことはできるかもしれない。またある人と一緒にいてひとつの考えを得たとき、その考えを得たのはその人のおかげだということもときにはある。ここに精神分析的テーマが現れてくるのが見てとれるだろう。他者がそこにいるということは、その人自身は話をせず、ただ聞いているだけであっても、その他者はそのとき得られた考えのいわば創造者ということになる、そんなふうに思える。その結果、わたしにとって影響とは、ある作者を読んで、のちにその特徴を受け入れるといったことではまったくない、もっとずっと幅があり、もっとずっと広範囲で、実際のところ定位不能なことなのだ。

テクストと呼ばれるものは、まさにそうした定位不能なタイプの影響が結ばれ、また解かれる場だ。けれども、ひとはあなたについて語りながら、定位可能な徴を数えあげるほうを好む、構造主義、フォルマリスム、言語学、記号学、など。ある意味で致し方のないことではあるが……

そう、致し方ない…… まずわたしの人生には、一〇年ほど、そうしたことにほんとうに専念していた時期があった。ちょうどわたしが多少世に知られるようになりはじめたときのことで、じっさいそのころは、文字通りの意味での構造主義や記号論に取り組んでいた。それはわたしのなかで疑似科学的とも言うべき時期だった。しかしはっきりしているのは、その後わたしは多少なりともそれから距離をとったということで、いまはいささか違ったことをやっている。人生は長く、ひとは変わる、それはたしかなことだ。

あなたが『記号学の原理』を書いたのは、自分の方法論的分野と仕事の実践が限定されることを拒もうとしたためだ、という印象がある。『モードの体系』も同じだろうか?

そう、まさにそうだ。あなたの言われることはとても正鵠を得ている。ひとが本を書くのはある意味でそれを抹殺するため、それについてもう二度と語らないようにするためだと言ってもいいかもしれない。『記号学の原理』は小さな、きわめて教育的な本で、学生相手のゼミから生まれ、それなりの役目は果たしたと思う、というのも、そのころ記号学という言葉を口にするひとなどひとりもいなかったのだから。いまやなんと言おうと記号学は存在する、多少行き当たりばったりのところはある、しかしともかく記号学は存在している。当時この本は役に立ったと思う、しかし言うまでもないが、内容のレベルではこれはすでに非常に古びてしまい、いまとなっては、よく言われることだが、きわめて初歩的で、ただ分類がされているというだけにすぎない。ごく基本的な記号学にすぎず、多少ステンドグラスみたいだと言ってもいいかもしれない。ステンドグラスの技術を思わせるような、いささか古風なものということだ。[1]

『モードの体系』について言えば、真の意味でわたし自身がこれを書いたとは言えるが、それはこの本を出版するためではなかった。わたしはこの本を生産物としてではなく、もっぱら自分自身に意味をもつひとつの生産そのものと考えていた。ひとつのシステムを練りあげることそれじたいに深い快楽を感じていて、出版するかどうかは二の次だったのだ。日曜大工のようにあるシステムを作りあげようと試みる者の快楽というわけだ。そしてたとえ出版されなかったとしても、わたしにはまったく充分な役割を果したと言えると思う。出版しようかどうかほんとうに真剣に迷った、そうする必要をいささかも感じていなかったからだ。他の本たちは少し違っている、というのもそこにはエクリチュールがあり、したがって読者とのエロティックな戯れがあるのだから。しかし『モードの体系』というのはまさにある作業の呈示ということで、生産物ではなく、作業それじたいが他者の前で舞台に上げられているのだ。

ここで第一の質問を投げかけてみたい。それは複数性の観念にかかわっているが、わたしはフィリップ・ソレルスのある文章から出発したいと思う。彼はロラン・バルトについて記した最近のテクストのなかで言っている……

（笑）そう、わたしについての一種のポートレートと言ってもいいような……

彼はこう言っている、「R・Bは逆に自分をさらす。時間に几帳面なエレガントさが浮きあがってくる。彼は時間通りに姿をみせ、自分の重量をかなりすばやく変容させる術を心得ており、すぐにひとつのことに飽きがきて、度を過して熱中しているふうはいささかもみせず、記憶力がいい」[2]。そして暗喩的であると同時に挿話的でもあるこの文章のなかで……

そう、たしかに……

あなたは複数的な存在として描かれているのだが、複数的なる観念には、この複数性が純然たる暗喩であるかぎりにおいて、不安を覚えずにはいられない。

ただ、わたし自身しばしば複数的なるものについて語っている。たとえば『S／Z』のなかで[3]。

たしかにあなたは複数的という言葉を使っている。けれども、この言表の主体そのものである人間について語るには、意味をずらす必要がある。いかなる（…でもない）という言葉のほうが好ましいのではないか。じっさい、「時間通りにやってくるため、すぐに飽きがくるためには」、いかなる場所にもとどまってはならないのだから。

あなたの言われることはじつに正しい。まったく聡明な見方だ。言うまでもなく自分自身について語ることにはつねに微妙なところがある、まるで自分自身であることが可能であるみたいになってしまって…… 自分が個人として、わたし《モワ》として存在しているかのように。しかし、そう、もしわたしが批評家で、著者としてのわたし自身を批評することになったとしたら、まさにあなたがいま言われたことを強調するだろう。つまり、じつのところ、実存的あるいは神経症的なレベルで、言い方はどちらでもあなたにお任せするが、わたしには、わが生とわが作品のすべてを深いところで律するある徹底した不寛容がある。それはステレオタイプにたいする不寛容、つまり、繰り返し口にされる、そして何度となく繰り返されることでだんだん粘ついてくる言語活動にたいする不寛容だ。そのことについては余談的にはしばしば触れてきた。正面から語ったことは一度もない。このあいだ書きあげたばかりの直近のテクストのなかではもう少し多く語っている。[4] 次のようなことがある。実際の話、ある言語活動が粘ついてくるやいなや、たとえそれが真実を突いていると思えても、それがステレオタイプ化しているという事実だけで、このときわたしのなかで言語活動にかかわるほとんど生理的なメカニズムが発動する、つまり嘔吐、吐き気のメカニズムだ。これには我慢がならないし、そうであるがゆえに、あるタイプの言語活動が、たとえばマヨネーズが固まってくる、クリームが固まってくると言われるのと同じように、さまざまな考えを伝達しつつどこかで固まってきている、粘ついてきていると感じてしまうと、即座にわたしはどこか別のところに行きたくなってしまうのだ。

もちろんそのために困った羽目におちいることはたびたびある、というか、いずれにせよそれはわたしに恐るべき問題の数々を突きつけてくる、というのもまさしく今日的な社会とは、さまざまな力が働くことで（これが今日的な疎外のひとつの特徴だ）、あっという間にある種の言語活動を凝固させる社会、一連のステレオタイプの創出をめぐって膨大なエネルギーが発揮される社会なのだ。これらのステレオタイプをわたしは特殊言語《イディオレクト》と呼んでいる、この特殊言語はひどく粘ついていて、その結果われわれ現代人は、まったくありきたりな、ステレオタイプ化された言語活動のあいだをたえずすり抜けて生きていかざるを得ない。それでわたしは息がつまり、別のところに行くために悪戦苦闘するということになる（わたしの仕事の意味はまさにこれだ）。ある言語活動——初めはその新鮮さや真新しさのなかでそれを生きることもしばしばで、それゆえわたしも擁護していた、そういう言語活動——が、にもかかわらず粘ついてくると、別のところに行きたくなる、つまり自分自身の言語活動に多少なりとも不忠実になってしまうのだ。

けれどもそれはほんとうの意味での不忠実ではないだろう。むしろ自分自身への忠実さだ。

もちろんそうだ、一種の弁証法と言うべきだろう。いずれにせよ、そう、哲学的、イデオロギー的あるいは政治的タイプの大いなる論説への不忠実とはちがう。言語活動が過度に粘つくようになったときの、そうした言語活動にたいする不忠実ということだ。したがってわたしは、その結果として、こんにちの知的活動がかたちづくる大いなる言語活動の数々、たとえば自分でそれを実践しているにもかかわらず、精神分析の言語活動がそうだが、そうした言語活動とつねに軋轢をもつことになってしまう。精神分析の言語活動というのはきわめて粘つきやすく、まさにそのことによってわたしに苦痛を与える。またこれは隠す必要などまったくないことだが、マルクス主義的な言語活動との軋轢もある。マルクス主義的な言語活動は、通俗的な解説書のかたちをとって、あちこちでステレオタイプ化しようとするきわめて強い傾向があるのだ。

結局、年ごとに書きついでいることのすべてはつねにこのテーマをめぐっており、それは神経症的なテーマであって、それゆえに実存的なテーマでもある。当然、哲学的なものへの波及もあり、まさにそこにおいて、実際の話、あなたがみごとに見抜いたあの一種基軸となる感情が、哲学的諸問題のかたちづくる展望を見いだす、というかつまり、そういうものまで拡大されていくことになる。わたし自身は哲学者ではないが、たとえば単一論的思考と呼ばれるものにたいして、理論的に闘いを挑むにいたったことはたしかだ。つまり単一的な言語活動や単一的な意味解釈の優位、支配にたいする闘い、単一的な、強いられた意味の哲学にたいする闘いということだ。わたしがつねに可能なかぎり力を尽くして闘ってきたのは、解釈の複数性、全面的な意味の解放のためであって、それは意味の免除、意味の削除、廃棄という欲求ゆえだったのだ。

この点でさらにつけ加えると、実際の話、われわれの生きている時代は単一論的思考への傾きがとても強い、なぜならきわめて葛藤の多い時代だからだ。われわれの時代をマルクス主義的な用語で説明すれば、どこに葛藤があるかよくわかるし、まさにそうしたことを通して、個々の言語活動、単一論的な言語活動がたがいに争いを繰り広げているのだ。一種の言語活動の戦いのようなものがあり、その結果、多元論的な態度はまったく中心からはずれた、異端の態度にほかならなくなる。そもそもその証拠に、西洋の哲学的伝統は九〇パーセントが単一論的伝統だ。宗教的側面をとっても、ユダヤ教的、キリスト教的、さらにはイスラム教的一神教がそうだし、非宗教的哲学においても、つねに一元論的哲学であって、多元論的哲学はきわめてまれだ。そのような哲学はいまだに多少なりとも中心からはずれた哲学なのだ。そこでわたしにとっては、ニーチェのような哲学者が大いに重要性をもつことになる、先導者としてではなく、ある種の多元論、多元論的思考のまさに表現者そして解放者として。話が少し抽象的になってしまったが、あなたのほうで説明を工夫してほしい……

わたしの二つ目の質問は『記号の国』にかんするものだ。日本人は日本について書かれたことにつねに敏感だが、この本は日本文化についての研究書として読まれてはならないと思う。

それははっきりしている。冒頭でそのことをきちんと述べた。手早くではあるが、しっかり述べている。そんな野望はいささかもない……

あなたは次のような夢を喚起している、「ある異国の（異質な）言語を見聞きするけれども、理解しないでいること。その言語のなかに差異を感じるけれども、その差異を意味伝達や日常言語といった言葉（ランガージュ）の表層的な社会的機能で取りこんでしまわないこと」[6]。言われていることは明快だ。このテクストはロラン・バルトの根源的な欲望、というかむしろ、あなたがしばしば話題にしてきたあの白いエクリチュール、あの無人地帯の果てにいる者の戦慄を、みごとなまでに描きだしていると思う。日本はあなたにとってこの「エクリチュールの零度」だったのではないか？

まさにそのとおりだ。いずれにせよ、それはひとつのテーマではある、本全体についてはどうかわからないが、あなたがいま引用した言語についてのくだりについてはそうだ。もちろんこのくだりは非常に逆説的だ。ある言語を愛し、かつ理解しないというのは、実際問題としてはまったく意味をなさない。いったい何が言いたいというのか？　けれどもわたしにとってそれは、われわれがこんにちシニフィアンと呼ぶものの存在を信じるかぎりにおいて、やはり意味のあることなのだ。シニフィアンには強いエロティシズムがあり、そのエロティシズムはまだまったくと言っていいほど探究がなされておらず、精神分析がその探究のためのいくつかの手段をわれわれに提供するにとどまっている、わたしはそう思う。ともかくそのエロティシズムは受け入れられていない、とりわけ大部分の知識人にはそうだ、なにしろ知識人というのはきわめて単一論的な——何を言いたいかおわかりと思う——きわめてドグマティックな精神の種族なのだから。そしてわが闘いのひとつのポイント、それはつねにシニフィアンのため、そのエロティックな豊饒さのため、その欲動、解放のために闘うということだ。そういうわけで、このとき、言語、といってもそれはその物質性から見たすべての言語ということで、意味から見た、さらには抽象的な意味における構造から見た言語ではない、そうではなく、発声、息など、言語における身体の現存に関連づけられることすべてがわたしを夢中にさせる、夢中にさせる以上だ、わたしを魅了し、虜にする、というか、真の意味で悦楽《ジュイサンス》のなかにわたしを導き入れてくれる。そのとき明らかなのは、日本でわたしはほんとうに大きな喜びを感じたということだ、というのも日本語という言語についてわたしは完全に無知であって、「完全に」ということで言いたいのは、語根すら認識できないということだ。お望みなら、わたしはポルトガル語も、さらにはノルウェー語だって知らないと言って全然かまわないけれど、それでも街中でいくつかの単語を認識したりすることはあるだろう。日本では非浸透性は完全で、同時に、まさにそのことこそがわたしをあれほど幸福にしてくれたのだ。そんなわけでこの言語が話されるのを聞くのは楽しかった、というのもわたしは、自分には理解できないこの言語と人々の身体が接触をもつのを目にしていたからだ、それはつまり一種の情動性のリズムの、息のリズムのすべてということで、毎日のようにそれがわたしに快楽をもたらしてくれたと言わねばならないし、まるで毎日とても美しい、とても興奮を誘うスペクタクルを見に行くかのようだった。おわかりだろうか、それ〔日本での日々／スペクタクル〕はまったく同じたぐいのことだったのだ。

これはわたしの思い違いかもしれないが、あなたの著作のなかに至福の状態を表わす本が二冊あって、それは『ミシュレ』と『記号の国』ではないかと……

おっしゃるとおりだ、あなたはじつに炯眼な批評家だ。日本については、まあ、そうしたことは感じとることができた。人々はこれが幸福な書物であることを理解し、それゆえこれはおおむねそうしたものとして受容された。けれども『ミシュレ』がそのように言われることはずっとまれだ。あなたの炯眼ということに関連して、あなたの気にいってもらえそうなことを言おう、自分が書いたすべての本のなかでわたしがもっとも愛しているのは『ミシュレ』なのだ。なんとも逆説的なことだ、というのも結局のところ、この本のことは少しも話題にされないからだ。これは『零度のエクリチュール』のように話題になる本ではまったくない。『ミシュレ』こそ、わたしのなかでは、ある種のエクリチュールの幸福のなかに真に位置づけられるのだが、にもかかわらず、わたしがミシュレを好きではないと信じたひとは数多くいる。そんなことはなくて、わたしはミシュレを深く愛していた。これは幸福な本だ。彼らにはそれが見えなかった。

　とはいえ、こういう本をふたたび書くのは容易ではない……　おわかりのように、毎年幸福ではいられないのだから。ときどきそうなるときがあるというだけだ。

日本にかんして、『記号の国』で言わなかったことで何かつけ加えたいことはあるか?

いや、これは率直に言うが、ないと思う。

じっさいこの本はスキラ社からの注文だった[7]わけだが……　日本に行ったとき、日本について書くことはまったく考えていなかった。ノートのたぐいもいっさいとらなかった。数年後、この小さな本を書くことになったとき、頭のなかで再構築することが必要だった。さいわい人と会う約束を記した覚え書がいくつかあり、それがすべてだった。わたしはすべてを再構築し、そしてまさにその点において、あなたの質問に答えるために言えば、自分のなかから、思い出、想起ということにかんして、ほんとうにできるかぎり最大限のものを引きだしたのだ。この本は長いものではないが、日本について思いだせることはほんとうにすべて自分のなかから引きだした。ほかには何もない、というのも、ほかのことを言うためにはまったく別のレベルに移り、現実の日本に目を向ける必要があるだろう。たいへん大きな問題がいくつもあることは想像にかたくないけれども、それを扱うことはわたしにはできない、というかそうするのであれば、もう一度日本を訪れる必要があるだろう。

唯一やりうることがあるとしたら……　それは次のようなことだ。実際の話、自分が現実に恋しているとしか言いようがない国について、日本の人たちはここに自分の姿が描かれているとは思わないだろうと、わたしはすぐに、テクストの分量が六〇ページほどのこの本をひとたび書き終えてしまうと、わたしはすぐに、ということを理解した。わたしが言いたいのは、この点について自分には最初から完全な自覚があったということで、その結果、そのことにはいささかも苦痛や後悔の念を感じはしなかった。しかしいずれにせよ、これが日本人のための本ではないということにわたしがきわめて意識的だったことは、言っておく必要がある。おわかりのように、これはまさに逆説そのものだ。日本のみなさんにお願いできる唯一のことは、この点についてわたしにははっきりとした自覚がある、これにかんしてはいかなる曖昧さもない、そのことを理解してほしい、認めてほしいということだ。

わたしの三つ目の質問はフローベールに、というかむしろあなたの著作のなかで彼が占めている特別な場所にかかわっている。あなたは『零度のエクリチュール』のなかでフローベールについて語っている。その後もしばしば彼について語ることはあるけれども、間接的なやりかたでだ。ひとは次のような印象を禁じ得ない、『S／Z』はバルザックの中編小説にかんするきわめて徹底した分析だが、それはある不可視の中心のまわりをめぐっている、その中心とは『ブヴァールとペキュッシェ』のフローベールだ。マルチネ教授の六〇歳を祝うための論集……

ああ、あなたはよくご存じだ。その論集に収録されたテクストはペイパーバック版の『零度のエクリチュール』に再録されている。[8] 最近刊行された。

なるほど、そうなのか。それにしてもフローベールは、あなたの思考のなかで、まるで現存としてではなく不在として重きをなしているかのようだ……

ひとつ言えることがある。もしお望みなら、わが人生において大きな意味をもつ作家がたしかに三人いる、ほとんど日常生活においてそうだ、そう言ってもいい、というのは、夜にそれらの作家を多少なりとも読みかえしたりすることがある、もちろんいつもかならずというわけではないが、そんなふうにしていつもそれらの作家に戻ってくる。言うまでもなくまずサドがおり、それからフローベールがいて、プルーストがいる。ただ、こんなふうに一種の選択をしているわけだが、これは純然たる理論的選択ではないし、あるいは純然たる……　どう説明していいのかわからない。これらの作家たちは、結局のところ、彼らについて単著を記すことはけっしてないだろうことが現時点でほぼ確実な、そういう作家たちだ。フローベールについても、フローベールについてもプルーストについても本を書くことはけっしてないだろう。プルーストについてひとつ、フローベールについてもひとつ論文を書いたが、[9] それらの論文はやや副次的と言ってもよくて、とはいえ技法にかんするものというわけではないのだが、たとえば文体の諸問題といったかなり形式的側面を扱っている……　そう、サドについては本格的に書いた。しかし結局、なんといってもサドは三人のなかで存在がもっとも薄い、サドは日常生活ではその現存を引き受けるのは辛いから。いっぽうフローベールとプルーストのほうはそうではない、とりわけあなたが言ったように『ブヴァールとペキュッシェ』などは。

では、フローベールとはわたしにとってなんなのか？　フローベールについて単著を書かないのは、まさに事実としてわたしにはフローベールについての考えがないからだ。フローベールについて批評的理論を構築することはわたしにはできないだろうが、どんなときでもフローベールの仕事はわたしのなかに入りこんでくる、なぜならそれはエクリチュールの仕事そのものであり、ということはつまり、まさにある種徹底して複数化した存在だからだ。わたしにとってそれは複数化した作品であり、自分から呼ばないでもわたしのところにやって来る。直接的で驚異的な間テクストだ。それは文の切り方、段落のあいだの裂け目で、喜劇的《コミック》要素でもある、ある種の喜劇的要素、つまり、彼自身ひとを笑わせない喜劇性《コミック》と呼んでいたものだ。したがってそれはまた前衛的という以外にない諸カテゴリーでもあって、フローベールが、〈文学史〉によれば、写実主義の時代に出自をもつ作家であるにもかかわらず、なぜつねに完璧に前衛的な作家として現れてくるのかは、そのことによって非常によく説明される。言い換えれば、結局のところ誰もが、こんにちエクリチュールにかかわるすべてのひとが、かならずフローベールを通過する。わたしはそのことを深く確信している。

　それはそうとして、ともかくフローベールについての本を書くことはけっしてないだろう、なぜならわたしにはフローベールについての体系的概念がない、フローベールについての批評的概念がない。またしても、このことについての深い真実は言語活動とエクリチュールの水準にある。わたしが思うに、フローベールのエクリチュールは――これについては、例のまだ刊行されていない直近のテクストのなかでも触れている。フローベールについていくつかの短い段落があり、そこでもこのことを説明している[10]――事実として完全に読解可能なものだ、というのもフローベールはまったく古典的な作家なのだ。フローベールを読むのはきわめて容易だ。ところが、深いところでは、それは読解可能なものの限界、さらには言語活動のある種の狂気の限界にあるエクリチュールなのだ。フローベールにおいてわたしを夢中にさせるのは、まさにこうした側面のすべてだ。フローベールにおいてわたしを夢中にさせるのは、彼がまさに究極的に読解可能な作家として自分を呈示し、なおかつ言語活動にかんする一種の実存的不安をもっているということであって、この実存的不安は、ほとんどジョルジュ・バタイユを思わせるようなある種の観念にまで到達していると、誇張でなく言いうるたぐいのものだ。

サルトルのフローベール[11]は読んでいない、最後の巻なのだろうか、よく知らない。しかしいずれにせよ、個人的には、わたしには前述のようにしか言えない、彼はいわばエクリチュールの偉大なる実験者であって、これはまったく抽象的なことではない、日常的という以外にない仕事のさまざまな問題にかかわってくるのだ。わたしは言語活動にたいするフローベールの関係を深く、賛嘆の念をこめて愛している。極度の濃やかさをそなえた関係であり、屈折した関係で、これ見よがしのところはまったくなく、定義するのはとてもむずかしい。

エコール・ノルマル・シュペリユールでこの一月[12]に催されたプルーストの夕べで、あなたはプルーストについてたえず更新されるという言葉を口にした……

そうだ、フローベールについてもまったく同じことが言える。じっさい彼らは分類不能な、つまり〈文学史〉の分類からは食み出てしまう作者たちに属している。三年前、ゼミで二、三回にわたって『ブヴァールとペキュッシェ』のことをやった。たいしたことを言ったわけではないが、人々がたいへん興味をもっていることはわかった。いずれにせよ、それについてなにか教義のようなものがあるということではない。

わたしの四つ目の質問は「言語《ランガージュ》を盗むこと」にかかわるものだ。あなたはこのことに『サド、フーリエ、ロヨラ』の序文で触れている。あなたはこう言っている、「実際のところ、今日では、ブルジョワ的イデオロギーの外部にはいかなる言語活動《ランガージュ》の場も存在しない。われわれの言語活動はブルジョワ的イデオロギーに端を発し、そこに戻り、そこに閉じこめられたままになってしまう。可能なる唯一の反撃は直接それに攻撃をしかけることでも、破壊することでもなく、ただ盗むことのみである。すなわち、文化、科学、文学の過去のテクストを断片化し、それと見分けられないような言いまわしのもとでその特徴的表現を撒き散らすことだ。盗んだ商品に人目をあざむく粉飾をほどこすのと同じやりかたである[13]」。「言語を盗む」ということても印象的なイメージは、白いエクリチュールとある種の関係をもっているように、わたしには思えるのだが……

実際の話、「言語を盗むこと」という考えは二つの欠くべからざる源泉に由来している。第一のものは、まさに『零度のエクリチュール』以来ずっと続いているテーマで、「零度のエクリチュール」というタイトルそのもののなかに表されている。つまりこういうことだ、文学の内部においてさえ言語活動の社会的疎外というものがあり、それゆえ夢は白いエクリチュールを自由に使いこなすことである。白いエクリチュールとは、事実として、盗まれていない、専有されていないエクリチュール、誰の所有物でもないエクリチュールのことをいう。『零度のエクリチュール』の最後にこう書いた（説明したのではない、というのもこの本はきわめて断定的で、きわめて暗喩的なのだ）、事実としては、白いエクリチュールは存在しない、それはつねに取りこまれている、つねに専有化されている、したがってこの点については、作家は言うなればある悲劇的な責務に向きあっているのだと。ともかく、こういう考えはつねにあった。言っておかなくてはならないのは、いまは少し変ったということだ、というのも結局のところ、わたしはエクリチュールを、少なくとも当時は言葉のまったくモダニスト的な意味で捉えていた、わたしがアトピックな〔非在の〕と呼ぶようなたぐいの活動として、つまり場をもたない、そしてある程度までは誰の所有でもない活動として。ただそのころにしても、誰の所有でもなく、起源の場をもちもしないこのエクリチュールは、じつは公衆に消費されなかった。これは超前衛的なエクリチュールで、読解不能なエクリチュールだが、思うに重要なものではある。こういうエクリチュールが存在するということは重要であり、にもかかわらず支持者がいない。五百人ほどの人が読み、好ましく思い、それですべて。以上が一つ目の考えだ。

二つ目の源泉はもっと偶発的なもので、わたしが経験したことに由来する。その経験は「高等研究院」に職を得て以来のわが人生のなかではとても重要で、学生との接触にかかわっている。非常に頻繁に、このごろ本を書いているとき——このことを口外したりはしないのだが——、学生を相手にしたときに受ける印象を拠りどころにすることがあるのだ。そういうわけで、ひどく驚かされることがひとつある、かならずしもそのことを好ましく思ってはいない、いまどきの学生には、いや、もちろん世代の問題ということなのだろう、……イデオロギーが存在するいたるところでそれを追い詰めること、それを探しだし、すべてがイデオロギー的であることを示し、ブルジョワ的イデオロギーにたいする戦争を始めること、そうしたことへの大いなる意志、狂気じみたエネルギーがあるのだ。これはずっと以前から、お望みなら三〇年前からと言ってもかまわないが、わたしがかかわっているプログラムではある。しかし結局ある種なんとも苛立たしく、心を萎えさせる側面があらわになっている。つまり、これをやっている人たちは、自分がどのような場所からこの闘いを推し進めているのか、けっして問おうとしないのだ。というわけで、わたしの考えでは、この問いへのわたしの答え、それは先ほどの『サド、フーリエ、ロヨラ』の序文で言い表したことだ、つまり結局それじたいがイデオロギーに徴づけられていない言語活動はない、そしてその結果、ある中性的で、純化された場所、誠実な高みの場所からイデオロギーを批判することはできないということなのだ。目の前になんらかのイデオロギー的な言語活動があり、いっぽう自分はその言語活動から完璧に守られている、そんなふうに言える場所など存在しないということだ。

物象化した社会の他の言語活動にたいする批判的関係、問いただしの関係は、攻撃、破壊の関係ではありえない(言語活動を破壊することなどけっしてできない、そのときはもう話をしてはならないということになる)。唯一ありうるのは掠めとる、盗むといった関係だ、そこではひとはあれこれの言語《ランガージュ》を話すふりをし、その言語に内部から仕掛けをほどこすのだ。これは全体として定義づけるのがむずかしいひとつの技法で、比較的うまくいくときと、いかないときがあるが、他に解決法が見当たらない。こうしたことはわたしのなかでは、文化にかかわるある倫理的姿勢から来ている。あらゆる文化の直接的破壊、たとえば前衛芸術のある種の形式やある種の急進左翼的環境などで志向されているたぐいのものだが、そうしたものはまったくの幻想だと思う。文化がそんなふうに破壊されることはけっしてない。文化とはもっと別のもので、いたるところに存在し、べとついてくる、いかんともしがたいものだ。したがって考えられる方法はただひとつだけ、それは裏をかくことだ、裏をかかねばならないのだ。この裏をかくということについて、おそらく一種の哲学もしくはモラルが必要だろう。以上、たしかに議論の余地はある、しかしさしあたりじっくり考えているのはこうしたことだ。

それでは、結論の代わりに最後の質問を。エクリチュールの悦楽の理論にかんするあなたの企画についてお話しいただけるだろうか?

そのことだが、ほんとうにあなたは勘が鋭い、まるで魔術的な予感の力をもっているようだ、というのも、すでに述べたように、まさにこの夏、テクストの快楽についてのとても短いテクストを書いたばかりだ。このテクストじたい断片によって構成され、まったく一貫した理論の展開になっていない。そういうテクストを書いたばかりなので、それについて話をするのはあまりたやすいことではないとさえ言いたいところだ。しかし、そう、あえて単純化すれば、数年前からすでにわたしのいわば批評家としての注意は、テクストの快楽および悦楽という、この問題に向けられている。なぜか？ある戦略的な理由からだ。エクリチュールと文学理論の展開、つまり言い換えると言説についての構造主義的科学の展開は、なんらかの科学をめざそうとするときいつもそうだが、読むことと書くことのエロス、エロティシズムにたいして、極度に粛清的で去勢的な態度を生じさせる。われわれがあるテクストを読むとき、そのテクストはわれわれに快楽をもたらしたり、われわれを退屈させたりする、われわれはそのテクストとエロティックな関係をとり結ぶ、これはまちがいない、なのにこの事実をひとは括弧に入れてしまう。このことについてひとはけっして語らない。科学はこのことを考慮に入れないが、それは部分的には以下のような理由による、つまり快楽という観念にかんして絶えずある種の検閲がある、いずれにせよ西洋文化ではそうだ、それで快楽という観念は貶《おとし》められ、矮小化されてしまうのだ。

たとえばわれわれは、西洋において、偉大な快楽の哲学をもっていない。快楽をみずからの哲学の中心に据えた人間がひとりだけいて、この人間にまさにわたしは関心をもったわけだが、それはフーリエだ。けれどもフーリエは偉大な哲学者とは言えず、誰もが彼を頭のおかしい変人だと思いこむ。言い換えると、いまわれわれが快楽について、エロスについて、考察することを望んでも、助けになる哲学がないのだ。この快楽という問題を正面から取りあげた、いまあるなかで唯一の哲学——哲学といっても言葉のきわめて広い意味においてだが——、それは精神分析だと言ってもいいかもしれない。精神分析にたいして、快楽に関心を向けなかったと非難することはできない。けれどもじつのところ、精神分析は快楽について極度に悲観的な見方しかしていない。精神分析は快楽の観念をつねに欲望の観念に包摂してしまう。これはかぎりなく悲観的な考え方だ。

というわけで、こうしたいわば哲学的な文脈があって、事実として科学は、とりわけ学生の研究に関連して、きわめて超自我的なやりかたで、つまりまさに超自我を前面に押しだして、方法にしたがうべしという義務を強調するのだ。これはテクストにたいしてしばしば見られるきわめて去勢的な対応だ。イデオロギー的な立場からの異議申し立てもなされた。わたしが考えるのは、例をあげれば、『カイエ・デュ・シネマ』の記事のような書き方だ。それらの記事は、イデオロギー的分析という口実のもとで、しまいには作品にたいするエロティックな関係を完全に抑えこむまでになっている。こうしたことに対抗しようとしてテクストの快楽に関心を向けたのだが、それには危険がともなうことも充分意識していた。というのも、一般にテクストの快楽が抑圧されるとしたら、おおざっぱに言うと、左翼において、学者の側、異議申し立てをする人々の側で抑圧されるのだ。不幸なことにテクストの快楽はしばしば右翼においてその権利が主張されるが、その理由は深く反動的なものだ。「文学をわれわれに作ってほしい、文学は快楽をもたらす、われわれにはそれで充分だ、などなど。」このように言うのは、じつのところ、政治を排除するためにほかならない。

わたしはまず、快楽を多元論的な、反単一論的な、したがってイデオロギー的超自我のない場に位置づけた。結局のところ、ひとはイデオロギー的視点からすれば反動的なテクストにも快楽を見つけだす権利をもっている（単純化して言えば）、快楽はイデオロギーを斟酌しない、そう説明した。そして徐々に、もともとは精神分析的な概念だったある区別、つまり快楽と悦楽のあいだの区別を援用するようになった。快楽のテクストとは、一般に文化の側にあり、文化を容認しているテクストで、その文化への関連の仕方は精神分析的にみれば、想像的な自我の表層にたいする、したがって葛藤が収まり、穏やかさを取り戻した主体の圏域にたいする関連ということだ。いっぽう悦楽は結局のところつねに倒錯に根拠づけられている、あるいはきわめておおざっぱな言い方をすれば、ある種の意識の喪失や対象の物神化、大きなショック、さらには非常に急激な外傷体験に根拠づけられている。

現代的と言われるテクストは一般に悦楽の側にある。悦楽のテクストはかならずしも快楽をもたらすとはかぎらない。退屈の印象を与える悦楽のテクストもありえる。わたしはこれら二つのことがらに身を任せた。わたしが試みた説明は次のようなものだ。自分にとっては多少なりとも不幸なことと言うしかないが、おそらくみずからの過去、みずからの世代のせいもあり、わたし自身きわめて矛盾した人間で、というのも、わたしは快楽のテクストと悦楽のテクストのどちらか一方だけを選ぶことはできなかった、両方とも必要だったのだ。そのためにわたしは一種の歴史的矛盾のなかにおり、快楽の面でしばしば過去の作品を復権するその一方で、悦楽の面では前衛的作品を支持することになった。そんなわけでわたしは時代錯誤的な主体たらざるを得なかった。

わたしは二重の意味で倒錯している、というのも、よく言われるように、二重に分割されているのだから。たぶん少し抽象的な話になってしまった。本を書き終えたばかりだとすぐに話が抽象的になってしまう、というのは大急ぎで要約しようとするので、それで……

初めのころにあなたが書いたもののなかにも、この二重の倒錯の徴を見いだすことができる……

もちろん、それはかなり明らかだ。たしかに人生のある時期、みずから科学主義的ファンタスムと呼んだ局面を、わたし自身通過したことがあった。わたしには科学性が一種のファンタスムとして機能したのだ。それは記号学の初期で、じつをいうと、わたしが多少知られるようになったころだった。いっさい否定はしない。その通りだと認める。とはいえ、いまはシニフィアンの、文学的エロティシズムの理論に非常に気持ちを惹かれている。以上、これが言いうることのすべてだ。というわけで、まちがいなく、わたしのイメージも多少変化をこうむることになるだろう……

『海』誌(中央公論社、東京)、一九七三年四月

一九七二年に〔パリで〕おこなわれた蓮實重彦との対談。一九九〇年一一月一六日付けの『リベラシオン』紙に部分的に掲載され、全文は『ルプレザンタシオン』誌(一九九〇年春、東京)に初めて掲載された。[14]

1 「ステンドグラス」の比喩については、R・バルト『モードの体系』、六ページ参照。

2 『テル・ケル』のバルト特集号(47号、一九七一年秋)所収の Philippe Sollers, « R. B. »。のちに *L'amitié de Roland Barthes*, Seuil, 2015, p. 41 に再録。

3 『S/Z』の冒頭部分(I—IX)、とりわけ「II解釈」の次のくだりなどを参照。「その複数の状態において直接対象とされたテクストの要求する解釈は、気前のよさを全然もっていない。すなわち、いくつかの意味を容認したり、寛大にそれぞれの意味に真実の分け前を認めたりすることが重要なのではない。あらゆる無差別〔差異の無化〕に抗して、複数性の存在を確認することが重要なのである。そしてこの複数性の存在は、真実や蓋然性の存在ではなく、あるいは、可能性の存在でさえもない」(『S/Z』沢崎浩平訳、八ページ、訳語一部改変)。

4 たとえば次のくだりなどを参照。「二つの重要な単語の結びつきが当たり前になると、すぐに吐き気を催す。あるものが当たり前になると、わたしはすぐ放棄する。それが悦楽だ。〈…〉ステレオタイプとは、このような、死ぬことのできない状態だ。吐き気を催すような」（『テクストの快楽』沢崎浩平訳、八一―八二ページ）。

5 R・バルト「言語活動の戦い」（初出一九七三年、『言語のざわめき』沢崎浩平訳所収）参照。

6 本著作集第七巻『記号の国』石川美子訳、一三ページ。

7 « Les Sentiers de la création »（「創造の小径」）というシリーズの一冊として企画された。

8 「フローベールと文」、『新＝批評的エッセー』花輪光訳、みすず書房、一九七七年。もともとは本文中にあるように、言語学者アンドレ・マルチネの記念論集のために、一九六八年に書かれた論文。

9 「プルーストと名前」および前出の「フローベールと文」、ともに『新＝批評的エッセー』所収。

10 R・バルト『テクストの快楽』、一六―一七ページ、「フローベール、言説を不条理なものとせずに、切断し、それに穴をあける方法（訳語一部改変）」で始まる断章参照。

11 Jean-Paul Sartre, *L'Idiot de la famille*, Gallimard（全三巻のうち、一九七二年の時点では二巻まで刊行されていた）。

12 一九七二年一月二〇日から二二日までエコール・ノルマル・シュペリユールで開催されたシンポジウム「プルーストとヌーヴェル・クリティック」におけるターブル・ロンドで、バルトが次のような発言をしたことを踏まえる。「プルーストが永遠の作家だと言うのではない、しかし思うに彼はたえず更新される（perpétuel）作家だ、ひとが暦について〔毎年〕更新される〔万年暦のことをさす〕と言うように」（*Cahiers Marcel Proust 7*, Etudes proustiennes II, Gallimard, 1975, p. 87）。

13 R・バルト『サド、フーリエ、ロヨラ』篠田浩一郎訳、一三ページ。ただし邦訳は蓮實重彥訳（『海』一九七三年四月号、一九〇ページ）、篠田訳を参照しつつ、拙訳による。

14 『ルプレザンタシオン』掲載のテクストにもとづくこのフランス語ヴァージョンは、おそらく事後的な書き直しゆえに、『海』のヴァージョンとは少なからぬ異同がある。

1974

17　初めてのテクスト

批評家（まだ存在しているとしたら）とは、遠く離れたテクスト同士を関連づける者のことを言うのではないだろうか？　ここにわたし自身から非常に遠く離れたひとつのテクストがある。わたしのほんとうに初めてのテクストで、一九三三年夏のものだ。

一九三三年に、わたしはリセ・ルイ＝ル＝グランの第一学年Aクラスに在籍していた。[1] この年のあいだずっと、毎週毎週、わたしたちは『クリトン』[2]の解釈をしつづけていた。そしてヴァカンス中に、祖父母の家で、わたしはジュール・ルメートルの一冊の本を見つけた。その本のなかでこのアナトール・フランスの同時代人は、作者の模作をおこないつつ偉大な古典作品の終わりの部分を書き換えることを、着想していたのだった（それは「……の余白に」と名づけられていた）。[3] さらにまた、まるでそれが避けられないことであるかのように、わたしたちは数名の級友たちとある雑誌の創刊を決めた。わたしにはこの雑誌——言うまでもなく、けっして日の目を見ることはなかった——のために模作の模作を書く機会ができた。わたしはプラトンを模作するジュール・ルメートルを模作したのである。こうしてひとつの小さなテクストという舞台の上で、頭のなかのあらゆる言語《ランガージュ》を演ずることになった。ジッドが少々、フローベールが少々といったものだったが、とりわけ〈学校教育的繰り返し大成〉や〈授業中のつぶやき〉が大部分を占め、つまりは「希仏翻訳」の文体（プラトンよりずっと多くこれを模作した）や「仏語作文」の文体（ある種の凡庸さの原因はこれであって、その俗悪さをわたしは思い通りに制御することができなかった）なのだった。

三つの文化が組み合わされていた。まず、「人文系」の生徒である一七歳の高校生ならではの文化。ということは、一九三三年だから、シュルレアリスム？　バタイユ、アルトー？　とんでもない。バルザック、デュマ、いくつかの伝記、一九二五年のマイナーな小説家たちなどが混ぜこぜになったなか、ジッド、ただジッドだけがいたのだ。次に学校教育的文化。Aクラス（ラテン語－ギリシア語）は高貴なクラスだった。そこではある種特別なフランス語、正しくてぎこちない、翻訳のフランス語が練りあげられていた。ギリシア文化については、授業ではじっさいは何ひとつ語られることはなく、どんな欲望も抱くにいたることはなかった。そこから出ていって、他の場所で（いくらかのニーチェ、いくらかの彫像、ナフプリオやアイギナ島の何枚かの写真を通して）[4]、ギリシアはまた性的要素《セクシュアリティ》を含みうるのだということに気づく必要があった。最後に、一般的文化。それにたいして異議を唱えたというのではない（知られているように、模作は完全に容認された形式だし、「パロディ」ほど敬意に満ちたことはない）。文化は政治とはまったく無縁でいながら、それが問題とも感じられていなかった。とはいえ、わたしたちは政治に無関心だったのではなく、まさにその逆だったのである。ファシズムこそがわたしたちの大きな問題であり、その翌年、一九三四年に、文学の小雑誌を創刊する代わりに、〈哲学級〉〔当時のリセの最終学年〕で多数派だった〈愛国青年同盟〉[5]の傲慢さから身を守るために、わたしたちは〈ファシズムに対抗する共和主義的防衛〉、略してDRAF〔Défense Républicaine Anti-Fasciste〕というグループを立ちあげたのだった。

イチジクのことがまだ残っている。バイヨンヌの家の庭に生っていたイチジクは、小さく、紫色で、充分に熟すことはけっしてなかった、あるいはいつでも熟しすぎていた。あるときはその濃い果汁が、あるときはその腐敗がうとましく、どうしてもこの果物が好きになれなかった（その後モロッコで、そして最近ではレストラン〈ヴォルテール〉で、まったく別のイチジクを発見した。レストラン〈ヴォルテール〉で出てくるのは、大きな皿に生クリームとともに盛られたイチジクだ）。ではいったいなんのせいで、イチジクはわたしにとって誘惑の果実、不道徳な果実、哲学的な果実になったのか？　おそらくごく単純に、文学のせいだ。イチジクとは文学的、聖書的、アルカディア的な果物ではなかっただろうか。あるいはもしかしたら、イチジクの背後に、〈性〉、〈女陰《フィカ》〉が身を潜めていたせいなのだろうか。[6]

「「クリトン」の余白に」

クリトンが牢屋から引きさがるとすぐ、ソクラテスはそれでも少し胸の締めつけられる思いがした。「哀れな男だ」、たったいま入ってきたばかりのエウマイオス[7]に、彼は言った、「わざわざ来てくれたけれども、なんにもならなかった。だが、受け入れることはほんとうにできなかったのだ。友人たちがどう思っただろうか？　それに、そもそも必要な金を集めることが彼らにできただろうか？　まったくつらい時代だ！」「いや！　そんなことはなんでもない」、エウマイオスが言った、「きみが望みさえすれば……」

このとき監視人のルキテスが、コリントスのイチジクの皿をもって入ってきた。イチジクの熟して膨らんだわき腹には露の冷たいしずくがまだ数滴残っていた。黄金色のところどころ裂け目のある皮からは、白い果肉の床《しょう》の上に並んだ赤い種子がかいま見えた。粘土の皿から砂糖のような熱い香りが立ちのぼっていた――ソクラテスは手を伸ばした。が、考え直した、「なんになろう」、彼は言った、「消化する時間さえないではないか」。そして彼はふたたび胸が締めつけられる思いがした。

そのあいだ、エウマイオスは目立たぬようにイチジクを食べていた。

九時ごろ、キュレネのアポロドロス、グラウコン、アリストデモス、テイレーシアス、クラチュロス、アルキビアデス、さらにはパイドロスが、ソクラテスとの面会を求めてきた。[8] 彼はそれを許した。ルキテスが腰掛けを運んできたが、誰もが直接床に坐るほうを好んだ、敷石のひんやりした感じを味わうためである。ソクラテスはベッドの上に残った。

グラウコンが最初に発言した。

「わが親愛なるソクラテス」、彼は言った、「みずからの忠言や懇願によってきみにさらに迷惑をかけることは、われわれの意図するところではない。けれども考えてほしい、われわれ友人たちが、きみが命を落とすのをただ手をこまねいて見ているだけなのは、正しいことなのかどうか、あっていいことなのかどうか。思うに、われらのするべきことは、きみの同意なしでもきみを牢屋から出すことだろう、というのもわれわれの考えでは、尊重するべきであるとはいえ人間性を欠く法によってきみの教えが滅び去るよりは、多くの者がなおもそれを享受することのほうが望ましいからだ。しかし、われわれに及ぼされるきみの精神の力は絶大なので、親愛なるソクラテス、たとえきみを救うためであれ、われわれはきみの身体に乱暴を働く気にはとうていなれない。それゆえ、お願いだ、みずからわれわれにしたがい、あとについて来てくれ。」

グラウコンが話し終わるやいなや、アポロドロス（キュレネの）が口を開いた、言葉巧みに彼は話した。

「ではわれわれに言ってくれ、おおソクラテス、きみはなんと答えるのだろう、神々がきみの前に姿を現し、次のように言うとき、「おまえは知らないのか、ソクラテス、この世にはわれわれの同意なしに起こることなど何ひとつない、そしてわれわれが望まぬかぎり、死すべき者どもの髪の毛一本動くことはないのだぞ。言え、おまえはそれを知らないのか！」きみは答えるだろう、「もちろん、知っております」。「ならば」、神々は言うだろう、「クリトンがおまえに逃亡の話をもちかけたとき、われわれこそが彼をそうするように仕向けたのではないのか？」「たしかに。」「ならば、さらに言え、ソクラテス、どちらのほうが罪深いと考える、この世の法を犯す人間か、書かれてはおらぬ神々の法を犯す人間か！」きみは答えるだろう、「もちろん、書かれていない神々の法を犯す人間です」。「では」、神々はさらに続けるだろう、「われわれ神々よりも死すべき者どもにしたがうことを好ましいと考えるおまえ、おまえこそまさにそうした人間ではないのか、われわれはおまえにわれらの意志の明らかな証拠を示したというのに？　こうしたすべてについて考えよ、ソクラテス、それからわれわれにしたがうのだ、そして逃げだすのだ。」神々はこのように語るだろう。で、ソクラテス、きみは彼らになんと答えるのだろうか？」

ソクラテスはアポロドロスの弁舌に気持ちを揺すぶられたようだった。だが彼はひとことも言わなかった。そこで美しいアルキビアデスが彼のそばに来て話しはじめた。彼は、自由の喜び、逃亡の喜び、エピダウロス[9]への旅の喜びを褒め称えた。エピダウロスへは、クリトンが借りた船が彼らを送り届けてくれることになっている。そこから彼らは少しずつ進んでゆき、ティリンス[10]に着くだろう。それはアルゴリダ[11]のほとんど知られていない都市で、そこで彼らは休息と知を見いだすだろう。アルキビアデスはといえば、アナクナオス山の斜面にある一軒のつましい家を知っていて、その戸の前には

テラスからは遠くにナフプリオやアシネ[12]一本のイチジクの木が生え、大理石の長い腰掛けがあって、テラスからは遠くにナフプリオやアシネーの家々を、そしてさらにその先には海を望むことができる。みなそこで生きるだろう、彼らは幸福で思慮深く、少々のオリーブ、少々のイチジク、山羊の乳だけで満足するだろう。ソクラテスは彼らに教えを授けつづけるだろう。夕べには、日が沈みゆくなか、海を望みながら、彼は魂について語るだろう。海は、平原のオリーブの林を越えて、彼らに塩気を含んだ清々しさを送るだろう——情愛をこめた挨拶のように。ときおり孤独な旅人が彼らの家にとどまり、そのあとミュケナイ[13]あるいはコリントス方面へと道行を続けていくだろう。ソクラテスは彼に真と美について教えるだろう——そして誰もが、師の心遣いを享受する特権は自分たちだけのものではないと考えて、喜びを感ずるだろう。こうしてソクラテスは死を待ち受けるだろう。そうして、かくも穏やかでかくも清らかな生のさなかに死は突然やってきて、おそらく死それじたいが、そこから大いなる穏やかさと大いなる清らかさを引きだしてくることになるのかもしれない。そうでなければ、ソクラテスは、朝方パイドン[14]に語った、不死を手に入れるという希望を抱くことはできないはずだ。

アルキビアデスは口をつぐんだ。そしてしばらくのあいだ大いなる沈黙が広がった、というのも誰もが心を動かされていたからである。ソクラテス自身も胸がいっぱいになっていた。このときクリトンが入ってきた。アリストデモスが、ソクラテスを説得するために彼の仲間たちがいかに力を尽くしたか、彼に語った。クリトンは実際的な精神の持ち主だった、彼は平静さを失わなかった。「ソクラテスはあと少しでアルキビアデスの言葉に屈服するだろう」、彼は考えた、「彼に逃亡を決意させるためには、ごくささいなきっかけがあるだけで充分だろう。うまくそのきっかけを選びさえすればいいのだ」、そして監視人のルキテスをそっと呼びつけ、その耳に二言三言ささやいた。ルキテスは出て行った。

このあいだソクラテスはどうしても口を開くことができなかった。自分が見た目よりはるかに弟子たちの言葉に心を動かされたことを、彼らにいかにして隠しおおせるだろうか？　とりわけアルキビアデスの弁舌は、彼には残酷な誘惑であった。じっさい彼は、クリトンやパイドンとの会話のあと、塾考に熟考を重ねていた。彼らの論証は彼の心をさいなみ、法などというこれほど無意味で、ほとんど敬意を払われていないもののために自分を犠牲にすることを、耐えがたく感じるようになっていたのだ。彼はまた友人たちに苦痛を与えることを恐れもした。さらに、自分の教えが、今後もそれをずっと続けていくためのどんな手段も講じえぬまま突然中断されるのは、どれほど遺憾なことであろうかとも考えた。しかしながら、これらすべての理由以上に、自分のなかにある不可解な葛藤が存在するのを、彼は感じていた。この葛藤はただそれだけで彼の決意をぐらつかせかねないもののように思われた。それはいかなる点でも精神にかかわっておらず、むしろ身体にかかわるものであった。ソクラテスはそれ以上明確にこの葛藤を説明することができなかった。彼を惹きつけているものは漠としてつかみがたかったが、きわめて強力で、哲学者は、自分がこのうえなく巧妙な精神の攻撃に抗ったそのあげくに、ついに肉体に屈服しようとしているのではないかと、不安におののきつつ自問するのだった。このときルキテスがイチジクの皿をもって入ってきた。ソクラテスは動揺した。彼は考えるのをやめて、じっと皿を眺めた。みなが目を向けた、というのも彼らは、エウマイオスが彼らに語ったことに鑑みて、イチジクこそがソクラテスの徳への最後の攻撃であることを理解していたからである。もしソクラテスがイチジクを食べたら、それは彼がみなの祈願に屈したことを意味するだろう。ソクラテスもそのことを理解した。「われわれはきみに影響力を行使するようなことはしない」、クリトンは言った。テイレーシアスはそのあいだに窓をゆっくりと少しだけ開いた。太陽の光が射しこんでイチジクをやさしく撫で、その金色のわき腹の暗い切れこみを照らしだし、そこから五感を酔わせる砂糖のように甘い生暖かさが流れだしてきた。ソクラテスは目を閉じた。それはイチジクの木、長い腰掛け、テラスのあるティリンスの小さな家を思い浮かべるためだった。イチジクの味にもっと塩気を含んだ海風の味、自由の生きた象徴が混じっているのが、感じとれる気がした。

彼はこのとき、なんのためらいもなく手を伸ばし、イチジクをひとつ食べた。

――――

その日の夕方、ソクラテスと彼の弟子たちは、彼らをエピダウロスへと運ぶ船の甲板に寝そべっていた。ソクラテスの乳母エウリュメドゥサ[15]もいた、彼と離れることを承知しなかったのだ。ひとりとて眠る者はいなかった、だが話をする者もいなかった。彼らはみな、自由であるという、孤独であるという穏やかな感動を黙って味わっていた。ソクラテスにはいささかの悔恨もなく、誰もが師の安らぎを喜ばしく感じていた。かすかな波音と櫂や索《さく》のきしむ音以外に聞こえるものはなかった。あるとき、クラチュロスが静かに笑いはじめた。「何を考えている?」、クリトンが訊ねた――するとクラチュロスは、「〈法〉がひとのかたちをとって語りはじめたらどうなるかと思ってね。」

空気が冷えてきた。

さらに遠くまで来たとき、パイドロスが言った、「……では〈歴史〉は?」「〈歴史〉など放っておけ」、ソクラテスが言った、「いずれ、プラトンが始末をつけるだろうよ!」そして彼はエウリュメドゥサのほうを向いた、彼女はコリントスのイチジクとクレタのワインの瓶をもってきていた。

『アルク』誌、一九七四年一月―三月号

「「クリトン」の余白に」——一九三三年夏に執筆——は、『アルク』誌のロラン・バルト特集号に掲載された。

1　リセ・ルイ＝ル＝グランは、パリ五区のソルボンヌにほど近い場所にある名門校で、ボードレール（中退）、ドラクロワ、サルトル、デリダなど数多くの有名人を輩出している。

第一学年は第六学年から始まる中等教育の六年目で、リセの二年目、つまり日本の高校二年に当たる。バルトが在籍したころのAクラスは、のちに言及されるように「ラテン語－ギリシア語」選択クラス。

2　プラトンの対話篇のひとつ。ソクラテスの幼少期からの友クリトンが牢獄に彼を訪ね、逃亡を勧めるが、ソクラテスは「正義」にしたがって死刑を受け入れる決意を変えず、説得は失敗に終わる。

3　ジュール・ルメートルはフランスの作家、批評家（一八五三—一九一四）で、本文中にあるとおり、当時を代表する作家・批評家とみなされていたアナトール・フランス（一八四四年—一九二四年）の同時代人。一九〇五年、一九〇七年に『古い書物の余白に』（第一集、第二集）を刊行している。ただこのなかにプラトンの「模作」はない。

4 ナフプリオはペロポネソス半島のアルゴリコス湾に面した古い都市、アイギナ島はエーゲ海サロニコス湾の島。

5 〈愛国青年同盟〉(Ligue des) Jeunesses Patriotes は、当時力をもっていた右翼団体、一九三六年に発展的に解消され、新たに〈国民戦線〉が組織される。

6 イチジクはフランス語で figue、ラテン語の ficus、俗ラテン語 fica に由来する。同一語源で、イタリア語では fica。fica には俗語で「女陰」の意味がある(フランス語でも同じ)。

7 『オデュッセイア』の登場人物、オデュッセウスに仕える忠実な豚飼いを思わせる名である。

8 アポロドロスはソクラテスの友人、崇拝者、『饗宴』の(後代の)話者(ただし「キュレネの」ではなく「パレロンの」アポロドロス)。グラウコンはプラトン『国家』その他の登場人物、プラトンの兄。アリストデモスはソクラテスの友人、『饗宴』の回想部分の話者。テイレーシアスはテーベの予言者、オイディプス王への予言などで知られる。クラチュロスはプラトン『クラチュロス』におけるソクラテスの対話者、ものの名はその本性によって決まると主張した。アルキビアデスはソクラテスの弟子でデマゴーグ、プラトン作と伝えられる対話篇『アルキビアデス』もある。パイドロスは「美について」という副題をもつプラトンの同名の対話篇の登場人物。

9 古代ギリシアの港湾都市(現在はパレア・エピダウロスという)、ペロポネソス半島東部、現在のアルゴリダ県にある。

10 古代ギリシアの都市、現在のアルゴリダ県にあり、ミケーネ文明の遺跡が残る。

11 ペロポネソス半島東部の地域名、現在は県の名前。

12 古代ギリシアの都市、現在のアルゴリダ県。

13 現在のアルゴリダ県、アルゴス平野に位置する古代ギリシアの都市。現在の名はミケーネ、シュリーマンの発掘によって古代ギリシア以前の文明(ミケーネ文明)が発見された。

14 プラトン『パイドン』(副題は「魂の不死について」)の登場人物、ソクラテスの弟子の哲学者(エーリスのパイドン)。ソクラテスの刑死の模様を、後日別の哲学者に語って聞かせる。

15 じっさいは『オデュッセイア』の登場人物で、ナウシカアーの世話係。

18　ジェラール・ブランの『ペリカン』[1]

ジェラール・ブランの映画はある驚くべき逆説に依拠しているが、思うに、この逆説はいままで一度も表現されたことがないのではないか。エディプス・コンプレクスと呼ばれるものは物語を作りだすごくありふれた原動力だが、ここではそれが大胆にひっくり返されている。ここに読まれるのは、息子の父親にたいする反逆の感情ではない。それとはまったく逆に（なんという逆転！）、その父親の幼い息子にたいする愛の情熱（ラシーヌ的と言ってもいいかもしれない）なのだ。[2]われわれは映画の最初から最後まで、ある種多面的な侵犯（近親相姦から窃視症まで）のもたらす緊張のなかにいるが、この侵犯はそうしたことを確認するためではなく、それについて思考をめぐらすために与えられている。そして社会的背景（金とその俗悪さへの嫌悪）すら欠けていない倒錯のこうした輪郭の全体が、率直であると同時に省略的な、狡猾で（なぜならそれは何ひとつ明言しない）かつ感覚的な（なぜならそれはある欲望を舞台に乗せる）ある技法を通して、厳密に間接的なやりかたで書かれるのだ。結局のところ謎めいた作品である、あらゆるアヴァンギャルドの外にあって、にもかかわらず、そうとはけっして明言しないまま、その潜在的要素のすべてを平然とひとつにまとめているのだから。

『ヌーヴェル・オプセルバトゥール』誌、一九七四年二月一四日号ジェラール・ブラン監督の映画『ペリカン』（一九七四年）について。
記事のタイトルは「愛する父親」。

1　ジェラール・ブランはフランスの俳優、映画監督（一九三〇―二〇〇〇）、フランソワ・トリュフォー『あこがれ』（一九五七年）、クロード・シャブロル『美しきセルジュ』（一九五八年）、『いとこ同士』（一九五九年）などに出演。『ペリカン』はジェラール・ブラン自身の監督、主演作品（一九七四年）。

2　『ペリカン』の主人公は妻と息子のためにあえて罪を犯して投獄される。彼は刑期を終えるが、息子から遠ざけられて会うことができず、やむなく息子を誘拐しようとする。

19　では、中国は？

受付のロビーの静かな薄暗がりのなかで、われわれの対話者たち（労働者、教授、農民）は辛抱強く、熱心で（誰もがメモをとっている、退屈など全然していない、共同作業がなされているという穏やかな印象）、とりわけ注意深い、おそろしく注意深い、ただそれはわれわれがどういう人間か知ろうとしてではなく、われわれの言葉に耳を傾けようとしてのことだ。数人の見知らぬ知識人を前にして、この巨大な民族にとっては、承認され、理解されることがいまだに重要な課題であるとでもいうかのようだ、ここで異国の友人たちに求められているのは、活動家的な賛意を表す返答ではなく、ある種の同意[1]を表す返答であるとでもいうかのようだ。

われわれは、数かぎりない差し迫った疑問を抱きながら、中国に向かって出発する。それらはまた、当然あっていいと思われる疑問の数々で、たとえば以下のようなものだ、彼の地では、セクシュアリティはどうなっているのか、女性、家族、道徳的価値は？　人文諸科学、言語学、精神医学はどうなっているのか？　われわれは知恵の樹を揺すぶる、そこから答えが落ちてきて、われわれにとっての主たる知的養分、解き明かされた秘密を手に、帰国できることを期待しつつ。けれども何も落ちてこない。ある意味でわれわれは、手ぶらで（政治的返答を別にすれば）帰国することになる。

そこでわれわれは自問する。これらの対象（性、主体、言語活動、科学）について、われわれはなんとしても問いを投げかけることを望むけれど、では、もしかりに、これらの対象が歴史的地理的特殊性の数々、文明的な特有語法の数々にすぎないのだとしたら？　われわれがさまざまな説明不能のことがらが存在することを望むのは、そうしたことがらを説明できるようにするためだ。われわれは、イデオロギー的な遺伝的特性によって、解明する存在、解釈する主体である。自分の知的責務があいもかわらず意味を見つけだすことだと信じている。中国はこうした意味を明らかにすることを拒否しているようにみえる、しかしそれは中国がそれを隠しているからではなく、もっと秩序転覆的な理由からで、つまり中国は、種々の概念、テーマ、名がかたちづくる全体的構成をばらばらにしてしまうのである（この点では中国はほとんど儒教的ではない）。中国はわれわれのような知の目標を共有しない、意味の場は組織化されていない。意味にたいして控えめに立てられた問いは、意味そのものへの問いにひっくり返される、われわれの知はらちもない幻想《ファンタスマゴリー》にひっくり返される。西欧社会が構築するさまざまなイデオロギー的対象は非－関与的である旨が、静かに宣言される。解釈学の終焉である。

われわれはこのとき、さまざまな象徴の作りだす喧騒をみずからの背後に残してきている。われわれはある巨大な、とても古くとても新しい国に近づいていくが、そこでは意味生成は控えめで、まれでさえある。このとき以来、ある新しい領野が姿を現してくる。繊細さの、あるいはもっと適切に言えば（危険を承知でこの言葉を使う、あとで言い直すことになるかもしれないが）、味のなさの領野である。

古い宮殿、ポスター、子どものバレー、さらには〈メーデー〉を別にすれば、中国は色が塗られていない。田園（少なくとも、いにしえの絵画に描かれたのではない、われわれが目にした田園）は平板だ、その平板さを打ち破るいかなる歴史的事物もない（鐘楼も館もない）。遠くに二頭の灰色の水牛、一台のトラクター、規則的だがシンメトリックではない畑、青服の労働者の一群、それがすべて。あとはただ果てしないベージュ（ピンク色がかった）の広がり、ときおり——だがつねに生彩を欠く——一面の黄色い菜の花、あるいは肥料として使うらしい薄紫色の花。なんのデペイズマンもない。

緑茶は味がない。あらゆる機会に供され、蓋つきの湯のみ茶碗に定期的に注ぎ足されるお茶は、あるささやかでさわやかな儀式であって、ただ集会、討論、旅行にアクセントをつけるためだけに存在するかのようだ。ときどきお茶を何口か飲み、軽いタバコを吸う、そうすると言葉はどこかもの静かで落ち着いた感じになる（われわれが訪問した作業場での労働がそうであったように）。お茶は礼儀正しいし、友好的ですらある、ややよそよそしくもある。お茶は仲間づきあい、感情の吐露、社会関係という劇のすべてを過剰なものに感じさせる。

身体については、見たところどんなおしゃれの配慮も消え去っているし（モードも化粧もない）、服装も画一的、身ぶりも散文的で、こうした不在のすべては密集した群衆にそって増幅され、いまだかつてない——たぶん胸を引き裂くようなと言ってもいい——次の印象へとひとをいざなう。身体はもはや理解につとめるべきものではない、彼の地では身体は、意味を発しないこと、エロティックなあるいはドラマティックな読みに自分がとらわれないことに固執している（舞台上は別として）、という印象である。

わたしは味のなさという言葉を使っただろうか？　別の、もっと適切な言葉が浮かんでくる、平穏な、がそれだ。平穏（中国の固有名はしばしばこの言葉を参照する）とは、われわれにとってユートピアとも言うべき、意味のあいだの戦争が廃棄されているあの領域のことを言うのではないだろうか？　彼の地では、意味は、われわれ西洋人がそれを駆りだそうとするあらゆる場所で無化され、義務を免除されている。だが意味は、われわれがそれを置くのをいやがるところ、つまり政治のなかでは、屹立し、武装し、関連づけられ、攻撃的なままなのである。
シニフィアン（欲望に向かって、意味を超え、意味を溢れださせ、さらに遠くまで行かせるもの）はまれにしかない。とはいえ順不同で、以下に三つ挙げる。まず料理、知られているように、世界でもっとも複雑だ。次に子どもたち、というのも彼らは溢れんばかり大人数でいるのだ。子どもたちをいくら熱心に見つめても飽きがこない、それほど彼らの表情（それはけっしてたんなる外見ではない）は多様で、いつも思いがけない。最後に、書字《エクリチュール》、おそらくこれが主たるシニフィアンであろう。壁の上の手書きの文字（いたるところにある）を通して、無名の書家（労働者、農民）の筆が、信じられないぐらいの強い筆圧で（われわれはこのことを書字の工房で確認した）、ただひとつの行為のなかに、身体の圧力と闘いの緊張を投げ入れている。毛沢東の書はあらゆる縮尺で複製され、抒情的な、エレガントな、大いなる草書ふうの走り書きで、中国的空間（工場の入り口のホール、公園、橋）にその署名を書き入れている。この感嘆すべき芸術はいたるところに見られ、よそから来る美化された英雄伝よりも（われわれには）説得的である。

結局のところ、ごくわずかな例外は別にして、中国はもっぱら〈政治的テクスト〉だけを読むために供している。この〈テクスト〉はいたるところにある、いかなる分野もそれから逃れられない。われわれが聴いたどんな演説においても、〈自然〉（自然なもの、永遠なもの）が語ることはもはやない（奇妙にも抵抗力に富むある一点を例外として。それは家族なのだが、家族だけは孔子にたいして現在続けられている批判を免れているようなのである）。

とはいえ、ここでもまた、〈テクスト〉（こんにちわれわれが〈テクスト〉と呼ぶもの）を見いだすためには、一連の繰り返しの途方もない広がりを横切っていかねばならない。じっさいどんな演説も、型通りの表現（〈常套句《トポイ》〉と紋切り型《クリシェ》、これらはサイバネティックスが「ブリック」[2]と呼ぶあの下位プログラムに似ている）の積み重ねによって進行していくように思える。なんと、いかなる自由もないというのか？　そうではない。修辞の表皮の下に、〈テクスト〉が溶けて流れだしている（欲望、知性、闘い、労働、分割し、溢れだし、通りすぎていくもののすべて）。

　まず、こうした紋切り型は、ひとりひとりがそれを異なったやりかたで組み合わせていくのだが、ただそれは独創性という美学的企図にしたがってではなく、自分の政治的意識の、ひとによって強かったり弱かったりする圧迫のもとでそうするのである（同じ規範《コード》のもとにあるにもかかわらず、ある〈人民公社〉の主任の硬直化した演説と、上海の造船所で働く労働者の、活力に溢れた、正確で、刺激的な分析の、なんという違い！）。次に、演説はいつでも、叙事的物語《レシ》ふうに、二つの「路線」のあいだの闘いを表象する。おそらくわれわれ外国人には勝利する路線の声だけが聞こえてくる。だがこの勝利はけっして自己満足的なものではない。それは警告である、革命に贅肉がつき、風通しが悪くなり、固定化してしまうことをたえず妨げるある種の運動なのだ。さらにこの演説は、見たところ非常にコード化されたものだが、いささかも創意を排除するものではない、ほとんど一種の遊びがあると言っていいぐらいだ。孔子と林彪[3]を批判する現在のキャンペーンを例にとってみよう。これはいたるところでおこなわれ、その形式も多種多様である。呼び名そのもの（中国語で批林批孔 *Pilin-Pikong* という）が陽気な鈴のように響くし、このキャンペーンは工夫を凝らしていくつかの戯れに分割されている、風刺画、詩、子どもによる寸劇など。この寸劇の途中、バレーとバレーのあいだに、化粧したひとりの少女が、突然林彪の亡霊を一刀両断したりする。〈政治的テクスト〉（ただそれのみ）が、これらのささやかな「ハプニング」を生みだすのである。

　ミシュレは、彼が夢見たフランスを、ひとつの大いなる〈散文〉になぞらえた。言語活動および社会性の、中性的な、すべすべした、透明な状態ということである。中国は、さまざまな形象の弱体化、さまざまな社会階層の混ぜ合わせ（それはおそらく同じことだ）によって、すぐれて散文的である。ある大いなる歴史的経験の場であるこの国では、ヒロイズムは邪魔にならない。それはオペラ、バレー、ポスターの場面に、腫れ物みたいにこびりついているようにみえ、そこで政治的な蹴爪《けづめ》のうえで攻撃的な姿勢をとるという責務を引き受けるのは、いつでも〈女性〉なのである（名誉、それとも悪意？）。それにたいして街路、工場、学校、田舎の道では、人民（二五年のあいだにすでに途方もない国家を築きあげた）が歩きまわり、労働し、お茶を飲む、あるいはひとりで体操をする、しかしそこには劇も、騒音も、ポーズもない、ひとことで言えばヒステリーがないのである。

――

一九七五年一〇月。

この時局的なテクストは、それが引き起こしたさまざまな反応（否定的な）を通して、わたしの目にはある原理的な問いを投げかけているように見える。何を言うこと（あるいは言わないこと）が許されているのかではなく、何を言うこと（あるいは言わないこと）が可能なのか、という問いである。どんな固有言語もいやおうなくいくつかの分類項目をもつ。言語《ラング》は、その構造によって、ある種のことがらを言うことを妨げる。そうしたことがらについては、それを言うことを可能にするどんな文法的表現もないからである。だがそれだけではない、言語は、他のさまざまなことがらを言うことを端的に強いるのである。たとえば、文法上の性の区別がないことを自分のなかで尊重したいと願っている言葉がどれほどあっても、われわれはそうした言葉について、男性と女性のあいだで選択することを強いられる、なぜならわれわれの言語はその二つの分類項目を有し、しかも分類項目はその二つだけしかないからである。われわれフランス人は、男性／女性を区別して話さざるをえないのだ。[4]

言説が文の結合に由来する以上、それは原理的にはまったく自由なはずだ。言説の構造は、あったとしても修辞的なもので、必ずこうでなければならないというものではない。にもかかわらず、われわれの言説も、精神的な拘束――文明による、イデオロギーによる――の効果覿面で、いやがおうにもいくつかの分類項目をもつ。われわれは、次に挙げる様態のひとつにしたがうことなしには、話すことが、そしてとりわけ書くことができないのだ、断言する、否定する、疑う、問いかける。しかしながら、人間的主体はもっと別の欲望をもつことはできないのだろうか、言表行為を宙づりにする、――とはいえそれを廃棄することはなしに――という欲望である。

中国という巨大な対象、そして多くの人々にとっては熱い対象について、わたしが作りだそうと試みたのは、断定的でも、否定的でも、中性的でもない言説だった。つまり語調的にはノー・コメントと言っているようなコメントであり、これは同意（ある種の倫理、そしてたぶん美学に属する言語《ランガージュ》のありよう）ということであって、かならずしも是認あるいは否認（これらはある種の理性あるいは信仰に属するありようだ）ではない。鮮烈な色彩、強い風味、容赦のない意味（こうしたすべては、あいも変わらぬ〈男根《ファリュス》〉のひけらかしと無縁ではない）の外に置かれた事物のように、ゆっくりと中国についての幻想を育みながら、わたしはただひとつの運動のなかで結びつけたかったのだ、この事物そのもののもつ女性的な（母性的な？）無限、わたしの目には中国がもつように見えた、穏やかにかつ力強く意味を食み出していくその前代未聞のやりかた、そして特別な言説への権利を。その特別な言説とは、軽やかな漂流のそれ、あるいはさらに沈黙への羨望をはらんだそれである――沈黙への、というか、たぶん「知恵」への、と言ってもいいかもしれない、ただしこの言葉をストア派的というよりも道教的な意味に理解しなくてはならないが（「完璧な〈道教の原理《タオ》〉が困難をもたらすことはない、ただ選択することを避けるという点だけを除けば……　感覚的世界とは対立するな……

賢人は闘わない」)。

このような否定的幻想は無償のものではない。それは、多くの西洋人が〈人民の中国〉についてやはり幻想を育む——ドグマティックな、暴力的なまでに断定的／否定的な、見せかけだけリベラルなありようで——そのやりかたに応えようとしているのである。政治的なものが、直接的に政治的な言説という形式のもとでしか言語活動に出来《しゅったい》できないと考えるのは、結局のところ、政治的なものについてのあまりにもお粗末な考え方なのではないだろうか？ 知識人（あるいは作家）は場をもたない——というかこの場は〈間接的なもの〉以外のものではない。このありえない場所《ユートピア》に、わたしは正確な（音楽的な意味で）言説を付与しようと試みたのだった。音楽は愛すべきものだ、中国の音楽もまた。

このテクストは一九七四年五月二四日に『ル・モンド』紙に発表され、未発表のあとがき〔「一九七五年一〇月。」以降の部分〕を加えた小冊子のかたちで、一九七五年にクリスチャン・ブルゴワ社から再刊された。

Ph・ソレルスと〈テル・ケル〉[5]のメンバーたち、それにフランソワ・ヴァール[6]と同道の中国旅行は、一九七四年四月に行われた。

1　この「同意 assentiment」という言葉は、後出するように、バルトの中国体験を理解するための文字通りのキーワードである。高等研究院でのゼミにおける中国旅行の報告でバルトがしている説明によれば、「同意」は「運動家的な意味での《〔全面的〕賛同》」とは区別される、「ある一般的で、肯定的な価値」である。「それはある種の承認の要求に、そしてたぶんある種の愛の要求にさえ応じるもので、わたしはそうしたことに彼の地でもっとも敏感だったのだ」（*Le lexique de l'auteur*, Seuil, 2010, p. 245）。

いっぽう『彼自身によるロラン・バルト』では、バルトは彼の中国旅行にかんして、やはりこの「同意（佐藤信夫訳では「同感」）」という言葉を「選択」と対比させて使っている。「彼はこの《同意》ということばを使って、『ル・モンド』の読者たちに――すなわち《彼自身の》世界に――〔自分の中国体験を〕理解してもらおうと試みた。彼は中国を「選択した」わけではなく〈…〉、沈黙（それを彼は「味のなさ」と呼んだ）のうちにその土地で着々といとなまれていることに《賛意をあらわした》のだ、ということを理解させようとした。が、それはほとんど理解されなかった。知識人の公衆が期待していたもの、それは《選択》であった」（「選択ではなく、同感〔同意〕」、邦訳五七―五八ページ、訳語一部改変）。

2　「ブリック brique」は「レンガ（の塊）」の意味だが、R・バルト『中国旅行ノート』のなかで「ステレオタイプの、お決まりの言い方」をさす比喩的表現として頻出する（つまりそれだけ彼が「ブリック」に悩まされたということである）。「ここで、ブリックが挿入される：劉少奇一派の影響力に抵抗して勝利した、などなど」、「この人物〔バルトたち一行の訪問先の工場長〕：もっとも強力なブリック。ブリックはいったい何メートルほどの長さになるのだろう」（『中国旅行ノート』桑田光平訳、ちくま学芸文庫、二〇一一年、三二ページ。桑田訳では「ブリック」は「ブロック」と訳されている）。

『モードの体系』のなかで、バルトは「翻訳機械の「ブリック」」を、情報科学における「ルーティーン（プログラムの作業単位）」に類似するものとして引き合いに出し、注のなかで、数学者ブノワ・マンデルブロを引用しながら、この「ブリック」について、「「ブリック」あるいは「サブルーティーン」とは、「計算の一部分をあらかじめコード化したもので、それらは、コード全体を組み立てる際にちょうど煉瓦のように利用される」」と説明している（邦訳一一九ページ参照）。

3　林彪《りんぴょう》は中華人民共和国の軍人、政治家（一九〇七―一九七一）。一時は毛沢東の後継者に指名されるが、その後失脚し、飛行機でソビエト連邦に逃亡しようとして、墜落死した。「批林批孔運動」は、文化大革命の過程で一九七三年から一九七四年まで推進された運動。林彪、周恩来その他にたいする攻撃が（さしたる根拠なしに）孔子および儒教思想への批判と結びつけられ、大規模に展開された。

4　「言語活動は法の実践であり、言語はそれを基礎づける法典である。われわれは、言語のうちにある権力に気づかない。というのも、およそ言語というものはすべて分類にもとづき、分類というものはすべて圧制的である、ということを忘れているからである。〈…〉ヤーコブソンが指摘しているように、あるひとつの固有言語は、それが言うことを可能にすることがらによってではなく、むしろそれが言うことを強いることがらによって定義される」（R・バルト『文学の記号学』花輪光訳、みすず書房、一九八一年、一二―一三ページ、訳語一部改変）。この箇所でも「固有言語」が言うことを強いる例のひとつとして、男性／女性のどちらかの選択を強いられることが挙げられている。

5　フランソワ・ヴァールはフランスの哲学者、編集者（一九二五―二〇一四）。スイユ社でロラン・バルトの担当編集者だった。

6　この中国旅行中にバルトがとっていたノートは一冊の本にまとめて刊行され（*Carnets du voyage en chine*, Christian Bourgois / IMEC, 2009）、日本語訳も出版されている（注2参照）。バルトにとって、退屈（「シニフィアンの不在」）にさいなまれ、偏頭痛と不眠に悩まされつづけたこの中国旅行は、ひとことで言えば彼の「エクリチュールの挫折」を証《あか》したてるものにほかならなかった。ただ、そんななかで彼が試みたこの旅行の「裏をかく」ための身ぶりについては、前掲邦訳の「訳者あとがき」を参照。

20 〈ユートピア〉

〈ユートピア〉は、〈政治的なもの〉が必要の場であるのにたいして、欲望の場である。[1] そこから、これら二つの言説の逆説的な関係が生じてくる。それらはたがいに補完しあうが、理解はしない。〈必要〉は〈欲望〉にその無責任さ、無意味さを非難する。〈欲望〉は〈必要〉にその狭量、縮減を求める権力を非難する。ときには〈壁〉の通り抜けもある。〈欲望〉が〈政治的なもの〉のなかで炸裂するにいたるのだ。六八年五月がそうだ、たぐいまれな歴史的時間、直接的なユートピアの時間であり、占拠されたソルボンヌはユートピアの状態でひと月を生きたのだった（ソルボンヌはじっさい「どこにもなかった」[2]）。

〈欲望〉はたえず〈政治的なもの〉に引き戻されるべきである。ということはつまり、ユートピアは根拠づけられているだけではなく、欠くべからざるものなのだ。いまわれわれにさまざまなユートピアを記述する能力がないということは、われらの時代の平板さの指標ですらある。まるでユートピアを想像しないように自分を抑制しているかのようだ。大いなる政治的〈超自我〉[3]がわれわれに教訓を垂れるのである。じつのところ、われわれが素描するのを恐れているのは、未来社会の大きな方向づけではない。そうしたものはないわけではない、それはまさしく〈政治的なもの〉のなかに見いだされる。われわれが素描するのを恐れているものとはそのような社会の細部なのであり、その点においてこそ、われわれはユートピア、欲望を取り逃がしている。というのも〈ユートピア〉は――これこそがその特性なのだが――細部にこだわるものなのだ。それは時間割、場所、実践を思い描く。〈ユートピア〉はファンタスムと同じようにロマネスクであり、ようするにその政治的形態以外のなにものでもないのである。

〈ユートピア〉はつねに両面価値的だ。それは現在時に痛打をくらわし、世界のなかでうまくいかないことに重みをかける、と同時に、それに見合うようなかたちで、さまざまな幸福のイメージを作りだす。その色彩、具体性、玉虫色のきらめき、さらにはその不条理のなかでそうしたイメージを作りだすのだ。それは勇気のうちでもっともまれなものをもつ。悦楽の勇気である。わたしの知るかぎりもっとも偉大な二人のユートピア思想家、サドとフーリエが、このような勇気をもっていた。もちろん全体的なシステムとしては、どんなユートピアにも実現のチャンスはまったくない。フーリエのファランステール、サドの城は、文字通りには実現しえない。けれども、ユートピア的システムのさまざまな要素、その方向転換、回り道、奥まった片隅は、欲望の閃光、胸踊る可能性としてわれわれの世界に繰り返し立ち戻ってくる。われわれがもしこれらをもっとうまく捕まえることができれば、それらは、〈政治的なもの〉が凝り固まって、全体主義的な、官僚体制的な、説教くさいシステムを作りあげるのを妨げてくれるのではないだろうか。

『ボンピアーニ年鑑　一九七四年』、ボンピアーニ出版、イタリア語で一九七四年、フランス語では未刊行。

1 「〈必要〉の場、それは〈政治的なもの〉である。〈欲望〉の場、それはフーリエが〈家庭的なもの〉と呼ぶものである。フーリエは〈政治的なもの〉にたいして〈家庭的なもの〉を選び、家庭的ユートピアを打ちたてた（しかしユートピアがこれ以外のものでありうるだろうか？　どんなときでもユートピアが政治的なものであることなどありうるだろうか？——政治とは、あらゆる言語活動からひとつの言語活動を引いたもの、すなわち〈欲望〉のそれを引いたものではないだろうか？）」（R・バルト『サド、フーリエ、ロヨラ』、一一七ページ、篠田浩一郎訳を参照しつつ、拙訳）。

2 「どこにもない場所」が「ユートピア」の語源的な意味。

3 精神分析用語、「人格の審級のうちのひとつ」で、「自我にたいする裁判官ないしは検閲者のような」役割を担う（ラプランシュ／ポンタリス『精神分析用語辞典』村上仁監訳、みすず書房、一九七七年、による）。

21　ある作者固有の語彙集（個人言語）の構築にかかわる諸問題の研究
——伝記についての共同作業——声

教育報告

昨年度と同様、ゼミの受講者は、それぞれが一五人ほどの三つのグループに分けられた。ゼミでは二つのタイプの研究がおこなわれた。（1）研究指導教授の研究は、ある作者に固有の語彙集の構築にかかわる方法論的な問題を扱った。この研究は研究指導教授によって受講者全員に説明された。（2）それぞれのグループ独自の共同研究は、自分たちが年度始めに選んだテーマについて進められた。グループⅠは伝記的言説の構造分析に取り組んだ。グループⅡおよびⅢは、別個にではあるが、同じ主題について考察した、人間の声の社会‐記号論的分析である。

Ⅰ．研究指導教授の研究

以前のゼミでおおよそ輪郭づけられた個人言語、あるいはある作家に固有の言説という概念をふたたび取りあげ、あるテクストが生みだしうる異なったタイプの語彙一覧を抜きだしてコメントした。（1）さまざまな用語の生起の一覧は統計的言語学に属している。（2）索引（事項索引）は、そこで主題（テーマ、概念、コンセプト）が取り扱われたり、引き合いに出されたりする作品のさまざまな場の全体図を作りあげる。（3）用語解説集は、もっと豊かであると同時にもっと選別的な、より実用的でない発想に拠っており、価値を担う強い意味をもつ語を取りあげ、作品を通してその歴史、文化的一貫性、間―テクスト的反響を叙述する。（4）用語のさまざまな網の目は、あるいは論理的な、あるいは主題論的な、あるいは精神分析的なつながりによって構成されている。それらの網の目は複数的な状態のままとどまる、というのも複数の網の目からひとつの網の目を作りあげることは、作品をひとつの意味のうえに閉じて、それにある運命を与えることに帰着してしまうだろう。―個々の分析がなされているその過程において強調されたのは、いかなる作家の語彙集も公理集的な性格をもっているということで、語彙集とはじっさいさまざまな価値の辞書にほかならない。そしてもうひとつは「用語解説集」の理論的射程ということで、「用語解説集」こそがおそらく、テクストの複数性に敬意を払うことができる唯一の批評的道具なのだ。

Ⅱ．〈伝記〉についての共同作業

出発点となった考えは、「人生の意義深い特徴的細部」あるいは「伝記素」[1]という概念を深化させることだった。これをもとに学生たちは、いくつかの総括的考察、問題提起、さらにはさまざまなテクストのモンタージュを発表した、サルトルの伝記について（アラン・フィンケルクロート）、伝記と絵画の関係について（ガブリエル・ボーレ）、伝記的演劇性について（パトリック・モリエス）、MLF[2]が集めた証言をもとに、集団的伝記素について（シルヴィアーヌ・ナレおよびフランソワーズ・オダン）、芸術家の神話的伝記について（フロランス・ブラン）。今年度の作業はまだ、理論的領域におけるいかなる結果も可能にしていないが、伝記的言説の多様な側面を明確化し、研究グループを書かれた生の意味（あるいは無-意味）という困難な問題に慣れ親しませることはできた。

Ⅲ．〈声〉についての共同作業

〈グループⅠ〉の場合と同様、おこなわれたのは本質的に下準備の作業であり、その作業は、自由に、前もって順序を決めたりせずになされ、知識にもとづく口頭発表からテクストや注釈のモンタージュにいたる、多種多様な形式の個々の口頭発表に応じて進められていった。〈人間の声〉はきわめて多面的な研究テーマを構成し、そこにはさまざまな専門領域がかかわってくる（生理学、社会学、記号学、教育学、精神分析、美学、音楽史）。したがって、口頭発表はこのきわめて広大な研究領域のいくつかの点を明らかにしえただけにとどまった、声の描写（コレット・フェルー、シャンタル・トマ）、声の精神分析（ジャン＝ルイ・ブート）、ディドロおよびルソーにおける声とエクリチュール（エヴリーヌ・バシュリエ）、モーリス・ブランショにおける声（エヴリーヌ・カザード）、声と主体（ジャン＝ルー・リヴィエール）。取り組みのこのような多様性を通して、グループの面々は、言語活動のようなさまざまな要素からなる現象について――言語活動はまずソシュールにそのようなものとして現れたのだ――、分析の妥当性といったものを後日明確化する必要性を意識した。

これらの研究グループはおそらく、共同的な出版を視野に、その後も作業を続けていくだろうが、彼らにとって、ゼミの役割はただ学術的領域にのみあるのではないことを強調しておく必要がある。たがいに意見を聞きあうことができる空間が少しずつ構築されてゆくのであり、知的探究だけではその空間の有益さと快楽を汲み尽くすことはできない、むしろそうであることが望まれる。

研究指導教授の学術的活動

（a）学会、講演、学術使節。ロンドンのフランス学院、ユニヴァーシティ・カレッジ（ロンドン）、オックスフォードのフランス会館、ケンブリッジ大学（イギリス）における講演およびゼミナール、一九七四年二月二四―二八日、「作品からテクストへ」。――〈記号論国際協会〉の第一回〈学会〉、ミラノ、一九七四年六月二―六日（〈学会実行委員会〉委員）。

（b）刊行物。「ディドロ、ブレヒト、エイゼンシュテイン」、『美学雑誌《ルヴュ・デステティック》』特集号「映画、理論、読み」、一九七三年、一八五―一九一ページ。――「ゼミナールにて」、『ラルク』、五六号、一九七四年三月、四八―五六ページ。――「〈テクスト〉の理論」、『ユニヴェルサリス百科事典』、パリ、一九七三年一二月、第一五巻、一〇一三―一〇一七ページ。――「レオン・ブロワ」、『フランス文学一覧』、一九七四年。

高等研究院、一九七三―一九七四年度

1　「伝記素 biographème」は、morphème（形態素）、phonème（音素）などの類推によって作られたバルトの造語。「わたしが作家であり、そして死んだとしよう。もしわたしの生涯が、友愛に満ちて鷹揚な伝記作者の配慮をつうじて、いくつかのディテールに、いくつかの好みに、いくつかの進路変更に、言ってみれば《伝記素》に還元されたら、どんなにうれしいことであろう」（『サド、フーリエ、ロヨラ』、一一―一二ページ、篠田浩一郎訳を参照しつつ、拙訳）。

2　おそらく〈女性解放運動〉Mouvement de libération des femmes の略語、一九七〇年代初頭にフランスで組織されたフェミニストの団体。

22　文学はどこへ／あるいはどこかへ行くのか？

ロラン・バルト　正直に言って、この言い方はよく理解できない。「文学はどこへ行くのか」、あらゆる未来予測的な問いがそうであるように、この問いそのものがすでにややわざとらしい。それに「あるいは」という二者択一はなにを言わんとしているのか？　文学あるいは他のもの？　文学はもう〔どこへも〕行かない、あるいは〔どこかへ〕行く？　思うに、「文学はどこへ行くのか」という問いにただちに答えようとすると、即座に出てくる答えは――それで議論は終わってしまうことになるが――「その喪失へ」というものだろう。もっともたしかきみは、これに関連するブランショの引用文をもっていたね。

モーリス・ナドー　ブランショは書いている、「文学は、それ自身に向かうのだ」。さらにつけ加えて、「消滅というその本質に向かうのだ」[1]。「消滅」はブランショではある形而上学的な意味《コノテーション》を含みもつ。われわれが答えることを求められているのはもっと具体的な問いで、それは次の問いに帰着する、「文学はいまどんな状況なのか？」きみもわたしも予言者ではないし、わたしにしても文学がどこに行くかなどよくわからない。この問いはもっと広範なものと捉えるべきかもしれない。それは「文学とは何か？」という問いに等しいのではないだろうか？

バルト　この番組の最後に、「文学はどこへ行くべきか」という問いかけをしなければならないだろう。つまり文学のユートピアについて問うということだ。だがそこに行きつく前に、対象としての文学のいくつかの側面を探究しなければならない。文学というのはものすごく漠然とした、ものすごく広がりのある概念で、そのうえ歴史的に多く変化を重ねてきた。たとえば「文学《リテラチュール》」という言葉じたい、かなり最近のものだということを思いだす必要がある。用語のレベルで言うと、一八世紀末になってようやくこの言葉は使われはじめた。それ以前には文芸《レットル》、文藝《ベル・レットル》と言われ、それはすでに別のものだったのだ。したがってまず初めに、そしてこんにちの文学についてわれわれが考えていくそのやり方にどんな曖昧さもないようにするために、文学をその社会的枠組み、社会性の枠組みのなかに置きなおさなくてはならない。これはとても重要なことだ、というのも文学は時間を超えた対象、時間を超えた価値ではなく、ある与えられた社会のなかに位置づけられるさまざまな実践や価値の全体なのだから。

ナドー　つまり当然のことながらわれわれは歴史をたどることになるわけだ。〔文学という〕言葉の、そして〔文学という〕ものじたいの。

バルト　そう、先に述べたことゆえに、たぶん歴史をたどることになるだろう。しかし言わせてもらえば、わたしにとって、文学——繰り返しになるけれど、わたしはこの言葉を限定的な意味においてのみ受け入れている、自分としてはむしろ文学よりも「エクリチュール」という言葉を、さらには「テクスト」という言葉をも使いたいと思う——、その文学は言語活動の世界、別のところでわたしが言語圏と呼んだもの、さまざまな言語活動からなり――そのなかでわれわれが生きている世界、そうしたもののなかに入ってくるものだ。[2] そしてこの言語圏は、われわれの社会のありようからして、深く分裂している。さまざまな言語活動のあいだには分裂がある。[3] たしかに国語というものはある、つまりフランス語だ、しかし結局のところこの国語は、フランス語文法あるいは言語の規範的な教育というレベル以外にはなんらの社会的現実ももたない。さまざまな言語活動のあいだのこうした分裂と関連させて、文学をきちんと位置づけなければならない。

ナドー　たしかに。だが文学が言語活動だとしても、それはいくつかの異なった言語活動からなっている。たとえそれが特殊であるとしても、あれこれの職業ならではの言語活動や一定の社会環境に特有の言語活動のような他の特殊な言語活動といっしょにはできない。ふつうに言語活動と呼ばれているものに手を加えて初めて、文学の言語活動、文学は存在するのだ。

バルト　そうだ、しかしその特殊性は、数世紀にわたって、そしてフランス社会においては二、三世紀前から、一種の価値、一種の超越的な、永遠の、普遍的な口実が文学の言語活動に割り当てられてきたことに由来する。文学の言語活動はとりわけて特徴的な言語活動だった、だが社会的現実のなかには他の数多くの言語活動があったし、いまもなおあって、それらは文学の言語活動から切り離されている。その結果、文学の言語活動の立場は、他のさまざまの現実的な言語活動にたいして周縁的であり、同時に超越的でもある、まるで文学の言語活動は、それらの言語活動を構成する要素であるとともに、言ってみれば、それらの綜合でもあるとでもいうかのように。そこには一種の不安定さがあり、そのため文学は大きな社会的動揺にいつもおびやかされている、なぜなら、まさに文学の言語活動にかんするある種の社会性が、もっと的確な言い方で言えば、ある種のイデオロギーがあるのだから。

ナドー　それを、時代に特有の文学言語《ランガージュ》と呼ぶことができるだろう。だが、そうした言語を使用する者たちのあいだには天と地ほどの違いがある、ラシーヌとカンピストロン[4]を隔てる違いだ。この問題は、書く者のレベルで理解するほうがいいのではないだろうか？　書く者とは他から切り離された個人で、彼はすでに離れたところに身を置き、ある種の用途のために万人のものではない言語を使用するが、この言語は彼の仕事が終わりを告げたとき初めて文学言語になるのだろう。きみが示唆するようなあらゆる決定要因を身に蒙りながら、彼がそれでもある孤独な仕事に身を任せていることに変わりはない。

この仕事は、その始まりの時点で、そしてその終わりの時点で、最後まで到達した作品のかたちで、とらえることができる。この作品はオリジナルな生産物であり、読者が味わうのはまさにこの生産物のオリジナリティだ。読者にとって作品は愉悦と快楽の対象であり、そんな読者の態度は、関連づけ、系譜、一般論的な観念に関心を払う批評家の態度と同じではない。もっとも、この二つの態度が両立しえないということもない。

バルト　文学の社会性の問題を提起したのは、まさに文学の特別な、そしてもしこの言葉を使ってもいいなら、局所的《トピック》な性格を説明することができれば、と思ってのことだ。文学は空間的にみてきわめて特殊な対象だ、というのも、それはひとつの普遍的言語活動《ランガージュ》として現れ、同時にひとつの特殊な言語活動でもある。一例として、かなり伝統的なタイプの小説——たとえばバルザックの小説——を挙げよう、この小説はどんな点である種の社会性に参入しているのか？

このことは幾人かの批評家、いくつかの批評の流派によって研究されてきた。バルザックの小説は、両義的な、矛盾したやり方である社会性に参入している。いっぽうでこの小説は全体として、あるきわめて特殊な言語活動、文学の言語活動、書かれた物語の言語活動のなかから取り出されてきたものだ。これは話し言葉になる言語活動ではない。そして同時に、この小説の内部を数多くの模倣された言語活動が行き来し、それらがいわば万華鏡的に呈示されている。文学において興味深いのは、小説がとりわけ社会的現実を反映しているという事実ではない。文学作品、たとえば小説の特別な性格は、さまざまな言語活動のミメーシス、さまざまな言語活動のいわば全般的な模倣と呼びうるであろうことを実践しているということだ。その結果、文学、小説が文学的エクリチュールとしてかたちをなすとき、それがコピーするのは、結局過去の文学的エクリチュールということになる。

文学の実践は、表現、表現力、反映の実践ではなく、模倣、無限のコピーの実践だ。そしてだからこそ、文学の実践は定義づけが非常に困難な対象なのだ、というのもまさにそれは言語活動という対象なのだから。ところで、言語活動はこの二〇年ほどなにかととりあげられる機会が多いようにみえるが、にもかかわらず、結局のところ、われわれは言語活動について考察を深めることに頑として抵抗している、なぜならそれは即座にわれわれ自身を疑問に付すことになる。それゆえ少なくとも常識的な見解のレベルでは、言語活動について、言語活動と考えられている文学について、つねにある種の検閲がおこなわれ続けているのだ。

ナドー　きみは作品のオリジナリティを、文学、社会性……といった巨大な実体概念のなかに安易に溶けこませてしまっているように思える。文学的行為の誕生、エクリチュールの生産にわたしがこだわるのは、逆にあらゆる作家のなかに、まず言うまでもなくありきたりな言語活動を拒否する、しかしそれだけではなく彼以前に書かれたすべてのことまでも拒否するひとりの人間を見るからだ。文学は、ものを書く個々の人間とともに、そして以前の文学のすべてを廃棄しようとする意思のなかに、そのつど生まれでる。それがなければ、どうして書く必要などあろうか？　作家が模倣することはありうる、しかしそれは不承不承、無意識のうちになのだ。

バルト　なるほど、しかし今にいたるまで文学はつねに作家を回収している。

ナドー　文学は最終的には作家を回収する。だが書くという行為はコピーする行為ではありえないだろう。書くということは逆に、拒否、孤独、これまでのすべてのエクリチュールにたいする断罪のなかに腰を据えることだ。これまでのエクリチュールは、贋物、不適格、不誠実で、言葉の悪い意味で文学臭く感じられるのだ。

バルト　そう、ただそこには少しごまかしがある……

ナドー　そのごまかしこそが行為を可能にするのだし、いずれにせよそれはごまかしと受けとられていない。

バルト　そうかもしれない、でも書くということは、いまやひとつの巨大な間テクストと呼ばれているもののなかに身を置くこと、つまり自分自身の言語活動、自分自身の言語活動の生産を言語活動の無限そのもののなかに置くことなのだ。

ナドー　たぶんそんなふうに言えるかもしれない、事態を外から検討するとしたらね。なんと心躍る目標であることか、言語活動のなかに姿を消すとは！　しかし作家が望んでいるのは、他のどんなものにも似ていない、彼自身の言語活動を出現させることなのではないか。

バルト　だが、どうしてそれが心躍らないことがあるだろうか？　まさにそこにこそ、一種の主体の侵害が起こる。そしてこの主体の侵害、エクリチュールのなかで引き起こされる主体の一貫性の侵害はとても心躍るもので、それは、たとえばドラッグとか倒錯といったあらゆる限界的な経験の目的そのものでもある！　わたしにとって文学——もちろんわたしが言いたいのは、つねにいわば模範的な、模範的に秩序転覆的な文学のことだ——わたしにとって文学——そしてだからこそ、それをエクリチュールと呼ぶほうが望ましいのだが——はつねにある種の倒錯、つまりページ上でじかに主体を揺るがし、主体を溶解させ、主体を分散させることをめざす実践なのだ。きわめて長期にわたって、というのは当時のイデオロギーは表象化、形象化のイデオロギーだったからだが、古典的な作品ではそうしたことが遠回しなやりかたで起こっていた。しかしじっさいには、そのころすでにエクリチュールが、ということはつまり倒錯があったのだ。

フランス文学においてもっとも眩暈を引き起こす小説のひとつ、というのもその小説はまさしくありとあらゆる問題提起を凝縮しているからだが、それはフローベールの『ブヴァールとペキュッシェ』だ。これはコピーについての小説で、そもそもコピーのエンブレムそのものが小説のなかにある、なぜならブヴァールとペキュッシェは筆写係《コピスト》であり、彼らは小説の最後にこの筆写《コピー》の仕事に戻っていく……　そして小説全体が模倣されたさまざまな言語活動の一種の往来の場みたいなものだ。この小説はコピーの眩暈そのものと言えるが、その理由は次の通りだ、つまりさまざまな言語活動がいつもたがいに模倣しあい、言語活動には底がない、言語活動にはもとから備わっている自然な底といったものがなく、人間はたえずさまざまなコードに横切られ、その底に到達することがけっしてないのだ。文学は多少なりともこの経験に近いものだ。

ナドー　だがフローベールが『ブヴァールとペキュッシェ』を書きながら示そうと望んだのは、たしかにそういうことなのか？　彼はほんとうに文学の流れのなかに身を投じるべしと自分自身に言い聞かせたのか？

バルト　もちろんそんなことはない。彼がいま言ったような言葉遣い《ランガージュ》をすることはなかっただろう。もしそういう言葉遣いをしたとしたら、彼はまちがいなくそれをパロディ的に小説のなかで模倣したはずだ。きっと最後に、まるまる一段落を使って、構造主義者になったブヴァールとペキュッシェのことを書いたにちがいない！

ナドー　ということはつまり、きみの言うこととは逆に、彼は文学の流れの外にとどまり続けたということだろう、文学について判断を下すため、主体として文学に向きあうために。きみは『ブヴァールとペキュッシェ』がまた、大いなるパロディ的作品、アイロニーの傑作でもあることを忘れている。

バルト　フローベールのアイロニー、パロディで群を抜いてすばらしいこと、それはまさにとどまるところがない、固定される場所がない、シニフィエがないということだ。その果てにあるものが何かわからないのだ。そしてそれこそが『ブヴァールとペキュッシェ』のコピーへの回帰の意義だ、つまり無益な試みの連続ということだ。無益な試みの連続、だがそれはいわば世界の本質そのものを示している。この見方に多少なりとも合致すると思われる、しっかり構築された哲学は、現時点でただひとつしか考えられない、それは全体化された主体の哲学、つまり仏教だろう。だが文学に話を戻そう。文学の社会性は、文学が一種の言語活動であって、内容、表象の伝達手段ではないと考えるとき初めて、真の意味で理解されるようになる。

ナドー　その点でわれわれの意見は一致している。だが作品を、そこでありとあらゆる修辞の彩が戯れる言語活動のシステムと考えるだけでやめてしまい、それを切り刻み、寄せ集め、またばらばらにして文学作品を説明しているつもりになるのは、シニフィアンのレベルで、つまり最終的に作品の表層で止まってしまうというにすぎない。書く者の意思を、意識するしないにかかわらずその欲望を、きみはどう説明する？　たとえば『サラジーヌ』、この小説はきみの注釈によってとても豊かなものになった。だが『サラジーヌ』を書くバルザックの欲望は『S／Z』のどこにある？　なぜこのような著作が生まれたのか？　どんな目的で？　シニフィアンの分析にとどまっているだけでは、推測の域、曖昧さの域を出ることはない。

バルト　きみの問いは、ある時点にバルザックというひとつの人格、バルザックというひとつの主体が存在し、『サラジーヌ』というひとつの生産物を供給したということが前提になっている。わたしはむしろ、ひとつの身体があり、それがペンを握った、そんなふうに言いたい。作家の身体をそのエクリチュールのなかに入れこむということはとても重要だ。われわれはバルザックのことを話題にしたが、探究する価値のあるすばらしい分野がまだ残っている、校正刷り、ゲラでのバルザックの書き直しだ。当時はもっとずっと融通が利き、同じひとつのテクストで一〇回も校正をすることができた。バルザックは、大部分のフランス人作家と違って、削除するのではなく書き加えたのだ。

ナドー　プルーストも同じだ。

バルト　そう、プルースト、スタンダール、ルソー、バルザックがそうだ。『セザール・ビロトー』〔バルザック、一八三七年〕の最後の校正刷りの何枚かを見ると視覚的にじつにみごとだ、というのも、つけ加えがまるで炸裂しているかのようで、そういうページが印刷されているのだ。補足、書き加え、プルーストが「紙きれ《パプロール》」[5]と呼んだものが、まるで花火のようにつけ加えられている。真の造形的な美しさがあり、結局のところそれはエクリチュールのエンブレムと言ってもよくて、ページに沿って増殖し、散種されていく。言いたいのは、作者が存在するのは彼がまさに生産しているときであって、生産し終わったときではない、ということだ。わたしの場合はごく慎ましい規模においてということになるが、とても深くそう感じる。ひとたび本を書き終えて出版してしまえば、それについてとやかく言うことはもう何ひとつない。わたしは本から離れ、もはや管理や所有の関係はなくなる。しかし、言うまでもなく、社会がわたしに本について語ることを求めるために選ぶのは、まさにその時点なのだ。

ナドー　なるほど、だがひとは『テクストの快楽』のなかに、『S／Z』と同じようにバルトを認める。これらは、同じペンから出た二つの著作だ。それらは共通の分母を持っている。

バルト　個人言語《イディオレクト》と呼ばれる現象がある。個人言語というものがあって、それは身体の現前なのだ。身体はたぶん人格をもたないが、個性はもつ。身体はある種の方法でエクリチュールのなかに入りこむ。その結果、作家の個人言語がたしかに存在するようになるのだ。だが次のような神話に闘いを挑みつづけねばならない。その神話とは、一方に作品に先立って、確固たる主体、自我、人格を置き、それが生産物、作品の父となり、所有者となる。そしてもう一方にはその作品、その商品を置く、そんな神話だ。

ナドー　そうであるならば、言語活動が作家を選ぶのであり、その逆ではない、ということになる。一言でいえば、天から恩寵が作家に降ってくるわけだ。ある神話に別の神話がとって替わるだけのことだ。

バルト　作家はそれでも組み合わせを選ぶ。彼は引用を組み合わせて、そこから引用符を取り去るのだ。

ナドー　そうすると、組み合わせる者しか存在しないということか？

バルト　そうだ、こういう言いまわしは、構造主義の草創期ならではのものではあるが。いまたぶんわれわれにできるのは、文学のまさしくアクチュアルな、そしてもしこう言っていいなら、批評的《クリティーク》な側面に目を向けることだろう（「批評的《クリティーク》な」が「危機《クリーズ》」と関係の深い形容詞であることを想起しながら）。

ナドー　危機が存在すると認めることについては、意見は同じだと思う。だがわたしがこの仕事をやり始めて以来、つねに危機という言葉が使われてきた。出版の危機、書店の危機、そしてもちろん読むことの危機。これはある種風土病の蔓延と言ってもいいのではないだろうか？

バルト　小説の危機もあるし、詩の危機などもある。

ナドー　一八八〇年に作家たちにたいしてある有名なアンケートが実施された。[6]ジュール・ルナールを始め、ありとあらゆる作家たちが小説の危機を口にした。小説は、危機に瀕しているどころか、すでに死んでいたと言ってもいいぐらいだ。ゾラはそのころまだ作品を産みだしてはいたが。ヴァレリー、ジッド、クローデルが小説を書くのを望まなかったことは、誰もが知っている。小説は「芸術的な」ジャンルではなかったのだ。にもかかわらず、この百年ほどのあいだ、少なからぬ小説家の誕生をひとは目にしている。

バルト　それでも危機はあると言いたい。ものや本の生産がより少なくなるときに危機が起こるのではない。逆に小説にかんしてさえ、生産はますます多くなっている、少なくとも減ってはいない。

作家がすでになされたことを繰り返したり、書くことをやめたりするのを強いられるとき、そう、危機はある。繰り返すか身を引くかしかないというドラコン的[7]なぎりぎりの二者択一を迫られるときに。

ナドー　その場合、作家はもうコピーする者ではなくなるのだろうか、まだ言われてはいない別のことを言いたいという欲望を、それでも彼はもつのだろうか？

バルト　そうだ、作家はもうコピーはできない。だが、いずれにせよ、コピーは散種されねばならない、複数化されていなければならない。作品をコピーするのではない、言語活動をコピーするのだ、これはまったく別のことだ。たとえば、時間をかなりさかのぼれば、先に触れた〔危機の〕定義づけはフランス悲劇にぴったり当てはまると思う。一八世紀に悲劇の危機があったと言うことができるが、それは悲劇の数が少なくなったからではなく——悲劇はたくさんあった——、すでに作られた悲劇を繰り返すだけで満足していたからだ。小説にかんして、そして詩にかんして、同じような問題を検討することができる。たとえば小説において、新基軸はあるのか？　変容はなされているのか？

ナドー　ジャンルとしては進化したといえる。小説に「小説」というラベルを貼る必要はもうない。

バルト　小説であればもう「小説」というラベルを貼りはしないが、小説でないときに「小説」というラベルを貼ったりする。

ナドー　まさにそのとおり。ということはつまり、われわれが立ち会っているのは、諸ジャンルの転覆だ。新しい道を切り開こうとしているひとたちがいる。新しいものは、それがある種の伝統、つまり反復するひとつの方法、文学の流れのなかに自分を書きこむひとつの方法にすぎない伝統を拒否するかぎりにおいて、衝撃力をもつ。こんにち問題になっているのは、ある種の炸裂、分散であり、どんなレベルにも、統辞のレベルにさえ見られる、ありとあらゆる制約の拒否だ。「テクスト」がいくつも作られるが、それらは小説でも詩でもなく、しばしばその両方であり、しばしば知識をもたない読者をとまどわせもする。作品が、直接的コミュニケーション以外の目的をもつことはよく承知しているが、それでもなんらかのレベルでコミュニケーションが成立することは必要だ。その意味では、危機があるということはできる。しかしながら、一〇年後、二〇年後に、そうした「テクスト」について、それらはその時代の偉大な傑作だった、と言われるようになるかもしれない。ジョイスの『ユリシーズ』は長いあいだ、作家の同時代人にとって死文のままだったのではないだろうか？

バルト　それはほぼ解決不能な問題だ。現代性には威嚇的側面がつきもので、それを避けることはできない。改革は威嚇的に感じられる、というのも改革のなかにある重要な点を見逃すのではないかとびくびくしてしまうからだ。しかしその点でも客観的であるべきだし、もっともアクチュアルな現代性も、それ相応のくずを含んでいると考えるべきだ。現代性は、くず、実験、そしておそらく未来の傑作を、ごたまぜに提供する。現代性に与する立場をとってその全体を擁護し、現代性が否応なしに含みこむくずの部分も自分に引き受けねばならない。そのくずの部分を、われわれはいま正確に評価することはできないのだ。臨機応変な態度を欠かすことはできない。

ナドー　例の出版、刊行するかどうかの線引きのことも考える必要がある。一般に、もっぱら模倣者《コピスト》とばかりかかわりをもちたいと望むのは、編集者のほうなのだ。もちろん、衣装は真新しい模倣者だ！

バルト そのとおりだ。とはいえ、かなり読みにくい本も出版されている！

ナドー じっさいわたしなどは、その手の本をたくさん出版してきたと見なされている！ 読解不能と言われる本、出版されても読者がいない、あるいはきわめて少ない本たち。にもかかわらず、本はある。それはゆっくり熟していく。一〇年後、文庫版として再版される。わたしが編集した「読解不能」という評判の作家たちについて、そうしたことが確かめられる。読者の順応ということがあるのだ。こんにちわれわれに理解不能と思われることも、後になれば造作なく読めるようになる。

バルト そのうえここには、ある古い反動的な神話、知性を重視する立場をそれと反対の立場、民衆的なものと対立させる体の神話がかかわってきている。これには我慢できない、もう二〇年来これを聞かされているのだから。なぜ知的なものが民衆的なものから切り離されねばならないのかわからない。かつてわたしも、ある偉大な民衆的作品を徹底的に擁護したことがあった——それも誰ひとりそんなことをしないときに——、ブレヒトの演劇だ。フランスでもいつか遠からぬ日に、ブレヒトに相当するような小説が出現してほしい、わたしが願うのはこれだけだ。これは知性偏重の立場ではまったくない、ただしブレヒト自身はもちろんものすごく頭の切れる人間で、知性を重視していた。だが彼は、自分の劇を見る観客たちが快楽を得るために劇を書いてもいたのだ。

「民衆的」とは何か？ わたしがやっているのが批評だとすると、民衆的批評とはなんだろうか？

プチブル的批評？　そういうものは存在する。ありえないことだが。われわれは分断された社会におり、わたし自身もこの分断の残酷さを身にこうむっているのだ。

だが、何か読みやすいものを書いてもいいと思うことのなかには、どうしてもある種の迎合がある、このこともしっかり理解しておく必要がある。言語が無垢であることはけっしてなく、読みやすいものを書くというのは、自分自身の言語活動のメディア化を受け入れるということなのだ。この迎合は、次のような場合にのみ、受け入れることができる、つまり真の意味で戦略についての――もしこう言ってよければ――、あるいは暗黙の策術についての、ある種の密かなモラルをもち、書くことによって何をやりたいかについて、一種のかなりしたたかな照準合わせをおこなっている場合だ。自分にとって重要に思えることを伝えたいがゆえに、ひとは読みやすさについて一定の譲歩をするのだ。

ナドー　じっさいそれはエクリチュールの二つの岸辺だ。ひとつは文化、伝統、読みやすさのそれ、そしてもうひとつは言語活動の、生の喪失のそれだ。そうしたことは、たとえばバタイユにおいて、あるいはアルトーにおいてはっきり見てとれる、もっともアルトーにおいては、しばしば連辞、文の領域を離れて叫びに近づいていくが。

バルト　アルトーのエクリチュールは、白熱、燃焼、侵犯のあれほどの水準に位置しているので、結局のところアルトーについて言いうることは何ひとつない。アルトーにかんして書くべき本などない。アルトーについてするべき批評などない。唯一の解決策は彼のように書くこと、アルトーの模倣のなかに入っていくことなのかもしれない。

ところで、この危機という観念の話にまた戻るが、いま、明らかな事実がひとつある。現在のフランスにおける文学の総体的なイメージを、単純に第二次大戦前、三〇年前の同じイメージと比べてみる。すると偉大なる文学とその神話の、いわば国家的かつ社会的な放棄が確認される。

ナドー 作家という神話の放棄も？

バルト 作家という神話についても同じだ、なぜならこんにち、ヴァレリー、ジッド、クローデルのようなひとたちがもっていた、当時マルローでさえもっていた地位を占める作家など、ひとりもいないからだ。

ナドー 数日後にテオ・ヴァン・リッセルベルグ夫人の『小さな婦人の手記』が出版されることになっている。[8] 彼女はジッドのそばで暮らし、ジッドが死ぬまで日記を書き続けていた。彼女は、ジッドについて一日のあらゆるできごとやふるまい、彼の言葉、彼女に明かしたその考えを書き留めている。この新しいエッケルマンにとっては、ジッドのどんなささやかな行動でも、どんなとるに足らない言葉でも、ある意義を帯びている。サルトルが彼のエッケルマン、彼の〈小さな婦人〉をもつことなど考えられない。

バルト 彼にはシモーヌ・ド・ボーヴォワールがいた。

ナドー そうだが、彼女は自分自身のためにもたくさん仕事をした。

バルト　ある種の解放が起こったと言える。われわれは——さいわいなことに——マラルメが、作家のなかにいる〈日常的人物《ムッシュー》〉——俗な〈日常的人物《ムッシュー》〉とまでは言わないまでも——と呼んでいたものの命を奪ったのだ。[9]そこにはイデオロギー的な、そして同時に社会的な変容がある。ひとが一般にブルジョワと呼ぶものは、もはやその大いなる文学を支えきれない。結局ブルジョワはもう自分に固有の文学をもっていない。そしてこの偉大なるブルジョワ文学はいまや、まるで国立公園、保護区域、たとえば〈アカデミー〉などに逃げこんでいるようにみえる。したがってこれは、もしこう言ってよければ、文学の大いなるリーダーシップの放棄だ。たしかにもっと混沌として動きの激しい、落ちつきのないリーダーシップはある、だがそれはじっさいは知識人的なリーダーシップであって、文字通りの意味で文学者のものとは言えない。この三〇年来の、作家という階級にかんする大いなる社会現象とは、教授たちの大量の到来なのだ。

その結果、文学者によると同時に知識人によるものでもある、ある新しい生産のカテゴリーが作りだされている。このカテゴリーは一般に、政治的関与とイデオロギー的関与の立場を内包するのだが、同時にエクリチュールのある種の実践をも内包するのだ。

関与《アンガージュマン》について、はっきりさせておきたいことがもうひとつある。いっぽうでは現実世界の問題への関与、そのいっぽうでは文字通り無償で、非関与的で、純然たる快楽であるようにみえる活動、この二つを同時に思い描くことは、どうしたら可能になるだろうか？　ある哲学的なタイプの選択によってしか、この問いに答えることはできない。矛盾が認められないというのは、とてもよくわかる。個人的には次のように言いたい、わたしは複数の行動や実践の可能性を、少なくとも自分自身にかんしては断固支持する。つまりこういうことだ、いっぽうでわたしは、時代の社会運動的な問題に可能なかぎり深くかかわることを大いに認めるけれども、同時にだからといって、エクリチュールというエロティックな活動を制限せねばならないと信じる必要はない。これはひとつの選択だ。それは単一論的哲学をもつか、多元論的哲学をもつかによるのだ。

エクリチュールにおける関与はさまざまな媒体を通してなされ、またそれじたいがひとつの媒体をかたちづくりもする。媒体による実践、媒体を通した実践という概念を認めねばならない。エクリチュールにかかわる労働によって〈歴史〉に関与すると考えることはできるけれども、当然のことながらその関与は、かなり長い射程をもつ〈歴史〉にかぎられる。エクリチュールによって、現在の、目の前の〈歴史〉に関与するわけではない。というのも、もしもエクリチュールによって現在の、目の前の〈歴史〉に、われわれをとりまく危機に関与したいと考えたりしたら、大きな困難に遭遇することになるだろう。それはいやがおうでもステレオタイプの言語活動という中継点を経ざるを得なくなるからで、ステレオタイプの言語活動とはまさに、もはやエクリチュールとは言えないものだろう。

そしてこの点においてこそ、わたしは多元論的哲学の可能性を擁護する。その哲学は主体として自己を分割することに存する、つまりそれはいっぽうで自分自身の、というか自己の主体のある部分を完璧に同時代的な生に関与させ、別の部分をエクリチュールの活動に関与させるのだ。エクリチュールの活動はある別の歴史的波長の上に位置づけられているが、この活動も歴史的かつ未来展望的であることに変わりはなく、一種の進歩的な解放の力学に突き動かされている。

ナドー　そうはいっても、エクリチュールにおける関与が政治的関与と一致しうる場合もある。わたしはソルジェニツィン[10]のことを考えている。彼こそエクリチュールにおいて関与がなされている作家だが、その作品はプロパガンダ、論争のための作品ではない、というようなことだ。たとえば『煉獄のなかで』、『ガン病棟』〔いずれも一九六八年〕は政治的関与がおこなわれている作品だ。作者みずからが〔作家として〕関与している、すなわちまさに政治活動をしているのではない文学作品が、ある種の社会では突如として秩序転覆的な価値を帯びることになる、というようなことがどうして起こるのか？　というより問題なのは、ブルジョワ的デモクラシーではない別のタイプの社会というべきかもしれない。きみが先程述べたことはわれわれの社会にとっては真実だが、別のタイプの社会ではもはやそうではない。

バルト　ソルジェニツィンのおもしろさと重要性がどれほどのものであろうと、彼のエクリチュールはきわめて伝統的なものだ、広い意味での彼のエクリチュール、つまり作品の組み立てそのものということだが。フランスでさえ、一九世紀においては、非常に数多くの作家たちが、こんにちそう思われているよりもずっと積極的に〔現実社会に〕関与していた。一九世紀のフランス小説は、当時のブルジョワジーについて、証言、診断の価値をもち、しばしば極端にまで手厳しい、そう言ってもいいぐらいだ。現代の小説は伝統的なものでさえ、支配階級と呼ばれるものについてそうしたたぐいの証言への意欲をもうもちあわせていない。この点で言えば、ゾラはわれわれがしていることよりもずっと先を行っている。このことについて検討してみたらおもしろいかもしれないと思うのだが。なぜわれわれは現在、限界的なテクスト、実験的なテクストのかたわらに、文字通り写実主義的な文学をもっていないのだろうか、そこで生きてはいるが、自分が望んでいるわけではない社会を、批評的な、迷いを解くようなやりかたで描きだす、そういう文学を？

ナドー　きみの言うことはたぶんフランス文学については真実だろう。たとえばラテンアメリカの文学では、こんにちひとは小説的技法の刷新と同時に、社会的現実の問い直しに立ち会っている。すなわちエクリチュールへの一次的な関与を通してなされる、あの全体的な関与ということだ。

バルト　エクリチュールの実践がなされはじめるときから、ひとは完全にはブルジョワ的な意味での文学とはもはや言えないもののなかに入っている。わたしはそれをテクストと呼ぶ、つまりジャンルの転覆を内包する実践だ。テクストにおいては、小説というかたち、あるいは詩というかたち、あるいはエッセイというかたちはもはや認められない。

テクストはつねに意味を含んでいる、しかしそれは言ってみれば意味の回帰を含んでいるのだ。意味はやってきて、立ち去り、別の水準にまた移っていき、こうしたことを繰り返す。永劫回帰というニーチェ的イメージと重なる、ほとんどそう言ってもいいかもしれない、意味の永劫回帰というわけだ。意味は戻ってくる、だが同一性としてではなく、差異として。

テクストという概念はいま、まさに探し求められつつある最中だ。それはまず一種の論争的価値をもった。使い古されて疑わしいものになった作品という概念に対峙させることを試みた概念だったのだ。とはいえ、いまテクストという言葉になんらかの定義を与えることを期待できるとは思わない、なぜならそのときひとは、定義についての哲学的批評の攻撃にまたしてもさらされることになるだろうから。いまこのテクストという観念にはただ暗喩的にのみアプローチできるのだと思う、つまり言葉を変えれば、テクストにかんするさまざまな暗喩を可能なかぎり豊かに流通させ、数えあげ、案出することは可能だということだ（ただしジュリア・クリステヴァは、言語との関連で、テクストの概念的な定義づけを非常に徹底して押し進めている）。

テクストの境界という問いについて、わたしには答えを出すことはできない。エクリチュールをわたしがエクリヴァンスと呼んだものから区別することはできると思う。だがたとえそのようにしても困難を先送りするだけだ。エクリヴァンスとは、言語活動は結局ひとつの道具にすぎず、自分はみずからの言表行為と格闘するにはおよばない、そう信じて書くひとの文体と言ってもいいだろう。エクリヴァンス、それは言表行為の問題を提起することを拒み、書くとはたんに言表をつなぎ合わせることにすぎないと信じるひとの文体だ。エクリヴァンスは科学的文体、社会学的文体など多くの文体のなかに見いだされる。書く者《スクリプトゥール》が言表行為のなかに主体として自己を位置づけることを拒否することによってつねに定義づけられる一連の文体があり、それがエクリヴァンスだ、言うまでもなくそこにテクストはない。

だが別の側面で言うと、そしてそのために自分にたいしてなされた非難をふたたびとりあげることになるが、わたしはテクストがエクリチュールの貴族的空間として定義されうるなどとはまったく思わないのだ。なぜテクストが、ある一定の条件のもとで、新聞のなかに、きわめて発行部数の多い、きわめて「民衆的」といわれる生産のなかに見つけられないのか、まったくわからない。探してみればいいだけのことだ。わたし自身は個人的にそうしないが、それは、やはりわたしは世代的にいって、古い文学となにか新しいものをつなぐ節目にいるからだ。その新しいものはいま探し求められつつある。しかし遠からず、よい文学と悪い文学のあいだの、こうした倫理的かつ美学的分割が見直される時が来るだろう、わたしはそう考える。いまやわれわれは、たとえば常軌を逸していると言われるエクリチュールと、常軌を逸していないエクリチュールのあいだの区別を確定しようとすることなど、完全に愚劣で、ほとんど犯罪的ですらあることを知っている。真の境界線はエクリチュールとエクリヴァンスのあいだに引かれている。それは言表行為における主体の位置づけにかかわっている、その位置づけをみずから引き受けているか、そうでないかということによる。エクリチュールにおいては引き受けられており、エクリヴァンスにおいては引き受けられていないのだ。

こうしたことはある種自動詞的な価値をもっている。〈書く〉は自動詞だ、少なくともわれわれの特別な使い方においては。[11] というのも、書くというのは一種の倒錯なのだ。倒錯は自動詞的だ、倒錯のもっとも単純でもっとも基本的なかたちは、生殖をともなわずに愛の営みをすることだ。その意味でエクリチュールは自動詞的だ、それは生殖をともなわない。それは生産物を供給しない。エクリチュールはじっさいひとつの倒錯だ、なぜなら事実としてそれは決定的に悦びの側にあるのだから。

わたしの考えでは、言葉のきわめて広い意味で、文学的生産は、ある深い溝、亀裂にますます徴づけられつつある。その溝、亀裂は、広く一般におこなわれている生産、しばしば才能豊かに、しばしばアクチュアリティ、社会、諸問題をかなり鋭敏にとらえる能力をもって古いモデルを再生産する、そういう生産と、その逆の、きわめて活発で、きわめて周縁的で、ほとんど読解不能に思えるほどだが、きわめて「探求的な」アヴァンギャルドのあいだに刻まれるものだ。

たとえばヌーヴォー・ロマンは、その興味深さ、重要性、成功がどれほどのものであろうと、かなり伝統的な――これは軽蔑を含んだ言い方ではない――文学をいまだに代表している。最近『嫉妬』についてきわめて社会学的な、厳密な意味で「ゴルドマン的」でさえある分析がなされたが、それはこの作品を、みずからの植民地を失いつつある植民地階級の失望の小説とするものだった。[12] このときロブ゠グリエは、関与《アンガジェ》している作家だと言うことができる。しかしいずれにせよ、エクリチュールのレベルでは、ヌーヴォー・ロマンのそれはきわめて読みうるもので、ほんとうの意味では言語をひっかき回してはいない。ヌーヴォー・ロマンはいくつかの描写の技法、いくつかの言表行為の技法を作り変え、登場人物の心理の諸観念を精緻なものにした。だが限界的な文学、実験的な文学を代表しているとは言えない。

文学の中間的な領域、平均的な作家たち、マイナーな作家たち――ジャンルにかんしてこう言っている――は姿を消す運命にある。

わたし自身について言わせてもらうと、文学についてのある種ユートピア的な観念がある、文学というかエクリチュール、幸福なエクリチュールについての観念だ。次の事実をまず押さえておきたい、いまや――わたしはここで、言葉を使ったどんなデマゴギーもしていない――ブルジョワ的民主主義の発達以来、つまり約一五〇年にわたって、技術、マスカルチャーの進歩とともに、読者と書く者《スクリプトゥール》のあいだに一種の決裂が起こっている、疑う余地のない、わたしに言わせれば恐るべき決裂だ。一方に何人かの書く者たち、作家がいて、他方にたいへんな数の読者がいる。そして読む人たちは書かない、問題はそこだ、読む人たちは書かないのだ。

知られているように、かつての社会は、社会的にははなはだしく疎外され、階級の分裂も揺るがしようのないものだったが、幸福な階級、有閑階級においては、このような決裂は存在していなかった。その証拠に、旧社会の教育においては、一九世紀なかばごろまで、ブルジョワの子弟、たとえばフローベールに施される中等教育とは、書くことを学ぶことにほかならなかった。修辞学とは書く技術であった、それなのにいまやコレージュでは読むことを学んでいると言われる。子どもにきちんと読むことは教えても、じつのところ書くことは教えないのだ。幾人かの者たちは――むろん数はそれほど多くはなく、当然人目を忍んでのことになる――エクリチュールのあの悦びを成就したいという深い欲望を抱くが、商業的な、制度的な、編集的なレベルで恐るべき障害にいやでも突き当たってしまう。しかしたとえ刊行されなくても、書くことができるという希望はありうべきひとつの夢だ、そもそもそれはフローベールのなかにすでに存在していた、たぶんどこかでそのことをあまり信じていなかったかもしれないが……

そんなわけでわたしは一種のユートピアを思い描く、そこでは悦びのうちに書かれたテクストが、商売的配慮のあらゆる要請の外で流通することが可能になるだろう、そしてその結果、それらのテクストは売り上げの促進と——かなりおぞましい言葉で——呼ばれることに心をくだいたりしないだろう。二〇年前、哲学はまだヘーゲルの影響が非常に強く、全体化という観念としきりに戯れていた。こんにちでは哲学じたいが複数化され、その結果、もっと小規模なタイプのユートピアを思い描くことができるようになっている、よりファランステール的なものだ。

それゆえこれらのテクストは、さまざまな小集団のなかで、ほとんどファランステール的な意味でのさまざまな〈友愛〉のあいだで流通するだろう。そしてその結果、書きたいという欲望、書く悦びと読む悦びの欲望こそが、ほんとうの意味で流通することになるだろう。その欲望は、読むことと書くことのあいだのあの決裂を招くことがないまま、あらゆる要請の外でふくれあがり、次から次へとつながっていくだろう、

書くことを始めて、エクリチュールのなかに入りこむと、そのエクリチュールの価値の如何にかかわりなく、ある意味で言えば、もう読む時間が全然なくなるという時が来る。書くことと読むことのあいだに一種の時間のすれ違いが起こり、そのためにあるときひとは、自分の仕事に必要なものしか読まなくなる。結果として、たとえば一年を通して読むべき本を注意深くチェックするとしたら、それは極度に機能的で利害の絡まった点検になる。ある日、ある与えられた主題についての発表なり論考なりの準備をしなければならなくなると、いくつかのテクスト、いくつかの作品を読むわけだ。だが読書そのもの、無償の読書の時間は個人的にはほとんどなくなる。夕方家に戻ると、そういう時間が多少はあるけれど、そんなときはむしろ古典的なテクストを読む。ヴァカンスのときもそう……現代的なテクストについてのわたしの知識はそれゆえ、まったく網羅的ではない。

ナドー　モーリス・ブランショは、批評家は非‐読者だと言った。雑誌や新聞の編集長は二次的な権力をもつ非‐読者だ。つまり彼はあらゆるものを読むがほんとうは読んでいない。じっさい読書と言えるのは二度目にする読書だ。[13] そしてこの二度目の読書は、わたしのような仕事ではそれをすることができない。ようするに、わたしが読者でいられるのは、読むことを強いられないでいるときだけだ。

バルト　ふつうひどく凝った婉曲語法が使われる。ある本に目を通したと言う、その本を読んではいない、目を通したのだ。

とはいえ、一ページあるいは一〇ページほど、いわばエクリチュールの部分的な抽出をすることは、大いに認められる。自分とテクストとのつながりを形成するにはそれくらいあれば充分だ、そうわたしは結論づけることができる。みずからエクリチュールにたいしてまさにエロティックなかかわりをもち、とりわけそれぞれが言葉の味わい、文の味わい、かつて文体と呼ばれていたものの味わいにつながり、連関しているのであれば、数ページで充分だ。

じっさい読者を作家にすることこそが、いまや大きな問題なのだ。読者を潜勢的というか潜在的な作家にすることが可能になる日が来れば、あらゆる読解可能性[14]の問題は消滅するだろう。一見読みえないと思えるテクストも、そのエクリチュールの運動のなかに入って読んでいけば、とてもよく理解できる。言うまでもなく、大々的な改変——ほとんど教化と言ってもいい——がなされなければならない。そのためにはある種の社会的改変が必要だ。絵画にアクション・ペインティングがあったのにならって、なにかアクション・ライティングといったものを考えてもいいかもしれない。ただもちろん、それらのテクストのために数多くの流通の経路が存在することもその前提のひとつで、それは、もしこう言ってよければ、「邪魔くさい」、つまり場違いなテクストによって害を被らないようにするためだ。

ナドー　きみのユートピな的な見方に、わたしも全面的に賛成する。そのユートピアが具体化しようとするのを目の当たりにしているがゆえに、ますます大きな喜びを覚えてもいる。数ヶ月前、ある企業運営委員会[15]の代表のひとりから手紙をもらった。彼はこう書いていた、「貴兄の新聞[16]は、知識、分析を配信し、われわれのほうは読む、われわれは消費者というわけです。われわれが貴兄の新聞に書いてはならない理由があるでしょうか？」わたしは「まったくおっしゃる通りです」と返答したものの、その後いろいろ大きな困難があることに気づいた。『カンゼーヌ・リテレール』には多くの教授、専門家、洗練された趣味人たちが執筆している。手紙を寄越した建築労働者に、「新聞の片隅をあなたがたに提供しましょう、つまりはあなたがたをゲットーに押しこめて差しあげましょう」とでも書き送ればいいのか？　それに、誰がテクストの選択をする？　どんな基準にしたがって？　あるテクストがひとつの経験を物語るなかで一定の誠実さを示すだけで、掲載を決めねばならないのか？それともそれがすでにある文学的水準に達しているがゆえにか？

バルト　困難は山ほどある、なぜならきみが話題にしている人々は、すでにある種の文化を身につけてエクリチュールにまでいたるわけだ。そのとき、彼らにとっての危険は、テクストが一種の表現のための空間になってしまっているということだ。じっさいは、テクストは魅惑する空間なのであり、その結果、書くに際しては魅惑の問題をみずからに問わねばならない、このことを彼らがちゃんと理解する必要がある。そして他者を魅惑するというのは、のるかそるかの大仕事なのだ。かつて修辞学はこの問題を解決したと考えていた、というのも修辞学はその大部分が魅惑のための技術と考えられていたからだ。だがいまとなってはそれだけでは充分ではない。それゆえ問題は、こんにちテクストの魅惑する力はどういうものでありうるのか、どんなふうにそれを構想したらいいのか、どんなふうにそれを理解させたらいいのか、そしてとりわけ書きたいと望む人々にどんなふうにその必要性を認めさせたらいいのかを考える、ということになる。

ナドー　それにしても、なにゆえ下位‐文学が存在する権利をもたないことがあるだろうか？

バルト　それが退屈だったら、だめだろう。でも断言する勇気はない、なぜならあるひとを退屈させるものが他のひとを退屈させない、ということもありうるのだから。とてもやっかいな問題だ。しかしいずれにせよ、テクストのエロティックな力についてみずからに問う必要はますます増大していると考える。エロティックと言われるテクストがテクストのエロティックな力とまったく一致しないことはしばしばある。つまり後者は、真の意味で書く者《スクリプトゥール》の身体をそのなかに書きこみ、読者の身体にそれをつなげ、この二つの身体のあいだに一種の恋愛関係を打ち立てるテクストのことで、この二つの身体は、市民的かつ道徳的人格にではなく、形象に、解体された主体に、文明的な主体に対応している。いずれにせよ、文学は自分自身で、そして自分だけで、みずからに固有の問題を解決することはできない。

ナドー　その点については、この対話の初めからわれわれの意見は一致していた。書くという活動は他のさまざまな社会的活動のなかに組みこまれている。社会的複合体とさまざまな弁証法的関係をとり結んでいる。書くという活動は、それじたいを助けるために、社会がどのようにしてみずからを助けるのか、知ることを必要としている。

バルト　それは社会的疎外の問題だ。多くの統計によれば、フランス人はもっとも本を読まない民族のひとつだ、というのも、大まかに言ってフランス人のふたりにひとりは本を読まないのだ。だが過度に厳格すぎるのもよくない。読まれない一連の文学があるとしても、その文学は知られてはいる、つまりその文学はそれでも豊穣化を促すという価値はもっているのだ。それこそ新しい、重要な社会学的現象だ。たとえば、その名声が発行部数と釣り合わない何人かの作者たちがいる、実際の発行部数はきわめて限定的だが、にもかかわらず少くない知的公衆に知られ、ゆえにある機能、ある役割を果たしている作者たちだ。

　エクリチュールが力をおよぼすのは、その字義的な表現、その捕捉力、文字どおりの読書によってだけではなく、多少は浸透、隣接関係《メトニミー》にもよる。一種の超視覚的読書、超聴覚的読書がなされうる。だが作品が一種の愛の罠であるかぎり、文学は存続するだろう、そう期待してもいい……

「対話」というラジオ番組（R・ピオーダンの）におけるモーリス・ナドーとの対話、フランス・キュルチュール〔フランスのラジオ局〕、一九七三年三月一三日に放送。『書く……何のために？　誰のために？』（グルノーブル大学出版局、一九七四年）に収められ、その後『文学について』というタイトルの小冊子として刊行された（PUG、一九八〇年）。

1　『来るべき書物』粟津則雄訳、筑摩書房、一九八九年、二七九ページ。「文学はどこへ行くか？」と題された章の冒頭部分（「文学の消滅」）に出る文。

2　「われわれが読み、聞くすべてのものが広い布のようにわれわれを覆い、媒質のようにわれわれを囲み、包み込む。これが言語圏《ロゴスフエール》である。この言語圏をわれわれに与えるのは、われわれの時代、階級、職業である。これはわれわれの主体の《与件》である」（「ブレヒトと言述」、『テクストの出口』沢崎浩平訳、みすず書房、一九八七年、五四ページ）。

3　R・バルト「言語活動の分裂」（『言語のざわめき』所収）参照。

4　ジャン・ガルベール・ド・カンピストロンはフランスの悲劇作者（一六五六—一七二三）。ラシーヌに追随し、「ラシーヌの猿」などと揶揄された。

5　「〈…〉私は考えるのだった〈…〉、私はフランソワーズに見守られながら〈…〉、フランソワーズのかたわらで、白木の大机に向かってほとんど彼女のようなやり方で仕事をするだろう、と〈…〉。つまり、あとから書き加えた原稿の紙片をそこらにピンで留めながら、私は自分の本を築いてゆくことになるだろう、大聖堂を建てるように、などと大それたことは言うまい。ただ単に、一着のドレスを仕上げるように作るのだ、手のとどくところに、フランソワーズのいわゆる私の「紙きれ《パプロール》」がすべてそろっていなかったり、ちょうどそのとき必要な一枚がなかったりしても私が苛立つのを、フランソワーズはよく分かってくれることだろう。〈…〉フランソワーズが私の「紙きれ《パプロール》」と呼んでいるあの書類は、それを互いに貼りあわせてゆくうちに、あちこちが破れてしまった。だが必要とあれば、フランソワーズが私を助けて、それを補強してくれるのではないだろうか。ちょうど彼女が、自分の服のすりきれた部分に継ぎをあてたり、あるいは私が印刷屋を待つようにガラス屋の来るのを待ちながら、それまで台所の窓ガラスが壊れたところに、新聞紙を貼りつけておくように」（M・プルースト『見出された時Ⅱ』鈴木道彦訳、集英社文庫、二〇〇七年、二四九―二五二ページ）。

6　ジャーナリストのジュール・ユレ（一八六三―一九一五）が当時の代表的な作家たちにおこなった「文学の進化についてのアンケート」をさす。

7　ドラコンは紀元前七世紀ごろのアテネの立法者。彼の制定した法は厳格をきわめ、「インクでなく血で書かれた法」などと言われた。

8　ベルギー出身の画家テオ・ヴァン・リッセルベルグ夫人マリア（一八六六―一九五九）は、一九一八年からジッドが亡くなる一九五一年まで、その親しい女友達として彼の身の回りの世話をした。そのときの記録をまとめたのが『小さな婦人の手記』である。『ゲーテとの対話』（初版一八三六年、再版一八四八年）で知られるヨーハン・ペーター・エッケルマン（一七九二―一八五四）への言及は、ジッドの「腹心の友」としての彼女の役割を踏まえたもの。

9　マラルメ「音楽と文芸」の次の一節を踏まえる。「〈文学〉は、飢えと同意見で、文学を書きながらもそのうちになお残る〈日常的人物《ムッシュー》〉を抹殺することに存する〈…〉」（『マラルメ全集』Ⅱ、清水徹訳、筑摩書房、一九九八年、五四四ページ）。

10　アレクサンドル・ソルジェニツィンはロシアの作家（一九一八―二〇〇八）。スターリン批判などのためにシベリアに流刑され、さらに国外追放処分になるが、一九九四年にロシアの市民権が回復され、帰国した。主な作品としては、ここでナドーが挙げた二作のほかに『イワン・デニーソヴィチの一日』（一九六二年）、『収容所群島』（一九七三―七五年）など。

11　R・バルト「書くは自動詞か？」（『言語のざわめき』所収）参照。

12　Jacques Leenhardt, *Lecture politique du roman*, Les Editions de Minuit, 1973 をさす（松島征による訳注。「どこへ・それとも文学は行くか？」、『みすず』一八三号、一九七五年、二〇ページ）。『嫉妬』（一九五七年）はロブ＝グリエの四番目の小説で、植民地が舞台になっている。リュシアン・ゴルドマンは、ルーマニア出身のフランスの哲学者・社会学者（一九一三―一九七〇）。独特のマルクス主義的文学分析によって大きな影響力をもった。

13　「二度目の読書」（「再読」）の意義については、バルト自身も『S／Z』Ⅸ「読書はいくつあるか」で論じている。いわく、「再読」は「現代社会の商業的イデオロギー的慣習に反した操作であるが、「ここでは、再読はただちに提起されている。なぜなら、それだけがテクストを繰り返しから救うからであり〈…〉、テクストをその多様性と複数性のなかで増殖させるからである」（邦訳一九ページ、訳語一部改変）。

14　テクストの「読解（不）可能性」はバルトにおいていろいろなところで話題にされるが、たとえば「意味の問題性」（本著作集第六巻「テクスト理論の愉しみ」野村正人訳、二六〇ページ）などを参照。

15　ある企業の経営側の代表と労働者の代表が、給与、福利厚生、文化などの問題について協議をする委員会。

16　モーリス・ナドーは、直後に言及される隔週発行の書評紙『カンゼーヌ・リテレール』を一九六六年に創始し、その編集長を務めていた。

23　神話作用

知識人の政党？　たんなる冗談にすぎない。たしかに現代社会にはある集団、いやある階層が存在し、かなり漠然としたやりかたで作家、哲学者、教授たちを包括していて、これを知的階層と呼ぶことができる。だがゆったりした長椅子の話などごめんこうむりたい。知識人の置かれた状況は、現代社会のはらむ諸矛盾そのものゆえに、歴史的に居心地が悪く、弁証法的な意味で両義的なものだ。

　フランスに存在しているのは、反‐知性主義の誘惑である。このたぐいの神話的虚言はロマン主義的な起源をもつ。頭脳にたいする心、その他のくだらぬよしなしごとだ。だがそれはきわめてはっきりと、そのプチ・ブルジョワ的性格——かつてプジャディスム[1]に行き着いたそれ——を露呈させる。これはある反動的な政治的態度の表明なのである。

　知識人があらゆるブルジョワ社会に必要であることに変わりはない、それはちょうど原始的な部族で悪に縛りをかける魔法使いのようである[2]。疎外された意識を解消するのがその義務だ。ひとが望んでいるのは、知識人をゲットーに閉じこめてしまうことなのかもしれない。知識人に権力はない、だが知識人とて行動しないわけではない。

『フィガロ』紙、一九七四年一〇月八日

ジョルジュ・シュフェール[3]の本、『長椅子でゆったりする知識人たち』(プロン社、一九七四年)刊行の機会に、ルノー・マティニョン[4]によって進められたアンケート「知識人を問う」への回答。

1　ピエール・プジャードはフランスの政治家(一九二〇—二〇〇三)。商工業者や職人を擁護し、議会政治に敵対する反知性主義的ポピュリズムの主張「プジャディスム」を展開した。ジャン＝マリー・ル・ペンおよび彼の極右政党「国民戦線」は、ここから生まれた。本著作集三『現代社会の神話』(下澤和義訳)所収「プジャード氏名言集」、「プジャードと知識人」参照。

2　バルトは知識人の社会的役割を「魔女」のそれに、さらには〈呪術師〉のそれになぞらえていた。「〈…〉ミシュレの〈魔女〉が持っていたこの補完的役割を、現在のわれわれの社会においてもっともよく引き継いでいるのは、たぶん知識人の神話的形象であるかもしれない」(「『魔女』」)。「社会全体における〔作家—著述家の〕機能は、Cl・レヴィ＝ストロースが〈呪術師〉のものだとする機能とたぶん無関係ではない。補完的な機能として、呪術師と知識人はいわば、健康の共同的構築《エコノミー》に必要なある種の病に縛りをかけるのである」(「作家と著述家」)(いずれも本著作集五『批評をめぐる試み』(拙訳)所収、一八二ページ、二二八ページ、訳語一部改変)。

3　ジョルジュ・シュフェールはフランスのジャーナリスト、作家(一九二七—二〇〇二)、『エクスプレス』誌編集長などを務めたあと一九七二年に『ポワン』誌を創刊。

4　ルノー・マティニョンはフランスのジャーナリスト(一九三六—一九九八)、おもに『フィガロ』、『フィガロ・リテレール』などで活動した。

訳者あとがき

ロラン・バルトとエクリチュール

本巻でもっともページ数の多い「エクリチュールについての変奏」(このタイトルは、マラルメの「ある主題についての変奏」を意識したもの?)には、バルトにとってエクリチュールとは何だったかをかいま見させる指摘や示唆が随所に見られる。きわめて興味深いこの論考を手がかりにして、以下覚書ふうに記してみたい。

言語活動をもっぱらコミュニケーションだけに限り、さらにエクリチュールをそうした言語活動に従属させる(たんなるその「転写」と考える)言語学者たちの通説を、バルトは繰り返し批判する。エクリチュールをパロールの記録のための便利な道具とみなす彼らの紋切り型的思考は、「アルファベット中心主義」と称されるべき「民族的偏見」にもとづいているのだと、彼は言うのである。「アルファベット中心主義」とは、音声言語をもっとも合理的かつ分析的に転記しうる文字表記の体系であるアルファベットこそ、エクリチュールの進化の極にある様態であるという(根拠のない)思いこみのことをいう。その批判と連動するのが、読解不能なエクリチュールにこそその本質が露呈しているという、(この時期の)バルト独特の、ある意味挑発的でもある言明だ。「読解不能なエクリチュール」とは、一見文字らしく書かれているものの、じつのところ何を意味しているのか解読できない一連の形象のことで、この「読解不能性」については「I 幻想《イリュージョン》」の最初の断章「隠す」にすでに言及がある。

「読解不能性は文字体系の欠陥のある奇形的な状態なのではなく、逆にその真実（その中心にあるというよりは、たぶん限界ぎりぎりでなされるある実践の本質）なのかもしれない。[1]」

この文脈で直接問題にされるのは、バルトが「エクリチュールの黒い歴史」と呼ぶ、文字通り「隠蔽」、「秘匿」を目的として形づくられた一連のエクリチュールのことだが、そうした歴史的事実の確認を超えてバルトの興味を惹いているのは、じっさいにここでも名前が言及されるアンドレ・マッソンやベルナール・レキショの「読解不能のエクリチュール（的形象）」であろう。マッソンの「中国語」、レキショの「解読不能のテクスト」（「感謝の手紙」、「あざけりの手紙」などと題されているものの、そこに記された「文字らしきもの」を「解読」することはできない）については「II システム」の「読解不能」の断章にさらに詳しい言及がある。重要なのは、シニフィアンが「あらゆるシニフィエから解き放たれ、指向対象というアリバイからきっぱり縁を切っている」ということで、たしかにこのような認識は、エクリチュールを音声言語に従属し、それを忠実に転写する二次的言語にすぎないとする視座の対極にある。全面的に意味から解放されたシニフィアンの戯れ、言い換えればそれは、エクリチュールをたんなる透明な記号ではなく、厚みのある形象的な存在（造形的な配慮によって産みだされた形態）に限りなく近づけるということでもある。こうしてここでも、「エクリチュールと芸術の本源的なつながり」が確かめられることになる。

「アンドレ・マッソンのセミオグラフィー」（「エクリチュールについての変奏」と同じ一九七三年に発表されている）では、やや観点を変えて、マッソンの「セミオグラフィー」（漢字ふうに描かれた形象）は、「絵画のテクスト」と「漢字のテクスト」のあいだを循環する（文字通りの）「間‐テクスト」なのだと説明される。いずれにせよ重要なのは、「エクリチュール」はそこで「それ自身の機能からはみ出した物」として現れるということで、そこからバルトは端的に、彼にとっての「エクリチュールの真実」のありかを、次のように言い表している。「エクリチュールの真実」が見いだされるのは、「それが伝えるメッセージ」のなかでも、「それが通常の意味のために作りあげる伝達の体系」のなかでも、ましてや筆跡学のような怪しげな科学がそれに付与する「心理的表現性」のなかでもない、それは「力を入れ、線を記し、みずからを導いていく手」に、すなわち「脈打つ身体（悦びを得る身体）」にこそ見いだされるのだ。[2]

そして同じことが「レキショとその身体」（これも一九七三年のテクスト）でも繰り返される。バルトはレキショの「螺旋」を「セミオグラフィー」と考え（「記号、エクリチュールは螺旋とともにやってくる」）、さらにこう記す。「螺旋はたしかにそれじたいが記号なのだが、この記号は存在するためにある運動を必要とする、すなわち手の運動である。」あるいはまた、「エクリチュールとは、いつも同じ方向に重みをかけ、前進し、あるいは遅れがちになる手だ、ようするに耕す手だ〈…〉。」そしてここでも「悦楽」がこの「手」を導いていく行動の原理である。「繰り返される螺旋の身体的意味とは、手はある種の悦楽が涸れつくすまではけっして紙を離れることがない、ということだ〈…〉。」[3]

マッソン論やレキショ論では、こうしてエクリチュールを生みだす「手」の身ぶりが身体的悦びと分かちがたく結びついたかたちで現れるが、そもそも「エクリチュールについての変奏」のもっとも基本的な志向そのものが「身体への遡行」にほかならなかった。バルトの興味を惹いていたのは、彼が「スクリプション」と呼ぶ身ぶり、「手が道具（鑿《のみ》、葦、羽根）を取り、それを表面に押しあて、重みをかけながら、あるいは軽く力を入れながら進み、規則的な、反復的な、リズミカルなかたちを記していく、その身ぶり」だったのだ。それゆえ、その断章のひとつに「手」というタイトルが与えられていることに、なんのふしぎもない。そこでエクリチュールはまさに「手への回帰」だと言われていた。このとき「手」とは先に記した一連の「身ぶり」のことであって、こうして「エクリチュールはつねに身ぶりの側にあり、顔の側にあることはけっしてない」という命題が成立することになる。

ところで、先に記したエクリチュールを芸術とつなげて考える見方は、エクリチュールを（言語記号というより）イマージュとしてとらえる発想にもとづいている。バルトは、エクリチュールの起源についてのアンドレ・ルロワ＝グーランの仮説を参照するなかで、そのことを示唆する。この偉大な考古学者によれば、図形表示《グラフィスム》が、まだエクリチュールとしての様態を獲得していない（あるいはそのような限定的な様態に還元されていない）段階において、「図形的象徴表現は、音声的な言語活動にたいして、一定の独立性を保ちえている。その内容は、音声言語が時間という唯一の次元において表現することを、空間の三次元において表現するのである」[4]。後半の「図形的象徴表現」と「音声的な言語活動」の無媒介的な結合には後述のように問題が残るが、それはそれとして、ともあれ「エクリチュールの獲得」は、その後「線状の配列の使用によって、図形表現を完全に音声表現に従属させた」ときに初めて可能になるのだとルロワ＝グーランは言う。つまりポイントは、「空間の三次元」から「線状の配列」への縮減である。ルロワ＝グーランは、これこそが図形表示を真の意味でのエクリチュールに変容させる決定的な要因だと考える。口頭による言語活動は時間のなかで音声化されてゆき、（その意味で）線状的である。これに応じて、エクリチュールが空間のなかで音声化され（音声が文字的に表記され）、線状化されるとき、後者の前者への「従属」が完全なものになるというのである。[5]

しかしバルトがより多く関心を注いでいるのは、このようにエクリチュールの音声言語への従属が完遂した状態であるよりはむしろ、前‐エクリチュール的形態としての図形表示が「空間の三次元」のなかで本源的な自由を享受している状態のほうであるように思われる。バルトは、やはりルロワ＝グーランの記述を踏まえて、「初期の洞窟の図形表示ではさまざまな形象が放射状に並べられていた」と記す。エクリチュールは、それがある方向づけにしたがって線的に並べられるのであるかぎり、それをたどる者にいやおうなしにある種の合理的思考を強いる。それにたいして、放射状の配置による図形表示は、一定の方向に読みを限定することはなく（合理的な意味づけに読みを収斂させることはなく）、いわば無限の多義性に向かって読解可能性を開いてゆく。

　もっともルロワ＝グーランは、視覚的な言語表象と聴覚的な言語表象の発達をパラレルに考えていて、前‐言語的な図形表示の集合には、いわばそれを言語的に説明する「口述の文脈」がかならず存在し、前者は後者の意味内容を空間的に再現しているのだと述べている。だからこそ彼は、図形表示が「空間の三次元」において享受しえているはずの自由を、音声的な言語活動にたいする「一定の独立性」と記すわけである。バルトはこの点については「イメージ（あるいはそれに続いて、エクリチュール）と言葉《パロール》の結びつきは、それぞれの本質的様態にもとづく結びつきだ」と、ややあいまいに述べるにとどまっている。

　エクリチュールにかんするもっとも先鋭な思考者のひとりであるアンヌ＝マリー・クリスタンは、ルロワ＝グーランが「空間的意味論の存在」と呼びうるものを想定できていないことを批判して、たとえば太古の洞窟の壁画のような一連の神話表示的な形象が意味するものは、それらの壁画を前にして発話される（言語的）注釈が説明している、といった仮説には明確な根拠もなく、検証不可能であると指摘する。[6]「空間的意味論」ということで彼女が言わんとしているのは、ある場所にまとまって現存する一連のイマージュをひとつながりの意味論的な場として認識するためには、それらのイマージュがそこに置かれることを可能にするある連続的な表層の存在がまず必要で、意味の形成はイマージュそのものだけではなく、イマージュとイマージュのあいだの間《ま》、空虚、さらには余白をも含めた、この表層全体に帰属しているということである。だからこそ、「洞窟の壁に表象された初期の形象は、象徴的なものであってもリアルなものであってもまったくかまわなかった」のであって、いずれにせよ「これらの痕跡の存在それじたいが意味をもちえたのは、もっぱら壁が提供する表層に端を発してであり、またその上にあったがゆえ」なのである。この表層は、視覚的に意味を形成するある全体のなかにいくつかの形象を統合することを可能にするものであり、同時に「見えるもの」と「見えないもの」のあいだの「エクラン」の機能を果たす。「エクラン」には、その上にイマージュを映す「映写幕」、「スクリーン」の意味と、「ついたて」のような遮蔽するもの（「遮蔽幕」）の二つの意味があるが、その二重の意味においてそうだとクリスタンはいうのである。[7] 彼女はこのようにイマージュがその上に書きこまれる表層を「エクラン」ととらえる観点を「エクランの思考」と名づけ、図形的象徴表現に続いて起こるはずのエクリチュールの発生もそのなかに位置づける。こうした観点からすれば、エクリチュールの音声言語への従属の根拠を、前者による線状性の獲得に求めるルロワ＝グーランの仮説も、結局は西欧中心主義的な合理主義的思考のひとつのヴァリエーションにすぎないということになる。

バルトと直接の接点をもたないクリスタンに（彼女は、ルロワ＝グーランの場合とは異なる点においてではあるが、バルトを容赦なく批判してもいる）ここであえて言及したのは、エクリチュールの根源にイマージュを見るという点で、ともかくバルトと認識が共通しているということと、[8] もうひとつは彼女の「エクラン〔スクリーン／遮蔽幕〕の思考」という概念が、思いがけず「エクリチュールについての変奏」のある断章と通底しているように思われるからである。それは「III 争点」の「占星術」と題された短い断章で、バルトはそこでエクリチュールと占星術の「特権的なつながり」について触れて、占星術の「黄道一二宮」のそれぞれの星座を表す画像が「図像的形態」であったり「幾何学的形態」であったりするがゆえに、そのシステムは「エクリチュールのさまざまな構造的可能性の要約のようである」と述べる。そしてさらにつけ加えて、「天が書き記される、あるいはまた、エクリチュールは言語活動の上を通り越して、天空の純粋な言語活動となる」と記している。いっぽうクリスタンによれば、「このエクランの思考は言語の習得と同じ資格で「ホモ・サピエンス」を特徴づける」ものだが、ある種の表層を（他と区別された）ひとまとまりの連続的空間とみなすこのような思考のなかで、唯一そのモデルとなりえたのは「星の散りばめられた空（の穹窿）」であった。[9]

言うまでもなくバルトは、クリスタンの「エクランの思考」を共有していたわけではないので（「壁」という断章にややこれに近い発想が見られはするが）、これはたんなる偶然の一致と言ってしまえばそれまでである。ただエクリチュールとイマージュのあいだの根源的つながりをそれぞれの思考の基軸としながら、かならずしも距離は近いとは言えない二人のあいだで、「星空」がいわばエクリチュールの象徴的イマージュ――「星々のアルファベット」と、マラルメならつけ加えるだろうか（「限定された行動」）――として共有されていることは、それなりに興味をそそる事実である。

ところでクリスタンは、この「星空」を――さらにはそれに代表される「エクラン」の空間的広がり一般を――「彼方」とのやりとりがおこなわれる場として考える。ペッシュ・メルル（フランス、ロット県）は先史時代の洞窟壁画が残された場所のひとつだが、ここの壁画には、何頭かの馬の絵とともに、いくつものミステリアスな「手の陰画」（色抜きされた手の形象）が描きこまれている。これらの手が示すのは、クリスタンの解釈によれば、ただたんに物や道具の製作がなされたということだけではない。これは「現実的なものにたいする究極的な勝利」、つまり現実的なものを象徴的世界に変容させたことの徴でもあって、しっかりと岩肌を押さえるこの手は、「その身ぶりを彼方の世界へと結びつけるスペクタクルの練りあげ」を表してもいるのだ。[10]

こうして「エクラン」は、現実世界から抽出された、人間に固有の場を画定するだけではない。それは「人間と彼方のあいだの境界を創りだす」のであり、この「境界」はあらゆる境界がそうであるように、「通路」でもある。[11] 見たところ、バルトには「彼方」という発想は希薄に感じられるが、少なくともエクリチュールについては、それが神々との「対話」の道具として機能しえた、古代中国の例への言及などが思いだされる（「コミュニケーション」の断章参照）。クリスタンにしても「彼方」とは限定的に神々の世界だけを指すのではなく、パロールによる意思疎通がおよばない他の社会的集団をも含んでいる。[12] そうだとすればバルトの、エクリチュールがまず「（音声的な）言語活動の上を通り越し」、「天空の純粋な言語活動」となるというくだりに、「彼方」への「境界＝通路」としてのエクリチュールのありようがかすかに反響していると読むことも、不可能ではないかもしれない。

「身ぶり」としてエクリチュールを考えるために、バルトによる一九七九年のサイ・トゥオンブリ論（二つあるうちのとりわけ「サイ・トゥオンブリまたは「量ヨリ質」」）は欠かせない。[13] そこではまず端的に「TW〔トゥオンブリ〕の作品はエクリチュールの断片である」と記され、さらに重ねて、「TWは彼なりの言い方で言うのだ、エクリチュールの本質とは形式でも用途でもない、それはただある種の身ぶりにすぎない」。「ある種の身ぶり」とは、エクリチュールを産みだしながら、同時にそれをそこに放りだしておく、そんな身ぶりのことで、それこそがまさにトゥオンブリの絵が表しているものだとバルトはいう。そして彼は次のような比喩で考えてみようという。「ズボンの本質とはなんだろうか（かりにそんなものがあるとして）。きちんと仕上がって、まっすぐデパートのハンガーに掛けられているあの物体でないことは確かだ。むしろひとりの若者が、疲れきって、やる気もなく、なげやりに服を脱ぐとき、彼の手から無造作に床に落ちるあの布の塊のほうであろう。」エクリチュールの身ぶりがこうして存在の様態そのものに結びつけられる。バルトに言わせれば、ある事物の本質はその「屑」になんらかの関係をもつ。「屑」とは、かならずしも使い尽くされたあとに残るものというだけではない、（日常の）使用の外に投げ出されたものでもあって、いずれにせよ、エクリチュールという強烈にエロティックな行為そのものに残る、愛あるがゆえの疲れのようなものだ、つまり「紙の片隅に脱ぎ捨てられたあの衣服」のようなものである。[14]

脱ぎ捨てられたズボンのようなエクリチュール（としてのトゥオンブリの絵画）、バルトはさらにそこにある種の「倫理《モラリテ》」を読もうとする。「モラル（道徳）」ではなく、「モラリテ」ということなのだが（「芸術家はモラルをもたない、だがある種のモラリテをもつ」）。バルトがここでいう「モラリテ」とは、具体的には、他者にそして／あるいは他者の欲望にどう対処するかという倫理的課題である。トゥオンブリの場合、それは「興奮した、独占欲の強い、教条主義的な絵画」にたいして、「我がものにすることを-望まない」ありかたということになる。[15]

この「我がものにすることを-望まないNVS（non vouloir-saisir）」は、『恋愛のディスクール・断章』（一九七七年）やコレージュ・ド・フランスでの講義『〈中性〉について』（一九七七―一九七八年度）などでも変奏されるバルト晩年の重要なテーマのひとつだ。『恋愛のディスクール・断章』では、「我がものにすることを-望まない」とは逆の命題である「我がものに-したい vouloir-saisir」が最後の項目になっていて、そこでは「恋する主体」によるこの「我がものに-したい」（「愛する人」を「我がものにしたい」）という欲望の放棄が語られている。バルトによれば、NVS（「我がものにすることを-望まない」）とは「逆向きの自殺の代替物」であり、「愛のために」自殺することはないというのは、「相手を我がものにしない」という（強い）決断をすることである。[16] とはいえ、このように記すかぎりでは、これがたんなる（愛の挫折を補償する）二次的な代用物にすぎないかのような印象を与えてしまうかもしれない。しかし『〈中性〉について』を参照すると、「我がものにすることを-望まない」この態度は、それと真逆の「我がものに-したい」あるいは「傲慢さ」との対比において、「生きようと-する vouloir-vivre」と言い換えられていて、これが能動的な（しかし「他者」にたいして、支配—被支配という攻撃的な関係性ではない別の対し方を模索する）ある「欲望」の形態であることがわかる。[17]

ところでバルトは、〈中性〉という講義のテーマを説明して、次のように記す。「第一の〈中性〉」は、「我がものに-したい」と「生きようと-する」を区別する差異である。「生きようと-する」は、このとき「我がものに-したい」を超越したもの、「傲慢さからほど遠い漂流」であるとされる。「わたしは「我がものに-したい」から離れて、「生きようと-する」を自分なりに工夫する。」しかしこれはあくまでこの講義の「明言された目的」というだけにすぎない。

彼によれば、最初にこの講義の目的を決めたあと「ある重大な出来事」が彼の身に起こった。母親の死である。そしてこの出来事によって、講義の「明言された目的」の背後に、もうひとつの〈中性〉がかいま見えるようになった。この第二の〈中性〉、それにかかわる第二の問いかけが、こうして彼の講義の「暗黙の目的」となる。これにかんしてバルトは、この「生きようと-する」は（単純な）「生命力」とは区別されると述べる。それはパゾリーニのいう「絶望した生命力」であり、「傲慢さからほど遠い隠遁」である。そしてこれと「憎まれた死」とを隔てる「困難な、信じられないぐらい強烈な、そしてほとんど思考不可能な距離」、これこそが「第二の〈中性〉」だと言うのである。[18]

ここで重要なのは、この（第二の）〈中性〉の本質的な形態が「抗議」、「断固たる〈ノン〉」だということである。「傲慢さからほど遠い隠遁」というけれども、それは現実からの弱々しい逃避ではない。むしろ独特なやりかたで現実に関与しようとする柔軟な意思の表れと考えたほうがいい。「〈中性〉にかんする考察は、わたしにとって、自分の時代のさまざまな闘争に参加する自分なりのスタイルを——自由なやりかたで——探す、ひとつの方法なのだ」と、バルト自身も述べている。[19]

こうして「我がものにすることを‐望まない」は、「我がものに‐したい」に対抗して「生きようと‐する」ある倫理的態度の選択である。これについてバルトは、同じ講義の別のところでさらに説明を加えている。彼によれば、この「生きようと‐する」とは、「ニュアンスにしたがって生きる」ことだという。「わたしが講義の準備のなかで求めていること、それは生きることへの導入、ひとつの生の指針だ（倫理的企て）。わたしはニュアンスにしたがって生きたいのだ。」講義ノートには収録されていないが、実際の講義ではこのあと口頭で「わたしはニュアンスにしたがって生きたい、どのような障害があろうとも、ニュアンスの空間とは言えないある時代に抗って」と述べ、「ニュアンスにしたがって生きる」ことが一種のアンガージュマン（ありうべき闘いのありかた）にほかならないことを明らかにしている。そして最後に、自分にとっては文学こそが「ニュアンスの師」だ、自分は「文学が教えてくれるニュアンスにしたがって生きる」ことを望むのだ、と結論づけるのである。[20]

翌年度（一九七八—一九七九年度）のコレージュ・ド・フランスの講義（『小説の準備Ｉ』）でもこの「ニュアンス」は問題になり——今度は「主体化」という文脈のなかで——、「ニュアンスの（アグレッシブな）拒絶」によって特徴づけられる「野蛮な社会」において、それは「繊細さの実践」としての〈詩〉と結びつけられる。「そこから、こんにち、〈詩〉のために闘う必要性が出てくる。〈詩〉は「人権」の一部をなさねばならないはずだ。それは「退廃的」ではない、秩序転覆的だ。秩序転覆的で生命にかかわるものなのだ。」[21]彼はこう言うのだが、バルトによるこのような〈詩〉の（ある意味思いがけない）現代的な価値づけもまた、「文学が教えてくれるニュアンスにしたがって生きる」なかで選ばれた社会的身ぶりなのであって、それはまた「傲慢さからほど遠い漂流」として「生きようと‐する」（〈中性〉的な）生の様態の現れでもあるだろう。

そしてバルトにとってエクリチュールもまた「（言説の）傲慢さの裏をかく」、つまり「我がものにすることを‐望まない」実践のひとつであることを最後に確認しておきたい。エクリチュールは『〈中性〉について』でまさに「傲慢さ」というテーマに沿って出てくるが、そこではこのように言われている。「〈エクリチュール〉は傲慢でありうるだろうか？　わたしの即座の（部分的な）答えは、〈エクリチュール〉とはまさに、まちがいなく言説の傲慢さの裏をかく言説である、というものだ。」バルトによれば言語《ランガージュ》は「断定する」という性質をもち、そのかぎりにおいて傲慢たらざるをえない。傲慢さにたいして可能な「唯一の弁証法的行為」は、言説からエクリチュールへの移行がなされる、つまりエクリチュールが誕生する、まさにそのときに言語の傲慢さを「特別の策略」として引き受けることである。「書くこと」を「考えられたことの暴力」としてではなく、「言うという暴力」として実践すること、文の暴力、みずからが文であることを知るかぎりにおいて。[22]このとき、たぶんエクリチュールは「紙の片隅に脱ぎ捨てられたあの衣服」のようであるだろう。こうしてここでもエクリチュールは、意味論的実践というよりはむしろ、「エートス」（存在の様態）を作りだす（あるいは変容させる）「ひとつの態度」として現れてくる。

バルトは「人生の重大な局面における身ぶりの誇張的な真実」というボードレールの言葉を、『零度のエクリチュール』（一九五三年）から『明るい部屋』（一九八〇年）まで、つまり彼の最初の著作から最後の著作まで、好んで（全部で九回）引用している。『読みの方法、存在のありかた』のマリエル・マセは、このボードレールの言葉がこのようにことあるごとにある「行動のアイデア」、ある「生のスタイル」をバルトに示唆することから、こうした読書のスタイル、作品に対する態度を、ミシェル・フーコーの用語を借りて「エトポイオス（エトポイエティック）な活動」として定義づけている。マセによれば、エトポイオスなものとは「個人の存在の様態」を変容させる「パフォーマティヴな」性質をもつもののことであり、「バルトはじっさい彼の読書を思考と身体にかかわる行為の観念に変容させ、「文学的モデルの力」に導かれた「〈文〉のかたちの〈生〉」、「文学にしたがう」生を生きたいという欲望を言い表した」のであった。[23]「エトポイオス」あるいはそれに類する一連の言葉についてのフーコーの説明は、以下の通りである。

「ギリシャ人のあいだには〈…〉たいへん興味深い語があった。それは名詞、動詞、そして形容詞のかたちで見いだされる。〈…〉エトポイエイン〔動詞〕とは、エートスを作りだす、エートスを産みだす、エートス、つまり存在のありかた、生存の様態を変化させ、変容させるということを意味する。エトポイオス〔形容詞〕であるようなものとは、なにか個人の存在の様態を変容させる性質をもつもののことだ。[24]」

マリエル・マセが繊細な注意を払って詳細に語っているのは、「（文学を）読むこと」を「エトポイオス（エトポイエティック）な活動」ととらえることの深い意義とさまざまな問題点である。だがわれわれの文脈では、〈エクリチュール〉もまた——そしてまさにそれこそが——そうした活動にほかならず、「〈文〉のかたちの〈生〉」（『小説の準備Ⅰ』のテーマのひとつ）も、「文学（が教えてくれるニュアンス）にしたがう」生も、中核にあるのは「読むこと」とともに「書くこと（エクリチュール）」という実践であることは、言うまでもない。

バルトはトゥオンブリの絵の「地中海－効果」についてこう語っている。「わたしはナポリ湾正面のプロチダ島を知っている。そこでトゥオンブリは生活していたのだ。ラマルティーヌのヒロイン、グラズィエッラが住んだ古代風の家で数日を過ごしたこともある。これらの場所では、光、空、大地、岩のいくつかの線、穹窿の弓形が静かに溶けあっている。これこそウェルギリウスだ、そしてトゥオンブリの絵だ。じっさい、空の、海のあの空虚と、そこに漂う（泳グ者マバラニ現レヌ）あれらのきわめて軽やかな地上的な徴（一艘の舟、ひとつの岬）のない絵はひとつもない、空の青、海の灰色、夜明けのばら色のない絵は。[25]」トゥオンブリの絵についてのこのような叙述は、バルトにおいて「エトポイエティックな活動」が快楽と無縁ではないことをわれわれに思いださせる。先に記したようなトゥオンブリの絵に特徴的なエクリチュールの身ぶりはつねにこのような快楽とともにある。そしてこれはまたバルトならではのエクリチュールの身ぶりでもあって、そうしたすべてを二〇一七年三月、ポンピドゥーセンターの「トゥオンブリ回顧展」、ガゴジアン・ギャラリーの「オルフェウス連作展」でじっさいに確かめることができたのは、訳者にとって望外の喜びであった。

吉村和明

1　「エクリチュールがその本質において現れでるためには〈…〉、それが読解不能なものでなければならない。」ロラン・バルト「アンドレ・マソン〔マッソン〕のセミオグラフィー」でもこのように言われている（『美術論集』沢崎浩平訳、みすず書房、一九八六年、八〇―八一ページ。以下、邦訳のあるものは該当ページを指示する。ただし翻訳は既訳を参照しつつ、文脈に合わせた拙訳による）。

2　R・バルト「アンドレ・マソンのセミオグラフィー」、七八―七九ページ。

3　R・バルト「レキショとその身体」、『美術論集』、一六九―一七一ページ。

4　アンドレ・ルロワ゠グーラン『身ぶりと言葉』荒木亨訳、新潮社、一九七三年、一九六ページ。

5　A・ルロワ゠グーラン『身ぶりと言葉』、二〇八ページ。

6　Anne-Marie Christin, « L'Espace aveugle », *L'Image écrite ou la déraison graphique*, Flammarion, 1995, p. 18.

7　A.-M. Christin, « L'Image et la lettre », *Poétique du blanc, vide et intervalle dans la civilisation de l'alphabet*, Peeters, Vrin, 2000, p. 10.

8　このような発想はエミール・バンヴェニストにも共有されていた。いまこれについて詳述する余裕はないが、とりあえずそのことを注記だけしておきたい。Cf. Émile Benveniste, *Dernières leçons*, ch. 2 *La langue et l'écriture*, Collège de France 1968 et 1969, EHESS, Gallimard, Seuil, 2012.

9　A.-M. Christin, « De l'image à l'écriture », *Histoire de l'écriture, de l'idéogramme au multimedia, sous la direction d'Anne-Marie Christin*, Flammarion, 2001, p. 11.

10　*Ibid.*, p. 12.

11　A.-M. Christin, « L'Espace aveugle », p. 19-20.

12　A.-M. Christin, « L'Image et la lettre », p. 11.

13　以下の記述には拙論「ボードレールと現代――「エトポイエティックな」読みに向けて」（季刊『びーぐる』36号、澪標社、二〇一七年七月）と部分的な重複があることをお断りしておく。

14　R・バルト「サイ・トゥオンブリ　または量ヨリ質」、『美術論集』、八四―八五ページ。

15　R・バルト「サイ・トゥオンブリ　または量ヨリ質」、一〇五ページ、一〇九ページ。

16　R・バルト『恋愛のディスクール・断章』三好郁朗訳、みすず書房、一九八〇年、三四七―三四八ページ。

17　R・バルト『〈中性〉について』塚本昌則訳、筑摩書房、二〇〇六年、三〇―三一ページ。

18　R・バルト『〈中性〉について』、三〇―三一ページ。

19　R・バルト『〈中性〉について』、一九ページ。

20　R・バルト『〈中性〉について』、二六ページ。

21　R・バルト『小説の準備Ⅰ・Ⅱ』石井洋二郎訳、筑摩書房、二〇〇六年、七九ページ。

22　R・バルト『〈中性〉について』、二七三―二七五ページ。

23　Marielle Macé, *Façons de lire, manières d'être*, Gallimard, 2011, p. 184-185.

24　ミシェル・フーコー『主体の解釈学』廣瀬浩司、原和之訳、筑摩書房、二〇〇四年、二七八ページ。

25　R・バルト「芸術の知恵」、『美術論集』、一二五ページ。

著者略歴

（Roland Barthes, 1915-1980）

フランスの批評家・思想家．1953年に『零度のエクリチュール』を出版して以来，現代思想にかぎりない影響を与えつづけた．1975年に彼自身が分類した位相によれば，(1) サルトル，マルクス，ブレヒトの読解をつうじて生まれた演劇論，『現代社会の神話』(2) ソシュールの読解をつうじて生まれた『記号学の原理』『モードの体系』(3) ソレルス，クリステヴァ，デリダ，ラカンの読解をつうじて生まれた『S／Z』『サド，フーリエ，ロヨラ』『記号の国』(4) ニーチェの読解をつうじて生まれた『テクストの快楽』『彼自身によるロラン・バルト』などの著作がある．そして『恋愛のディスクール・断章』『明るい部屋』を出版したが，その直後，1980年2月25日に交通事故に遭い，3月26日に亡くなった．没後も，全集や講義ノート，日記などの刊行が相次いでいる．

訳者略歴

吉村和明〈よしむら・かずあき〉 1954年生まれ．東京大学大学院人文科学研究科博士課程満期退学．19世紀フランス文学・表象文化専攻．現在，上智大学文学部教授．編著書 『テオフィル・ゴーチエと19世紀芸術』（ぎょうせい）『文学とアダプテーション』（春風社，近刊）．訳書『ドーミエ版画集成』第2巻「劇場と法廷」（みすず書房），バルザック『ラブイユーズ』（藤原書店），ベンヤミン『パサージュ論』全5巻（共訳，岩波現代文庫），『批評をめぐる試み』（ロラン・バルト著作集5，みすず書房）など．

監修者略歴

石川美子〈いしかわ・よしこ〉 1980年，京都大学文学部卒業．東京大学人文科学研究科博士課程を経て，1992年，パリ第VII大学で博士号取得．フランス文学専攻．現在，明治学院大学文学部教授．著書『自伝の時間——ひとはなぜ自伝を書くのか』（中央公論社）『旅のエクリチュール』（白水社）『青のパティニール　最初の風景画家』（みすず書房）『ロラン・バルト——言語を愛し恐れつづけた批評家』（中公新書）ほか．訳書　モディアノ『サーカスが通る』（集英社）フェーヴル『ミシュレとルネサンス』（藤原書店）『記号の国』（ロラン・バルト著作集7，みすず書房）『新たな生のほうへ』（ロラン・バルト著作集10，みすず書房）バルト『零度のエクリチュール（新版）』『ロラン・バルト　喪の日記』，マルティ／コンパニョン／ロジェ『ロラン・バルトの遺産』（共訳）（以上，みすず書房）．

ロラン・バルト著作集 8
断章としての身体
1971-1974
吉村和明訳

2017年8月28日 印刷
2017年9月8日 発行

発行所 株式会社 みすず書房
〒113-0033 東京都文京区本郷5丁目32-21
電話 03-3814-0131(営業) 03-3815-9181(編集)
http://www.msz.co.jp

本文印刷所 精興社
扉・カバー印刷所 リヒトプランニング
製本所 誠製本

ISBN 978-4-622-08118-0
[だんしょうとしてのしんたい]